鲁枢元作品

WORKS
by
LU SHUYUAN

精神守望

鲁枢元 著

图书在版编目（CIP）数据

精神守望 / 鲁枢元著. — 杭州：浙江文艺出版社，2023.11

ISBN 978-7-5339-7366-7

Ⅰ.①精… Ⅱ.①鲁… Ⅲ.①散文集－中国－当代 Ⅳ.①I267

中国国家版本馆 CIP 数据核字 (2023) 第 175202 号

策划统筹　曹元勇
责任编辑　胡远行
营销编辑　耿德加　胡凤凡
责任印制　吴春娟　睢静静
封面设计　胡斌工作室

精神守望
鲁枢元　著

出版发行	浙江文艺出版社
地　　址	杭州市体育场路 347 号
邮　　编	310006
电　　话	0571-85176953（总编办）
	0571-85152727（市场部）
印　　刷	上海盛通时代印刷有限公司
开　　本	700 毫米 × 1000 毫米　1/16
字　　数	350 千字
印　　张	27.25
插　　页	13
版　　次	2023 年 11 月第 1 版
印　　次	2023 年 11 月第 1 次印刷
书　　号	ISBN 978-7-5339-7366-7
定　　价	89.00 元 (精装)

版权所有　侵权必究

1994年，鲁枢元在海南岛

1970年,在湖北天门县沉湖军垦农场

1998年,在吉隆坡姚拓先生家中

2003年，与徐中玉、钱谷融先生在沙家浜春来茶馆

2016年,与胡大白先生登上梵净山金顶

与张平在苏州天池山莲花峰

与田禾夫妇在田家老宅前

总 序

胡大白*

上世纪 80 年代初,鲁枢元教授是我在郑州大学的同事,我的专业是现代文学,他的专业是文艺理论。在课堂教学上鲁枢元是一位深受学生爱戴的教师;在中国学术界,鲁枢元是一位颇具个人特色的学者。他出身寒门,没有骄人的学历,却一步一步攀登上中国学术领域的高地;他为人谦让、宽厚,治学道路上却不守成规、一意孤行;他自称文化保守主义者,始终坚守着自己脚下的土地,而他的一些研究成果却在不经意间辐射到西方。

鲁枢元治学的一个显著特色,是将传统的文艺学学科的边界拓展到心理学、语言学、生态学诸多领域。在新时期文学史中,他被视为文艺心理学学科重建的代表人物之一;他的《超越语言》一书同时受到文学界、语言学界的共同关注却又引发激烈争议。王蒙先生曾夸奖他的文学评论"别树一帜"。进入 21 世纪以来,他专注于生态文化研究,坚持不懈地将"生态"这一原本属于自然科学的概念导入现代人的精神文化领域,把"人类精神"作为地球生物圈中一个异常活跃的变量引入生态学学科。他面对日益严峻的生态困境,认真汲

---

* 胡大白,黄河科技学院创建人、教授,中国当代教育名家,第八届世界大学女校长论坛"终身荣誉奖"获得者。

取东、西方先民积淀的生存智慧,试图让"低物质消费的高品位生活"成为新时代的期许。因此,他被誉为中国生态批评里程碑式的人物、中国生态文艺学及精神生态研究领域的奠基人。

这部文集共十二卷,收录了他从1977年开始撰写的约400万字的文章。其中,包含三个方面的内容:学科理论建设;作家作品评论;散文、随笔以及日记、书信等日常写作。这些体裁不同、跨越近半个世纪的文章,从一个侧面呈现出中国社会生活的变革、国民心态的起伏、文化艺术理论的创新及中西当代学术交流的轨迹,在一定程度上反映了时代的精神状况,或许还为当代文化心态史的研究提供某些参照。

2015年春天,鲁枢元于苏州大学退休后,在我的邀请下入驻黄河科技学院并创建生态文化研究中心。在我看来,鲁枢元是一位既能持守东方传统文化精神同时又拥有开放的世界眼光的学者,我相信他发自内心的学术探讨一定也是利国利民的,因此全力支持他做他自己愿意做的事,不设任何条框,不附加任何条件。事实证明,这样做的结果充分发挥了他治学的自由度与能动性,入驻黄河科技学院的这一时期,成为他学术生涯的又一高峰。与此同时,他出色的学术活动也为黄河科技学院的生态文化研究带来世界性的声誉。

鲁枢元是一位真诚的学者,在他的治学生涯中,他坚信性情先于知识,观念重于方法,创新的前提是精神自由。同时他还认为生态时代应该拥有与时代相应的"绿色话语形态",学术文章也应该蕴含情怀与诗意,应该透递出作者个体生命的呼吸与体温。钱谷融先生曾经赞誉鲁枢元的属文风格:既是思想深邃的学术著作,又是抒发性灵的优美散文。读者或许不难从这套作品集中获得阅读的愉悦。

鲁枢元曾对我说过,他希望他的文字比他的生命活得长久些。我相信凡是用个体生命书写下的文字,必将是生命在历史长河中的延续。适值他的十二卷作品集出版,作为他多年的老友,特向他表示衷心祝贺!

目 录

001_ **新版代序** / 钱谷融
005_ **初版自序**

卷一

003_ 性情深处是精神——读《世说新语》兼及 M. 舍勒
013_ 书生意气
027_ 陶渊明与消费社会
037_ 东坡与刚峰
049_ 尴尬辜鸿铭
059_ 杜亚泉：精神救世
085_ 田慕周与恩师梁漱溟
093_ 谷融为水
099_ 钱谷融与伍叔傥的师生情
107_ 愧对元化先生
117_ 省风宣气蒋孔阳
123_ 姚拓是一棵树

135_ 大中至正的钱中文

143_ 1980年代的刘再复

157_ 当冯杰遇上汪曾祺

167_ 歌德：昨天的太阳

179_ 凡·高的目光

187_ 高更：寻归旷野的狼——读高更札记

197_ 托尔斯泰：逃向苍天

205_ 泰戈尔与现代生态陷阱

卷二

233_ 我本布衣

243_ 外婆的茅屋

253_ 鱼树禅机

261_ 我们与牠们

275_ 中国村落的诗意栖居

285_ 朝阳沟：一帘乡土春梦

293_ 1969：沉湖之战——记一场人与自然之间的战争

303_ 坂墩里

323_ 姑苏暮雨酒一樽

331_ 当代医学史的镜鉴

337_ 文学艺术与尤赛琴

349_ 阴阳界与精神场

363_ 梵净山弥勒道场与傩信仰

371_ 乌托邦之思

附录

397_ 关于"精神"的问卷

413_ 初版后记

415_ 新版后记

新版代序

钱谷融

从深圳开完会回到家里，发现案头又多了几本新到的赠书。其中一本《精神守望》，书名就很吸引人，是鲁枢元教授的新著。鲁教授近年来正在从事精神生态问题的研究。他认为在"自然生态"、"社会生态"之上，还存在着一个"精神生态"的层面。当今，我们正面临着一个科学越来越发达，而人们却越来越无力；技术越来越先进，空间却越来越狭窄；世界越来越喧闹，心灵却越来越孤寂的局面。为了摆脱这个局面，人类在进行"自然保护"、"社会治理"的同时，还应该重视"精神守望"。这本书就是鲁枢元教授这几年来为致力于"精神守望"而写下的系列散文的结果。

全书并不厚，因为是刚刚收到，还来不及细看，原来只想随便翻一翻，不想才一经眼，就有点放不下手的感觉。竟一口气读完了其中的四五篇，它们大都是写一些为人类的"精神守望"事业奉献过他们的杰出的生命的人。譬如：那位迟暮之年还要向着苍天出逃的托尔斯泰，那位历尽万劫仍不失赤子之心的凡·高，那位在凶险的官场倾轧中依然守定"一张琴、一壶酒、一溪云"的苏东坡。他们可以说都表现了一个人所应有的精神风貌和独立品格，都在为我们现身说法地树立一个值得景慕的榜样。

除了以上几位以外,他还写了不少离我们不远,大家都比较熟悉的我国学术文化界人士。虽着墨不多,却十分传神。一经他品题,笔下的人物就气貌必现。他非常重视所谓的"书生意气",特别揭橥出:严复那天真的迂阔,刘师培那懦弱的单纯,熊十力那旷达的自负,辜鸿铭那尴尬的崇高,陈独秀那悖谬的狷介,陈寅恪那自闭的超越,梁漱溟那憨鲁的忠诚。这些评语,如果用来概括他们的全人,那当然是有欠贴切,不够准确。但却各各抓住了他们的某一特点,十分生动。

这既是一本具有深邃思想的学术著作,又是一本抒发性灵的优美散文,读之不但能增长见闻,也开阔胸襟,使你获得一种美的享受。故愿竭诚向读者推荐。

(原载1999年1月2日《文汇读书周报》)

以上是钱谷融先生在1999年1月2日的《文汇读书周报》上发表的一篇短文,起因大约是报社让他推荐此前一年里读到的一本好书,老先生就推出了《精神守望》,并说了许多表扬的话。

二十多年过去,这本书写作的原旨,同时也是促使我撰写这本书所面临的问题,似乎都没有改变,一些灾难性的时代问题甚至变本加厉了。

那时,直接刺激我反思人类社会进步的事件是在欧美国家迅速蔓延的"疯牛病"和亚洲地区闹腾的"禽流感"。我曾在初版序言中写道:"这样的'怪病'在新世纪里将会层出不穷。"

真的,被我不幸言中,先是2002年的"非典",后来就是时至今天仍在全球肆虐的"新冠",一次比一次凶险。此时的统计数字显示,爆发于2019年年底的"新冠"病毒,在全球已经索去6630082人的性命!在中国,则如怨鬼缠身,三年时间过去未能"清零",仍然在肆虐横行!

想一想就心惊肉跳:再下一次呢?

那时,我还曾谈到我的一些想法:人类也许注定要走向终结,只是不知道将选取哪种方式终结自己,或许终结于一场核大战;或许终结于因极度奢侈享乐而耗尽了地球上的资源;或许终结于某些突如其来的"怪病",从新近的势头看,这并非骇世之语。包括不久前还让现代人津津乐道的"全球化",如今竟然成了加速病毒在全球广泛、迅速、持久传播的超速通道!

"全球化"的聪明设计者当初是否想到过?

本书的初版发行尚在20世纪末,我在序言中曾引述过心理学家埃里希·弗洛姆的一个判断:"在精神上,20世纪比19世纪病得更严重。"许多征兆显示,迈进21世纪的现代人的精神健康状况仍在进一步塌陷。

会否出现这样的悲剧:人类在肉体终结之前便已经熄灭了作为人的存在依据的精神之光?

人类的再次得救,是否注定要在一场弥天浩劫之后的"凤凰涅槃"?

钱谷融先生去世已经近五年了,愿先生的在天之灵护佑,这只是我的忧天之虑,人间终会祥和,天下终会太平。

枢元补记,2022年12月28日,苏州暮雨楼

初版自序

"疯牛病"的起因被查得天翻地覆,其原由之一据说竟是因为英国的"牛们"吃了患有"痒病"的"羊的脑髓"。

牛吃羊肉,真是亘古未闻!并不是牛们嘴巴馋闹着开"洋荤",而是人们为了让牛们多多下奶、快快长肉,别出心裁把羊肉羊脑羊骨头磨碎以后作为添加剂掺进了牛饲料,牛吃下了羊肉,自己是浑然不知的,而羊的"痒病"的病毒便在牛身上变本加厉地酿成了"疯病",罪魁祸首不是牛,也不是羊,是人。

人也未能免受其害,喜欢吃牛肉喝牛奶的欧洲人率先染上了"疯牛病",一时间闹得西方世界谈牛色变。慌了神的男女们仍然巴望从现代医疗技术方面寻找救星,岂不知"病因"原本是那些"饲料加工的科学技术"种下的,治本的妙方也许并不全在现代科学技术那里。

牛是食草动物,有一个反刍型的胃,就其自然的天性而言是不吃荤腥的,然而人却凭借自己的聪明才智设法让牛吃下高蛋白的羊肉、羊脑。养牛业的效率提高了,牛产品的利润增加了,想不到要命的"疯牛病"也随之降临人间。究竟是"人算不如天算",违背自然的人们现时便遭到自然的报应,手握万能科学技术的人类,也是不可以为所欲为的。

况且,欧洲的"疯牛病"风波未平,亚洲又闹起"禽流感"。我揣测,这样的"怪病"在新世纪里将会层出不穷。且不要说非洲的"埃博拉"尚在逞凶肆虐,科学尚无法对付的"艾滋病"正迅速波及全球并且已经开始了"更新换代"。

种种怪病的出现,意味着地球人类的生态危机已不仅仅是森林锐减、资源短缺、空气污染、水体污染,危机开始向着人类生存的内部和深处急剧恶化。现代人的病症,远不只是生理方面,更有心理方面、伦理方面、情感方面、精神方面的。

印度的某些教徒,曾对牛悉心供奉,那是出于他们虔诚的信仰。

中国的农夫,曾把牛视作家庭的成员,体贴照料,那是出于他们质朴的感情。

现代工业社会的业主们把牛视为工业生产流水线上的"产品",视为超级市场货架上的"听装罐头"或"袋装食品",那是出于他们工于计算的巧智。

当"牛"的境遇与遭际被人类强行改变了的时候。"人类"自己的境遇和遭际能够不被改变吗?

地球上的万物总是整体相关、互动相连的,海德格尔从人文的角度对地球生态系统的洞察是深刻的,他曾心情沉重地指出:人与自然的关系的改变,在伤害自然的同时也伤害了人心。自然生态的失衡与人类精神的破损同时展开。在吃草的牛被人们强迫吃下羊的脑髓时,人的心肠也早已经变冷、变硬;当牛的生命成了工业流水线上的物件时,人的心灵也开始在商品交换中被渐渐物化。

失去同情、失去信仰、失去心灵、失去精神的人,还不算是病人吗?当人把牛弄疯了的时候,自己也已经失去了健全的神经。

心理学家埃里希·弗洛姆曾经断定:"在精神上,20世纪比19世纪病得更严重。"那么,21世纪呢?不久前,我看到世界卫生组织总干事中岛宏近先生在第十届世界精神病学大会开幕式上说:全世界患有某种程度的精神紊乱的人已达到15亿。棘手的是,人们在精神方面的病症更难治愈,而且,精神上患了严重病症的人多半忌讳承认自己有病。

继农业社会、工业社会之后,人类社会已进入所谓"信息时代",相对于人的生存状态,有人把它叫做"第三次震荡"。生态危机已透过生态的自然层面、社会层面渗入人类的精神领域,人的物化、人的类化、人的单一化、人的表浅化,意义的丧失、深度的丧失、道德感的丧失、历史感的丧失、交往能力的丧失、爱的能力的丧失、审美创造能力的丧失,都在日益加剧。这种精神生态方面的危机,反过来又助长了整个地球生态的颓势,拯救地球,恐怕还必须从改善人类的精神状况开始。

"精神生态",是我多年前选定的一个研究课题,上述"疯牛病"种种只是顺手捡来的一个例证。由生态破坏而酿成的灾祸正愈演愈烈,几乎成为不治之症,令人悲哀的是,许多人对此仍然无动于衷,灾祸如若不直接降临在谁的头上,谁就依然认为天下太平。这种"精神麻痹",实则也是一种精神的病症。

在"自然生态"、"社会生态"之上存在着一个"精神生态"的层面,地球的生态危机同时也是人类的精神危机。"精神守望"与"自然保护"、"社会治理"应当成为齐头并进的行动纲领。

我所说的"精神生态",其中包含这样两个命题:一是,"精神"作为人的一种内在的、意向的、自由的、能动的生命活动,在一个更为高蹈的层面上对地球生态系统发挥着潜隐的巨大作用。在地球生态系统的"岩石圈"、"大气圈"、"生物圈"、"技术圈"、"社会圈"之上,存在一个"精神圈","精神"是地球生态系统中意义重大不容忽略的一环。二是,"精神"作为人类的一种生发着、运动着、兴衰着、变化着的生命活动,具有内在的能量吞吐转换机制,具有独立的与其环境交流感应的体系,它本身也是一个充满生机与活力的开放系统,一个"生态系统"。只有把"精神因素"引进地球总体的生态系统中来,方才有可能为日趋绝境的生态危机寻求一条出路。

有时我想,人类也许注定要走向终结,只是不知道将选取哪种方式终结自己,或许终结于一场核大战,从目前看这种可能性正在减少;或许终结于某些突如其来的"怪病",从新近的势头看,这并非骇世之语;或许终结于因极度奢侈享乐而耗尽了地球上的资源;或许在肉体终结之前便已经熄灭了作为人的存在依据的精神之光。

然而,获救的企望从不曾放弃。西方和东方的哲人,古往今来无不把得救的希望寄托给"天、地、神、人"的和解与和谐。海德格尔喜欢荷尔德林的一句诗:"临近本源居住地,艰难地离开此地。""此地",是危机四伏的现代社会,"本源"便是"天"、"地"、"诸神"、"人与其他生命存在物"谐和一致的诗意栖居地。老子说过,"域中有四大,而人居其一焉","人法地,地法天,天法道,道法自然"。老子的"道",也是"本源",是永恒的真理、至高的理念、终极的目的。

这样说已经很有些玄虚,我近来一直在想,能否把玄奥的生存哲学往生态问题上落实一些,使哲学生态化,同时也让生态学获得哲学的品位。现象学已经把传统的形而上学从虚渺的天外牵引进人们的"生活世界",牵引进个人当下的直观之中,"最本源"的东西已经成了"最具体"的东西,生存哲学为什么就不能成立呢?到目前为止,在宇宙中已知的亿万星球中,地球是独一无二的有生命存在的星体,而人类在地球上的出现更属偶然中的偶然。每逢想到这些,总是使我产生一种近乎晕眩的惊讶、敬畏、神秘。我们不妨姑且把地球上的生态系统看作宇宙间一个"绝对的"、"至高的"、"终极的"存在,如此,生态问题也就拥有了"本源"的属性,生态观念也就获得了"道"的内涵。

拯救大地,拯救天空,保护自然,守望精神就是"大道之行"。

道在途中,路在脚下。精神在行动中运行,人心与自然谐振,理想在实践中达成,这又是个人乃至人类走向"是其所是"的艰难历程。

历史当然不是从现在开始的,许多人早已经走在途中。那是一些善良美好而又敏感执著的人。比如,"罗马俱乐部"的创始人奥莱里欧·佩切伊就是其中的一位。在"罗马俱乐部"的诞生地、意大利的"林赛学院",我曾惊异地看到大厅里供奉着一只动物标本:像鹿,比鹿瘦小;像猫,比猫矫健,披一身淡金色的皮毛,竖着尖尖的两只耳朵,炯炯闪烁的目光中带着若有所思的神气。院长告诉我,这就是"猞猁",猞猁是一种富有灵性的动物,它善于敏锐地感觉到周围环境中细微的变异,又能不失时机地作出应变的行动。院长说他们学院的名字"林赛(lincci)",意大利语的意思就是"猞猁",林赛学院就是"猞猁学院","猞猁"是他们学院的图腾。佩切伊就是地球生态系统中一只杰出的猞猁。

这样的"猞猁"还有很多,不仅是在意大利罗马城这个秀木翁郁的学院里,也曾闪现在麦加近郊的希拉山的洞穴里、印度恒河平原的田野里、中国泰山之麓的松林里。我总是渴望着自己能够倾听并记录下这些"猞猁"们从远处传来的那些聪颖而又幽微的话语。

这本书是我从事精神生态研究时写下的一些随笔和札记,多半是些印象与情绪的散片。书中谈论了一些已经作古了的人,尤其是一些文化人、艺术人,因为在我看来这些人当中具备了更多的人文精神气息。其中,那个拖着半截小辫子的中国老头儿辜鸿铭把人类文明看作"人类精神的经典";那个被称作"思想界浮士德"的德国人马克斯·舍勒把"性情"看作"精神生物"的"人的核心";还有,被爱因斯坦誉为"集善与美于一身"的非洲丛林医生史怀泽,他对于一切生命的敬畏之心,都曾给我以深刻的启迪。那位迟暮之年还要向着苍天出逃的托尔斯泰,那位历尽万劫仍不失赤子之心的凡·高,那位在凶险的官场倾轧中依然守定"一张琴、一壶酒、一溪云"的苏东坡,全都以现身说法为人们精神生态的寻觅树下了路标。

科学越来越发达,而人却越来越无力;技术越来越先进,空间却越来越狭窄;商品越来越丰富,生活却越来越单调;世界越来越喧闹,心灵却越来越孤寂,这已经是不需逻辑论证的事实,几乎每一个生活在现代社会中的人都有切身感受。用不着每个人都去做学问,但"反思"与"怀疑"毕竟是精神的功能之一,我们是否可以想一想,还有无别的出路?

中国有句老话:进一步山高水险,退一步海阔天空。可否从"物欲"的世

界退回一步,可否往"精神"的世界探出一步,也许,我们将发现一个多么辽阔、清朗、温馨、优美的天地

愿我们同行。

1998年2月·海南岛·邦墩里

卷一

性情深处是精神
——读《世说新语》兼及 M. 舍勒

空间与时间,常常造成地域或时代无奈的隔膜,比如汉武帝时的中国人大约不会清楚西王母居住的昆仑弱水更西边的数万里之外有一块后来叫作德意志的地方,更不会想到从东海一直往东飘过去,会飘到目前美国所在的那块"新大陆"。而德国现代的哲学家 M. 舍勒或美国前总统卡特的国家安全顾问 Z. 布热津斯基也许一辈子没有读过汉武帝时淮南王刘安的著述或魏武帝曹操的部下刘劭写的文章。但是时间与空间的阻隔,并不能完全断绝东方与西方、当代与古代在思想上的沟通,尤其是在论及人性中一些带有根本性的问题时,东方与西方,当代与古代往往会呈现出一种惊人的相似性。我想,这大约是因为东方人、西方人都是人,古代人、现代人都是人,又共同处在"地球"这个宇宙间特定的生存环境之中的缘故。

比如"精神",就属于古往今来、东方西方所共同关注的一个"与人性密切相关的话题"。

布热津斯基在他的《失去控制》一书中焦虑地指出:当前人类正面临着全球性的"精神危机",据他解释,造成这种精神危机的原因竟是"识字的普及"和"生活的富裕",前者培植了妄自尊大的理性主义,后者孳生出欲壑难填的享乐主义。如此看来,要拯救"精神"走出危机,倒是要起用《淮南子》"精神训"一节中提出的办法了:"机械之巧弗载于心","弃聪明返太素",才能守住精神的纯洁;"量腹而食,度形而衣,容身而游,适情而行","视珍宝珠玉犹石砾,视至尊穷宠犹行客","轻天下而神无累,细万物则心不惑",才能获致心灵的丰盈。心为物所累,神被智所伤,这位美国社会政治学家1993年悟出的道理,两千多年前的中国古代学者们已经苦苦思虑过。

M.舍勒在构建他的宗教人类学时,认定通往上帝之路,是"生命的精神化",是生命由低向高的飞升。中国古代的道家也讲过,修行成仙的道路即超然于物质之外、忘形于时间之中,"登太皇,凭太一",向着那个至高无上的精神境界靠拢的过程。这里只须把"道"、"太皇"、"太一"置换为"上帝",《庄子》中的某些句式几乎可为舍勒所用。

当然,我们不应忽略在东西文化、古今文化的比较借鉴中有许多的差异,比如种族的、地域的、时代的、社会的、心理的、宗教的,尤其是语言的、文字的差异,细心地区分这些差异仍然是当代学者们的艰巨而重大的使命。但我坚信,这一切差异仍然不足以壅塞掉人类在心性深处的息息相通,因为全世界迄今为止的一切人群都属于同一个"智人"物种。比较这些心性深处的相关,不必拿来印证自己民族的伟大或不伟大,也不应简单地一律视为"比附"。

梅特林克在谈到"精神"时说过,"你若愿意,就称这精神为上帝吧","你若是基督徒,他就是基督;你若是穆斯林,他就是真主;你若是佛徒,他就是佛"。梅特林克还少说了一句:"你若是道家,他就是道。"

"佛"和"道"的交合,在中国和日本生发出了"禅",那是一次成功的先例。我不相信,一旦十字架上的基督走到中国来,就一定能够回避掉佛光与玄机的渗透。

南朝刘义庆的《世说新语》一书中记述了魏晋时代中古文化的精神风貌,通体闪耀着的"精神"就是"道"。近来重读《世说》,我时而从中嗅到一些舍勒精神现象学的味道。我同时也想,即使舍勒在世,假若他读了中国的这部

《世说》,也许并不一定非要与它划清界限以确保自己日耳曼哲思的纯正地道。因为海德格尔和荣格都曾主动"比附"过中国老子的《道德经》,乃至由印度经由西藏传过去的佛教密宗的经典。

《世说》中固然记载了许多壮怀激烈的家国大事,记述了不少惊世骇俗的士林行状,但有几则看似平淡细末的日常琐事却给我留下了更深的印象。

一则说的是"吃":宣武大将军桓温举行宴会为车骑大将军王洽饯行,身为下属小官的罗友要求也来坐一坐,宴会尚未结束,便又提前告辞。桓温说:"你是不是有什么事要和我说?"罗友回答:"没什么事儿,我只是听说您这里的白水羊肉味道鲜美,我一辈子没能吃过。现已吃饱,不再坐了。"说完便爽然离席,"了无愧色"。

一则说的是"穿":晋时京都风俗,七月七日盛行晒衣,除了护理衣物的意思之外,也还有炫示富贵的用心。道北的阮氏家族家底殷厚,所晒皆绫罗绸缎,五彩缤纷;道南的阮籍、阮咸叔侄家计贫寒,无衣可晒,侄子阮咸便用一枝长竹竿挑起一件"大布犊鼻裈"(即粗布大裤衩子)竖于中庭。裤衩迎风招展,行人无不掩鼻,阮咸却说:"未能免俗,聊复尔尔。"

一则与"行"相关:王羲之的二儿子王徽之半夜醒来忽见屋外大雪纷飞,四望皎然,遂酒兴大发。微醺之际思念起远在剡县的画家朋友戴安道,便当即乘一条小船沿溪而下,雪夜行船,风情万种,天亮时来到戴家门前,却又掉转船头原路返回。随从很是不解,王徽之却说:"乘兴而行,兴尽而返,何必见戴?"

还有一则,该算是与"业余爱好"有关。说的是镇西将军祖约业余喜欢聚拢金币,而吏部尚书阮孚业余爱好收集各种各样的木屐。祖将军正在数钱时突然朋友来访,便慌张把金币划拉到箱子里藏在身后;而阮尚书当客人来访时仍继续吹火化蜡涂抹他的那堆木屐,神色闲畅,悠然自若。时人因此便分出了祖、阮人品的高下。

以上几件日常琐事,看似无足轻重,却并不容易做好。

比如,现在渴望穿"名牌"而买不起"名牌"的公子、小姐多半会弄条假名牌赶赶时髦,而不再会有人把一条"大布犊鼻裈"弄起来炫耀;一般人走了一夜的路来到朋友门前总要打个招呼,进门寒暄一番,而很少有人能像王徽之那样"兴尽即返",做得如此彻底。绝大多数"想吃白水羊肉"的人不一定有罗友奋然就席的勇气,更不会有吃完就走"了无愧色"的襟怀。我在一篇文章中曾提到某城市上千名男女争食"老孙家饭庄"开业典礼上施舍的"羊肉泡馍",有的女士还挤掉了高跟鞋。这些"群胆英雄"勇气固然是有的,但若是提鞋子时遇上单位里的熟人,恐怕没有几个会"了无愧色"的。

我有一位朋友,孰几可与罗友为伍。他是一位大学教授,一位中州颇有名气的书法家,听别人讲什么"桑拿浴"自己却从不曾洗过。一天见到某新建浴池在《晚报》上登出广告,说买了本期报纸便可免费洗"桑拿",老夫子便持报前往,一洗之下果然舒服,肩周炎也轻了许多,于是他便从各办公室、教研室收罗了十多张这一期的《晚报》,天天光临这家新开张的浴池,以致后来他刚刚跨门槛,浴池年轻的侍应生们就看着他"嗤嗤"作笑,说:"拿纸的又来了"!而夫子竟也做到了"了无愧色"。

至于阮孚侍木屐的痴迷,恐怕只有列夫·托尔斯泰差可比拟。晚年的托翁迷恋上了做皮靴,他亲手做了一双又一双的皮靴送给村里的农奴们穿,丝毫不觉得掉了贵族的身份。

魏晋名士们这些超出常理、越出常规的行止,皆源于本真的情性。正如嵇康所说:"自然之得,不由抑引之六经;全性之本,不须犯情之礼律。"这全是"经义""礼律"之外的功夫。晒裤头、吃羊肉、玩木屐,事情虽小,却是植根于一个人的情性之中的。俗话说,"细微之处见精神","精神"也就在人的性深处,最是难得。

在舍勒那里,"精神"与"人格"同义,有"人格"的人才可能拥有精神。一个人如果真正从心灵深处秉有了"精神人格",那么既可"名之于小",亦可"名之于大",平日里可以做到养真全性,形神相应,随心所欲,不黏不滞;危难时则又可以做到参透生死,化归天地,凛然赴难,从容就义。像嵇康,没事的时候光着膀子在大树下打铁;一旦事发,临刑东市而神色不变,刑场上再弹一曲《广陵散》,然后引颈就戮。这样的做人,巨细不异,表里如一,应该说是很纯粹、很透彻的。

魏晋时代的真名士,他们的"精神"并不是某种外在的经义或高悬的法则,也不是某些普遍的理念或共同的规矩,而是他们鲜活饱满的生命,是他们卓然独立的性情。"性情深处是精神",或曰:他们的精神就是他们的性情,就是他们个体生命闪射出的人格光芒。

在魏晋时代,品评一个人物的精神,差不多总是与品评一个人物的资质同时并行的,比如嵇康,"萧萧肃肃,爽朗清举","若孤松之独立"、"风姿特秀";比如王羲之,"飘如游云,矫若惊龙";比如夏侯玄,"朗朗如日月之入怀",这里说的既是这些个体生命的形质,又是这些生命本体的神情,生命与精神成了一个完美和谐的整体。即使那位"腰过十围"的肥仔庾中郎,因其神能君形,其肥胖竟也显得"从容酣畅,雅有远韵",几乎成了罗丹手下的巴尔扎克的塑像:精神使其肥胖的身躯翩然高举。

魏晋时代品评人物时还乐于强调资质的天然性,一个人的聪慧"非积学所能致",而是"禀自然,受异气"的产物。性情之中已经先有了"慧根",能够参透大道玄机的"真名士",往往小的时候就是为人称道的"神童"。这样的例子可以在《世说》中找到很多,比如王弼,十几岁上就精通易理,自标新学,著书立说常能"自然有所拔得",他仅只活了24岁,却留下了阐发《周易》与《老子》的多部著作,开一代学风,声名远播于后世。

其他如孔融、何晏、郭象、裴楷、戴逵,弱冠之年皆有"神童"之称。有趣的是舍勒也曾被称为"德国哲学界自谢林以来的又一位哲学神童",23岁上完成了博士论文,两年后通过教授资格考试。舍勒似乎拥有天生的取之不竭的聪颖与才情,被同行学人戏称为"精神的挥霍者"。伽达默尔说:舍勒拥有一种天生的穿透性的直观能力,使他能够在生物学、心理学、人类学、社会学、历史科学等领域获得了"辉煌的洞察"。舍勒也是短命,54岁上辞世,活着的时候已被公认为当今世界原创性的哲学大师。我想,不论是王弼或是舍勒,这些"独标性情"的哲学家们,其哲学上的立论也总是与他们一己独具的性情密切相关的。

舍勒的"精神情感现象学"与康德、黑格尔重理念的形而上学不同,与胡塞尔的"意识现象学"也有所不同,他更强调的是人类精神活动中的"情性"。在《爱的秩序》中舍勒反复摊出:精神的内涵主要地并不是知性与理念,而是情感、直觉与体验,"性情"较之"认知"和"意愿","更堪称作精神生物的人的核心","对人而言,所谓事物的'本质'的'核心'始终在他的情性赖以维系之处"。由于对"情性"的强调,舍勒又认为"精神"是个体的主要特征,"个体其实以整个丰富的精神首先生存在事物中和世界上"。

严格说来,"精神"不是规律,不是逻辑,不是普通的理论和绝对的理念,而是一种"内在于个人行为中的意向活动,即生命的心灵取向"。精神总是向上升腾的,"精神本身带有一种对永恒和神的朝向",正因为如此,舍勒在他的哲学人类学中就非常强调"个体的超越性"。

所谓"个体的超越",换一句中国的成语来说,即"出类拔萃"。"超越"即个体的"出类","出类"之后的"拔萃"即一个清新的、独立卓行的"个体"的生成。"精神"既是个体自身生出的意向,又是个体"出类拔萃"的原动力。像魏晋名士中颇具个性的嵇康、向秀、阮籍、刘伶,他们的所谓"任诞"、"栖逸""旷达"、"超拔",其奥秘全都在这一个体精神意向的活动中。在精神的行进中不应无视人的情性,更不应摒弃人的个性,进入"天国"的签证总是分别发放给每一个单个人的,像美国的邪教组织"人民圣殿教"那样急匆匆办理"集体入住"是不行的。

曹操的养子何晏喜欢谈玄论道,加上身居高位,便被时人推为清谈的领袖。据《世说》中记载,此人"美姿容,好修饰",本来就生得面白唇红,却又喜欢涂脂抹粉,顾影自怜,加上还有些"好色"的毛病,在士林中是个有争议的人物。就是这么一个浑身上下充满了"七情六欲"的人,在著书立说批讲《老子》

时却得出了一个"圣人无喜怒哀乐"的结论,明显的口是心非,竟得到不少人的随声附和。王弼注《老子》,立论却与何晏不同,他认为"圣人亦有自然之性,故不能无情",圣人的五情亦同于常人,与常人不同的只是"圣人"有"茂于常人"的"神明",因此能做到应物而无累于物,钟情而不溺于情。

难得的是身居高位的何晏不但不固执己见,反而从善如流欣喜地接受了王弼的观点。由于这两位玄学大师的相互配合,使玄学精神与名士情性相互体认,遂成魏晋一代风流。

生死离别,是人生中的大事件,古代礼法中对此常有许多烦琐而严苛的规定,以维护贵贱尊卑之间的社会秩序,而魏晋名士大多并不看重丧礼中的繁文缛节,更珍惜对死者的真实感情的流露。《世说》中不少关涉丧葬的故事,都展现了名士们婞直真率的精神品格。

比如,阮籍的母亲死后,别人前去吊丧又哭又拜,而他自己却喝得酩酊大醉,披头散发,箕踞床上,两眼发直,一声不响,这显然是失礼的行为。然而,临到母亲的遗体盖棺入穴时,他却大喊一声"完了!"长哭一声,吐血不已,很长时间没有回过气来。鲁迅的小说《孤独者》写魏连殳在灵堂上哭他祖母,就仿写了类似的情节。

又如,荀粲有一个年轻貌美的妻子,便常对人讲:老婆才智过人不值得称道,更重要的是天生丽质,长得漂亮。被人们认为是说昏话。到了冬天,妻子病重发烧痛苦难捱,荀粲就脱了衣服跑到院子里"取冷",然后回房中以自己的身子为妻子"冷敷"。妻子死后不久,荀粲由于思虑过度亦随之而去,事实说明他是真诚的。

关于阮籍,还流传着一个说法:邻居家有一少女才貌出众,不幸夭折。阮籍与她无亲无故,从不相识,也许仅仅出于对兰摧玉碎的哀惋,便跑到少女家中大哭一场,哭得少女家人直发愣。阮籍的哭,更无半点功利之心,完全哭自他的性情。

还是前边讲到的那位王徽之,弟弟先他而死,他自己也已经病得奄奄一息,仍然来到弟弟的灵床前,并拿起弟弟遗留下的琴,希望为他奏一支曲子,不料再也调不准音律,气得他将琴掷于地上长叹一声:人和琴都死了!遂放声大哭。过了一个多月,徽之也溘然去世。

还有一则近乎荒诞的故事:孙楚这人生性孤高,恃才傲物,惟独崇拜王济。王济死后,孙楚前去吊唁,"临尸恸哭,宾客莫不垂涕"。然而哭完之后,孙楚又对着躺在灵床上的王济说:"生前您总喜欢听我学驴叫,最后再听我为您叫两声吧!"说罢果真叫了起来,而且十分逼真,宾客们忍不住笑起来。孙楚举目四望,恨恨地说:"老天爷真是没长眼,让这个人死了,让你们仍然活着!"

精神与情感的统一使魏晋名士显现出奇崛瑰丽的人格光彩,而且,他们通过自己的行为言谈、身体容止展示精神、表达情感的能力,也成为中国古代人文的一个奇迹。历代不乏模仿者,差不多总是沦为东施效颦的境地。

现代社会中的人们,更是长久地失去了这种能力,不少有识之士面对现代社会的飞速发展连连发出警告:人类精神的暗淡与情感的冷漠、个性的泯灭同时降临,人类在陷入精神危机的同时也陷入了情感的危机,现代人作为单独的个体显得越来越没有意义。

论者常以"事实的现象学"与"现实的现象学"来区别胡塞尔和舍勒,这就说明舍勒是一位密切关注人类当下状况的哲学家。面对现实,舍勒始终把"精神"、"情感"、"个体"作为自己哲学研究的核心问题,在《爱的秩序》中舍勒指出,"现代人不在情感生命和爱与恨的领域之内,寻求明证性和合规律性","并且否认情感具有任何把握对象的关系",现代人"丧失了良知和细腻","普遍草率地对待感情事物和爱与恨的事物,对事物和使命的一切深度缺乏认真的态度,反而对那些可以通过我们的智力在技术上掌握的事物过分认真,孜孜以求"。舍勒说,"这是人和时代的过错"。显然舍勒的"精神现象学"是有着明确现实指向的。

当代中国人读《世说》,当然并非一定要去模仿那些"晒裤头"、"学驴叫"的行止;然而,却很有必要探索一下中古时代的这些文化人在人格上独抒性情、在精神上高标逸韵的奥秘。在探讨现代人类面临的"精神—情性"问题时,《世说》给我们提供了丰富的资料,舍勒却给我们提供了理论上的参照。

人类的精神问题也许是人类自己永远弄不清的一个问题。

早些时候,我曾利用一次会议的方便对海内外华人文坛上的几位"名士"做了一次关于"精神"的问卷,回答莫衷一是,距离统一的标准甚远。然而,"精神的统一标准"又在哪里呢?R.W.爱默生在谈论"精神"的一节文字中说:"精神的本质是不可名状的,当我们试图定义和描述精神本身时,我们的语言和思想都无能为力了,我们将像愚人和奴隶一样陷入孤立无助的状态。"爱默生说,"精神的本质不允许以命题的形式加以表述",但是,"无所不在的精神"将通过每个人的心灵与情性"对每一个人说话,使每一个彷徨于歧途的个人复归于它"。

那么,"精神"通过舍勒说了些什么呢?精神是人的以情感为内涵的意向能力,精神的最终指向是那个"祷告和神圣爱慕着的X:上帝",而通达上帝之路的惟一动力是爱,这是一种先验的、绝对的、纯粹的爱。"完整的人与上帝可以互换","人在接近上帝的同时,上帝也接近人"。

"精神"通过魏晋时代的文化传人又说了些什么呢?

阮籍在谈到音乐的作用时曾说过:"乐者,使有精神平和","精神"似乎被当作了"情绪"、"心绪";与阮籍同为"竹林七贤"的向秀在谈到养生时说过"喜怒悖其正气,思虑销其精神","精神"被看作"生机"和"元气";王弼曰:"神也者,变化之极",他更强调"精神"的变化性。究其根源,"精神"一词最初见于《庄子》一书,书中记述老子在回答孔子的咨询时说:"精神生于道,形本生于精,而万物以形相生。"由万物而生命,由生命而精神,由精神而道,精神的最终归宿是至高、至大、至贵、至尊的"道",人只是一种"介乎其间"的过渡环节,一种生命万物之流中的"道的显现"。"所谓真人者,性含于道也","率性而行即道"。

直到这里为止,我们关于《世说》与舍勒所做的比较,其论及"精神"的话语构成方式仍然是十分接近的,不同的只是:《世说》的精神归宿是"道",舍勒的精神归宿是"上帝",一位哲学上帝。

不过,仅只因这一措词的不同,又呈现出东西方文化的巨大差异。在舍勒自己的话语词典中,"上帝"是一个绝对的价值王国,绝对的道德王国;在魏晋名士的话语词典中,"道"则是一个"自生自成"、"自在自为"的"自然"。王弼曰:"道性自然","道同自然"。道德的王国讲"完善",舍勒的最高人格理想是"完人";自然的天地讲"本真",《世说》中的最高人格理想便是"真人"。于是,人格中性情的内涵亦不同:"完人"纠葛于"爱憎","真人"笃守于"清静",东方、西方俨然又分了两个阵营。

九九归一又没有什么不同,因为对精神而言,"上帝"也好,"道"也好,都是一种极限,一种被期待着的"虚无"。

1996 年 10 月 15 日于海南·海甸岛

书生意气

"知识分子"的语义,如今成了一个严肃而又深奥的学理问题。在中国以往的时代,或许因为读书识字的人少,这个问题要明白得多,没有什么"知识分子",只有"念书的人",或曰"书生";与那些念不上书、不认识字的多数人,界限是很清楚的。

现在大家都成了读书识字的人,谁是知识分子,谁不是知识分子,谁是真正的知识分子,谁是冒牌的知识分子,争得剑拔弩张,别人不来改造了,自己反而"窝里斗"起来。日前看到某"知识分子"发表的一篇大作,从老子、孔子、屈原、杜甫一直骂到现在还活着的季羡林、萧乾、汪曾祺,这些人全都不够"知识分子"的分数线,能够及格的寥寥无几。作者为何如此尖刻,令我惊疑不解。对于被作者挞伐的那些死人和老人,我只感到同情,因为批判这些念书的人毕竟比批判掌大权的人、赚大钱的人要轻松得多。对于那几位被作者赞美的人,我又有些担心,担心他们能否担负起文章作者赋予他们的扭转乾坤的重任。

海外有学者出版过一部广有影响的谈"士"的书,认为"士"就是具有中国特色的"知识分子",兼具古希腊哲人的理性精神、基督教的宗教情操、近代知识分子的社会良心,作者或许对"士"太偏爱了,把"士"理想化了,也就赋予了太多的重任。

在我心目中,要表述中国知识分子的形象,最简便的还是拈出"书生"二字。而且至今我尚未见到有谁对"书生"下过严格的定义,这使我感到写作时呼吸的畅快。

在我看来,"书生"并不完全等于古代中国所说的"士",相同之处是都要读书长见识,不过,读的结果,书生更趋向于书,而士则趋向于仕。士更务实些,仕途上需要士去杀人,士也会操起刀来;需要去偷抢,士也会干起鸡鸣狗盗的勾当。"二桃杀三士"典故中的三位士,就是为了禄位相互杀了起来。"学而优则仕",入了仕当上了都督、巡抚的书生已不算书生;而那些始终当不上官或后来放弃当官的读书人,做了"寒士"或"名士"的士,才接近于我这里说的"书生"。具体地说也许还要复杂一点,比如屈原、陶潜、李白、苏轼也都做过官,但骨子里是书生,屈原、陶潜做不成官的时候更像书生。现代人中傅斯年做过国民党的官,邓拓做过共产党的官,都还保留一些书生气。如果能够用鼻子闻一闻的话,"书生气"与"仕宦气"是很有些不同的。

书生不是圣人。孔夫子、孟夫子做到了"圣人"、"亚圣",尽善尽美或臻于完美完善,被供奉在神殿里,连凡人都不是了,还有谁敢说他们是书生。后世的康有为,几乎也快成圣人了,也不好说他是书生。胡适在旧时代的读书人中做人做得太好,聪明又周到,一点傻气都没有,也几乎戴上了圣人的光环。

书生也不必一定是英雄、是救星。如鲁迅、李大钊、毛泽东,一生对着旧世界冲锋陷阵,建立起丰功伟业,书生们多半都做不来。但陈独秀、瞿秋白却更像书生,一位自认为革命天才却被革命革得丢魂落魄,革命派与反革命派都挤对他,只有蜗居在江津鹤山坪的荒宅里著书换米度日;另一位自谓搞政治如狗耕田力不从心,自己先承认了不称职,慷慨就义前又写下那么多缠绵悱恻的"多余的话",毕竟不失书生本色。

当然,书生也不是商贾。君子不言利,是中国读书人的传统,且不管做得是否到家。往昔的读书人做生意挣钱的远不如现在多,甚至在我报考大学的时代,商业学院、财会学院仍然门可罗雀,现在却挤破了大门。曹雪芹是个书生,不知道维护自己的著作版权,现在的一些三流小说家也知道捧着自己的文稿到拍卖市场上弄钱。

是不是书生,也不能只看学历,像以前有人规定的"高中毕业"才算知识分子,拿到"博士"学位算大知识分子。写出《聊斋志异》的蒲松龄只是个秀才,曹雪芹怕秀才也不是,严复赶在满清末年屡试不第才去翻译书,熊十力没有正式大学的毕业证书,梁漱溟只是中学毕业学历,不知他们能否称为"知识分子"?说他们是"书生"当没有问题。

书生,不是英雄、豪杰、神仙、救世主,也不是政客、奸商、痞子、无赖,书生只是天地间肉眼凡胎的普通人。与众不同的,就在一个"书"上。如果非要给"书生"下一个定义,那就是"书生"即"为书所生、以书为生、生于书中、书伴终生"的人。其中第一个"生",指诞生,书生是读书读出来的,一个人只有读了书才有可能成为书生,书里面生化出了书生;第二个"生",是生计,书生身无长物,大多以读书、著书、教书为谋生手段,有的也去给有权势的人当幕僚或智囊,仍旧是靠了书本上的话出主意,是书本养活了书生;第三个"生"是生存,书生相信书中的信条,迷恋书中的境界,沉迷于读书看书的乐趣,别人生活在现实的社会里,他们往往是生活在书本里,或者古人的书本里,或者洋人的书本里,或者自己撰写的书本里,以往精明的世人把那些一头扎在书堆里的人喊作"书蠹",算是看透了书生的本事。第四个"生"是生命,标准的读书人是"活到老,读到老","皓首穷经"至死离不开书本的,书是书生的命根子。

这样的定义,我认为大抵不差。

往昔,书生与非书生的界限不必特别运用辩证或解构的方法去分析,自然是很清楚的。比如,民国初年曾经为窃国大盗袁世凯复辟帝位鸣锣开道、搭梯劝进的"洪宪六君子",时议其中一个是纵横捭阖的政客,一个是落魄江湖的军人,两个是国民党人中的叛徒,另外两个才是正牌的"书生"。

这两位书呆子,一位是大名鼎鼎的严复,一位是鼎鼎大名的刘师培。

严复一生中的主要精力用来啃书本,他率先向世纪之交的中国人翻译介绍了达尔文的"进化论"、亚当·斯密的"经济学"、孟德斯鸠的"法律学"、斯宾塞的"社会学"、穆勒的"逻辑学"。今天我们大家说来说去的"逻辑"一词,就是严复翻译敲定的。仅译介西方学术著作这一项,严复在中国近代文化史上的地位也是不可动摇的。然而,这位学富五车的书生在晚年却参加了令人人掩鼻的"筹安会",沾惹上一身腥臭。读书万卷、译书数十万言的严复一贯是很有主见的,袁世凯任北洋大臣时曾有意笼络他,请他出来坐官,被他骂了个狗血喷头:"袁世凯什么东西?够得上找我!"康梁变法群情鼎沸,严复却大泼冷水,说康氏怕死,梁氏爱出风头,皆难成事。待到黎元洪做了民国大总统,此老又说怪话:"黎黄陂德有余才不足,天下仍不会太平。"次次都被他说中。临到晚年却干下这么一件蠢事。事实上他可能是上了纵横家杨度的圈套,杨度一句"先生高卧,如天下苍生何?"打动了严复的心,稀里糊涂在"筹安会"里当了个挂名的理事,事败后则成了中华民国通缉的重犯。老朋友林纾劝他赶快逃跑,他却又表现出临危不惧、赴难不辞的拗劲儿,决心为自己的失误承担责任、付出代价,展示出一介书生的本色:既有读书人的明白,又不乏读书人的糊涂。

"筹安会"中的另一位读书人刘师培,又名刘光汉,在近代国学研究领域,无疑算是一位"大师"级的人物。他出自书香门第,自幼博览群书,经史子集、释典道藏无所不通,且能诗善文,素负才子盛名。他宗古文之经,治训诂之学,以字音求字义,用古语通今言,在音韵学领域亦有大贡献。其一生著述凡七十四种,除了先天的聪明才智,不下一番苦功夫是弄不成的。对此,刘师培是很自负的,"文学穷典坟,头白勤著书","虽非明圣道,亦复推通儒",乃夫子自道。作为一个读书人,刘师培的毛病是太热衷于政治,却又没有政治家的眼光和手段,而且又娶了一个风流倜傥、爱虚荣、贪享受的太太,常在一些关键时刻被"枕头风"吹昏了头脑。先是联手章太炎创光复会投身反满革命,后又被清廷收买进了两江总督端方的幕府;民国后不甘心在北京大学做一个清苦的教书匠,又到袁世凯的总统府当了咨议,袁氏倒台后,这位国民革命的元勋反而成了民国通缉的罪犯,死到临头终于对自己的一生有了反省:"我这一生当论学不该问政。"

盖棺定论,刘师培不可磨灭的行状仍在于他的读书、教书、写书的生涯中。辛亥革命胜利后,民国镇压反革命,曾有枪毙革命叛徒、反革命走狗刘师培的动议,急坏了另一位读书人章太炎。太炎先生以自己"孙中山总统府枢密顾问"的身份致电有司刀下留人,其苦口婆心、征古喻今列举的理由竟是刘师培是一个读书人,革命的政府不应当杀害一个真正的读书人。章氏在电报中说:

> 昔姚少师语成祖曰:城下之日,弗杀方孝孺。杀孝孺,读书种子绝矣!今者文化凌替,读书凋丧,一二能儒之材,如刘光汉辈,虽负小疵,不应深论,若拘执党见,思复前仇,杀一人无益于中国,而文学自此扫地,使禹域沦为夷裔者,谁之责也?

章太炎的电报搭救了刘师培的性命。往深层推究,该是"读书"救了他的性命,倘若不是他读书有成,章氏的电报又将从何谈起?章太炎也算是"惺惺惜惺惺",只是这一时刻比刘师培多了几分宏阔的政治远见,他知道一个真正的"读书人"对于国家和民族的意义。

我印象中的书生,就是像严复、刘师培这一类一身天真又一身毛病,让人尊敬又让人同情的人。这样的人讲的可能是满口逻辑,自己的言行却往往不合逻辑;讲的可能是概念、定义,自己的人格往往无法概括界定,他们就是这样一个自相矛盾的混沌体,一种游移于二元对立之间的状态。"道可道,非常道",书生也正是这样一种说不清道不明的东西。

看来,我对"书生"的研究注定提不出什么"书生法则"、"书生主义"了,我只想借用一个现成的词组"书生意气",来揣摩一下中国传统知识分子的心理。

在中国古代哲学中,"气"被看作宇宙间的生机与活力,对于自然界来说它是"风云",对于人类来说它是"呼吸"。

戴东原说,"气化流行,生生不息",即把"气"看作自然变化、生命活动的主宰和契机。对于人来说,它可以指人的"气质""气性""气节""气度""气概""气象",几乎包含了从先天禀赋到后天学养,从神经类型到人格结构的一切。

英国人有时把它翻译为 Circulatory system of the body(肉体拥有的微循环系统),未免太科学化、太现代化了;法国人喜欢把它译为 Disposition ou sentiment de l'ame(精神的某种倾向),我以为要贴切些,因为在中国古籍中,"精""气""神"本是一个东西,精是气的升华,神是精的显现,"书生气"实则便是讲"书生的精神倾向"。由于气的质地不同,"气之清浊有体",轻清者为天,重浊者为地;又由于气的流向不同,流入晨旦的为朝气,流入昏夜的为暮气,大道通天曰正气,左道旁门为邪气。

中国的哲学是"气哲学",以"气"为本体。在中国的汉语词汇中,"天气""地气""王气""霸气""骨气""名气""娇气""傲气""官气""匪气""书卷气""铜臭气"以及"剑气""兰气""虎气""猴气"……气的名目真是不胜枚举,"书生气"只是其中常被提起的一种。

"书生意气"中的"意",在《管子·内业》中被看作"心中之心"的产物。"心以藏心,心之中又有心焉",这个隐匿于心灵深处的心,也许就是现代心理学中讲的个体潜意识和集体无意识。由是观之,"意气"便可以理解为从人的整体的心灵深处自然生发出的一种精神活动趋向。这又是一个动态的心理过程,"彼心之心,意以先言,意然后形,形然后思,思然后知",先由心灵深处生发出一种意向,由意向而呈现出形象和言语,然后才是思想,最后达成对某些知识的获得。这是一个读书求知、研讨学问的全过程,在这一过程中是要消耗大量生命能量的。"凡心之形,过失先生",作为生命的主体,用心太过,读书太多,知道的太多,往往也会给自己的生命带来损害,"人生识字忧患始"或"人生识字糊涂始"都说明了"祸福相倚"、"智愚相得"的真谛。

我以为"书生意气"这个用语真好,包融了读书人深潜流动的、真实的、丰富的、矛盾对立的、自觉或不自觉的那种精神生存状态。

比如,读书人往往能够从读书求知中获取一种关于宇宙人生的信仰,这种信仰又造成他对某些原则和立场的执著,而这种执著一旦用力太过,在现实生活中又不免使自己的生命陷入困顿和迂阔。

哲学家熊十力大约可以作为一个例子。熊十力最初在南京支那内学院精研佛学,20 世纪 20 年代初,经梁漱溟推荐到北京大学任教,转奉孔夫子的儒学,进而融汇佛、儒建构自己的"新唯识论"哲学。

熊十力是一位非常自信的学者,他在北京大学教书,由于没有正式大学的学历,又只能讲他的一门《唯识学概论》,一直当了 20 多年的讲师而升不上教授。他的生活因此也过得比较清苦,一条西裤洗了之后就只得光着腿穿长衫,人称"空空道人",自己毫不介意;天热的时候光着脊梁接待政界显要、世家名媛也绝无局促忸怩之态,他有着自己的信仰;遵循儒家"不患无位,患所以立。不患莫已知,求为可知"的古训,和儒家"志于道,而耻恶衣恶食者,未足与议"的古训。不当教授、不拿教授的薪金没关系,但上课的方法必须合乎他的心意。他认定"古有来学,未闻往教"的死理,坚持不到教室"往教",一定要学生到他的寓所"来学",并且不愿受一节课 45 分钟的约束,一讲就是三四个小时,除了传道授业,有时还管吃管喝。事情虽然不大,也表现了他对自己人生信条的执著。

新中国成立后,执政党信奉的是马克思主义的唯物论,而且号召所有的知识分子、读书人都要改造思想、洗心革面,熊十力的"以吾人之本心为吾身与天地万物之本体"的"唯识论"早该束之高阁、改弦更张,但他并不识这个时务,反而声言"我是不能改造的,改造了就不再是熊十力"。大约,一是因为他在学术界有着很大的名声;二是因为他在新政权的高层有不少的故友私交,如董必武、李先念、陈毅,还有林彪;三是新政权或许要保留一个"唯心主义老古董"做反面教员。总之,他竟得以"免改",而且还当上全国政协委员,拿着一级教授的高薪、住进舒适的花园洋房、雇了厨师及抄稿的秘书,可谓鸟枪换炮了。

对于新政权他是心存感激的,但并不拿自己的学术观点做交易,仍然在自己的轨道上著书立说,只是辛苦撰写出来的著述,每部只能印200册,读者更寥寥无几。留在国内的弟子全部皈依了马克思列宁主义,并且改行不再治国学,身边剩下的惟一一个女弟子,也跟着齐白石学画画去了。能够继承衣钵的几位高足又全都流落海外。

书无读者,学无传人,教授的排场却比以前大了,每年进京参加政协会议,老人家由于受不了车厢里的异己气味,都要一人独自坐一个软卧的包厢。政协是党和国家的咨询机构,党和国家的最高领导人也要虚心承教,而儒家书生的最高愿望则是能够当上"帝傅",即皇帝的老师,此时的熊十老恐怕也大有如坐春风的感觉。

哲学家一旦春风得意,就多少有点迂阔危乎殆哉。

书生中的辜鸿铭算是较为精明的一位,他曾在《张文襄幕府纪闻》一书中自嘲孔教之人只知"三三得九",而不知道"三三"有时会"得十一",有时只能"得七"。熊十力大约也是"不识现代算学"中的一位,到了20世纪60年代中叶"文化大革命"席卷中国大地,他不知道他的"三三"不但连"七"得不到,反而成了一个大大的负数,最终连自己的老命也赔了进去。

熊十力自己的哲学研究强调的是心的"刚健而不化物的势用",不料"文革"中七斗八斗,从"帝傅"到"牛鬼蛇神",一落千丈,他的精神便陷入错乱之中。这位八旬老人对着突兀而来的政治事变百思不得其解,无处躲避而且申诉无门,只能将抗议"文革"的"奏本"写成纸条偷偷地掖在裤腰里、袜筒里。那时节,上海人在糊满大字报的闹市街头可以看到一位须发尽白的老人,穿一袭布袍,系一根草绳,长啸:"中国文化亡了!"俨然一位20世纪60年代的屈原,一位已经疯癫了的屈原。

真正的读书人,都具有一种独立自由的人格,拥有一个自给自足的内在世界,"天子不得臣,诸侯不得友",不随时欲,不赶时髦,洁身自好,孤芳自赏。无奈"峣峣者易折，皎皎者易污"，书生们的结局往往是为世所弃。权力和庸众总是力图诛杀自己的异类，"僵卧荒村"的凄凉晚境对于书生们来说还算是好的。

故事早从《世说新语》中记录的那个时代就已经开始了，史称"博洽多闻，恬静寡欲，工诗文，精乐理"的嵇康，也是个清高孤傲不识时务的书生。作为前朝皇室的宗亲，与当政的司马政权本来就存有嫌隙，但他不但不主动做出姿态逢迎弥合，反而处处采取不合作主义。当他的朋友山涛秉承上边的意思推荐他到京城人事部门上班时，他不但不领情，反而写下一篇《与山巨源绝交书》，表达了自己一意孤行的决心。当晋王朝的权臣钟会屈尊到他住舍探访时，他不但有意慢待，还冷语相讥。"意气"用事终于招来杀身之祸，石头城下广陵散绝，死的时候还不足40岁。

陈寅恪作为一位历史学家，不会不知此类历史掌故，他的姑表兄弟加大舅子俞大维就是台湾国民党"国防部"的部长，瓜田李下他却硬是不避嫌疑。1949年建国之后，新政权邀请他到北京出任历史研究所所长，他却提出"研究所不宗奉马列主义，不学习政治"，并要求最高领袖具结作证，方可上任。陈寅恪的这一举止倒不一定是对新政权有特别的恶感，而是与熊十力的"拒绝改造"出于同一心态，即维护自己的学术自由与精神独立。最初，新政权并没有怎么为难他，继续让他留在南方享受着较为优渥的教授待遇，允许他不参加一切政治学习。在20世纪50年代的大陆，这可算一个天大的例外。

60年代初，距离"文化大革命"的风暴已经不远，康生欲前来拜访，大约也并没有什么坏心，康生喜欢金石书画，只是想看一看陈寅恪的藏书，却被陈氏托病拒之门外。形成鲜明对照的是，他却主动把广州京剧团的一群名伶邀至家中，又说又唱，又是题诗，又是请饭，殷勤备至。就在康生因为没有见上陈寅恪怀恨在心的时候，陈寅恪却因为未能看上昆曲大师俞振飞的戏而深深抱憾。

"书生都有嶙峋骨，最重交情最厌官"，不过陈寅恪倒是喜欢身居高官的陈毅和陶铸；这倒不是因为他们是高官，而是因为这两位对他的独立的学术人格表示出一定的尊重。再就是这两位官员的骨子里头都还潜蕴了一些书生意气,与陈氏不乏相投之处。遗憾的是这二位也都因为这点书生气在"文革"中吃了大亏,而以书生模样示人的权术家康生却在"文革"中大红大紫起来。

一介书生柔弱如陈寅恪者,不但身体瘦小,而且双目失明,最后还跌断一条腿成了瘫子,竟仍然能够砥柱中流,睥睨权贵,不为时事所拘,一如既往地走自己的路,这需要拥有一种强大的精神力量,这种精神力量则来自其知识、学问、性情、人格、信仰、操守共同建构起的内心世界,这是他的生命之树赖以支撑的根。

就人类中不同行当的人的生存状态而言,书生们对外部世界的依赖性最小,像陈寅恪的晚年,社会生活发生了天翻地覆的变化,文化场景发生了截然不同的转换,大学讲台发生了楚河汉界的挪移,人际关系发生了风流云散的动荡,他自己的身体也蒙受了"失明膑足"之难,失去了直接获取外部信息的多半条件,就是在这样的情况下,他仍然在十年的时间里完成了近百万字的著述。深有含义的是,晚年的陈寅恪随着外部条件的巨大变化,不得不调整自己学术研究的对象和方法,"留命任教加白眼,著书惟剩颂红妆",由早年的"中古佛教史考证"、"隋唐制度渊源发掘",转为《论〈再生缘〉》与《柳如是别传》的研究和写作。这类选题的内涵实为一种历史文化心态,与社会的政治、经济生活联系较为松散,更多地依赖研究者内在精神的投注。史学家的考据融渗进更多的文学性的主观情志的抒发,在陈端生与柳如是两位聪慧、温婉、侠义、美丽的女性身上,倾注了他无尽的幽思与情怀,而他自己又从其中获得了生命的慰藉与愉悦。

陈寅恪是一个靠自己支撑自己的人,他是柔弱的,又是强大的。

陈寅恪为了守护他那个"独立的自我",主动关闭了朝向现实社会生活的大门,希望从历史的积淀中发掘出"永恒的存在"。他在自闭的同时为世事所弃,心底苍凉难耐,时常发出充满苦痛的呻吟——"一生负气成今日,四海无人对夕阳","万里乾坤迷去往,词人终古泣天涯","高楼冥想独徘徊,歌哭无端纸一堆"。但在这呻吟的苦痛中,并不乏一缕缕哀凄的审美意味,那也是一种精神的沉醉。"独泣天涯"不正是"一生负气"的结果吗？"仁者安仁"，"求仁得仁，又何怨"，我以为这不能算是书生的不幸。真正的不幸倒不是他为世所弃，而是他和熊十力一样都多活了三年，赶上了那场史无前例的"文人浩劫"，蒙受了许多污辱与摧残，求死不得。这就不如他们的前辈学人王国维，到了一定的时候还能够自己走进颐和园的湖水里，死得清静，去得从容。

陈寅恪为了守护自己的独立人格和自由精神，采取了避世的态度，行之已十分不易。另一位学人梁漱溟则希望在入世乃至入仕的情况下同时保持自己学术与人格上的自由独立，当然就更加艰难。

梁漱溟堪称一位襟怀坦荡、性正气严的书生，虽然有点个人英雄主义，兴致上来时还有些言过其实毛病。与陈寅恪不同，他是一位不甘寂寞的人，从青年时代投身现实社会，奔走于党、政、军界，希望以己之所学匡世济民。新中国成立后，他认为自己的政治抱负可以实现了，不想在1953年全国政协会议上为了发展农村建设问题与最高领袖发生冲突，毛泽东发了很大的脾气，骂他班门弄斧，是个"以笔杀人的伪君子"；梁漱溟本来就是个宁折不弯的"拗相公"，反唇相讥毛泽东没有容人之量将失去他的尊重，石碓碰到石碾上，青烟直冒、火星四溅，梁漱溟为了争夺发言时间对毛泽东寸步不让，以至闹到大会举手表决的地步。结果当然是梁漱溟被轰下讲台。

后来，梁漱溟还是由于毛泽东的举荐继续留在了全国政协中，不过，他的主要使命已经是做"反面教员"。从建国初期一直到粉碎"四帮"之后的头两年，这位一心从政、以身许国的读书人，挣得的只是一次又一次对他的大批判。直到耄耋之年整个国家启动了"拨乱反正"之后，他才重新出版著作、重新登上讲坛。

迟迟返回的"正"，仍不过是他原本作为"书生"的那个位置。

顺便说一句，在1953年梁漱溟因言获罪遭受猛烈批判的当口，只有一个人站出为他说句公道话，此人便是熊十力。而熊氏的发言又被众人斥之为"书生之见"。梁漱溟当然很感谢熊十力，但在1961年编辑《熊著选粹》一书时，仍坚持说熊十力的哲学是失败之作,不给一点面子。交情归交情,学术归学术,在常人看来,这是否又是不近人情的"书生意气"呢?

"意气",大约比较接近于现代心理学中所讲的"情绪",书生们的逞才使性"意气用事",既是真诚的,又是主观的。这真诚的主观,一方面造成他们的正直与责任,一方面也造成他们的狷介和峻急,乃至偏激与怪僻,因此,书生们如果不老老实实地守着自己的书斋,而试图去做本分以外的大事,成功者极少,"秀才造反,三年不成",甚至还要搭进性命。

历朝历代,若非明君、盛世,很难容得下这样的书生。

"百无一用是书生",也不能说没有一用,这一用还不能不落实到书上,通过文字,把自己的性情和胆识化作道义、化作精神,从而作用于社会中的文化生态、精神生态。书生们即使做到了像孔夫子那样的圣人,也不过如此。

这方面,陈独秀可以算得上一个典型。

史称"陈独秀学识渊博,懂日、英、法三国文字,工宋诗,教出了苏曼殊这样的诗人;善隶书,旧学很有功底,新学造诣尤深。才思敏捷,个性鲜明,胸怀坦荡,不拘小节,刚烈而又温柔,喜怒形之于色,常能嫉恶如仇,有时亦优容奸恶,缺乏政治家的灵活性,厌恶玩弄权术。"显然,这是一个地道的"读书种子"。

龚自珍赞美书生的诗句"亦狂亦侠亦温文"用来赞美陈独秀也是完全适合的。

陈独秀原来名陈乾生,字仲甫,这当然是一个很平常的名字,后来自己改称"独秀",便可见出他的高逸孤傲。这大约也是文人的通病,熊十力早年心仪陆九渊的诗句:"仰首攀南斗,翻身倚北辰,举头天外望,无我这般人。"并自题一联"天上地下,惟我独尊",说大话比独秀有过之而无不及。这样的一枝独秀的"独行客",要他团结更多的同道去做集体的大事业,就很难。

陈独秀细行不慎,一生风流,给敌手留下许多可资攻讦的破绽:早年娶妻高晓岚,育有三子一女,却又喜欢上妻子的小妹高君曼,把族中的长老们气个半死。后来他又移情别恋,52岁上再次赢得一位23岁的女孩儿兰珍的芳心,心甘情愿与他一道在国民党南京老虎桥监狱中共度患难,也共度良宵,乐得狱卒们大看"西洋景"。难能可贵的是,陈独秀虽然"儿女情长"却并不"英雄气短",铁窗里的百般折磨没有丝毫减损他的革命意志,也未能挫折他在法庭上的凛然大气。

在尖锐复杂的政治斗争中,陈独秀往往只凭着他的书生意气,对人对事常不能做出客观如实的判断,1927年北伐胜利后,他一再受蒋中正的瞒哄,一步步走进蒋氏精心构设的陷阱,终于铸成大错,自己气得几乎发疯。抗战爆发,他又受到共产党内王明与康生的挤兑与暗算,只得单枪匹马打天下。国民党抓捕他,共产党开除他,他不怕孤立,"你走你的阳光道,我过我的独木桥",从此再不听任何人的召唤。托洛茨基召他去美国,他不去;第三国际要他赴苏联,他不去;周恩来劝他到延安,他拒绝了;张国焘动员他投老蒋,更不干。最后一个人流落到四川省江津县郊外的鹤山坪,守一堆书刊,过起了青灯黄卷的"纯书生"生涯。晚年,他潜心于文字学,在字源学、声韵学、汉字拼音化等领域做出贡献。

"除却文章无嗜好,依然白发老书生"。

这是陈独秀迟暮之年的慨叹。其实并非别无嗜好,在陈独秀的一生中,曾参加过"暗杀团",曾缔建过共产党,曾组织工人武装起义,曾策反过国民党军队,还领导过中国托派集团的分裂活动,只是这些"所好"成功者甚少。说"无嗜好"是卖后悔药,是自我解嘲。"依然书生"是实话,只是在政治斗争、党派斗争、军事斗争中,"书生气"从来就不是一个好字眼。

纵观陈氏一生,其功绩还在他生命的两端,青壮年时期主编《新青年》,指点江山、激扬文字,呼唤文学革命、思想革命,震撼神州大地,启蒙一代新人;迟暮之年潜心学问,著书立说,在文字学这一纯学术领域,留下一笔独特的文化遗产。一头一尾,干的皆是读书人的营生。

陈独秀过世之后,他的老朋友朱蕴山写诗悼念他说:"僵死到头终不变,盖棺论定老书生。"该算是他的知音。

辜鸿铭在本世纪初曾经议论说:"中国不患读书人不多,而患无真读书人耳。"什么是真读书人?且不说圣人、超人,读书人也说不上都是伟人、完人,像说这话的辜鸿铭算是一个真读书人,同时又是一个浑身毛病的人。

真读书人不过是一个拥有独立人格、喜欢读书、坚持自由思考、有信仰、有操守、真诚待人的读书人。

这样的读书人已经越来越少了。

如今的读书人,除去以往时代那些人为的压力、障碍之外,又面临着科技时代的挑战。近年随着电脑的普及,大有"取缔"书本的趋势。知识的信息化,信息的数据化,电脑的网络化,世界的一体化正在成为现实,"书生"们还有其存在的意义吗?

我想,电脑也许会拥有书生们拥有的全部知识和技能,但恐怕很难拥有书生们的"意气",即那"心中之心"流动着的精神意向。比如:严复那天真的迂阔,刘师培那懦弱的单纯,熊十力那旷达的自负,辜鸿铭那尴尬的崇高,陈独秀那悖谬的狷介,陈寅恪那自闭的超越,梁漱溟那憨鲁的忠诚。除非一天电脑变成了人,真的到那时候,也就不必再为人类担,因为人的存在已经完全没有意义。

1997年2月26日于海南大学

陶渊明与消费社会

> 幸福生活的三个源泉：工作、人际关系和闲暇。幸福生活的实现并不绝对地依赖富有。事实上，和谐的社会关系与个人的闲暇生活在消费社会中均被忽略了。
>
> ——杜宁（Alan Durning）

中国文学史上最伟大的诗人之一陶渊明，一生从没有大富大贵过，早年为了家人的生计，"投耒去学仕"，曾经到官府谋过几次差事，由于受不了官场规矩的约束，就又毅然回家种地去了。

庄子曰："鹪鹩巢于深林，不过一枝；鼹鼠饮河，不过满腹。"（《庄子·逍遥游》）返乡归田后的陶渊明，始终恪守道家信条，只愿过一种自食其力、且有余闲、温饱无虞、宁静平和的俭朴日子："弊庐何必广，取足蔽床席"，"耕织称其用，过此奚所须"，"园蔬有余滋，旧谷犹储今。营己良有极，过足非所钦。"尽管如此，在遇到天灾人祸时，基本的温饱仍然难以保障，一家人往往陷于饥寒交迫之中："环堵萧然，不蔽风日。短褐穿结，箪瓢屡空。""夏日常抱饥，寒夜无被眠"，"弊襟不掩肘，藜羹常乏斟""倾壶绝余沥，窥灶不见烟"，"弱年逢家乏，老至更长饥。菽麦实所羡，孰敢慕甘肥。惄如亚九饭，当暑厌寒衣。岁月将欲暮，如何辛苦悲。"有时甚至不得不出门乞讨，"饥来驱我去，不知竟何之。行行至斯里，叩门拙言辞"，求亲告友的尴尬浮于纸上。以今天的生活标准看，陶渊明晚年这种忍饥挨饿、朝不虑夕的日子已远在"贫困线"之下了。

尽管如此，他仍不改初衷，"宁固穷以济意，不委曲而累己。既轩冕之非荣,岂缊袍之为耻? 诚谬会以取拙,且欣然而归止。拥孤襟以毕岁,谢良价于朝市。"对于《论语》中颂扬的"固穷"精神,陶渊明始终念兹在兹:"斯滥岂彼志,固穷夙所愿"、"竟抱固穷节,饥寒饱所更"、"谁云固穷难,邈哉此前修"、"不赖固穷节,百世当谁传"。陶渊明身罹贫苦困厄,仍能心安理得,并通过亲近自然、通过与乡曲邻里的融洽相处,甚至通过身体力行的陇亩劳作,在物质生活贫困的条件下营造出一种充满诗意的高品位生活。从陶渊明诗文集中我们可以发现,生活尽管贫苦,却不乏优美清雅的讴歌:"今日天气佳,清吹与鸣弹","清歌散新声,绿酒开芳颜","日暮天无云,春风扇微和。佳人美清夜,达曙酣且歌。""清谣结心曲,人乖运见疏。拥怀累代下,言尽意不舒。""荣叟老带索,欣然方弹琴。原生纳决屦,清歌畅商音。"诗中讲述的荣叟与原生,即春秋时代的荣启期、原子思,都是乱世中的隐居之士,是陶渊明引为知音的"素心人"。在他们看来,贫苦并非病患,只不过是"无财"而已;真正的病患在于"学道而不行"。"古之得道者,穷亦乐,通亦乐。所乐非穷通也,道德于此,则穷通为寒暑风雨之序矣。"(《庄子·让王》)对于这些得道的素心人来说,苦日子是完全可以唱着过的,这就叫做"安贫乐道"。

"先师有遗训,忧道不忧贫。瞻望邈难逮,转欲志长勤。"这里援引的是孔夫子《论语·卫灵公》中的话。孔子曰:"君子谋道不谋食。耕也,馁在其中矣;学也,禄在其中矣。君子忧道不忧贫。"在孔子看来,道与禄本来是可以双得的,但不能以禄害道,卫道第一,为了守道不惜择贫。在"忧道不忧贫"这一点上,道家与儒家是交叉汇流的。但是,孔子之道与老庄之道毕竟存有差异。孔子倾心于"王道",不无功利之心,总期待着当政者的赏识与录用;老庄寄情于"天道",旨在"弗有"、"弗恃"、"弗居",一切随顺自然。故孔子一生周游列国,不得不与权贵豪门苦苦周旋;庄子则终生厮守园林,种漆树、打草鞋清净度日。晚年的老子甚至连图书馆的馆长也不做了,独自骑着头青牛,消失在茫茫天地间。陶渊明的《咏贫士十首》之三中就曾批评做了卫国之相的子贡:"赐也徒能辩,乃不见吾心。"他的心思更多地寄予黔娄、壤父、长沮、桀溺、荷蓧丈人等隐逸者的身上。

儒家能够做到的,只是穷困之际"不忧贫",不以困厄失去操守;道家却主张只有主动放弃、不持不有、散放恬淡、甘守贫穷才能得道。"贫"与"穷"反而成了"得道"的前提。"无不忘也,无不有也,澹然无极而众美从之。此天地之道,圣人之德也。""夫恬淡寂漠虚无无为,此天地之本而道德之质也。"(《庄子·刻意》)在庄子看来,"平为福,有余为害者,物莫不然,而财其甚者也。"(《庄子·盗跖》)富贵之于人反而害多于利,富人更与天道无缘。道家的"贫",是放弃,是舍得,是尽量减少对于外物的"占有";道家的"清",是胸襟的坦荡真率,是怀抱的澄明洁净。陶渊明诗曰:"不觉知有我,安知物为贵"、"若不委穷达,素抱深可惜",其中的"深惜素抱"与"不以物贵",即可看做"清贫"的释义。

在古汉语词典中,"清贫"差不多总是一个褒义词,不仅用于形容物质生活的匮乏,更经常彰显文人学士的品格与操守。"清"者,洁净、明晰、单纯、虚静也,固然为褒义;"贫",乃空缺、匮乏、亏欠、稀少、不足,在老庄哲学的原典中也绝不是贬义。"保此道者不欲盈,夫唯不盈,故能蔽而新成","大成若缺,大盈若冲","无欲而民自朴"。老庄哲学中尚虚、尚无、尚静、尚俭、尚朴、忌得、忌盈、忌奢的精神无不与"清贫"二字通。陶渊明清贫自守的节操是他自觉的选择,是老庄哲学中少私寡欲、见素抱朴精神的体现。对于"清贫"的自守,也是对于"素朴"之道的坚守。素者,不染之丝也;朴者,不雕之木也,皆为"自然而然"者。道法自然,因此"见素抱朴"即得"道"。不染不雕即物之本色与初心,素朴于是又具备了原初、本真之义。老子曰:"常德不离,复归于婴儿","常德乃足,复归于朴",返璞归真便成了道家修成正果的至高境界。从这一意义上来说,陶渊明的"返乡归田"就是"返朴归真"。而清贫于此不再是困顿难捱,反而成为回归本真、回归自然的不可缺少的"元素"。金岳霖先生推重的"素朴人生观",讲的也是这种回归型的、单纯的、尚未完全分化的生存观念,几近于"孩子气",这与老子讲的"复归于婴儿"也是一致的。

人类社会却并没有遵照老子等人的意图退回那个"婴儿"状态,而是一天天发展、强大,成为一个无所不能、无所不包的巨人。遗憾的是,这个强大的巨人距离自己扎根其中的本源、本性却越来越远了。陶渊明活着的时候,那个社会就已经"真风告逝,大伪斯兴",他所指的不外乎是"闾阎懈廉退之节,市朝驱易进之心",即社会上已松懈了廉洁谦让的品节,官场上勃起投机钻营的心态。看看当下的现实,如今官场、市场中人们的贪欲及污行不知比那时又"壮大"了几多倍。

现代人无不视贫困为洪水猛兽,避之唯恐不远,于是竞相争富。富者富可敌国,穷则穷到无法活命,于是社会各阶层、世界各国家之间的矛盾冲突日益激烈。世事纷争,清静、清洁、清平的日子不再有;人欲横流,贪污腐恶随社会富裕的程度日益攀升。如果说陶渊明时代就已经"真风告逝",如今已"逝"得更远。内心的自然与真诚还有多少姑且不论,人们对自己的身体甚至也已完全失去诚意。近年来,各种媒体极力宣扬的"人造美女"成了现代社会一道炫目的风景,据称改造这样一个美女要实施高密集度的外科手术:隆鼻、隆胸、割眼、吸脂、截皮、拉皮、锉骨、延骨,其酷烈程度无异于旧时刑罚中顶级的"凌迟"。尽管"千刀万剐",无数的青年男女仍趋之若鹜。当年,庄子对于人们给马上了笼头、给牛穿了鼻绳就已经大为伤感,以为破坏了牛马的本性与天真,如果庄子再世,遇上这样一位暴殄天物的"人造美女",不知将作何感想!

由此观之,陶渊明的清贫操守无疑是更接近道家精神的。"清",则有益于精神生态的陶冶,"贫"则有助于自然生态的养护。如果判定一千六百年前的中国古代诗人陶渊明同时也是一位"生态文学家"的楷模,并不为过。

王先霈教授曾著文指出:"在中国古代卓越的诗人中间,陶渊明的生态思想和他的行为实践,最富有启迪意义。""他看重的是个人精神的自由,是不以心为形役,不让精神需求服从于物质需求,看重的是人在与自然的和谐相处中得到宁静、恬适。"就其人生价值的取向而言,"他尊奉的'道'并不是孔孟之道,而是自然之道……孔子所忧的'道'离他太远,他是'乐道忘其贫',他所欣乐的是田野上春景体现的自然之道。"文中还指出:"把他的思想归结为知足常乐不很准确,甚至很不准确。这不是量'足'或'过'的问题,而是人要不要有精神追求的问题,是生活哲学的方向问题,是个人精神境界以至于社会精神生态的高下、雅俗、清浊的问题。"王教授还接过美国当代生态批评家艾伦·杜宁的话说:陶渊明的生态思想应是人类文化中弥足珍贵的"古老教诲"。

令人痛心的是,这一"古老的教诲",在诗人陶渊明自己的国度被彻底遗弃了,近年来更是以最快的速度被遗忘。

近年来中国社会最大的变化之一,表现在消费观念上,最引人瞩目的是"奢侈消费",说出来几乎就是一个难以置信的天方夜谭。

在全球深深陷入经济衰退之际,据世界奢侈品协会的最新报告称,中国内地去年的奢侈品市场消费总额已经达到107亿美元,占全球份额的1/4,已经超过美国,预计中国将在2012年超过日本,成为全球第一大奢侈品消费国。消费的内容从名包、名表、名车、名牌服装、古巴雪茄、瑞士烟斗,到游艇、别墅、海湾度假酒店、高尔夫俱乐部、贵族学校、绅士名媛培训班等。奢侈消费的趋势是消费者的年龄越来越年轻,提升速度越来越快,消费规模正由一线城市波及二线、三线城市,消费的欲望大大超过消费的能力,内地的奢侈消费已远远超过香港、台湾。更可怕的是,在一些地方政府、甚至国家级别的大型活动中,对于超级奢华的追求似乎也成了向外界显示"软实力"、"硬实力"的表演技艺。

《环球时报》海外记者近日著文称,有关中国奢侈消费的报告正"扎堆"涌现。"亚洲国际豪华旅游博览"与"胡润百富"共同发布报告称,2010年中国旅游者的购物花费首次成为全球第一,占全球跨国消费的17%。英国《卫报》引述某研究机构的预测称,到2020年,中国的名牌时装购买能力预料将占到世界的44%。美国全球厨卫设备公司瞄准中国消费者口味推出天价高智能超感坐便器及边洗澡边打电子游戏的浴缸、浴盆。英国"市场观察"网站称,中国内地消费者已经成为世界奢侈品销售增长的主要驱动力。德国财经网称,德国经济直接获益于中国人的奢侈品热情。2010年，中国的消费者平均在德国采购金额为454欧元，而欧洲最富有的瑞士人仅有127欧元。同时还有文章披露，中国人均GDP仅相当于发达国家的1/10。

上述报道使人顿时升起这样一个幻觉：在一个市声喧哗的十字街头，各色人等都在围观一个涂脂抹粉、披金挂银、浑身名牌、搔首弄姿的"傻妞"，难道这就是富裕起来的中国人？奢侈消费或许已经成了21世纪流毒于中国大地上的"新的鸦片"。中国有一句古老的格言，"玩物丧志"，当代中国人却"玩物上瘾"，玩到最后，"物"越来越尊贵、强劲、美好、伟大，"人"却注定越来越卑微、脆弱、空洞、渺小。令人费解的是，一个拥有勤俭传统、不久前还在高唱"勤俭是我们的传家宝"（其中"俭"为老子的"三宝"之一）的当代中国，为什么会如此轻而易举、变本加厉地接受了资本运营体系中如此粗鄙的消费观念。

中国古汉语词典中并没有"消费"一词，人作为自然界的生物，在生物圈内总是要消耗一定的物质和能量以维持生命的延续，如果把"生计日用"的开支也叫做"消费"，那么在此意义上建立的生产与消费的关系乃属天经地义。

进入现代社会之后，"消费"（consumption）的性质发生了根本的变化。牵制人们日常生活行为的不再是自然生态的戒律，更不是精神上的道德感召，而是资本运营的价值规律。资本市场借助高科技的力量，全力刺激人们的消费欲望，以获取高额回报。消费纯粹成了为资本开发市场、赚取利润的工具。人们不是为了需要而消费，而是为了消费而消费；不是为了消费而生产，而是为了生产而消费，整个社会成了一架制造消费欲、消费品的机器。现代中国缺少资本主义的传统，也欠缺资本主义的免疫基因，因此，中国当代消费者就更容易被市场俘获、被固定在这台机器上，完全丧失了自我。

法国著名思想家鲍德里亚（Jean Baudrillard，1929—2007）一生与消费主义做对，人称"消费文化解码专家"，他深刻地揭示了西方现代"大型技术统治组织"如何通过消费建立起资本对社会的严密控制，挥霍钱财的程度，成了一个人事业成功、一个国家国力强大的标志，消费主义已经成为资本主义经济学中最邪恶的逻辑。现代社会变成了"消费社会"（consumer society），消费异化为无益的"消耗"与"浪费"，而铺天盖地的广告，仍在日夜不停地为现代消费演奏胜利的凯歌。现代文明已经变成"垃圾箱文明"，现代社会秩序、生产秩序已沦落到"厚颜无耻"的地步。消费社会成为现代人的一个"白色的神话"，一个除了自身之外再没有其他神话的社会，一个近于猥琐却又恶魔般掌控着人类的社会，它"正在摧毁人类的基础"、"时时威胁着我们中的每一位"。

鲍德里亚是否在故作惊人之语呢？

只要看一看处于消费社会中的自然的生态状况与人类的道德精神状况，就不难看出波德里亚批判的现实性与急迫性。

据世界自然基金会发布的公告称，1961年至2003年之间，地球上的生态足迹增长了3倍多，到2050年，地球人类将消耗掉相当于2个地球的自然资源，地球已经被人类的消费行为大大透支了。在当代社会以8%的速度发展国民经济的同时，自然界的淡水生态系统却以8倍于以往的速度减少；当人们获得了五花八门的享乐方式时，作为生命基本需要的空气与水源却成为"卡脖子"的要命问题。更不要说为了争夺石油，中东地区已经成为国家之间血火交织的战场！据有人统计，中国国民经济增长率的75%是依靠自然资源与环境的超额投入为代价的。中国环境与发展国际合作委员会2010年会公布的《中国生态足迹报告》称，2007年中国的生态足迹增加速度远高于生物承载力的增长速度，生态足迹已是生物承载力的2倍，生态赤字还在逐年扩大。如此"寅吃卯粮"，对于我们这个家底并不丰厚而人口超级大国家来说，后发的劣势与潜伏的危机无益是十分险恶的。

至于伴随消费主义风行在精神领域引发的病变，在当下中国，似乎已经不必多加举证。贪腐行为屡禁不止，严重的贪腐之风已成为国家安全的最大威胁。"上梁不正下梁歪"，在神州大地横行肆虐的"毒奶粉""瘦肉精""地沟油""吊白块""苏丹红""黑哨""假球""假烟""假酒""假文凭""假刊物""假疫苗""医疗陷阱""旅游陷阱"等等见怪不怪的种种劣迹，便可以印证国家总理温家宝最近发出的感叹:"国民的道德状况已经到了何等严重的地步!"

自然生态的恶化,精神生态的沦丧,已经让经济飞升的意义大打折扣。至于个人的日常生活领域,英国伯明翰学派文化研究的代表人物理查·霍加特(Richard Hoggart)曾指出:"一种健康的、淳朴的生活方式正在逐步被堕落的消费主义文化所取代。"那位美国生态批评家艾伦·杜宁更是得出这样的研究结果,"消费与个人幸福之间的关系是微乎其微的","生活在90年代的人们比生活在上一个世纪之交的他们的祖父们平均富裕四倍半,但是他们并没有比祖父们幸福四倍半"。他还引用牛津大学心理学家的判断:幸福生活的源泉"是那三个被覆盖了的东西——人际关系、工作和闲暇。并且在这些领域中,满足的实现并不绝对或相对地依赖富有。"

对照这些当代西方学者批判消费主义社会的话语,我们不能不再度回望我们的古代诗人陶渊明。"幸福生活"的"源泉",原本在陶渊明这里,请看他的这首题为《移居·之二》的诗:

> 春秋多佳日,登高赋新诗。
> 过门更相呼,有酒斟酌之。
> 农务各自归,闲暇辄相思。
> 相思则披衣,言笑无厌时。
> 此理将不胜,无为忽去兹
> 衣食当须纪,力耕不吾欺。

公元408年,陶渊明在柴桑郊外的故居蒙受火灾,后来移居到更为偏僻的南村,这里虽然偏远,却住着与他声气相投的诸多"素心人"。陶渊明在这首诗中既写到邻里间亲密无间的和谐融洽,又写到生活中必不可少的农务,更写到春秋佳日、登高赋诗的闲暇时光。杜宁书中罗列的幸福生活三要素,全都具备了(在陶渊明这里还应多出一点,即亲近自然)。这样的生活是清贫的,也是健康的、淳朴的,因而也是幸福的。"清贫""寒素"一类的字眼,在古代汉语中从来就不只是一个经济学的概念,而总是散发着浓郁的道德芬芳,闪烁着晶莹的精神光芒。

最初的启蒙主义者大约也没有料到,理性主义的极致竟把人完全变成"经纪人",进而变成"货币人"。鲍德里亚在他的《消费社会》一书的结语中发出强烈呼吁,要人们面对"消费社会之弊端及其无法避免的整个文明悲剧"务必保持批判的"反话语","重要的是要给消费社会额外附加一个灵魂以把握它。"那么,这里我们就推荐一个东方的、古老的、诗界的"灵魂"——陶渊明,他曾经在贫苦生活中获取精神上的最高愉悦,在最低"消费"的前提下,为人类文化作出最大贡献。

2012年夏初稿于姑苏城外,
2020年春订正于紫荆山南。

东坡与刚峰

> 完整的人对理性人
> ——W. 巴雷特

从中原腹地南下4000里来到大陆最南端的大海以南这个岛上,不意中却走近了两个人,一位是苏轼,一位是海瑞。

这两位青史垂名的古人与这个海岛的关系都是因为各自的不幸,海瑞是由于做官做得太认真惹得皇帝不耐烦,遣返海南老家提前退休;苏轼则更惨些,在朝廷党派之争中遭人构陷,被一贬再贬,在生命的晚年无地可贬的时候,便流落在海南的儋州。也许是因为人们更容易同情不幸落难的人,也许是因为海南岛空间有限,苏轼与海瑞在这个岛上的名气比在中原腹地还大。在琼山有海瑞故里、海瑞墓、海瑞诗碑、海瑞就读的"藏书古屋";有"苏公祠",苏轼指导开凿的"浮粟井"。在儋州,有苏轼住过的"桄榔庵",苏轼以诗酒会友的"载酒堂",苏轼饮用的水井,苏轼讲学的书院。在屯昌,还有海瑞的祖居海公山,有海瑞母亲谢氏夫人的坟茔。

海南经济特区的摩天大厦和四处林立的广告牌倒是未能掩遮掉两位历史名人的身影,苏轼和海瑞的画像、塑像时时会撞到眼前。比如,在我居住的海南大学校园里的文科楼前,就有一尊直立的苏轼的全身塑像,使莘莘学子得以与这位名人朝夕相见。只是雕像的艺术水准太低,怎么看都像是模拟河南巩县宋陵墓道边的石翁仲。而祠堂中所悬挂的那些苏轼、海瑞的画像,又多是按照古书上的木刻画描下来的摹本,一律的单线白描,乌纱红袍,难以供给更多的信息。中国古时候当然不会有摄影、录像,也没有西洋人的那种素描、油画,而中国画人物写实的功夫又太差,苏轼、海瑞的"真面目"在我的想象中始终一片含糊。然而含糊中又有着非常确定的东西,那就是我对两位名人的"感觉",这"感觉"竟是如此地清楚,"海"是"海","苏"是"苏",没有半点含糊。

苏轼与海瑞,一个生活在宋代,一个生活在明代,相差500年,他们之间具有不少相同的东西,比如,官都做得很大,省部级以上,都是为民请命的好官。但差别也很大,尤其是在精神风貌与人格风范方面。

苏轼虽然出生在四川,身上显然聚集了更多的中原文化;海瑞虽然不是海南岛的原住民,但世代生活在海南,生命中已经积聚下许多海南文化性格,这是两个禀赋、气质、性格、行为方式完全不同的人。将这两个人做一下对比分析,对于我们现代人精神气质与生态人格的养护也许会有一定的启示。

历来,人们对海瑞的总体评价是:"不怕死,不爱钱,不立党",这对于海瑞来说当之无愧,如果用在苏轼身上,就不会那么理直气壮了。同是给皇帝犯颜上疏,海瑞敢于置生死于度外,把个嘉靖皇帝说得一无是处,上疏的同时就想到后果严重,准备以身相殉,将亲人仆从一一疏散,还让人抬了棺材跟在后边,把嘉靖皇帝都吓傻了。而苏轼在给皇帝提意见时,也是口无遮拦,敢于犯颜力陈。事后还在晒太阳、赏画册,悠哉游哉,全想不到会有大祸临头,逮捕他的官差手持绳索找到门上,他却吓得藏在后堂不敢出来,比起海刚峰的姿态低多了。

海瑞一生艰苦朴素,吃的是青菜豆腐,穿的是葛衫布袍,为母亲做寿也才只舍得割二斤肉,办公时连半张稿纸也不浪费,虽然官至二品,死后家中除了一些破帐子、烂箱子、旧衣裳,一生的积蓄只有十几两散碎银子,连给自己办丧事都不够。苏轼为政多年,也算是清官,同时又是一个很会享受生活的人,在饮食上他是个美食家,自己发明过"东坡肉""菊花鱼""桂花酒"之类的美酒佳看。酒宴上还颇会与那些陪酒的歌女舞姬逢场作戏、谈笑风生（却能守住底线，没有传出什么绯闻）。在居室上他又务求舒适悦目，流放惠州后还又建造了一座"白鹤居"，房舍20余间，估计也要花不少银子。

至于不拉帮结派，苏轼就显得更说不得嘴。苏轼为官时上有皇太后的暗地支持，有宫廷元老欧阳修的及时指教；下有所谓"苏门四学士"的前呼后拥，团结一致与王安石的"变法党"作斗争，作为"元祐党人"的首领之一，苏轼的名字是刻在御制"党人碑"上的，赖也赖不掉！而海瑞却始终孤军奋战、单打独斗，隆庆四年春他被皇上赶回原籍时，满朝文武竟没有一个人替他说话，气得他掷下一句举朝之士皆妇人、没有一个是男儿的狠话，然后背着行李走人，坚守了自己的"光荣孤立"。

看来，苏轼在"不怕死，不爱钱，不立党"三个方面都不如海瑞做得彻底，但如果仅仅就此给苏轼下结论，这位东坡先生无疑就成了一个大俗人了。苏东坡之所以成为苏东坡，自有他脱俗超凡的另一层面，归纳起来，那就是"贪生而不怕死"，"爱钱而不滥取"，"结党而不营私"。与海刚峰的"不怕死"，"不爱钱"，"不结党"相比，纯净度小了一些，内涵却复杂了许多，也丰富了许多。

苏轼的"贪生"，也许可以理解为他对生命的热爱和尊重。"明月几时有，把酒问青天。"苏轼对有限的人生非常珍惜，他曾经坐禅，服药，练瑜伽，炼内丹外丹、阴丹阳丹，姑且不论这些方法是否科学，却无不表现了他对生命的爱护与留恋。传说，青年时代的苏轼与友人章惇一起到山中游玩，听人喊叫前边有虎，马惊不敢上前。苏轼扭头就跑，章惇拿起一面铜锣在石头上猛砸，老虎被吓跑了。又见一独木桥横架于万丈深涧之上，章惇与他打赌过桥，苏轼自甘服输，不愿拿生命做赌注，那章惇铤而走险旁若无事。苏轼一面感到佩服，一面却又发出感叹，拍着章惇的肩膀说："老兄将来能够杀人。"他的理由是：对自己的生命不珍惜的人，就不会珍惜别人的生命。后来，两人政见不合，追随王安石走上"法家"路线的章惇果然杀伐果断，整治起异己分子从不心慈手软。

在这一点上，天生不怕死的海瑞海刚峰颇能高扬法家遗风，当他晚年复出担任南京都察院的首席法官时,第一个举措便是恢复太祖皇帝时的苛法严刑,凡是贪污公款80贯(黄仁宇说)的,另一说(葛剑雄)是纹银60两,一律要处以"剥皮揎草"的残酷刑法,还要将填塞过草的人皮筒子挂到衙门大堂上,以示警诫。往大处说,60两,也就相当于如今一位处长半年的工资,几万块钱。苏东坡不行,他即使当上了法官,依然改变不了他那仁爱宽厚的天性,若要他去剥什么人的皮,即使是一个恶贯满盈的人,他也注定是下不了手的。苏东坡虽然留恋活着,但到紧急关头非死不可的时候,他也决不会辱节以苟活,不放弃自己的政治原则。湖州案发后,他虽然吓得两腿筛糠,但为了不连累别人,在押解的路上,就曾经准备怀沙自沉,一死了之,学习屈原的榜样。

说到花钱,苏轼似乎是一个好手,不过,苏轼挣钱的渠道也比海瑞要多一些。他并不光靠俸禄,他是广受欢迎的诗人、文学家,又是书画大家,北宋时代有崇拜文化名人的社会风尚,他的一幅字、几笔画就值不少钱。据史料记载,宋代一位名画家的画就可以卖上500两银子。到了清代,郑板桥自己说他一年的绘画收入可达千两,而当时一位部长级高官的年奉不过256两,至于县官,尚不足百两。苏轼靠个人劳动所得,生活过的富裕些,不成问题。可贵的是,一旦身陷困顿,生活中全没了常人所指的"享受",甚至没有了吃饭穿衣的基本保证,东坡依然可以发现生活的美好,保持乐观向上的精神。待到他生命渐近晚境,夫人与朝云先后死去,自己被发配海南儋州,受尽艰辛和凌辱之后,依然不减对生活的热爱。他在流放海南时写下的《菜羹赋》:"服饰器用,称家之有无,水陆之味,贫不能致。煮蔓菁、芦菔、苦荠而食之。"生活艰苦却不以为苦。儿子苏过烧了一锅红薯玉米粥,他也将其赞美一番:色香味皆奇绝,天上酥酡则不可知,人间绝无此味也。流放海南三年时间,写下诗词歌赋及各类文章数百篇。"九死南荒吾不恨,兹游奇绝冠平生",可怕的贬谪流放,在他反倒成了一次冠之平生的奇妙的"旅游",这又是何等胸怀!

家居海南的海刚峰固然以清贫自守苦度日月,坚守节操始终不渝,比起苏东坡来,毕竟少了许多画意与诗情。海瑞志在"治国、平天下",他生存的全部意义不能不建立在朝廷对他的提擢任用上；而苏轼却不同，他的生存意义同时还建立在自己生命内部的创造性活动之中的，这让他看起来更像是一位追求个性独立、精神自由的诗人艺术家。

后世人们在讲到苏轼的时候，往往只把他看做一位诗人、画家、书法家，总是说他文章第一、书法第一、绘画第一、美食第一、品酒第一，忽略了他的"国家干部"身份；王安石曾说过："东坡不懂吏事"，人们似乎受到这句话的影响。（当代学者白寿彝主编的《中国通史》，也说苏轼是一个典型的文人，不懂政事）王安石的话是存有偏见的，事实上苏轼一生的主业仍然是一位官员、一位政界人士，而且还是一位颇具行政才干与官场智慧的官员。苏轼，二十岁出头开始从政做官，先后做过徐州、黄州、杭州、定州等地行政长官、军分区司令；五十岁上奉调中央，一度曾担任文化部长、文职国防部长，与包拯包龙图一样曾荣任龙图阁大学士。弟弟苏辙为苏轼撰写的盖棺定论的"墓志铭"，共7000余字，6000多字是陈述其政绩的，述及文学的不足200字。其中建言朝廷、规训下属、关怀民生、兴修水利、救灾赈灾、执法断狱、维护治安、整饬军纪、推行外交，都有许多成就。如在密州平息执法扰民事件，在徐州身先士卒抗洪水，在杭州筑长堤治理西湖、开运河疏通河道，在惠州东江上造桥，以及贬官后在黄州筹备孤儿救济院，在广东修公墓、建医院等等。苏轼做官行政一心为国为民，并不仅仅为了"做政绩"。贬官后在广东，没有了行政权，许多有益于民生的大事，是通过他的做大官的亲戚（表兄、姐夫）程之才的协助才得以完成的，从其书信来往可以看到，苏轼总是再三叮嘱：不要给别人说是我要做的，从不张扬、宣传自己。

至于"结党"，应当说是现代政治生活中的基本常识。中国古代人的"结党"意识不强，汉之"清流"，明之"东林"，比起今日"民主党""共和党"也只不过是小打小闹。海瑞海刚峰坚执"君子群而不党"的古训，显然是受孔子儒家思想影响太深。孔老夫子是教育家，也教人怎么搞政治，但绝不是一个成功的政治家，也许他吃亏就吃在这个"君子群而不党"上。海瑞没有自己的"党"，只把成败的全部希望寄付在最高统治者皇帝一个人身上，若是皇帝看不中他，或一时看不到他，他也就没有了一点施使抱负的力量。苏轼的灵活性要多一些，在政治斗争中他知道团结同志、共同作战，以至于被时人视为"川党"。他也很知道尊重并获得政坛前辈的支持，从司马光、欧阳修、文彦博到范仲淹的儿子范纯仁，都始终把苏轼当作自己人加以提携和保护。结党，是海瑞所不齿的。若是凭他的社会影响，尤其是凭他上书嘉靖皇帝而震撼朝野的名声，当嘉靖死了之后，只要他稍稍表示一点谦恭和顺从，表示一点积极靠近"新班子"的姿态，他肯定会得到宰相张居正或后继宰相申时行的重用。然而他不肯抛弃自己刚正不阿的做人原则，宁折不弯，所以被搁在琼山老家的茅屋里一晾就是16年。

不过，苏轼结党并不营私。作为"元佑党人"的苏东坡与王安石们的"变法党"的斗争，以前总被我们的历史教科书中确定为"保守"与"革新"之间的斗争，那其实是简单化了。现在学术界多半认为，王安石的变法新政目的在于增加朝廷的财政税收，用现在的话说是提升GDP的指标，志在富国、强国，按照林语堂的说法是"国家资本主义"；苏东坡反对变法中的某些条款，坚持以民为本，主张政府应当让利于民，藏富于民，这应该归之于"民主社会主义"了！苏、王二人之间没有个人恩怨，只是政见不同；苏轼也并不一味地反对变法，对于新法中某些有益于国民的举措是支持的，因此还时常受到"自己人"的排挤。对于政敌，能够做到"政见不同，人格不失；一心为公，不修私怨"，尤其难能可贵！

回头再看海瑞，他虽然因孤立无助无法施展自己的政治抱负，但作为人，他真是一条刚刚正正、顶天立地的男子汉。海瑞做官做人原则性很强，处处严格按制度的条文和法律的规定办事，决无半点通融。当他还是浙江淳安县的一个七品小官时，就曾照章办事整治了总督府的胡衙内；继而又因严守接待的规格，得罪了御史鄢懋卿鄢大人。后来，他竟然又把祖宗遗训、国朝圣典对照运用到一身毛病的嘉靖皇帝头上，把当今皇上劈头盖脸数落一顿，惹得龙颜大怒，差一点被处以绞刑。在南直隶巡抚任上，他以法治世，从境内官员的起居到民间男女的婚嫁，以及帽巾、糖果、糕点、稿纸等日常生活用品、办公用品的型制标准，都有严格的规定，违者必究，严惩不贷。海瑞绝对是说到做到的人，在稍后的"退田"运动中，他的救命恩人、名声还不错的退休丞相徐阶也被他列为清查重点，不但下令逮捕了后者的兄弟，并强令他本人主动进行交代。从此以后，海瑞便以铁面无私的"南包公"誉满天下。

比起海瑞，苏轼身上有着太多的人情味和温情主义。比如，他在杭州任太守时，一位年近花甲的穷举子进京赶考，只能背了朋友资助的一些棉纱沿路卖掉做盘缠，为了逃税就在包袱上贴了苏轼转交苏侍郎（东坡之弟苏辙）的字样。这个"诈骗犯"被押送到知府大堂之后，苏东坡不但没有惩罚他，反而换了张标签，亲手写上原来的内容，假戏真做让这个穷举子渡过了难关。这个穷书生自然感激涕零，据说后来还真中了进士，成了人才。苏轼的政敌，即前边讲到的那个章惇，曾一再将苏轼往死里整，后来自己也倒了霉。当苏轼遇赦奉诏北还时，章惇却戴罪流往雷州半岛。此时，苏轼并不投井下石、痛打落水狗，甚至也没有幸灾乐祸，反而不计前嫌，以德报怨，托人捎信给章惇，说自己曾在雷州住过，那里虽然荒蛮，但并不如传闻的那么可怕，嘱他多多保重身体，等待圣上早日施恩。

在海瑞的心性中，似乎总有一种"专业化"的对罪错与邪恶的审视能力，他那犀利尖锐的目光可以明察秋毫，洞穿人间的一切违法之事，他那刚毅强硬的手腕足以用来重整纲纪维护社会上的公理道德。这位"海青天"甚至比他的前辈"包青天"更为严峻、刚直。民间传说包拯（应与苏轼同时代，是苏轼的父执辈）在处理秦香莲的案子时，还曾经有过为难与动摇，想着送给苦主一笔银子（自己的工资300两），大事化小，不想惹更多的麻烦。被秦香莲逼得没有办法时，才最后下决心铡了皇帝女婿陈世美的人头。这样的动摇大概不会发生在海瑞"海青天"身上。

单就做官来说，海刚峰更像一位官吏，就好比一位管理羊群的牧人，一位正直诚实、克己奉公、以身作则、爱民如子的行政官员，一位威严的"上级领导",老百姓头顶上的"天"、"海青天";而苏东坡则更像一位穿上官服的平民,他自己就曾对着一名被执的小偷大发感慨,"小人营糇粮","我之恋薄禄","不须论贤愚,均是为食谋",自己先把自己放到了老百姓的位置上。由于二人的定位不同,人们对海瑞更多的是敬畏与尊崇,对苏轼更多的则是亲近与爱慕。苏轼的心性中似乎有一种天生的对于其他生命的认同趋向与亲和力,在他的眼睛里总是过多地看到人间的友谊与良善。他曾经对他的弟弟苏辙说过:"吾上可陪玉皇大帝,下可以陪卑田院乞儿。眼前见天下无一个不好人。"他的朋友中上有高官显宦,下有黎民百姓,"人无贤愚,皆得其欢心"、和尚道士、贩夫走卒、歌妓舞姬,都可以与他互吐心曲,酒酣后他可以与和尚开一开"带色"的玩笑。获罪流放海南后,邻居家的黎族老阿婆一天看他头顶一个西瓜,嘴里唱着小曲从田间小路走来,就善意地嘲笑他:"大学士的往日富贵就像一场春梦啊",他便因此给黎族阿婆起个外号"春梦婆"。一些地方官员不肯与他划清界限,如海南昌化地方官张中,出于崇拜他的人格,腾出自己的官舍给苏轼,一如既往地亲近他、照料他。结果被弹劾,受到严厉惩罚也并不后悔。

在社会交往中苏东坡成了一个"人见人爱,老少皆宜"的角色。至于家庭生活,苏东坡更创造出一种令人羡慕的和谐,他与其弟苏辙情同手足,至死不渝,"但愿人长久,千里共婵娟"的千古名句就是他在密州时写给这位弟弟的。苏轼的三个儿子全都为人忠厚,事业有成。苏轼一生实际上娶过三个太太,一位比一位年轻,而且一位比一位贤惠,太太之间亲如姐妹,无论他仕途如何坎坷多灾,后院总是稳定温馨的。在家庭问题上,海瑞就显得十分狼狈。史载海瑞自幼丧父,寡母教子甚严,一旦儿子成龙,老夫人自然更加恃功专断。海瑞娶的媳妇先后被老太太休掉两个,剩下的一个也早早病死;同时收房的两个小妾,其中一个上吊自杀,生下的儿子们又陆续夭折,海瑞的家庭生活可谓冰雪覆盖。这不但使他经常处于凄楚之中,还因此为他在朝廷中的对头留下了把柄:一个连家都不能"齐"的人,还谈什么"治国""平天下"呢?家庭中的不幸,老夫人当是主导因素,海瑞的不善折中斡旋、不肯委曲求全是否也该承担一些责任?

苏轼与海瑞,两人生命的"谢幕"方式也很不同。

贬居海南三年之后,东坡已经60多岁,国家政治发生了重大转机,他的对头们纷纷被赶出京城,元祐党人有复出之势。苏轼官复原职,奉命北上,且另有封赏。船过江苏靖江,数千人立于岸上欢迎。此时的苏轼,已经对重涉政坛失去兴趣,甚至不愿在南京住下去。移居常州后再次上书皇帝,只求在天地间"作个闲人,对一张琴,一壶酒,一溪云",过几年自由自在的生活。不幸的是,那天与晚辈书法家米芾游山归来一病不起,享年65岁。

谪居海南16年之后,海瑞已经72岁,远远超过了现在国家规定的在职干部的退休年龄,雄心不已的海刚峰竟又欣然接受了皇帝的调令。再度出仕为官,并且不务虚名,不甘寂寞,务求实权在握,决心干出一番大事业来。万历年间的大明王朝本来已经内外糜烂、危机四伏,而海瑞赖以励精图治的法宝又只不过是开国皇帝、"洪武爷"朱元璋留下的那些法令条文,凡事仍旧"按既定方针办"。海瑞的那些手段坚决却不无偏激的做法立时引起政界怨声鼎沸,同僚们告状告到皇帝那里,皇帝为了平息众怒,便下了一道圣旨,说海瑞"词多迂憨"、"有乖政体",念他年老糊涂不再计较,夺去实权,留下空衔,"用以镇雅俗、励颓风"。到了这般地步,在时人的心目中,海瑞竟成了御史衙门前的一只"镇雅俗,励颓风"的石狮子。宁折不弯的海刚峰一气病倒,这一年的冬天砥柱倾折,海瑞悲愤地死在南京凄清寒冷的官邸中。

庄子曰:"玄珠之遗,象罔得之。""象罔"是凭心灵感受呈现出的似有若无的意象,用意象去表现我对于苏轼、海瑞的感觉,也许会更可靠一些。苏轼与海瑞这两个历史人物在我心中生成的意象,如用两个汉语词汇表示,那就是"东坡"与"刚峰"。这恰恰又是他们自己为自己取的名号,该是得到他们自己认可的。

东坡,向阳的一片坡谷,阳光和煦,空气湿润,溪水融融,芳草如茵,正如苏轼诗词中的夫子自道:"软草平莎过雨新,轻沙走马路无尘……日暖桑麻光似泼,风来蒿艾气如熏,使君元是此中人。"东坡,是一片生机盎然,生意葱茏、生气蓬勃、生态平衡的绿地。

刚峰,一座直插云天的山峰,壁立千仞,乱石崩空,突兀峭拔,铁打钢铸,雷霆震击不能屈其志,风雨剥蚀不能损其容,粉身碎骨无所怨,只留青白在人间。刚峰,是一种方正清廉、刚直不阿、严谨峻刻的道德象征。

新时期以来,在学术界产生较大影响的,有林语堂的苏轼研究《苏东坡传》;黄仁宇《万历十五年》一书中的海瑞研究。在他们看来:苏轼于自己,秉承的是中和人格;于国家,倡导的是平易政治。他外儒内道,德艺双馨,一身涵泳着整个中华民族的文化精神,几乎堪称完人。而海瑞则是一位遵纪守法、刚正不阿、廉洁奉公、明察秋毫、一丝不苟的模范官吏。针对当下我们社会的吏治,海瑞的精神尤其可贵,尤其值得学习发扬。尽管如此,在国民的综合评价上,海瑞的分数仍然赶不上苏轼。林语堂给苏轼的评语是"多面性的天才"、"中国古代文化的象征";黄仁宇给海瑞的评语是"模范官吏",但又加上"古怪的"三个字,成了"古怪的模范官吏"!除了上述优秀品质,他还存在有某些不通人情的偏执。如果说苏轼拥有的是"多面性的融和",海瑞却显得是"单一性的偏执";海瑞坚执"理性"的法则,苏轼在理性之外有多出许多"情性"。按照现在的说法,苏轼比海瑞多出的是"情商"。

作为与智商相对应的概念,情商主要是指人在情绪、情感、兴趣、意志、等方面的品质。说白了,情商就是一种情绪智慧,体现为了解自己、管理自己、自我激励以及理解他人、处理好人际关系。美国学者丹尼尔·戈尔曼不久前出版一本书:《绿色情商》。"绿色情商",提法很好!把人与人之间的亲情友爱扩展到天地万物间,不但对人有情,对天地间的植物、动物、微生物、无机物(山水风云)全都投注进关心爱护。

A. 施怀泽说过:"有道德的人不打碎阳光下的冰晶,不摘树上的绿叶、不折断花枝,走路时小心谨慎以免踩死昆虫。"如果我们不能以同情的、友爱的、审美的目光守护一块绿地、一泓溪水、一片蓝天,我们也就不能守护心中那片圣洁的真诚、那片葱茏的诗意,心中的"善良与真诚"与大自然中的"清新与生机"是一致的。这就是——绿色情商,也是生态人应当具备的"精神的礼节"和"宇宙的风度"。

由此看来,苏轼苏东坡不但"情商"过人,其实他在他那个时代,就已经具备了相当高水准的"绿色情商"。且不说他对自然山水、田园风光的热爱,始终将中国古代最伟大的自然主义诗人陶渊明作为效法的榜样(他一直认为自己是陶渊明的转世再生,在海南期间几乎将陶渊明的诗文"和"了一遍!),直到告别人世,他的志向仍在东山向阳的坡谷里:白云左绕,清江右回,重门洞开,林峦岔入,人在若思无思之中。

即使在日常生活中,他也处处表现出对于天地间万物的钟情与珍惜。苏轼在杭州做太守时,运用手中的权力开浚西湖,修筑长堤,广种草木,禁止捕鱼捉鸟,为西湖营造出良好的自然生态。在惠州时,他说服亲友出资买下一方陂塘,修建成水面开阔的水库,进而在库里养鱼,防止当地民众竭泽而取,"所活鳞介,岁有数万"。苏轼甚至还可以将他的悲悯之心施加到任何物种,从燕子、老鼠到灯蛾、苍蝇:"钩帘归乳燕,穴纸出痴蝇。为鼠常留饭,怜蛾不点灯。"苏轼的"绿色情商"集中表现在他的许多"戒杀诗文"中。当时海南岛上的原住民有一种陋习,有病不求医药,而是以巫代医,杀牛祷神。内地奸商便运牛上岛,以极低的廉价骗取岛上的沉香,转手高价卖到大陆给那里的信男信女用来烧香礼佛。结果牛死人也死,烧香等于烧牛肉,于人、于神、于牛都是一场荒唐事。苏轼对此十分焦虑,专门写了文章,从自然生态、社会生态,一直分析到精神生态,力图阻止这种虐牛、害人、害己又渎神的行径,并拿去广为传播。

当下,中国在营造"和谐社会"时,在宣传海瑞的"廉洁品德"时,切不可忘记了苏轼的"生态精神"!

1996年秋,于海南大学莲花池畔
2015年春,修订于苏州独墅湖畔

尴尬辜鸿铭

> 文明的真正涵义,是一种精神的圣典。
>
> ——辜鸿铭

"五四"前后,北京大学的校园里春潮滚滚,人人争赶新潮流,人人争当新青年,这个时候的辜鸿铭仍然是这样一身打扮:蓝缎子长袍、红缎子马褂、青缎子瓜皮小帽下边撅着一根细小发黄的辫子,衣服的袖子上满是鼻涕唾沫留下的星星点点,就连往返送他上下班的黄包车夫,也是一位穿着号衣、脑后垂着辫子的大汉,倒像是张勋张大帅"辫子军团"中的退伍兵,仅只消看一眼辜鸿铭教授的这副行头,就可以立时断定,这是一位特号的"封建老顽固"。

老北大自然是一块藏龙卧虎之地,世纪初的风云际会,世纪末的历史定评,不但使陈独秀、胡适之分别成了无产阶级或资产阶级文化革命的先驱,而且使或左或右或先或后的严复、黄侃、马叙伦、蔡元培、刘半农、钱玄同、梁漱溟、冯友兰都成了堂堂正正的文化名人,甚至也并不怠慢那位有"汉奸"嫌疑的周作人先生。惟独这位辜鸿铭,在中国近现代文化史、思想史中差不多总是被遗漏,偶被人提及,不是作为"笑料",便是作为"怪物"。

辜鸿铭的"怪",首先怪在不识时务,比如那"辫子"。辜是南洋华侨世家,母亲是西洋人,他那长着高鼻梁凹眼睛的脑袋其实是极不适宜留辫子的。在他那个时代,如若稍加修饰装扮成一位"洋大人",要比别人容易得多,无论

"大清"或是"民国",都必然会高看他一眼。然而他不,在满清帝国灭亡十年之后,他仍然要把几绺苍白稀疏的头发努力扎成一根辫子,在北大校园里傲然翘起,炫耀他对"大清"的忠诚,显示他对"新政"的蔑视。

辜鸿铭的"怪",还怪在他的"怪话连珠"。十分的学识,十二分的才华,加上对现实的处处不满与直率苛刻的脾性,这就常常使他骂起人来旁通秘响,论起事来逸趣横生。

比如骂"改良派",他说字典中只有"从良"一词,指的是娼妓弃邪从正,"改良"使他百思不得其解,是否就是把"良"改回去退而"从娼"呢?

比如他为中国男人"一夫多妻"的纳妾制度辩护:世上只有一只茶壶配四个茶杯的,哪有一只茶杯对四只茶壶的道理?男女平等的权利便被他一票否决!

"怪物"遗留下的笑料,盖属于此。

辜鸿铭的"怪",更怪在他身受严格系统的西方教育,精通英语、德语、法语、意大利语、拉丁语、希腊语多种西方语言,骨子里还有半个西方人的血统,却把西方文明视为罪恶的渊薮,开口辄骂,直骂得那些以高等民族自居的西方人七窍生烟,垂头丧气。

他27岁上偶遇《马氏文通》的作者马建忠,受他的启发当了"海归",半路出家学汉语,读四书五经,汉字写得歪歪扭扭,还经常缺胳膊断腿儿,然而却言必称孔孟。写了一部《春秋大义》,满世界地训谕道德日下的中国人和不讲道德的西方人,处处以封建卫道者自居、自豪。

奇怪的是他大骂西方人,却骂得一大批真正有文化、有思想的西方人对他肃然起敬,奉若神明;他尊孔读经,克己复礼,仍然被正统的封建国粹如郑孝胥者流看作孔子门下的一个"二半吊子",被排斥在领导核心之外;他张扬东方文化、维护民族自尊则又被当时国内站在革命斗争前沿的中国人看作腐儒之论不予理会。老辜几头不讨好,里外不是人。《鲁迅全集》中只有一处讲到辜鸿铭,用的也是揶揄嘲弄的口气。

在当时西方思想界中,中国的辜鸿铭与印度的泰戈尔却是齐名的,都被看作东方文化精神的代表人物。1924 年,泰戈尔到中国访问,中国文化界的显要倾巢欢迎,礼遇有加。盛大宴会上,泰戈尔特别指出:辜鸿铭是一位令人尊敬的中国人。遗憾的是辜鸿铭始终未能得到中国人自己的尊重。

西方文明从文艺复兴、工业革命以来,凭借科学技术与民主政治的推动,经过数百年的积聚与发展,到 19 世纪末 20 世纪初,已建立起一个庞大的、牢固的、强盛的资本主义社会体系。这个体系将它的威力辐射到世界的各个角落,这个体系所奉行的价值观念、思维方式、行为准则被强力推行为人类世界的共同尺度。与此同时,这个体系内部的种种弊端也开始暴露出来:物质主义对人类精神空间的侵蚀,技术主义导致人类心灵的异化,个人主义对人与人之间情感交往的败坏,金钱至上造成的人类道德水准的沦丧,强权政治对弱小民族的侵略奴役;还有,迅速发展的社会生产力对人类赖以生存的生态环境造成的严重破坏。对于人类社会的健康发展来说,这并不是一些可以忽略不计的小问题,于是,在西方社会内部便产生了一批对西方文明持强烈批判态度的知识分子,如爱默生、阿诺德·布洛克、斯宾格勒、卡莱尔、柯勒律治、荷尔德林等人。曾在青年时代先后游学于英、德、法、意欧洲诸国的辜鸿铭恰恰接受了这种批判思潮的熏陶,他的思想与那一群西方现代社会的批判者们一样,显然是站在世界思想文化阵地的前沿的。第一次世界大战爆发之际,辜鸿铭异军突起,站在东方人的立场上对西方现代文明进行了率性的指责,自然就引起正直的西方人的一片赞叹声。

深受中国文化界敬重的法国文豪罗曼·罗兰向中国人介绍说:"辜鸿铭在欧洲是一位著名的学者。"

学识渊博、目光敏锐的丹麦文学评论家勃兰兑斯撰有《辜鸿铭论》,称赞他是"现代中国最重要的作家",他"关于东西文化关系的思想,比之通常欧洲人士所仅识得的多半作家,更值得注意,且不可同日而语"。

俄国的托尔斯泰,在享有世界声誉的晚年,认真阅读了辜鸿铭的著作,并且给他写了一封鸿篇巨制的长信,先后在德文的《新自由报》、法文的《欧罗巴邮报》、英文的《世界周刊》公开发表,将辜鸿铭引为自己的同道,并由此相信,在未来的时代变迁中,中国将领导东方民族扮演重要角色。

一贯以简慢自大、尖刻挑剔著称的英国名作家毛姆,来到中国后好不容易寻找到辜鸿铭,一边挨着他的奚落训斥,一边毕恭毕敬地记录着他的言谈,在最后写成的文章中,毛姆心悦诚服地称他为"见解独特,思想深奥"的哲学家。

在德国,辜鸿铭的著作被大量翻译出版,不但德国的思想界对他十分推崇,甚至一般民众也知道他的名字,亲切地称他为"欧洲的辜鸿铭","德国的真正的、正直的朋友",在一些高校和学术机关中还成立了"辜鸿铭俱乐部"、"辜鸿铭研究会"。

上一个新旧世纪之交,西方国家以它们的坚船利炮轰开了中国的古老围墙,使中国人大吃苦头,同时也大开了眼界:科学技术、自由贸易、民主共和、宪法议会,这些在西方已风行了数百年的东西,在中国则一下子成了"新生事物"。那时候,无论是张之洞的洋务派、康有为的改良派或是孙中山的革命派,甚至包括陈独秀这样的新文化运动的先驱,都才刚刚开始把西方文明的 ABC 当作借鉴的法宝、仿效的榜样。于是,辜鸿铭对西方现代文明的种种批判在中国就显得格外不合时宜。

"识时务者为俊杰",辜鸿铭这位半截子的归国华侨不识中国的时务,他反对革命、拒绝改良,一心希望凭借自己心目中的东方精神改造现代人类的文明结构,看上去很像是拉住历史的车轮往后退。在中国当时的文化俊杰眼中,他自然成了一只大逆不道的"怪物"。

从世界文化思潮的流向看,辜鸿铭思想的理论取向无可厚非;从中国社会的现实状况看,辜鸿铭的政治立场则实属"反动",辜鸿铭找对了位置则又站错了队。聪明过人的辜鸿铭自己却未能清醒地意识到这一点,时时显得懵懵懂懂,使自己处于不尴不尬的境遇中。

一旦发现自己被人视为怪物,辜鸿铭不但没有悔改,反而更加放纵起自己的怪脾气，不管是出自以毒攻毒的强硬举措或是出自破罐子破摔的荏弱心理，总之，"怪"成了他进攻或者防守的武器。

比如辫子。早先的时候，老辜并不把这玩意儿看得很神圣，一位西洋的年轻女郎对他的辫子表示好奇，他竟剪下送了上去以博女郎回眸一笑。愈是到了满清亡国之后，他愈是把那根"猪尾巴"高高翘起，自诩为"老中华的最后一个代表"，差不多完全是为了做姿态。胡适似乎看破了老辜的把戏，著文揭破，老辜恼羞成怒，拉着胡博士要对簿公堂。那时候的老辜已日落西山，文坛上骂几句辜鸿铭已成为"时髦"，胡博士对老辜的这番奚落虽然有理有据，却免不了"墙倒众人推"的嫌疑。

又如"缠足"。《鲁迅全集》中讲到辜鸿铭时惟一的一句话，便是"辜鸿铭先生赞小脚"。老辜维护中国妇女缠小脚的专利，据他自己说是出于对女性"幽闭、温顺、淑雅、柔弱"诸天性的珍惜，而女性的这些品德，几乎就是人类久已失去的美德。老辜尤其痛恨西方女权主义者对中国女人缠足的指责，认为世界已经被那些大脚男人们闹得乌烟瘴气，如今又跑出来一群像男人一样的大脚女人，岂不更糟。同时他又反唇相讥，厉声斥责西方妇女的"束细腰"既影响消化又影响生育，对女性身心的摧残较之中国妇女的"缠小脚"毒烈百倍。如此一来，外界便纷纷传出，老辜神经不正常，有爱闻女人小脚的臭气的特殊嗜好，"怪物"几成了精神病患者。

还有"随地吐痰"。老辜也把它列为中国人的美德之一，理由是中国人过于看重自己的内心世界和精神生活，而对于物质生活的匮乏与外部世界的不洁不甚在意。"出污泥而不染"、"举世混浊而我独清"，中国人不害怕环境的不洁净，总能在不洁的环境中保持高洁的精神境界。老辜没有正面论证"随地吐痰"的好处，但在他看来，虽然并不随地吐痰，却把鸦片倾销给中国人吸食的西方人，在心灵上要比随地吐痰的中国人肮脏得多。

辜鸿铭的这些近乎装疯卖傻的种种怪论，使他在中国的思想界越来越背时。当泰戈尔在印度渐渐成了一位"诗哲"、"诗圣"、"天师大神"时，可怜的辜鸿铭在中国却渐渐沦为一个"怪物"、"疯子"、"发霉的蠹虫"。

时势造英雄,中国的那段"时势"却把一个本来有可能成为英雄的辜鸿铭造成了一只"狗熊",而且还不是那种出没于大森林中的野牲,只是杂耍场上一个抹了白鼻子的小丑。

好不尴尬的辜鸿铭。

这位出生于南洋、受教于西洋,青年时代毅然返回祖国,以天下为己任,试图以东方精神文化拯救世界沉沦的辜鸿铭,其实是很有些"英雄"气概、也很有些"哲人"头脑的,甚至也不乏"天才"的气质。

辜鸿铭的民族自尊心是不容置疑的。在当时的世界上,傲慢的西方人全都把中国人视为"劣等民族"进行无所顾忌的蹂躏,不少中国人也自惭形秽对着外国入侵者曲意奉承,辜鸿铭却常常挺身而出,以自己渊博的西方文化知识和流畅的西方话语痛斥西方入侵者虚伪卑劣的丑恶行径。他攻击的目标首先是西洋传教士,他告诫中国人说,正是这帮家伙在他们本土把他们自己的同胞、天才的科学家、持不同政见者布鲁诺活活烧死在广场上,怎么能够幻想着由他们给中国人送来科学与民主呢?当义和团的农民惨死在洋枪洋炮之下时,辜鸿铭曾在国外舆论界大声疾呼:中国的这些"拳民"也是"人"。谁无视这一点,谁就是一个奸贼,一个真正的蛮夷,一个残忍的野兽!

辜鸿铭在文章中写道:一个美国船长无端枪击了一位中国人,只付给20元钱的赔偿,美国驻福州领事还埋怨给多了,因为被杀者是一个中国人。当一群中国人基于愤怒在争吵中杀死了一个街头寻衅的传教士,却被要求赔偿60万两白银,只因为死了的是一个西洋人。对此,辜鸿铭痛心疾首,他说,从真正的"文明"意义上讲,美国驻福州领事这类西洋人才真正是野蛮人、文明的罪人。

当英国作家毛姆登门拜访他的时候,他竟把满腔的怒气全都喷吐到这位西方作家身上:

你们凭什么理由说你们比我们好呢？你们的艺术或文字比我们的优美吗？我们的思想家不及你们的深奥吗？我们的文化不及你们的精巧、不及你们的繁复、不及你们的细微吗？

那么为什么白种人会轻视黄种人呢？可要我来告诉你？因为白种人发明了机关枪。那是你们的优点。我们是赤手空拳的群众，你们能够把我们完全毁灭。你们打破了我们的哲学家的梦，你们说世界可以用法律和命令的权力来统治，现在你们在以你们的秘密教导我们的青年了。你们用你们那可恶的发明来压迫我们了。你们不晓得我们有机械方面的天才吗？你们不晓得在这国度里有四万万世界上最务实际最勤恳的百姓吗？你们以为我们要花了很长久的时间才学得上吗？当黄种人会造和白种人所造的一样好的枪支，而且也会射得一样直的时候，你们的优点便要怎样了呢？你们喜欢机关枪，你们也将被机关枪判决！

挨了这一通臭骂的毛姆，却深感欣慰地说："他是一个有骨气的人。"

辜鸿铭不但有"骨气"，同时还有他的"理论"，在国外有人颂扬他，说他算得上近代中国思想界的一位"伟才"。

辜鸿铭理论的核心，是他对于"文明"的界定。一般人认为先进的技术、发达的经济、健全的法制、富裕的生活就是一个国家"高度文明"的尺度，在他看来这是完全错误的，科学技术、经济生产、国家政体、社会福利并不能作为评估一个文明的最重要的标准，更不应是惟一的标准。"文明"，主要是一个道德指数、一种精神的涵养、一种人性的范型。辜鸿铭说：

要估价一个文明，首要的问题是它能够造出什么样的人性类型，什么样的男人和女人。事实上，正是一个文明所造就的男男女女，显示了该文明的本质和个性，显示了该文明的灵魂和精神。

在辜鸿铭看来,西方人所拥有的仅是凭借科学技术力量开发出的丰足的物质财富和凭借法律制度制造出的强大的控制手段,这些都不是本质意义上的文明,有时甚至反而成为大不文明的基础与前提,比如第一次世界大战的爆发。他认为,只有奉行东方人所拥有的那种"自成自乐的道德境界"、"率性自为的生活方式"、"和谐自然的生活智慧"、"诗意的、宁静的、自足的精神状态",才能够成就最文明的人性类型。

他坚信"文明的真正涵义,也就是文明的基础,是一种精神的圣典"。

既然丰足的物质财富和强大的控制手段都没有能够使人类摆脱生存的困境甚至还给人类社会带来了更大的麻烦,那么,西方式的文明以及西方型的社会发展模式就必须面对严厉的批判,让古老的东方文明焕发青春介入现代人类生活,便有可能成为一条拯救之路。

基于这样的思路,辜鸿铭对中国方兴未艾的仿效西方政体的资产阶级革命及仿效西方科技文明的洋务运动表示出不加掩饰的反感。他的反对革命与反对西方文明是相关联的,他的反对进步与反对物质主义的发展观是一致的。他的反对新式共和则是与他反对欧化的政治体制出于同一心态。他虽然身着长袍马褂拖着小辫子,在实质上却与郑孝胥、罗振玉、张勋一班封建遗老有所不同,他比他们多出了一分世界文化对比交流的视野。然而,他毕竟又站在了这班封建遗老的队列中,并且还在张勋复辟的闹剧中自告奋勇充当"外交部长",由于不被信任而退居副手。更由于执行外交任务不见成效,反遭辫帅张勋的一顿责骂。学贯中西、名震遐迩的"思想家"竟站到粗俗愚顽的张大帅的旗下,实乃一种无可名状的尴尬。

在当时中国的现实政治中,辜鸿铭不站在张勋的"帅字旗"下又能站到哪里呢?在中国频繁激烈的政治斗争中,"站队"事关"立场",总是至关重要的,老辜别无选择,一失足成千古恨,落下个"封建愚顽"的恶谥姑且不说,仅就他的"立场"与"观点"的错位、"目光"与"脚步"的悖逆而言,又平添几多尴尬。

晚年,老辜曾经送给张勋一副对联:"荷尽已无擎雨盖,菊残犹有傲霜枝。"

上联指的是张勋带有红顶子的大盖帽,下联指的是他自己头上的那根辫子。张勋复辟失败后,这位骄悍跋扈的大帅从此一蹶不振,缩到天津租界内守着老婆们过日子,而辜鸿铭并不灰心,仍旧坐在北大校园里著书立说,牢骚满腹地痛骂西方文明及西方式的社会革命,一天也不消闲。直到去世的前一年,他还东渡日本四下游说,宣扬"中国的真精神"与"东方文化的高品位",鼓吹东方人应在自己一统文化的根基上开辟新的途径。老辜的这些思想后来险些被日本军国主义者利用来构筑所谓的"大东亚共荣圈"!幸亏他死的早,不然又要蒙上"汉奸"的恶谥了!

辜鸿铭可谓"生命不息,战斗不已",在现实中处处碰壁之后仍然不改初衷,坚信自己的事业最终会赢得胜利。与张勋之辈不同,在辜鸿铭那袭破旧肮脏的马褂里边,裹着的是一具激进的理想主义的身躯,一腔文化保守主义战士的情怀,一片现代生活批判者的真诚,一蓬燃烧着的民族自尊的爝火。从实质上看,辜鸿铭也许和德国的歌德、俄国的托尔斯泰、印度的泰戈尔有更多的相似之处,而辜鸿铭在本国的命运与歌德、托尔斯泰、泰戈尔在自己国家中的命运相比,何啻天壤之别!这里,除了辜鸿铭自己一身的臭毛病外,那些把"英雄"作践成"狗熊"的时势,那些被"时务"带出的"俊杰",是不是也该作一些反省了呢?

辜鸿铭的尴尬,到底也许是一种时代的尴尬呢!

时至今日,辜鸿铭死去已经近70年,中国和世界都已经发生了很大的变化,但是,辜鸿铭活着的时候提出的那些问题并没有消失,无论是作为正面提出的问题还是反面提出的问题。小而言之,中国的女人们已经不再缠小脚,然而又开始了出入整容院,零切碎割地把自己弄得面目全非;中国的男人不再留辫子,而西方的男人们反倒在脑袋后边扎起了"猪尾巴",而且大有出口转内销的势头;城市里的中国人不再随地吐痰,而中国以及世界上大小城市中却在鼓动汽车们"尽情放屁"。大而言之,物质与精神的关系,技术与情感的关系,金钱与道德的关系,经济与文化的关系,现代化中的人性问题,社会发展中的生态平衡问题,世界一体化中的民族问题,这些当年困扰着辜鸿铭、逼得他犯傻发疯的问题,如今都依然尖锐地存在着。而且,当革命解决了作为首要任务的政权问题之后,继而又解决了经济问题之后,这些问题如果不是被激化了,就是一点也还没有解决!

在历史的苹果园里,辜鸿铭是一只过早坠地的"落果",他的可贵之处是超前地看到了社会发展中的困境和危机,他的可悲之处也正在于此。

从"怪物"辜鸿铭身上,今天不难看出时代对他的扭曲。在以后的岁月里,希望人们对此类思想文化界的"怪物"多一点宽容和善意,不可在对怪物的嘲讽中一味显摆自己的聪明,相对于那头时代的怪物而言,那些精致的小聪明也许不过是一些掖藏起来的龌龊的私货。

1996 年 8 月于海南大学莲花池畔

杜亚泉：精神救世

生态危机归根结底是人类的文化危机。

在西方，是由启蒙理念主导的现代文化走上极端之后的隐患发作；在东方以及大多发展国家则体现为这一现代文化与本土传统文化的冲突与博弈。

纵观近百年的世界历史，源自欧洲的启蒙理念在推动全球现代化的同时，也将环境灾难与生态危机播及全世界。人类原本期待的福音，已经在很大程度上变成噩梦。看似无关轻重的文化选择与文化冲突，却在不经意间决定了人类社会发展的方向与后果。

中国，地球上这一庞大的生命共同体，在迈进现代化、全球化的大门时，原本是有过重大争议与讨论的。这些围绕文化选向的论争最终决定了中国社会发展的去向，如今看来，所得所失已不难分辨。历史不可能重新开始，人们对历史经验教训的总结，却有益于对未来社会的想象与筹划。

杜亚泉，是20世纪初中国最早展开的东西方文化论争中的一位代表人物，本文试图以他作为个案，对东西方文化的冲突与交流、对中国现代化进程中暴露出的某些偏颇与失误略加阐述。

中国传统社会启蒙者杜亚泉

杜亚泉,生于1873年,卒于1933年,浙江绍兴人,与梁启超同庚,与蔡元培、秋瑾、鲁迅同乡。他16岁得中秀才,修习于杭州崇文书院,旧学根底深厚。甲午战争后,受时代大潮冲击,以开启民智、济世强国为己任,奋发自学西方科学文化知识,并游历东洋,在数学、物理、化学、生物学、生理学、心理学、医学以及哲学、社会学、政治学、伦理学、语言学诸领域均有所涉猎。他一生从事教育、编辑、出版事业,当年商务印书馆编写、出版的百余种自然科学教科书,皆出自他之手。另有哲学专著《人生哲学》。由他引爆的20世纪初中国首场关于中西文化大论战,即发生在他担任《东方杂志》主编期间。

1933年岁末,杜亚泉在上海寓所于贫病交集中去世,享年仅60岁。

杜亚泉去世之后,胡愈之在悼词中称"先生实不失为中国启蒙时期的一个典型学者",他"没有替遗属留下物质的遗产,却已替社会留下无数精神的遗产。"他的商务印书馆的后继者在回忆文章中说,与他同代的知识分子都曾从杜亚泉编著的教科书中取得大量"启蒙知识"。

在中国近现代,杜亚泉是继容闳、严复之后,胡适、梁漱溟、张君劢之前的一位启蒙思想家。他的启蒙思想集中表现在"引进科学、开发民智、变革人心、改良社会",尤其在"引进科学"、"变革人心"方面成绩卓著。直到去世当年,虽然疾病缠身,他仍变卖家产,筹资编印《小学自然科词书》,全书包罗了天文学、气象学、物理学、化学、矿物学、地理学、生物学、卫生学、工程学,以及农业、森林、制造、建筑、食品、摄影等二十多个门类的基础知识,被胡愈之誉为"中国科学界的先驱"。就向国民普及科学知识、科学观念的实绩而言,在近代中国的启蒙运动中,应无出其右者。"就近代中国的知识更新和观念进化而言,其影响尤为深远,它不仅一般地满足了世纪之初兴学浪潮对自然科学教科书的迫切需要,而且改变了整整一代人的知识结构,并进而推动新旧知识的更替和思想观念的进化,对近代科学观念的形成和科学精神的确立具有重大的启蒙意义。"

遗憾的是,杜亚泉,这样一位富有实绩的启蒙思想家,在此后波澜起伏的中国社会变革中竟然很快被忽略、被遗忘了。一些重要的思想史著作中看不到他的身影,即使论述中国近现代中西文化之争的书中也很少提到他。

杜亚泉被埋没多年后再次"出土",已是他去世60年之后、当代中国改革开放方兴未艾之际,对此做出重大奉献的是倡导"新启蒙"的思想家王元化及史学家许纪霖。此后,在中国学术界曾引发一场不大不小的"杜亚泉热",1993年在杜亚泉的家乡绍兴上虞举办了纪念杜亚泉诞辰120周年全国学术研讨会,接着相继出版了《杜亚泉文选》《杜亚泉文存》《杜亚泉著作两种》、杜亚泉评论集《一溪集》《杜亚泉重要思想概览》,同时发表了不少研究文章,并出版了浙江大学高力克教授研究杜亚泉思想的力作《调适的智慧》。

一个甲子过后,杜亚泉重现于中国思想界的视野,大多数学者认可了王元化对他的定位——"他在胡适之前,首开以科学方法治学的风气","他不仅是启蒙者,也是一位自由主义者","他的思想敏锐,这使他在当时知识分子中间居于领先的地位"。杜亚泉对改革是真诚的,同时也是稳健、持重的,他"主张温和和渐进改革的理论"。杜亚泉是一位"坚持理性""冷静思考"的人,向往"自由"与"思想独立",他在东西文化之间持调和论,寄望于"从传统资源中发掘新旧调和观点"以变革中国社会。

王元化的上述评价是贴近杜亚泉真实的历史定位的,杜亚泉作为中国近代史上一位温和的、渐进的、调适型的启蒙思想家,至此已成为共识。

但自"五四"运动以来,中国社会的进程基本上为激进革命派所掌控,对于西方现代文化,力倡全盘接受;对于中国传统文化,主张从根本上取缔。以政治革命取代社会改良成为时代大趋势,已容不得任何"折中"、"调和"、"改良"、"渐进"思想的存在。因此,在"五四"运动前夕爆发的那场东西方文化论战中,杜亚泉竟被革命阵营的主将陈独秀斥为维护封建名教纲常的保守主义者,几乎被指控为谋叛共和的反动分子。十年过后,中国革命形势趋于更加激烈,原先位于"左翼领袖"的陈独秀已被视为"右倾",本已经属于"右翼"的杜亚泉自然就更加边缘化。加上他惯常的那身长袍马褂、秋帽布履的服饰,"时代落伍者"的头衔俨然已被坐实。此后,在风急浪高的中国思想文化界就再也见不到他的身影。

时过60年,中国学界重提杜亚泉并非简单地为这位启蒙学者恢复名誉,而是具有显著现实意义的。王元化在通读了杜亚泉当年留下的文字后竟发出如此感慨:这位杜亚泉不得了啊!我们现在思考的很多问题,他在80年前就注意到了。而且,思考的深度要远远超过我们当今一般人啊!"五四"以来的近百年里,事实一再证明,激进主义的革命思潮即使初心良苦,一旦失去多元因素的制约与抗衡,就注定陷入剧烈的错谬之境。近百年来,二元对立的思维模式,急功近利的工具理性,庸俗浅薄的社会进化论,包治百病的科学主义,独尊一说的教条主义,粗暴武断的斗争哲学通过形形色色政治运动的方式,不知给迈向现代化进程中的中华民族带来几多挫折和灾难。60年后在重新评价杜亚泉的不幸遭遇时,有学者以"万山不许一溪奔"相喻,失去溪水滋润的山川,只能沦为一片沙石的荒漠,精神的荒漠。

历史学家许纪霖认为"五四实际是一个多元的、各种现代性思潮相互冲突的启蒙运动"。以杜亚泉和《东方杂志》为代表的是"另一种启蒙,一种温和的、中庸的启蒙","激进的启蒙与温和的启蒙、转化的模式与调适的模式,其复杂的关系和历史功过究竟如何,可以进一步讨论,但绝对不是一个进步与落后的机械思维可以概括。二者之间,并非启蒙与反启蒙的对立,而是启蒙阵营中的分歧"。

在论及中国的启蒙运动时,许纪霖援引美国汉学家墨子刻(Thomas A. Metzger)的说法,将社会变革中的思想类型分为两类,一为"转化"(transformative approach),主张革旧布新、大破大立、改天换地、重新建构;一为

"调适"(accommodative approach),倡导新旧融合、协调平衡、相接相续、促成新生。前者以陈独秀为主将,后者的代表则是杜亚泉。后继者进而将陈独秀的"转化"思想源头追溯至法国革命先驱卢梭,将杜亚泉的"调适"思想源头追溯至英国自由主义者洛克。这一推论在我看来显得有些拘泥了。具体到英国或者是法国,当年的启蒙者并不清一色,比如同是法国的启蒙思想家,伏尔泰与卢梭的差异要远远大于伏尔泰与洛克的差异。如果实在要进行比较,陈独秀并不像英国的洛克,就其对政治的热衷倒是神似伏尔泰,乃至罗伯斯庇尔;而杜亚泉则与卢梭拥有更多相似之处。他们都出身于平民,都是靠自学成才的博学的思想家,性格都偏于内向、孤僻,生活都处于清贫寒素之中。就启蒙理念而言,他们都对如日中天的科学保持清醒的批判态度,都是固守己见不随波逐流的独立学者。就连卢梭遭受伏尔泰训斥、杜亚泉蒙受陈独秀批驳时的语调竟也有几分相似。

卢梭与杜亚泉生前相对于各自的思想界对手,同属弱者。但历史最终证明,他们的思想反而比他们强有力的对手们更具生命力。据传,歌德曾经做出过这样的判断:"伏尔泰标志着旧世界的结束,卢梭代表了新世界的诞生。"我们是否也可以套用一下歌德的句式:陈独秀为埋葬旧世界燃起一把烈火,而杜亚泉则为即将到来的新时代添加一抹晨曦。

这里说的"新时代",是指从启蒙运动、工业革命开创的"现代社会"之后的这个时代。人们往往把这个时代笼统地称作"后现代",我更倾向于把它叫做"生态时代",工业时代之后的这个现代应当是生态时代。单向度的、激进式的启蒙理念正是酿成当今全球生态危机的源头,而杜亚泉力倡的多元的、中庸的、调和的、统整的、接续的、渐进的启蒙理念中,或许就已经包含了生态社会的因子。陈独秀等单向度的启蒙者是属于他们自己身处的那个时代的,是那个时代的弄潮儿;而杜亚泉以及与他类似的一些思想者,如比他晚生20年的梁漱溟,都有可能已经超越了他们身处的那个时代,成为他们身后那个时代的预言者。我希望沿着这一方向探讨下去,以发现杜亚泉启蒙理性中的生态意识与生态精神。

启蒙思想家杜亚泉的生态意识

美国汉学家艾恺(Guy Salvatore Alitto)将启蒙理性扼要地概括为六个字："擅理性,役自然",而"启蒙理性"的集中体现即现代科学技术。启蒙理性将人置于自然之外、之上,凭借不断发展的科学技术开发自然,役使自然,为自己源源不绝地获取福利,长期以来已经对自然造成严重伤害,同时也破坏了人类自己生存的环境,污染了人类自己的心灵与精神世界,在地球上酿成日益严重的生态灾难。

若是从以上视角看,启蒙理性与生态精神似乎是完全对立的,甚至是敌对的。以塞亚·伯林(Isaian Berlin)在论及启蒙时代那些杰出的、位居主流的思想家时指出:伏尔泰把哲学变成了解剖工具;狄德罗把社会生活视为"巨大的制作工厂";洛克把"心理"当作"被动的贮存器"。18世纪的这些哲学家们试图让世界的一切事物都遵循牛顿的物理学定律,认定凭借自然科学人们就能够解决时代面临的一切问题。

伯林进而指出:

> 毫无疑问,通过把科学的方法运用于人类法则的谨慎的尝试,已经做了大量有益的事情:减轻了人类的苦难,避免或者阻止了不公正,揭示了无知;教条得到了反驳,偏见成功地受到了公众的嘲笑。人们日益确信求助于主义、无知和权威以证明专断行为的合理性,全都是隐含着自私的利益或者理智的懒惰或愚昧的无聊的众多托词,这种信念能得到成功的证明。但主要的梦想,即证明世界上的每一事物都按照力学的方式运动,所有灾难都能通过适当的技术步骤而得到消除,在人类灵魂和肉体上都存

在着工程师,却被证明是虚妄不实的。

伯林在他的书中一再指出:"导致了18世纪思想中最光辉灿烂的洞见,同时也导致了败坏这种洞见的重大谬误,即以科学证明哲学。"在伯林看来,18世纪这些思想家的"科学崇拜心理"尽管一时发挥了显而易见的效用,归根结底却是"虚妄不实"的,并且隐埋下重大失误。伯林在他的这本书中依次评点了洛克、伏尔泰、贝克莱、休谟、孔狄亚克、哈曼等诸多启蒙思想家,却没有提到大名鼎鼎的卢梭,或许,他也是把卢梭作为一个启蒙思想界的"异类"对待的,卢梭的思想或许在某种程度上另树旗帜,在某种意义上预言了时代将酿成的那些谬误。

中国的启蒙者杜亚泉是否也是如此?

杜亚泉虽然博学多闻,熟悉当时的自然、人文诸多学科的理论知识,但从其现存的著作中未见他明确地讲到生态学。他在其《人生哲学》一书中论及生物的发生与进化时曾提到的生物学家恩斯特·赫克尔(E. H. Haeckel, 1834—1919),今译海克尔,乃最初为"生态学"命名的生物学家。那时,即使在西方,生态学作为一门独立的学科也仅刚刚出现。在《杜亚泉文存》中,杜亚泉曾两处说到"生态",一处为"农作苦于某种害虫,则为之演讲某种虫之生态及驱除之方",另一处为"一切生物,其机官之发达,生态之变迁,奚为本能之所发展,而非出于知能作用者"。这里讲到的"生态",乃指生物体的"生存状态",与生态学研究的对象相关,但并非严格意义上的生态学概念。尽管如此,从现代生态学的视野看来,我们仍然不难发现,较之陈独秀、李大钊、胡适等主流启蒙思想家,杜亚泉的著作中展现的生态观念、生态意识、生态精神仍然是十分丰富与显突的。

现代生态学是一门研究生物体与其生存环境之间交互关系、生物彼此间交互关系的学科。最初仅仅被局限于动物、植物界,直到20世纪中期,当生态灾难已经酿成普遍危机时,生态学才开始转向人类社会及人类精神领域,被学术界称作"生态学的人文转向"。生态学的核心观念是世界的整体性,人与自然万物是一个有机整体,世界万物之间存在着普遍联系与多元共生作用,并在不断生发演替的过程中维护着生态系统的持续平衡。

对照上述生态学观念,杜亚泉的生态意识、生态精神内涵表现在下边诸多方面。

(一) 杜亚泉认定人与其他生物同类共祖,相依相生,处于同一生存循环之中,更宜相亲相爱。

> 吾尝思物竞之理矣,动物非食植物不生,人类非食动植物不生,则吾人之残害动植物也亦太忍,而独至人与人则虽日日肆其有形无形之竞争,而讲群学者则必以爱其同类为鹄的。夫人与人之宜相亲相爱,固亦天理所当然。但何以人与人宜相亲相爱,而于动物植物,则待之若不必亲爱而可残暴也?以为人与人为同类共祖也,宜爱之亲之也。则人为脊椎动物之一类,而他之脊椎动物即吾类也;人又为动物中之异类,则凡生物皆吾同类也。以为同类者亦不妨残暴,则人与人一不过同类也耳。亲爱之宜也,则亲爱亦无极;残暴而可也,则残暴亦无极。

杜亚泉的这段话发表在他主编的《普通学报》1901年第2期上,这时恩斯特·海克尔还健在,而生态学尚未成型。杜亚泉的这段话其实就已经道出生态学的核心观念,世界上所有生物,包括人类在内都是一个有机整体,都是存在于一个绵延不绝的系统之中。及至晚年,杜亚泉似乎对于生态学的原理有了更多的了解,在《人生哲学》一书中,不但花费许多笔墨阐述生物体与环境的关系,甚至还曾论及生物链中的碳循环:"没有植物的积贮,动物就没得消耗;但没有动物的消耗,空气中碳气缺乏,植物也就不能营同化作用。可见动植物是相依为命的。"同时,他对人类与自然万物在同一个大的系统中循环演进也做出了更为确切的表述:"人类的生命,决不孤立与其他生命之外;一切生物,皆互相结合,同循此伟大的冲动而进行。动物立于植物之上,人类又立于一切动植之上,为共同进行的一大军队。"杜亚泉的这些论述看似常识,实则皆为生态学学科中的基本原则。

(二) 杜亚泉特别强调宇宙间万事万物通过"调适"、"协同"达成的"统整性",即多元的对立统一。

杜亚泉并不否认世界万物之间存在着分化、对立与竞争,但他更看重的是分化、对立与竞争的各方通过"调适"达成"统整","宇宙进化之理法,为分化与统整","统整无止境,即进化之无止境也,此宇宙进化之大意也"。他否认"丛林法则"仅只一味的对立与竞争,而协力与合作才是自然界的根本法则:"人类之趋向于协力,若男女之要求,若阴阳之相禽,终非人力所能抵抗。"只有将"生存竞争"与"生存协力"统一起来,才能使事物进入平衡、和谐状态。只有将"统整"作为最终目的,世界万物,包括人类在内,才能结成一个共存共荣的生命共同体。

而达成统整的途径则是"中和",扣其两端,适当妥协,相互宽容,存异求同,行"中庸之道"。具体到某一社会问题,比如"进步党"与"保守党",他认为各有利弊,如"车之两轮"、"鸟之两翼",缺一不可,只有整合一体才能正常行进。又如"社会主义与国家主义,本处极端矛盾之地",也并非不能"交互提携"、"协同以进行","天下事理,绝非一种主义所能包涵尽净"。

杜亚泉去世后,蔡元培在总结其一生行状时指出:

> 先生既以科学的方法研求哲理,故周评审慎,力避偏宕,对于各种学说,往往执两端而取其中,如唯物与唯心,个人与社会,欧化与国粹,国粹中之汉学与宋学,动机论与功利论,乐天观与厌世观,种种相对的主张,无不以折衷之法,兼取其长而调和之;于伦理主义取普泛的完成主义,于人生观取改善观,皆其折衷的综合的哲学见解也。先生之行己与处世,亦可以此推知之。

蔡元培不仅是杜亚泉的同乡、同事,更堪称推心置腹的"知己"。

同是"异类启蒙者",与杜亚泉推崇"统整"相似,法国的卢梭看重的是"整全"(depature from wholeness)。卢梭的"整全"面对的是人类社会在"文明"与"自然"之间的悖逆与对立,"在一个被人类文明败坏的堕落社会中如何可能保存天性,过上一种符合自然的生活"。杜亚泉与卢梭在求取人生与社会的和谐、完善上思路是一致的。

(三) 杜亚泉对于"科学至上"、"科学万能"、"科学救国"的审视与警惕。

在现代社会经济体制下,"科学技术的进步"往往又创造出许多生态问题,"科学"不但不是万能的,"科学技术"本身也常常受到质疑,类似的故事就曾发生在美国记者瑞秋·卡逊的生态批评名著《寂静的春天》里。

清末民初,中国最早的一批杰出的启蒙思想家几乎众口一词地赞颂着"科学至上"、"科学万能"、"科学救国",而杜亚泉却已清醒地注意到科学问题的复杂性、局限性。从现存资料看,杜亚泉对"科学主义"的审视并不像当代生态批评家那样将矛头指向由科学技术高速发展酿成的资源枯竭、大气升温、环境污染等自然界的病变。因为在当时的中国,这些生态灾难尚未呈现。杜亚泉对科学主义的警惕,仍然是从他的"统整"、"调适"观念出发的。在他的心目中,人类世界是由物理、生理、伦理、心理诸多层面构成的有机整体,相互联系而又相互区别,不能相互取代,因而就不能指望单靠"科学"包治百病、解决人类面临的所有问题。杜亚泉郑重指出:

> 希望明白科学的,不要做"科学万能"的迷想。世界事物,在现世科学的范围以内者,不过一部分。科学家的责任,在把科学的范围扩大起来。若说"世界事事物物都不能出了科学的范围",这句话,就是不明白科学的人所讲。

对此,学者高立克评述到:"杜亚泉的科学观中贯穿着一种承认科学和人类知识能力之有限性的'理智的谦虚',而与五四流行之科学主义思潮的僭妄相映成趣。"不只"理智的谦虚",更为难得的还有思维的深刻与缜密。杜亚泉在其《人生哲学》一书中敏锐地指出:

> 科学虽征服自然,使自然为人类所有,而人类的精神转因此丧失。本来希望人制驭自然,实际上为自然制驭人类。

数十年过后,当科学真的已经在很大程度上"征服自然"后,系统论创始人贝塔朗菲(L. V. Bertalanffy)悲惨地指出:"我们已经征服了世界,但是却在征途中的其他地方丧失了灵魂!"这似乎也应验了早先卢梭的判断:"在一个领域里的进步,必不可免地伴随着在另一个领域里的倒退。"启蒙运动以来三百年的历史,中国现代化的百年历史都已经说明:科学技术飞速发展,物质生活日渐丰富,社会的道德伦理水准并未随之提升,甚至不升反降,而生态环境的恶化已危及人类自身的健全存在。

(四)杜亚泉认为物质主义、功利主义、消费主义、拜金主义暴殄天物、败坏社会风气、荼毒人的心灵。

民国初建,老中华帝国积弱已久,急需振兴实业、发展经济。杜亚泉对此并无异议,自己也曾指导亲朋建工厂,开商店。但作为一位持守有机整体性思维的学者,一位注重调适渐进的启蒙思想家,他从一开始就注意到单一向度的凭借刺激消费发展经济,将破坏物质与精神之间的平衡,给社会带来难以挽回的伤害。民国初建不久,中国社会刚刚开始对外开放,奢靡之风即开始流播蔓延,杜亚泉对此充满忧虑:

> 暴殄之天物,浪掷之金钱,何可限量。地产之所出,既以供无谓之取求,人力之所造,又复偏重于淫巧之物品,而纯正之产业,宝贵之人工,转

不克完其正当之效用,以增益国富。且一度领略奢华之后,决不能复安于淡泊,苟其失之,亦必榨取豪夺,行险侥幸,以求复得焉。

杜亚泉已经隐约感到,国内兴起的此类物质主义,消费主义,拜金主义源自西方现代社会的经济体制,这种经济体制是有缺陷的,并不完全适合中国的国情:

> 今日社会中之欢迎物质文明,仿效欧美奢侈之生活者,实破坏其社会之特质,而自速其灭亡……纵欲之国民,常失其奋斗之能力。览六朝之兴替,观罗马之衰亡,俱足为社会之殷鉴。今日欧美社会中文明病之流行,识者亦抱无限之隐忧,盖为此也。吾东亚人民,欲于欧风美雨之中,免社会之飘摇,亦惟有保持其克己之特质,以养成其奋斗之精神而已。

在杜亚泉看来,鉴于中国的经济实力,不可勉强效尤西洋,不应为西洋物质文明所眩惑,"论进化之大原,谓为由于欲望之向上,无宁谓为由于勤俭所积贮之较为中理也。"他主张维持传统的勤俭朴素之风,让科学技术、经济生产为下层社会广大民众日常生活服务,而不可用鼓励奢侈性、冗余性消费促进经济发展,推动社会进步。

一百年前的杜亚泉不可能具备清晰、明确的生态学理论知识,他的忧虑也仅只停留在"奢侈消费"引发的社会问题上,他自己提出的经济学理论也是朴素的,即消费不是无止境的,消费不应成为少数人谋取金钱与财富的手段,而应当服务于人民大众实际的生活日用。一百年过后,杜亚泉担心并拒斥的欧美消费观念不但没有受到遏止,反而成为一种"全球化的意识形态"风行世界,在杜亚泉自己的国度,"消费"的指数已经领先世界,消费主义引发的生态灾难已处处可见。

当代生态批评家布朗(Lester R. Brown)警告世人:"我们正在掏空地球的

自然资源来刺激消费。我们有半数的人生活在地下水位下降、水井干涸的国家。有三分之一的农田土壤流失超过新土壤形成,土地的肥力在逐步丧失。全世界不断增长的牛羊大军,正在将广袤的草原变成沙漠。我们砍伐森林来扩大农业耕地、生产木材和纸张,使森林每年萎缩530万公顷。五分之四的海洋渔场因满负荷或过度捕捞面临崩溃。"

长此以往,不但导致地球生态系统的崩溃,还将导致人种的退化衰败。回望当年杜亚泉的忧虑,就不难看出他那"简陋"的经济学主张中蕴含的生态智慧。

(五)杜亚泉认为"物质救国"的结果不但伤及山水森林,还将招致"精神破产",并因此倡导精神救世。

在日益深入的世界生态运动中,人们在惊呼自然环境遭受严重破坏的同时,发现人们的精神状态也在随之恶化。雅斯贝尔斯(karl Jaspers)将其视为"技术进步"中的"精神萎缩",贝塔朗菲将其看作人类精神世界中符号系统的迷狂和紊乱;比利时生态学教授 P. 迪维诺(P. Duvigneaud)明确的将其称作"精神污染"。在上述诸位西方思想家之前,中国近代启蒙者杜亚泉就已经对这一问题做出不少论述。他指出:奢侈型消费无端损耗了珍贵的自然资源,结果反而招致国民精神破产。"湖海森林,无不经吾人之搜索,一条之河,一丘之山,无或免吾人之穿凿。吾人之一躯,其所需何如是之伙耶!实则吾人非为应其需要而营衣食住,乃为满足其功名心与虚荣心而营其衣食住。""人类在世,决不仅仅解决衣食住等物质生活,毕其生活能事,如道德、科学、艺术等,均为吾人精神生活的要求。此等精神生活,当不受物质生活的拘束,独立进行,自由表现。""精神文明之优势,不能以富强贵贱为衡。"针对中国社会鼎革之后呈现的种种"精神破产之情况",如权力竞争,唯利是图,贪享奢侈,纵情食色,昨为民党今作官僚,早拥共和夕拥帝制,改节变伦不以为羞,投机钻营自以为智,他厉声惊呼:"吾国之鹤(指精神追求,引者注),已毙于物质的弹丸之下矣!""中华民国将变为动物之薮泽。"杜亚泉对于"科学"、"实业"的了解并不比当时的主流启蒙思想家少,但他仍然不相信仅仅依靠"科学"与"实业"就可以救中国,反而提出"精神救国论"。"盖近数十年中,吾国民所得倡导之物质救国论,将酿成物质亡国之事实,反其道而蔽之,则精神救国论之本旨也。"

杜亚泉在倡导"精神救世"、"精神救国"时,把古罗马时期的斯多葛学派的思想家塞涅卡奉为楷模,将其《幸福论》作为中国"救时之良药"。而《幸福论》的主旨,即:"使形体服从于精神,肉身服从于灵魂,为得全幸福之道。"当时,生态学的奠基人海克尔的著作已经由马君武、刘文典翻译出版,其中《宇宙之谜》一书中写道:19世纪的自然科学不仅在理论上取得惊人的进步,而且在技术、工业、交通等实际应用过程中也取得了极为丰硕的成果,然而"在精神生活和社会关系这样重要的领域里,与过去世纪相比,我们却取得很少或者干脆没有取得什么进步,甚至令人遗憾地出现某些严重的倒退。这种明显的矛盾,不仅使人产生一种内部支离破碎、虚妄荒谬的令人厌恶的感觉,而且还会在政治与社会领域里引起重大灾难的危险"。

杜亚泉应该是看过海克尔的书的,并把这一观点视为西方人对物质主义的反思告诫给中国社会的主流启蒙思想家们,可惜并未得到认可。而海克尔在19世纪最后一年做出的这一论断很快就被20世纪的两次世界大战所证实。如果考虑到20世纪世界以及中国社会政治中发生的一系列惨剧,回头再看杜亚泉大声疾呼的"精神救世""精神救国"的主张,就不得不承认他作为一位思想者的严肃性与前瞻性。二战后,英国著名历史学家阿诺德·汤因比(Arnold Toynbee)明确指出:"要根治现代社会的弊病,只能依靠来自人的内心世界的精神革命。"汤因比将"精神革命"视为人类为地球生态解困的唯一途径,这与杜亚泉当年呼吁的"精神救国""精神救世"也是一致的。

杜亚泉"精神救国"的倡导,莫说在当时,即使在"发展是硬道理"的当代中国,也难免被视为书生之议。然而,越来越多的事实证明,一个国家的经济实力即使达到世界前列,如果思想贫瘠,信仰全无,道德滑坡,民生涣散,也还是难以成为世界强国的。

以上五点，是我对中国启蒙运动的先驱杜亚泉学术思想中生态精神的发掘。其实，杜亚泉当年所关注的而如今已经成为严重生态问题的，还不止于这些。如他对忽视农村文化建设、过度城市化的担忧：

田野生活者，富国之源泉，物质文明之生产地也。近今欧美各国，每以人民群集都会，引为文明过盛之隐忧。吾国文明，尚在幼稚，而都市生活之趋势，已露端倪，亦宜杜渐防微，力为禁遏，夫然后受物质之利而不承其弊也。

况近今农民，咸慕都会之繁华，工业之安逸，有日趋都会之倾向。苟不急为补救，使住居田舍者稍得慰藉之途，则优良者将轻弃其乡里，别营城市之生涯，劣下者或愈即于畸邪，流为赌博之征途，驯至田野荒芜，风俗堕坏。

为此，他倡导在乡村开发民智，普及新知，建立机构，改良民生，"随时势之需要，寓教于乐，使农民略有相当之知识，以应外界之潮流。"

又如，他认为中国的官场制度弊端严重，政治生态日益败坏，如不痛加改良将祸国殃民。

人民重视官吏，其危害之及于国家甚大。直接之影响，使国家之政治不安，间接之影响，使社会之实业不振，其关系可得而言焉。盖人民既视官吏为最优之职业，则必努力以造成官吏之人才，教育乃首承其弊。其教育方法，常不出准备试验之范围，务为目录表解之学，重于记忆而忽于实用。盖受教育者之志愿如斯，虽有良教育家，亦无能为力。而一般人民，且以登第学生之多寡，定学校之价值。试验之成绩如何，为学校之死活问题，于此而欲施正当之教育，殆无可望。风气所趋，年年岁岁，制出多数之官吏候补者，供过于求，无待言矣。此等多余之官吏，其学问志愿，除政治生涯外，不适于他种之职业，即或为学校教师，或为新闻记者，亦无非鼓吹政治主义，挑拨政治感情，使政治风潮，波及学校，政治新闻弥漫于城市而已。

杜亚泉的这段话已经深刻地涉及中国在教育体制、价值导向、官场生态方面存在的顽疾，他提出的改良措施是"裁减冗员"、"简放政务"，"划除官威"，"厘订官俸"，让官员"谨身修己亦贡献国家"，让民众平等视官以做好自己的营生。杜亚泉的这些建议，对于今日中国政治生态、教育生态仍具有现实意义。

究竟出于什么原因，让清末民初的杜亚泉在中国社会刚刚跨进现代化的门槛，就意识到现代性存在的严重问题，并由此发表许多如今看来甚具"生态批评精神"的言论，从而成为中国独树一帜的启蒙者。

我想到的有以下几个方面：

一是他对西方哲学与现代科学有着多方面的认知与把握。杜亚泉不是某一学科的专家，他的知识空间具有广泛的跨学科性，几乎跨越他那个时代自然科学、社会科学、人文学科的方方面面。并且，他对西方近现代思想家如达尔文、斯宾塞、伏尔泰、卢梭、贝克莱、休谟、孔德、康德、孟德斯鸠、海克尔、黑格尔、冯特、詹姆斯、托尔斯泰、罗曼·罗兰、叔本华等人的思想都有着不同程度的吸纳。他还曾一度游学日本。这不但使他拥有了科学与哲学的开阔视野，也令他具备了反思性的思维方式。在现代诸多学科门类中，杜亚泉对海克尔的生物学、叔本华的生命哲学、威廉·詹姆斯的机能主义心理学、塞涅卡的伦理学情有独钟，在我看来，这些学科与当代生态学及生态批评、环保运动，有着千丝万缕的联系，这对杜亚泉生态意识的形成起到明显的作用。

二是中国古代传统文化的滋养。杜亚泉从童蒙时代即受到良好的传统文化教育，青年时代中秀才，于经史子集、训诂音韵之学均有悉心研究。形成于漫长农业社会的中国传统文化,其核心实为人与自然合一的生态文化。杜亚泉对此是认同的,他说过中国传统文化"一切皆注重于自然","以自然为善,一切皆以天意,遵天命,循天理","我国人之文明为顺自然的"。这个传统文化中蕴含的"生生为易"、"天人合一"、"中庸之道"、"物与民胞"、"抱朴怀素"、"知白守黑"、"无为而无不为"等等生态精神注定对杜亚泉产生过潜移默化的作用。西方现代科学中的生态理念与古代中华传统文化中的生态底蕴相结合,是杜亚泉生态意识产生的重要成因。当然,对于西方现代文化,他不一味顺从;对于自己民族的传统文化,他也并不一味地膜拜,而是有所扬弃。比如中国传统道德中的"克己",从好的一面说,养成了民族重内轻外,重精神轻物质的优良品性,但一味"克己"又使国民才智内缩、畏葸苟且、求逸避险、卑曲萎靡,理想的人格则为"保持克己之特质,养成奋斗之精神"。杜亚泉热衷西方科学却不忘科学之怀疑精神,珍爱民族传统文化,始终秉持"扣其两端而取其中"的中庸之道,这也是当代生态运动应当发扬的识见。

三是杜亚泉拥有报刊记者的时事眼光。这使他能够及时对第一次世界大战的破坏性做出整体性反思。在西方,"科学主义"神话的破产,"物质主义"的批判,社会进步论的幻灭,以及"现代性的反思",多半是在两次世界大战前后发生的。这一时期的杰出思想家,如西美尔、舍勒、怀特海、韦伯、别尔嘉耶夫,斯宾格勒、德日进、马尔库塞,他们对人类社会文化的反思,都是以两次世界大战的惨痛教训为背景的。舍勒于一战爆发之际发表的《战争的天才》,指出物质战胜了人,变成"机械残杀"的工具,人类自身成了时代面临的最大麻烦。斯宾格勒写于一战期间的名著《西方的没落》认为,在"金钱"与"机器"统治下,人的精神创造力消失了,所谓进步带来了越来越多的资源耗费和环境恶化,西方文化作为一个整体正在衰败。这些思想家们的反思,有意无意间都涉及人与自然,人性与工业文明的冲突,因而具备了生态批评的倾向。杜亚泉作为一位资深的报刊记者,身历一战的酝酿、爆发、结束全过程,他在此期间发表了大量言论,如"自欧战发生以来,西洋诸国,日以其科学的发明之利器,戮杀其同类,悲惨剧烈之状态,不但为吾国的历史之所无,亦且为世界从来所未有"。杜亚泉的关于东西方文明优劣之比较研究,关于人类文明趋向的判断,应是在总结一战教训基础上展开的,这也就使得他的思想观念中充满了不自觉的生态批评精神。

四是内敛、沉着、冷静、审慎、善疑、多思的个性。对于文学创作来说,有一句名言"风格即人",即人的个性。那么学者的个性与学者的治学有无关系呢?恐怕不能说没有关系,对于卢梭与杜亚泉这样自学成才的学者来说,关系更大,几乎是决定性的。杜亚泉去世后,亲友对其性情、为人有许多评价。蔡元培描述他:"君身颀面瘦,脑力特锐。所攻之学,无坚不破,所发之论,无奥不宣。有时独行,举步甚缓,或谛视一景,伫立移时,望而知其无时无处无思索也。""先生虽专攻数理,头脑较冷,而讨寻哲理针砭社会之热诚,激不可遏。"胡愈之在追悼文章中写道"先生生平自奉之俭,治学之勤,待人之和蔼,处事的果敢,无不足为青年人效法"。他的儿子回忆说:父亲是一位既严肃又慈祥的老人,不苟言笑,衣着古板,刻苦自学,勤奋写作,自奉甚俭,立志不当官,不经商。对照上述评说,结合他自己的大量著作,我们不难看出杜亚泉是一位勤学多思、敏锐善疑、冷峻内敛,自奉俭约,甘守清贫,淡于名利却又能仗义执言的人。这样的人并不适合商业社会的竞争,反而屡受其害;这样的人也不可能投身革命运动的战场,而只会提出一些建言与清议,说到底他还只是变革时代一位坚持独立思考、坚持自由发声的书生,或曰公共知识分子,这样的人已经溢出启蒙时代主流意识之外,反而与生态时代的精神气息更为接近。陈独秀、李大钊、吴稚晖以及丁文江、胡适,这些中国社会杰出的启蒙思想家,依其丰富的知识,坚定的信念,努力奋取的斗志,在当时何以不能意识到人类已经面临的生态问题?只能说是现代化的强光,遮蔽了他们的视线,内在的局限使他们一股道疾驰在想象中的社会进步的"金光大道"上。相对于他们,杜亚泉就显得更柔弱也更复杂些,更矛盾也更丰富些。柔弱,复杂,丰富,不也正是地球生物圈的属性吗?

回望历史,杜亚泉是清末民初中国社会转型时期一位严肃认真、品节高尚、见地卓越的文化人、思考者。他或许尚未成为像卢梭乃至在中国稍迟于他的梁漱溟那样的大思想家,他有他自身的弱势与局限性。自学成才,使他免受学院派的约束,也使他的某些术语、概念的运用流于随意性,对此他自己也曾作出反省:介绍诸说,多辗转迻译,不免谬误;摘要举示,不免得粗遗精,时以记者之见地,妄为取舍。他的有机、统整、调适、接续的思维方式使他在分析问题时透递出许多宝贵的现代生态批评的思想光芒,但他身处的时代,自然生态在中国尚未成为重要问题,就西方社会而言生态学的人文转向尚未启动,因此,杜亚泉在论及生态问题时,常常还是站在人类中心的立场上,未能达到更深的层次。杜亚泉不组党,不结盟,不像陈独秀那样有强大的组织力量支撑;他虽然热衷于建学校办教育,无奈总是艰难多舛以失败告终,这又使得他不像胡适那样门徒、弟子遍布四海。所以,在他去世后,他的学说以及他的存在很快就消失在中国社会大变革的洪流中,这不仅是他个人的不幸,更是中国思想界的不幸。

20世纪初中国的文化选向及人类新文明建设

20世纪初,中国进入现代社会之际就文化选择而言,一度曾存在三个向度:守旧主义、渐进主义、激进主义。固守传统、泥古不化的守旧主义很快就溃不成军败下阵来。此后,持续不断的主要是渐进主义与激进主义的论战。首场大规模的论战即爆发在《东方杂志》与《青年杂志》(后改名为《新青年》)之间的"东西文化之争"。据相关专家统计,这场争辩从1915年起延续十余年,先后参与者数百人,发表文章近千篇,对以后中国近现代的文化运动产生了重大影响。论战的主将,激进主义一方是陈独秀,渐进一方是杜亚泉。所谓"激进"、"渐进",当时的主要分歧在于对待西方外来文化与本土民族文化的态度。

陈独秀持全盘西化的立场,对欧洲启蒙运动以来卓有成效的"科学主义"、"物质主义""功利主义""实用主义"的文化理念推崇备至,竭力主张以西方现代文化取代中国的传统文化,以"革命"的方式建立一个"新中国"。杜亚泉则采取兼收并蓄、调和折中、统整接续的立场,主张既吸收西方现代文化的特长又要避开其已经显露的弊端,同时吸纳接续中国传统文化的精华,选择中西文明融合的道路,以渐进"改良"的方式推动中国社会现代化的进程。这场论战的稍后阶段,梁漱溟还曾提出文化选择的三个路向,一是"意欲反身向后要求"的印度文化,一是"意欲向前要求的西方文化",一是"意欲自为调和持中的中国文化",他的文化立场显然是站在杜亚泉一边的,有甚于杜的是,他断定"世界未来文化就是中国文化的复兴"。年轻气盛的梁漱溟的这些论断不免有些粗疏武断,但胡适在批评他时,连东西方文化之间的差异也否定了,认为世界上的文化不过大同小异,不存在性质的差别,只存在落后、先进的程度。当然,胡适认可的代表人类同一属性的文化是西方文化,居于先进地位的也是西方文化。这场轰动一时的文化论战以杜亚泉、梁漱溟的失败告终。梁漱溟在不久后辞离北京大学到山东菏泽中学去了;杜亚泉竟因此被免去《东方杂志》主编的职务。而陈独秀与胡适随后都成为引领时代的风云人物。中国社会在历史转折的紧要关头,选择了由欧洲启蒙理性主导的以"科学主义"、"物质主义"、"功利主义"、"实用主义"为内涵,以"革命"为手段的激进主义文化路向。

从1915年展开的这场文化论战,到如今已经过去一百多年。一百多年间,中国社会经历过俄国十月革命、"五四"运动、两次世界大战、国共两党的合作与决裂、新中国成立后的大跃进、人民公社化、三年大饥荒、"文化大革命",直到最近40年的经济建设高潮。其中的成败功过当然不是一篇文章所能够说清楚的。可以大体做出判断的是:中国社会的变革是巨大的,成就显著,问题突出。"成也萧何败也萧何",成就与问题就文化层面上来说,当然不能全部归结于启蒙时期的激进主义，但与在现代化进程的起跑线上选择了激进主义路线密切相关。国内文化学者陈来就曾指出："可以说，整个20世纪中国文化运动是受激进主义所主导的。"农业问题专家温铁军将其一部总结中国农村现代化的著作命名为《告别百年激进》，他认为中国农村现代化的教训就是激进主义主导了整个过程。而这一过程，确也正是以1915年的东西方文化论战为起点的。

激进主义的一个突出表现，就是面对西方发达国家的"赶超心态"。中国与西方在文化上的差异既然仅仅是时段与发达程度上的，那就是说我们可以在同一条道上通过自身努力赶上甚至超越过去。陈独秀早在1917年就主张："西洋种种的文明制度，都非中国所及。但就经济能力而言，我们中国人万万赶不上。倘不急起直追，真是无法可以救亡。"孙中山也把其建国大计寄托在对于西方的赶超上，他相信人力完全可以超越自然进化，只要发挥出火一般的革命意志和创造精神，中国就能够"压缩"许多进化"阶段"，神速地达到"进化"的高级阶段，后来居上，超过欧美，并成为世界进化新潮流的领导者。孙中山去世早，尚未来得及实施他的赶超学说，而他的后继者毛泽东主席却把这一学说发展到了极致。在1958年的"大跃进"中，毛泽东主席提出了要在主要工业产品的产量上七年赶过英国，十五年赶过美国，后来又将时间缩短为三到十年。激进的梦想落实为拔苗助长。我是当年全民"大炼钢铁"的亲历者，为了实现这一赶超目标，家里灶房的铁锅、墙上的铁钉都拿去炼钢，周边的大树全都砍去做了燃料。劳民伤财，炼出的不过是一堆废铁。"大跃进"后随之而来的是"大饥荒"，震惊了整个世界。

激进主义的另一个突出表现是把"斗争"绝对化。杜亚泉以"静的文明"与"动的文明"形容中国文明与西方文明的差异。他列举的"动的文明"的首要属性即"竞争自烈"、"对抗纷争"、"战争为常态，和平其变态"、"以竞争胜利为生存必要之条件，故视胜利为最重，而道德次之"。而中国的传统文化则重在"勤俭克己，安心守分"、"清心寡欲"、"与世无争"。陈独秀完全否定这一划分,李大钊倒是认可杜亚泉的说法,只是他对中国的"静的生活"持否定态度,认为只有"弃其从来之一切静的生活,取彼西洋之一切动的生活;去其从来之一切静的文明,迎彼西洋之一切动的文明",方能够救中国。他号召青年一代行动起来,迎合世界潮流,将中国由静的国家改变为动的国家。此后,竞争、对抗心态迅速在中国社会蔓延开来,更加上对马克思列宁主义学说的改造利用,遂生成一种愈演愈烈的"斗争哲学",与天斗、与地斗、与人斗其乐无穷,外斗加内斗,"阶级斗争"、"路线斗争"一度成为年年讲、月月讲、天天讲的头等大事,政治斗争运动每隔七八年就要来一次,严重地破坏了国家与民族的安定团结。

激进的功利主义干扰了科学文化教育界的健康发展。在这场论争中,《东方杂志》阵营中钱智修的《功利主义与学术》一文也成为激进派猛烈攻击的靶子。钱文认为中国受西方文化影响最大的是"功利主义"。由边沁(Jeremy Bentham)、密尔(John Stuart Mill)等人创始的功利主义是一个内容极为繁富的学派,中国文化界在引进这一"功利主义"学说时已经功利主义地将其大大简化了,大抵只剩下"实用"、"急用"、"对大多数人有用才有价值"的条文。钱文列举了此类功利主义在中国学术界引发的种种弊病,如:仅把应用价值作为学术研究的目的是有害于学术的;学术受制于应用将妨碍学术之独立;"文化重心,自在高深之学,所谓普及教育,不过演绎此高深学问之一部分,为中下等人说法耳。""功利主义之最大多数说,其弊在绝圣弃智。使学术界无领袖人才。""唯以国家之力助少数学人脱离社会之约束,俾得从容治学",学术才有精进之望。对于钱文,陈独秀却大不以为然,他认为"人世间去功利主义无善行",针锋相对地提出中国应该"彻头彻尾颂扬功利主义"的口号。百年过后,从今日的实际状况看,中国大众的普及教育以及科学技术的普及应用都取得了显著成绩,但高等教育的质量及基础理论研究的水平始终落在世界后面;无论自然科学还是人文学科,堪称"学界领袖"的学术大师越来越稀缺;不少重大核心科学技术多停留在借用仿效阶段,仍缺乏自主创新能力。追根溯源,不能说与现代中国在科技文化教育界长期持守的急功近利的激进思维模式无关。

激进主义的现代化运动严重地破坏了地球生态。发生在世纪初的这场文化论战,关于人类与自然之间关系的判断,激进派显然也压倒了杜亚泉的温和派。文化史学者王中江对中国激进主义革命派的宇宙观曾做出以下描述:"革命派对宇宙自然与人类社会的二重处理方式,最终也落脚在人类社会对于宇宙自然的优越、人类社会与自然的不同上……他们的'意图'是要通过人类与自然的二元化,把人类从被动的自然秩序之下解放出来,使之成为'创造'进化的积极'主体'。"在陈独秀那里,"人类主体"被表述为:"以人胜天,以学理构成原则,自造祸福,自导其知行。"陈独秀的这一观念并非他自己的发明,而是启蒙理性的核心,即人类凭借自己独有的"学理"高居自然之上,战天斗地,为自己谋取福利。这一简单不过的逻辑,既是启蒙理性的核心,也是生态灾难的源头。中国社会在现代化伊始选择了这一发展逻辑,也就为此后的生态灾难打开了潘多拉盒子,乃至付出惨重的代价。至于当前的生态灾难严重到什么程度,报纸网络天天都有大量报道,本文不必再一一列举那些统计数字,每个人都有自己的切身体验。总之,连吃饭、饮水、呼吸、生殖、繁育这些人类生存的最基本的保障都已经成了大问题。"先污染,后治理"一度曾成为中国当代经济建设的硬道理,若是考虑到生态成本,仔细算一下账,改革开放的红利就不得不大大打个折扣。

以上四点只是择要说明激进主义给中国现代化进程造成的伤害。虽然说以启蒙理性为核心的西方现代性理念自身就存在许多问题,但中国的问题更大程度上是长期将这一启蒙理念付诸单一的、片面的、偏激的实践,而且从来缺少认真的反思。

进入现代社会以来,人类做出的第一次重大反思是在第一、第二次世界大战牺牲掉数以千万计的人类生命之后。这次反思以西方学者为主,对西方现代社会赖以存在的思想基础——启蒙理念进行了全面的、彻底的反思与批判,其中就包括了曾经被杜亚泉"渐进主义者"怀疑、质问过,被陈独秀"激进主义"褒奖、颂扬过的"科学主义""物质主义""消费主义""功利主义""实用主义"以及"机械唯物论""直线进步论"等等。为了矫正西方社会的偏颇、挽救现代社会的败落,西方的一些著名学者也曾把目光转向世界的东方。我甚至怀疑,马克斯·舍勒(Wax Scheler)在当时似乎就已经察觉到中国思想界的论争,以及论争中不同学者关于东西方文化的不同立场:

> 特别是中国和日本等国中的某些阶层今天正竭尽全力去掌握欧洲实证主义的科学方法,去掌握相应的工厂化生产方式和经商方式,因而资本主义机制普遍化看来是近在咫尺了;然而,尽管如此,近些年来这些民族的更为高贵的代表们已知道,这种错误的所谓"欧化"只能触及心灵和生命的皮毛,对于种族相应的、出自民族自身历史的精神性基本态度(在宗教、伦理、艺术中一切属于生命意义的东西)却依旧毫无触及。当那必不可少的机制化过程完成几分之后、当由这一过程提供的全球各民族的外在文明联系完成几分之后,就会期待精神性基本态度去完成属于自身的新任务。这些国家中的佼佼者还知道:西欧作为信使把资本主义"精神"作为自己最后的光束带给这些国家,而这一精神之根,就是说,在西欧的中心本身,这一"精神"正在慢慢衰亡。这些国家中都有自己的陀思妥耶夫斯基、索罗维耶夫、托尔斯泰:他们带着讽刺的微笑瞧着本土市民群众的欧化狂潮劲儿,因为他们知道,正当自己的国家的群众将为胜利、为自己的国家与欧洲一样实现了文明而欢呼,朝他们迎面走来的"旧的"欧洲此时却正在垮下去,正将让位给一个新的、更高贵的欧洲。真正的"年轻的欧洲"其时是站在他们一边的!

舍勒的这段话显然是在批评一味追随西方"全盘欧化"的"某些阶层",因为他们看不到西方在其现代化道路上已经惹下要命的麻烦,扎根于启蒙理性的西方文化已经到了矫枉纠偏的时刻;舍勒同时又在点赞东方民族本土思想家中那些"更为高贵的佼佼者",认为他们着手设计的将是一个新时代的新的

文明。至于这个"新时代"的命名,舍勒进而说道:

> 如果我站在这个新时代的大门口题献一个名称,而这个名称又将包含着这个时代的总体趋势的话,那么只有一个名称在我看来似乎是适应的,这就是"协调的时代"(Ausgleich)。

舍勒认为这种"协调"将在自然界、物理界、精神界的各个层面展开,其中包括种族间紧张关系的协调、东西方不同文化群落之间的协调、原始文明与高级文明之间的协调、科学技术知识与人文精神之间的协调等。

对照舍勒的评析,对照杜亚泉当时执守的"统整"、"调适"思想,在20世纪初中国思想界发生的这场事关中国前途的论战中,谁是"欧化狂潮"的激进者,谁是深谋远虑的"佼佼者",不就一目了然吗?

地球人类第二次面临的生死选择的关头,该是自20世纪中期逐日逼近的全球性生态危机。较之上一次的反思,这一次的反思体现出更为广阔也更为深刻的世界性的视野。

愈演愈烈的生态危机逼迫人们不得不做出重大选择:人类将进入一个与以往不同的新的历史时期,一个新的文明阶段。相对于由启蒙运动开创的工业文明、现代社会,这一"新文明"就是"生态文明";这一"新的历史时期"就是生态时代。

最初做出这一判断的是奥地利学者、系统论的创始人路德维希·冯·贝塔朗菲,他在20世纪50年代就宣告:由文艺复兴和启蒙运动开创的西方文明已经完成自己的使命,它的伟大创造周期已告结束。新的文明,将是一种生存的智慧,一种生态学意义上的文明。生物学的世界观正在取代物理学的世界观。"19世纪的世界观是物理学的世界观……同时它也为非物理学领域——生命有机体、精神和人类社会提供了概念模型。但在今天,所有的学科都牵涉到'整体'、'组织'或'格式塔'这些概念表征的问题,而这些概念在生物学领域中都有它们的根基……从这个意义上说,生物学对现代世界观的形成做出了根本性的贡献。"另一位杰出的思想家E.拉兹洛则指出:这是人类史上继"农业革命""工业革命"之后的"第三次真正的革命",即将来临的时代是一个"人类生态学的时代"。

对照上述当代西方思想家的这些言论,我们再去仔细研究世纪初发生在中国的那场"东西方文化大论战",就不得不承认杜亚泉的融汇中西、统整古今、调适渐进、人与自然共生的主张更具前瞻性,更吻合生态文明、生态时代的精神。哲学的功用是缓慢的,思想并不总能"立竿见影",而是往往要潜伏很长时间才会显现其意义与价值。

自欧洲文艺复兴时代以来,中国与西方的文化交流起伏跌宕、波谲云诡,许多时候就像中国京剧《三岔口》中的表演,充满隔膜、偏执、误读、臆测。而且存在着严重的不对等。比如,在由伊丽莎白·迪瓦恩(Elizabeth Devine)等人编纂的《20世纪思想家词典》中,收录的思想家共计414人,东方思想家仅只4人,其中印度3人(或许还是沾了英殖民地的光),日本1人,中国则完全缺席。编纂者如果不是出于傲慢,那就是出于知识的严重欠缺。面对生态时代的到来,这种情形可能将要发生根本性的改变。生态危机的全球性、后现代时期信息传播的高效性,已经为世界各个国家、各个民族的文化交流提供充分的必要性与可行性。

在即将到来的生态时代,无论西方或是东方,世界上各个国家的思想家与知识分子精英之间的基本见解正在日益趋向一致。时过百年再来回顾中国上个世纪初展开的那场事关中国命运的文化论战,经验与教训都已经大抵清楚。反思这场论争,不但有益于当下中国社会的健康发展,同时也会有益于世界新时代文明的创建。其中,异类思想家杜亚泉启蒙理念中蕴含的生态意识就更值得我们珍视、发扬、传承。

2019年3月·苏州独墅湖畔

田慕周与恩师梁漱溟

"鲁枢元,寄你的豆酱收到了吗?"电话那头传来田禾爽朗的笑声。

我告诉他,收是收到了,只是罐子碎了,豆酱里全是玻璃碴子。田禾很有些惋惜:那可是我和慧菁亲手晒的西瓜豆瓣酱啊!

田禾是我中学时的同学,抗战后期出生在四川成都,比我大两岁。那时他父亲跟着国民政府行政院院长张群先生做秘书。战时生活艰难,田家也不例外,田禾出生时家里竟请不起大夫,是父亲给他接生的。抗战胜利后,先是随父母在南京、上海、苏州,十岁那年遵父命回到开封老家,侍奉年迈又不舍故土的奶奶。我就是在那之后与田禾成为同学的。

电话里我告诉田禾,日前翻书,看到《梁漱溟全集》第八卷里提到你,是梁老先生写给你爸爸的信。田禾说那是1976年吧?我从新疆建设兵团跑回老家,一无户口,二无工作,是我生活最困顿的时期,父亲可能对老先生说起过。

田禾的父亲名镐字慕周,燕京大学法学院优等生,校学生会主席,当年的热血青年。1932年毕业后到了上海,任民国初建的中国航空署军法官,因为检举上司的贪污行为得罪了国民政府主席林森的侄子林我将,被排挤出上海。此事轰动一时,当年上海滩的大小报纸均有报道。田慕周感到当时的社会与政治都已经偏离正道,欲谋社会进步,必须从根本处做起。于是他在1933年中秋节后,偕新婚夫人富顺寿去了山东邹平,投身到梁漱溟先生的中国乡村建设运动中。富顺寿是南京金陵女子学院的高材生,英语极好。当年他们结婚时,证婚人就是燕京大学校长司徒雷登。

田慕周到山东后,即被梁漱溟委以邹平实验县第一科科长,主管乡村自治、户口改革、环境卫生、礼俗宗教。他做的第一件大事即主持全县户口的普遍调查统计,169名调查员在近一年的时间里调查了全县342个村庄,调查报告最终由中华书局印刷出版,邹平县成为当时全国两千多个县市中唯一全面实施户籍法的县,引起国内外的关注。蒋介石的外籍顾问、前意大利财政部长斯提菲尼还曾在蒋百里先生陪同下参观邹平的户籍行政设施,现场做翻译的就是田禾的妈妈。

抗战爆发,田慕周追随梁师到四川南充创设民教馆,主讲国际关系与民法概论。当时他私下选用的教材就有梁漱溟1938年春访问延安时毛泽东赠送的油印本的《论持久战》。有人告密说田慕周"吃着蒋家的饭,却在宣扬毛先生的书!"曾招致四川省党部派员下来查处。由于梁师的庇护,才最终得以蒙混过关。

由于历史原因,田家与国民党有着丝丝缕缕的关系。田慕周的叔叔田辅基与蒋介石、何应钦、张群是日本振武学堂的同学,同在一个"棚"(班),蒋是班长,田是列兵。辛亥革命时攻打上海制造局,田辅基是前锋;在反对袁世凯的战役中却不幸被袁的爪牙暗杀,后被国民政府追认为中将。或许由于这层关系,从1940年到1948年田慕周一直在国民党元老张群手下做事,大抵是秘书、译员、参议之类的文职。在国民党上层,张群先生是一位公认的正直清廉的人,田慕周在其属下也一直过着清贫、自律的生活。所以,在全国解放后诸多政治审核运动中,他都相安无事。他在上海一家外贸公司上班,基本生活条件倒也有所保障。

但到了1959年"肃反补课"时,还是把它补成了"历史反革命",从此家庭生活陷入极度困顿之中。妻子偏瘫、岳母年迈,一家数口蜗居在九平方的亭子间里,经常衣食不济。这时的梁漱溟也已经在受批判,被勒令闭门思过。当他知道慕周的处境时,便按月亲自寄20元钱给他贴补家用,20多年里从不间断。对此,梁漱溟曾经向组织报告过:我的学生现在没有饭吃了,虽然被定成"历史反革命",但我不能不管!在此期间,慕周也常年帮助梁师抄稿、校书,做些力所能及的事。

梁漱溟作为中国当代罕见的大思想家,他对自己的道德学问是自信的。1976年春,时值"四人帮"覆灭前最为猖獗之际,他在病中写给学生田慕周的信中说:"我从来自己认为富有历史使命","弟为我尽力不少。此不独我两人间的关系。我的著作将为世界文化开新纪元。其期不在远,不出数十年也。"对此,世人往往视为狂傲,我则相信乃夫子自道,这里我且不解说,留待日后著文细论。这里我要说的是慕周为乃师抄书、校书,也是在完成一项重大历史使命!

梁漱溟1966年9月完成的《儒佛异同论》,就是由田慕周伙同熊十力的孙女熊如等人费尽周折复印下来的。当时"文革"爆发,全国各地都在"横扫牛鬼蛇神",一片恐怖景象。此时田慕周为了老师手稿的安全,便将复印的书稿交给远在吉林插队的最小的儿子田余,让他设法藏在他上班的矿山里,才免去红卫兵打砸抢的浩劫。

梁漱溟的重要著作《人生与人心》,写于1955年至1975年之间,正是中国社会政治运动连绵不断的动荡时期,老先生对此书十分珍重,曾说"这本书不写出来,我的心不死!"这部书稿也是田慕周伏在上海的陋室一字一句誊录的,1984年由上海学林出版社出版,时年91岁的梁漱溟欣慰地说:"今日可死而轻快地离去了"。

1980年美国哈佛大学历史学博士艾恺专程来华访问梁漱溟,八次交谈留下的三十多盒录音磁带的文字整理,也是田慕周召集亲友主持完成的。整理后的文字稿后来以《这个世界会好吗》的书名出版,已经成为研究梁漱溟思想的极为重要的文献。梁漱溟的长子梁培宽2005年在该书的后记中再三说明：此书得以出版，"首推今已98岁高龄的田慕周老先生。正是田老提出并经手从原载美国的艾恺教授处索取到这批录音磁带的，那是先父身故后两三年的事，随后又是田老亲自邀约8位年轻朋友，并自己也参与其中义务地将录音转为文字"。"现在终于得以成书，流传于世，保存下来，这是可以告慰于田老的。"

梁漱溟的力作《中国文化要义》一书，初版于1949年由成都的路明出版社出版竖排本，那时新中国已经成立，四川还没有完全解放，时局动乱，书印得毛糙，发行更是困难。这一直是窝在梁漱溟心头的一件大事，1985年9月梁师写信给田慕周说，这本书"除赠知交外，绝少流通于市面。我欲在沪重印。或香港重新付印。希望老弟与学林社柳君洽商一下"。师命如山，当然又是慕周鞍前马后效命，他及时联系了学林出版社的负责人柳肇瑞先生，很快促成该书的精美横排本在1987年隆重上市，完成了恩师的一件心事。

梁漱溟对于慕周这个学生，自然是十分器重的。从1933年起，直到1988年梁漱溟去世，在半个多世纪的岁月里，无论时代与社会发生多么大的变化，两人的师生情始终如一，甚至历久弥坚。收录在《梁漱溟全集》中的书信，以梁漱溟写给田慕周的最多，达52封，这还远不是全部。晚年他曾题字给慕周："情贵淡，气贵和，唯淡唯和乃得其养，苟得其养无物不长。——慕周老弟从游于我达50年，顷者来京以此赠之。"

1979年，田慕周的历史问题得以平反，恢复了自由之身。此后，他每年都要到北京看望恩师。1987年那次拜会，辞行时田慕周发现老师脸色不好，"已现紫光"，感觉恩师来日无多，不禁悲从中来，遂即跪在地下给老师磕了个头。有谁见过，八十岁的老人给九十岁的老人行此大礼？慕周后来说，这次不像往常，老人并没有推辞，而是安然受拜了。果然，未过数月，漱老便驾鹤西去。

当年由司徒雷登证婚的田慕周、富顺寿夫妇共生养了六个孩子，由于热衷乡建，他们给六个孩子取的名字都与乡村生活有关：田农、田园、田稼、田禾、田芸、田余。老四田禾一生命运多舛。十岁时,他遵父命回到开封老家陪伴祖母。田家的老宅位于开封市东北一隅的老官街(后改名为乐观街)。开封人都知道"一门三进士"的田家,当年田家兄弟的宅院嵯峨逶迤占据了大半条街。说起来我们家与此街也还有些因缘,我父亲、大姑母都出生在这条街上,只不过我们家是寒门。田禾从南方回到祖母身边时,田氏家族已经没落多年。尤其是1958年刮"共产风",房产全被充公,祖孙靠变卖祖传字画、家具度日。少年时代的田禾身材不高却敦敦实实,白净的脸上一双大眼睛。他天分高,学习成绩好,从小就知道自己出身不好,属于三等公民。勤工俭学中,凡是重活、脏活、苦活他总是争着干,在班里人缘极好。尽管如此,他仍然迈不过"家庭成分"这道铁门坎。初中毕业后,父亲只想让他上个技术学校学门吃饭的手艺,班主任老师认为他成绩好不读高中太亏。结果,高中毕业考大学仍然通不过政审。这时奶奶已经去世,田禾便回到上海父母那里,成为年轻的无业游民。1965年上海动员待业人员支援新疆建设,他报名赴疆,成为新疆建设兵团农一师十四团的军垦农工,开荒种地、挖河筑坝、放羊喂猪,事事争先,一度还被评为连队"学习毛主席著作标兵"!文革中农场大乱,他出身不好,属于阶级异己分子,被揪斗、游街,打得皮开肉绽,半个月起不了床。接着便被打进"牛棚",天天从事最苦最重的劳动。多亏同是上海知青的年轻姑娘徐慧菁及众多好心战友的关心照料,才终于撑了下来。也正是在这段患难生活中,田禾与徐慧菁结成夫妻。文革后期,农场人心大乱、生产凋敝,恰逢母亲中风偏瘫,田禾便带着妻子趁机回到上海。

  田氏家族是明代中叶由山西洪洞县迁移到河南来的,世代居住开封城东杜良寨峦庄。最初也不过是一般的耕读人家,迁汴后至第十代开始发家,清朝同治、光绪年间,田家有三人考中进士。其中叫田恂的那位,就是田慕周的爷爷、田禾的太爷。文革中,田慕周作为历史反革命分子曾被遣返到峦庄,家乡的老少爷们倒是没有难为他,留下上海方面补贴的500块钱后,就放他自由行动了。田禾两口子在上海便没有再回新疆,而是跑回老家乡下。峦庄大队支书也是族里人,说:没事儿,以后就留在咱们村当知青吧!我给你们登记一下就算咱村的人啦!于是田禾支边新疆后又在河南乡下开始插队!多年的颠沛流离中,田禾学会了各种谋生之道,不但犁耧锄耙全都会,泥工、木工、金工也都在行,到头来还挣得"土木助理工程师"的头衔,文革过后被安置到开封市内工作。

前年秋天,我曾陪同田禾夫妇回了一趟老家峦庄,乡亲们看到他们两口子可亲了,硬是拉着往家里吃饭。原本田家的旧宅已荡然无存,他们插队时住的房屋还在,早年的那棵古树已经不见了,从老根上长出的小树也已经碗口粗。田禾告诉我,田家的祖茔在村子的北地,占地六十亩,墓碑井然,柏树森然。先是五八年大炼钢铁把树砍光了;文革时破四旧红卫兵挖开了祖坟,棺木狼藉,沟坎里飘满绸缎的碎片。奇怪的是太爷的尸首竟然没有腐烂,被一把火烧掉了。如今形势已经大变,"田家一门三进士"早已成为开封市传统文化的美谈,《田氏家谱》成为北京国家图书馆的珍藏。老官街田氏旧宅劫后余生的一处房产,门楼前被开封市文物管理局竖起一块保护性的石碑。

年逾古稀的老同学田禾并没有迁回上海老家,而是遵循父亲的遗训,与老妻一同守护着这座唯一幸存的百年老屋。正厅明三实六,黑漆廊柱,朱红房门,檐枋下面门柱上装有雕花荷叶墩,下挂木质透雕垂花柱与花牙板,上面的菊花、松鼠、葡萄、云龙等图案玲珑剔透。正房内装饰的木质菱角金线花框的玻璃隔扇,百年过去仍光泽照人。前廊左右两侧由水磨方砖砌成的匾额虽已斑驳,但"纳福"、"迎祥"的字样仍能看得分明。田禾夫妇两位贫寒的退休工人守护着这座贵族的老屋,那情景颇有些戏曲化。

他们两人的退休金加在一起每月五千多元,这对于大城市的居民来说实在不高。田禾却总是说:够了,够了。馒头是自己蒸的,面条是自己擀的,豆酱是自己晒的;沙拉酱、葡萄酒也是自己鼓捣的。更"奇葩"的是,身上穿的鸭绒坎肩也是自己家平日里积攒下来的鸭毛、鸭绒制作的。

田禾说,现在唯一的难题是他们老两口下世后,这座百年老宅怎么办?这可是老田家最后一点岁月的遗存啊!

2018年冬,紫荆山南暮雨楼

谷融为水

华东师范大学文学院的两位院长到海南岛,带来钱谷融先生送我的一册新著,先生的自选文集《人·艺术·真诚》,厚厚重重,端庄典雅。自从上得岛后,许多亲故知交大多疏淡了来往,手捧此书,我心头一热,眼睛竟禁不住湿润起来。

南迁时清理书信,数了数,先生写给我的手书,竟有84封之多,月月岁岁、点点滴滴,如甘霖芳露,滋润了我这棵生长在豫东盐碱地上的树苗,终于展开一蓬绿叶,开出几朵小花,甚至结了几只笨果。

其实,我并不是钱谷融先生常规意义上的学生。60年代初,我刚刚在开封读大学时,先生的《论"文学是人学"》一文仍在遭受批判,文章我并没有读得很懂,然而,"钱谷融"这个名字却深深地留在我的记忆里。1979年,我在郑州铁路师范教书,学校很小,只是借用一家小学的一幢破楼,图书资料更是不足。就在那一年的6月,我读到了钱谷融先生发表在《文艺报》上的一篇长文:《文艺创作的生命与动力》。也许是一种因缘,这篇文章如醍醐灌顶,使我豁然开悟。我按捺不住地向《文艺报》编辑部打听来先生的通讯地址,并于那年的8月4日收到了先生的第一封来信,说来也巧,不久,钱先生应邀到河南讲学,题目是《文学的魅力》，我一下子被先生自己的魅力所征服。先生在河南巡回演讲3场，我则由开封到郑州再到洛阳追随先生听完了3场，听得心潮澎湃、如痴如醉。我不隐讳，这是一种崇拜，一种真诚的崇拜。但我至今仍然相信，对于文学艺术来说，这种崇拜也许就是一种登堂入室的心灵洗礼。当年齐白石崇拜徐青藤，甘做"门下走狗"，可谓五体投地。这是一颗敏感的心灵对于艺术震慑力的承领，在承领的同时，艺术也就在他的心灵深处萌发出蓬勃的生机。

《文艺创作的生命与动力》一文，是钱谷融先生"文学是人学"观点在创作领域的深入展开，在他看来，创作的生命与动力不是别的，就是作者真实的情感。文章一反多年来的文艺教条主义，给"情"以至高无尚的意义："创作冲动首先来自作家内心情感的波澜"，"形象思维可以叫作'有情思维'"，"这种审美情感也就是艺术创作的生命与动力"。自"文革"以来，人们的真情实感被禁锢了10多年之后，钱先生的这些立论强烈地震撼了我，启迪了我，我接连写出了《文艺作品要有生气灌注》《文学创作的感情积累》《文学艺术家的情绪记忆》《论创作心境》等一系列文章，大多发表在颇具影响的《上海文学》上。就这样，我开始从蛰居的小学一隅走向中国文坛。并且，从研究创作情感问题出发，我几乎在无所知觉的情况下，走上了文艺心理学的研究道路。

在先生较早的一封来信中，曾谆谆告诫我说："你是个晚成之器，对此，自己应该有足够的估计。狂妄自大的毛病你决不会有，但我怕你有时会缺乏必要的自信。"现在看来，人间可成之器该是莘莘芸芸，而成就之器则寥寥无几，"高人点拨"，有时竟会成为"成器"的契机。这使我想起心理学上的"皮格玛利翁效应"，我总觉得，我这块愚鲁驽钝的泥巴居然能够被塑成一只瓦盆土罐，与钱谷融先生的调理陶冶是分不开的。

很长一段时间里，我总是琢磨"钱谷融"这个名字。在当代中国文学界，"钱"姓中颇有几个显赫的名字：钱仲联、钱杏邨、钱锺书、钱中文，先生为什么叫"谷融"呢？我从来没有询问过他。然而，随着我和先生的交往增多，"谷融"这两个汉字渐渐在我的心中形成了这样一个意象:"谷"是山峰间的峡谷,"融"是山石间渗融出的溪流。"谷融"就是山间流水。先生青年时代曾写过一篇题为《说水》的文章,题旨在于述志,文中有这样的句子:

芴漠无形,
变化无常,
乘风凭虚,
卑以自居。
甄有形于无欲,
颁大惠于群生,
使身而能化也,
吾其为水矣!

"吾其为水矣"。先生就是水,就是山谷间的流水,就是水的化身、水的精灵。

老子曰:"上善若水",一切有生命的东西都离不开水,水善利万物,大惠于群生。钱谷融先生多年来恪守教职、栽培桃李,"云行雨施,品物咸融",从他门下走出的硕士、博士,在当代文坛上可以数出一串响亮的名字:王晓明、许子东、殷国明、李劼、吴俊……善行则无辙迹,先生很少说教,总是如春风雨露般以自己的操守品行潜移默化着学生的心灵。当年,是他把我一一引荐给沪上的老一代学者王元化、徐中玉、蒋孔阳,为了托王元化先生为我的一本书写序,他竟登门催促,逼得元化先生写了又改、改了又写、白撕去许多稿纸。当年,是他不声不响地把我的文章介绍给李子云、周介人,使《上海文学》成为我走上文坛一个重要台阶。当年,是他邀我共同主编《文学心理学教程》,他那通达而严谨的治学风格处处为我做出表率。先生广施雨露,普济众生,在外参加一些学术会议,时常会碰上曾经受惠于先生的同道,奇怪的是不管山南海北,不管曾否相识,只要一谈起"钱先生",大家便一下子"融会贯通",像是有一道暖流,把大家汇合在一起,顿时显得亲近起来。

我的影集中至今还保留着一张照片,那也是一个故事:八十年代初,我曾和当时担任《文艺报》副主编的陈丹晨先生打过一场笔墨官司,争论的焦点是文学创作的"模糊性",我那时年轻气盛,措词颇为尖刻,论辩中都有些失态。在一次学术会后游览天童寺时,钱谷融先生左手拉住陈丹晨,右手拉住我,说,咱们一起合个影,正当的学术争论应取长补短,不应伤了和气。我和丹晨便因此有了一次促膝长谈,谈得十分投机,谈到动情处,丹晨说:以后你就是我的兄弟。后来的岁月里我也一直把丹晨当作兄长尊重。

"江海所以能为百谷王者,以其善下之。"水往低处流,是水谦和友善的本性。王晓明说钱谷融先生处世待人乐于取"低姿态",与世无争高下,对己则"卑以自居",这正是先生虚怀若谷的禀赋。与先生相伴,听他谈起同辈学者的才学人品,历历如数家珍,至于晚辈取得的成就,他的欣喜之情更是溢于言表,真比自己获得什么奖赏都要高兴。先生平易近人、关怀后进。记得1983年我第一次来上海到钱先生家中做客,由于我路不熟,加上天生缺少方向感,害得先生费了许多周折。后来,先生反倒在一封信中抱歉地说:"那天一早,从7点55分我就去车站等你,等到8点22分,回家休息了一会,8点35分又去等,等到8点55分,估计你不会来了,本来想到申江饭店找你,无奈已与许杰先生约好……"桃李不言,下自成蹊,先生的友善待人,也招致了另一方面的矛盾,来信来访者络绎不绝,耽搁去大量写作时间,并且常常把自己搞得疲惫不堪。先生有时在信中也叫苦,却不改初衷。是江海就无可拒纳百川,这也算"本性难移"吧。

先生淡泊名利,曾自我嘲弄:当年挨批判,没有想到;批判批出了名气,更没有想到。先生自谓"喜读书不喜写作",而师母杨先生则曾在我面前数落他生性懒散,不肯用功。我想,道德学问大约也有两种:一是人工,二是天籁。先生热爱自然,顺应自然,著述不算很多,然皆率性而为,天然无饰,自是高标逸韵,独树一帜。先生的做人与做文、人品与文品,互为表里,坚守正道,一以贯之,达则兼善天下,穷则独善其身,一篇"文学是人学",几番口诛笔伐,几番野火烧身,几番棍棒交加,几番泰山压顶,到头来依然是一位泰然自若、笑口常开的钱谷融。谷融先生其为"谷"也,"知其荣,守其辱,为天下谷。为天下谷,常德乃足,复归于朴"。在红尘滚滚的现代社会里要做到这一步更不容易。对照先生的坦荡胸襟,我常常感到自己狭窄与猥琐,感到愧对先生的期待,迁居海南岛后,渐渐地连信也怕写了。

《易》曰:水为坎。坎者,坎坷也,陷也。《易经》中的"坎卦"为两坎相迭,曰"习坎",坎上加坎,坎坎坷坷。系辞曰:"习坎,有孚,维心亨,行有尚。"大意为人生险阻重重,然而却可以靠人的真诚信守而豁然贯通,正如水流大野,尽管沟坎纵横,由于水的一往无前,终究会化险为夷,克敌制胜。恰恰在这重重险阻中,方又显现出人性的高尚。谷融先生果其为水欤?他的一生,沟坎可谓多矣,18岁离家求学,适逢抗战爆发,颠沛流离,艰辛备尝;《论"文学是人学"》,竟成了横在他人生道路上一个更大的"坎",从1957年到1977年整整填了20年。尽管学富五车、才高八斗,仍然不准晋升职称。1979年底,他在河南讲学,当主持人宣布"欢迎钱教授演讲"后,我亲眼见他在暴风雨般的掌声中面带歉意的微笑解释说:对不起,我还不是教授。那时节他在"讲师"位置上已盘桓了37年,这在中国教育史上,怕也是绝无仅有的例子。

在那样漫长的岁月里,有多少溪涧河渠无望地干涸在一道道土坎前面,而钱谷融先生终于以自己的人格力量战胜了凶险的命运,以自己宁静的心胸抗拒了外力的扭曲。"幽谷芳菲水融融",他自己则无声无息地或化身为云,化身为雾,化身为细雨,化身为甘露,滋润着校园青苗,培育着文坛新秀。去年夏天,我在上海见到了钱谷融先生,较之16年前,鬓间的白发增加了不少,但依然神清气爽,谈笑风生,生命的河流依然在青葱的山林间涌动奔流。

《人·艺术·真诚》一书是钱先生数十年来的文墨精华,其中对文学底蕴的探测,对创作奥秘的寻问,对文坛时弊的针砭,对作品人物形象的剖析,至今看来仍然是那么恳挚深刻、亲切感人。书中的文字全部是透过作者人格性情的晶体折射出来的,书的分量意味着人的分量。书中几乎不见近些年流行的种种时新术语,似乎也并没有顾及"后现代""后结构""后殖民"种种后来的尖端理论,这或许是一种缺憾?然而,我总在想,文学艺术天地中,有些方面的东西可能是随着社会的发展而发展的,但有些东西始终都是一个初始混沌的"原点",这个"原点"差不多就是文学艺术的魂魄,必须固守。你可以不断地去解析它、丰富它,却不能改变它,更不能弃置它。悲剧有时也会发生,那就是社会发展了,人们反倒距离这个文学艺术的"原点"、这个人类文化精神的家园愈来愈远。

钱谷融先生这部书的全部主张如果概括为一句话,那就是:尊重人、热爱艺术、崇尚真诚。是的,近十多年来我们的文学理论、文学批评有了长足的进步,但是我们谁能够断言,90年代的文人比他们的前辈更真诚、更善良、更高尚了呢?

钱谷融先生的这部《人·艺术·真诚》的意义或许就在这里,它为我们树立了一个做人为文的尺度,一个内在于人的精神与情感之中的尺度。

1995年秋,海南大学莲花池畔

钱谷融与伍叔傥的师生情

中国人的尊师重教，应该是从孔夫子开始倡导的。孔夫子首先自己做出楷模，千百年来的中国的读书人都把他当作老师，看得与自己的父母一样重要。中国传统文化中的师生关系并非只是知识与技能的传授，同时还有生活的关心、人格的培育、性情的陶冶、道德的熏染，这就蕴含了更多的伦理学的意味，在师道之外多了许多亲情。所以就有了"一日为师终身为父"的说法。这是古人的说法，但即使在古代也不是谁都能做到的。何况今天，父子关系也已经淡化。

我在钱谷融先生这里，却看到一个现代版的真真切切的实例，那就是先生与他的老师伍叔傥先生的关系。钱先生不太动笔属文，在他并不是很多的著述中，可以看到他时时会说起他的老师伍叔傥先生。如：

> 我经常深切怀念着我的老师伍叔傥先生，他是我一生中给我影响最大的一个人。

> 他对我的影响刻骨铭心、根深蒂固，成了我不可改变的性格的一部分！

缅怀伍先生的言行风采，仿佛重又沐浴在伍先生的音容笑貌之中，感到温暖，但一想到如今他已永远离开了我们，不免又为之怅然。

记得我初识伍先生时还不满20岁。伍先生对待学生的亲切关爱态度，使我特别感到温暖，忘却了不少飘零异乡的思亲之苦。大学毕业后，也是由他介绍我到交通大学去任教的。多少年来我一直生活在对他的思慕之中。

我的大学时代离开如今已经有60年了，还常常十分令我怀恋。而我每一次对它的怀恋，总是与对伍叔傥先生的怀恋紧紧地纠结在一起的。伍叔傥先生向往魏晋风度，襟怀坦荡，独立不羁，时时处处都能率性而行，不事矫饰，对于一切追逐名利、沽名钓誉之徒夷然不屑。如今伍先生早已经离开了这个世界，那令我万分怀恋的大学时代的生活，也随着伍先生的去世而愈益显得遥远渺茫了！

现在回忆起70多年前在柏溪与伍先生共同度过的那些岁月，真像神仙生活一样。即使今天已经时隔60多年了，我每一回首，一切都仍然仿佛历历在目。

尽管偶尔也听到个别师辈中人对他有一些不同的议论，但我对伍先生所怀的美好感情却始终如一。我今年已经92岁了，却仍能有这种美好的感情陪伴着我，我感到无比欣幸。伍先生精神永在！

不只从先生的文章中，在我和先生的接触中，也时常听他谈到他的伍先生。最近一次，是去年我陪钱先生在无锡的风景游览区拈花湾小住，荷花池前不知说什么又说到伍叔傥老师,那一时刻,这位百岁老人似乎一下子又回到当年的嘉陵江畔,脸上顿时泛起孩子般天真的笑容!我禁不住感慨:他们的这种师生关系是一辈子的!

伍叔傥先生的家乡浙江温州为他精心编纂出版了一部文集,印刷精美,前面是钱谷融先生撰写的序言。我在钱先生家里看到这部书,就让先生当场送我,并亲笔题了字。现在想来,那时先生已经将藏书散尽,留下的少数书籍都是他最珍惜的,我的行径真是有些"强取豪夺"了。我生也晚,对于伍叔傥先生好奇却知之甚少。从钱先生这里得到这部《文集》后,几乎是一口气读完,这才多少了解伍先生的为人、为文,才得以明白钱先生为什么如此敬重、热爱伍先生!

方东美评价伍叔傥,谓其一生风流倜傥,特立独行,乃魏晋间人。当下人们对于钱谷融先生的心仪,也多是对他那"魏晋风度"的景仰。钱先生自己也说过,"作为伍先生的弟子,我别的没学到,独独对于他懒散、随便、不以世务经心的无所作为的态度刻骨铭心,终于成为我性格中的一部分。"钱先生的这些自谦之词,恰恰说明他从伍先生那里学到的正是魏晋间人的风神。他们之间的师生关系远不只是知识的传承,更多的还是心灵深处的交融,而这些却往往是嫡亲父子之间也不易做到的。也正是"魏晋间人",把钱先生与伍先生这对师生的血脉贯通、融合在了一起。

1979年夏天,在我的学术生涯刚刚起步时,我读钱先生的文章,向钱先生请教问题,得到他细心周到的关怀与指导。那时,钱先生到河南讲学,我追随着从开封到郑州又到洛阳,一个话题听了三遍,真是如醍醐灌顶!经过整个80年代,到如今将近40年过去,我与钱先生的关系始终没有间断。

我说我是钱先生的学生,钱先生笑着说:"你不是我的学生。"这让我很有些惶惑。我的确不是华东师大出身,也没有在课堂上听过先生的课,比起先生门下的那些翘楚与天骄,我更是自惭形秽。

在先生的小书房里,先生眯起眼睛对我说:"枢元啊,我有一点你是一辈子也学不到了。"我问哪一点，先生说了一个字："懒。"先生的这个"懒"，实际上是"散淡""旷放""宁静""悠远"，是"魏晋间人"的精髓。近40年来在我的治学道路上得益于先生的简直太多了，而相比先生治学、做人的尺度，我自忖相差还是太远。做先生的学生，或许我还不够格。

但我是真心把先生看作我一辈子的老师。"一日为师终身为父"，我向先生请教已将近40年了，又该如何评点？况且，钱先生与我父亲同年，他们都是1919年"五四"运动那年出生的。也许，钱先生不说我是他的学生另有别意。因为不单是我，包括我身边的人都会感觉到钱先生实际上对我的偏爱。前年秋天，我来看望先生，先生执意带我到长风公园一家饭店吃饭，那是先生最喜爱的一个饭馆。先生拄着拐杖在绿树丛中绕来绕去就是找不到这家饭店，最后先生忽然想起上次女儿从美国回来时，这家饭店就已经搬迁了！先生将近百岁了，对早年的事情记忆如新，而对不久前发生的事就不容易记住。但他希望请我吃顿可口饭菜的心情却是千真万确的，当时，我看着先生寻寻觅觅、恍恍惚惚的眼神，禁不住眼圈红了。就在一个月前，我来上海办事，先到先生家里看望。先生见我就说："中午在一起吃饭，你在这里玩上一天，好吧？"

先生对我在学问上每每取得的些许进步，也总是给予鼓励。当我的《精神守望》一书刚刚出版，先生看了之后就在《文汇读书周报》发表专文热情举荐。我偶尔发现，先生在为我的《创作心理研究》撰写的序言里曾写下这样一段话："当他坦率地把他在探索途程中的所见、所感和所想，把他的一些经验体会毫无保留地告诉我们的时候，就使我们感到很实在，很引人入胜。"而这段话与先生回忆伍叔傥老师的讲课风格时说过的话竟有些相似："他从来没有以教育者自居，一本正经地板起脸孔来进行说教，而只是像和朋友聊天一样，把他所知道的、所想到的，带着自己当时的真切的感受向学生们和盘托出而已。"我顿时感到，我或许真的在某些方面还是继承了从伍叔傥先生到钱谷融先生的一脉香火的。

论及师生关系，何炳棣先生在《读史阅世60年》里写下这样一段话："与

1949年以后中国大陆的学人相比,旧大学确是重趣味、重性情而轻利害,道德水准较高。"历次残酷的政治运动严重地破坏了人与人之间真诚善良的关系,也破坏了师生之间亲密、洁净乃至崇高的关系。看陈凯歌导演的《霸王别姬》,戏中的"小四儿",这个当年被师父好心收留的弃婴,为了自己的"进步",恩将仇报,不惜把自己的恩师往死里整。戏里的小四儿被饰演成一个下流坯子,其实现实生活中的许多或自觉自愿、或在政治高压下百般无奈扮演了"小四儿"角色的多如牛毛。当然并不都是坏人,像罗尔纲、吴晗对待他们的胡适老师,像汪籛对待他的陈寅恪老师,像当年大批判年代的戴厚英对待她的钱谷融老师。那是时代的导向,是那个时代不再讲伦理道德,甚至不再讲做人的底线、基本的人性,而个人在时代浪潮面前总是显得如此软弱。

伍叔傥算是一个社会关系十分复杂的旧文人,他本人是国民党员,与民国要人中统局局长朱家骅是亲戚,朱任浙江省政府主席时,他担任秘书长,1949年出走台湾。他的留在大陆的友人纷纷与他划清界限,像文论界的名宿朱东润先生就在公开发表的文章里指斥伍叔傥是"反动文人"、"党混子"、"有政治背景"、"学术方面没有任何成就"等等。所有这些,钱谷融不是不知道,却并不因此"倒戈",也不因此消减对于乃师的热爱与敬仰。究其原因,该是钱谷融先生"重趣味、重性情而轻利害"的师生道德标准并没有随着时代的改变而改变。

改革开放以来,市场原则也被我们引进教育领域。原先的政治斗争的血色尚未清理干净,又沾染上市场买卖的铜臭,师生之间的利益交换成为基调。不但学生在变,为师者也在变,教师变成"老板",学生为老板打工,学位到手,一把一清。

我认识的一位戏曲界的老人告诉我,现在的年轻人与老师的关系,从称呼的变化上形色毕现:"一年师父二年哥,三年变成那家伙!"

回头再看看钱谷融老师与他的老师伍叔傥先生的师生情谊,现行的师生关系显得多么苍白、空洞、枯燥、贫瘠。殊不知,过往的那种师生关系也是一笔精神的财富、情感的宝藏，一辈子的财富与宝藏！

2017年4月12日，宜兴龙背山

附录：

梅雨时节访闲斋

张昭希

6月的上海正是梅雨季节，雨水如丝如缕下得缠绵，随鲁枢元老师来上海开会的这几天里，没有一个好天气，偏偏在我们探望钱谷融先生的这天清晨，雨过天晴，院子里的青松、香樟、白玉兰苍翠欲滴，衬得我们带来的一捧鲜花也格外精神。华东师范大学二村的这栋旧楼，木头楼梯年代已久，踩上去发出咯咯吱吱的声音，仿佛在提醒来客不忘历史的春秋岁月。

钱谷融先生的"闲斋"，位于这栋旧楼第三层的右侧。

阳光洒进屋里，钱先生正坐在窗前的藤椅上看报纸，一侧的茶几上堆满了书刊。在中国文学界，只要说起"文学是人学"，就绕不开钱谷融先生。钱老已经一百岁了，人虽消瘦，却精神矍铄、思维敏捷。

钱先生是鲁枢元的老师，他们之间保持近40年的师生情谊。听鲁老师说起最近还在忙，山东、江西接连开了几个会，钱先生便笑呵呵地打趣他："你成了朵交际花呀，还有精力来回跑，跟你比起来，我不过是棵交际草。"鲁老师听了连忙摆手，"哪里哪里，您谦虚呢，您去北京开会，在上海领奖，中央电视台还找您录节目，您才是棵交际树呢！"

上个月，中央电视台董卿主持的节目《朗读者》邀请钱先生录像，钱先生成为节目开播以来最年长的朗读者。他在节目中朗读了鲁迅先生的《生命的路》：生命的路是进步的，总是沿着无限的精神三角形的斜面向上走，什么都阻止他不得。自然赋予人们的不调和还很多，人们自己萎缩堕落的也还很多，然而生命决不因此回头……鲁老师感叹道："一部现代文学史里您看得上的还是只有鲁迅啊！"钱先生立马指着鲁老师说："还有一个姓鲁的呀！"大家又是一阵欢笑。鲁老师哑然，扭头对我感叹："你看他一百岁了还这么厉害！"

欢乐的笑声流动在这间小屋里。提起年轻的时候钱先生指导他写文章，鲁老师说："我还是最喜欢您呀！那时候王元化先生治学严谨，总是批评我，我就有些害怕他，但就是不怕您。"提起他的老师们，72岁的鲁枢元眉眼间浮动着一丝学生气。钱先生听了微笑着说："我跟你就是有缘分。"看鲁老师额头有汗，钱先生随手又递上一把蒲扇。

先生说只要天气好，他每天还要下楼到长风公园散步，读书看报更是放不下的日常功课。鲁老师就再三叮嘱他不要太劳累，注意调养，保重身体。

他站起身拍了拍钱先生的双手，恳切地说道："您一定要保养好身体呀！"

"这么说，你们是要走了吧。"钱先生抬头看着鲁老师，又幽了一默，"也不留下来吃顿饭，我看你慌里慌张还有约会吧？我这里可是座上客常满，樽中酒不空的。"

告别时，钱先生执意起身送我们到门口，我们拜别钱先生，走下咿咿呀呀的木楼梯。

中国传统文化中的师生关系并非只是知识与技能的传授，同时还有生活的关心、人格的培育、性情的陶冶、道德的熏染，这就蕴含了更多的伦理学的意味，在师道之外多了许多亲情。

2017年江南梅雨时节

鲁枢元补记：

先生是9月28日晚间9点零8分去世的，我没有微信，一个小时之后才知道。自从年初他添了病之后，我一直担心他等不上即将在10月底举办的百岁华诞庆典。

8月26日，我在阿勒泰地区的布尔津参加新疆作家协会召集的活动，夜间做梦梦见先生死了，白天就慌忙给钱先生身边的杨扬教授发去短信："钱先生可好？我现在新疆，挂念他。"杨扬回话说"我刚从外地回来，过两天去他那里。"我便知道没事了，虚惊一场。不料想，仅仅一个月后，老人还是走了。

古人说人生有三不朽：立功、立言、立德。对于钱谷融先生来说，教出那么多优秀的学生，该是对教育事业的立功；"文学是人学"是对文学理论的立言。而在我看来先生最为可贵的还是立德。这"德"，又不是通常世人所谓的伦理道德，而是一种心性、品貌、胸襟、格调，即先生的率真、诚挚、善良、宽厚、散放、旷达，这是一种高于一般伦理道德的精神，而这些正是我们这个时代最最欠缺的。

老子《道德经》第三十三章："知人者智，自知者明。胜人者有力，自胜者强。知足者富。强行者有志。不失其所者久，死而不亡者寿。"

"死而不亡者寿"。王弼的解释是"身没而道犹存"。"精返于气，反以相天"，人的精神不止于有限的生命，是可以长存天地间、继续哺育万物生长的。

我追随先生40年，得以亲近先生大半生。先生是我的"精神父亲"。他的离去，让我一下子失去了精神的依托，在这黎明前的昏暗中，冷风从窗外袭来，我感到的是一片茫然与孤单。

愧对元化先生

春天,我从苏州到上海,在钱谷融先生的"闲斋"里闲扯,钱先生对我说:"那次王元化先生请你吃饭,还是由我作陪,还有上海文学的李子云、周介人……"我感到很奇怪:"什么时候王元化先生请我吃饭,王先生怎么可能请我吃饭?您肯定记错了!"钱先生笑着说:"你这人忘恩负义,吃了又赖账,真让你白吃了。"事后,我反复追想,究竟在哪年哪月和王元化先生一起吃过饭,想来想去,终归一点踪影也想不起来。而钱先生又是如此言之凿凿,看来我真是忘恩负义,吃了"昧心食"了。

我心里总有些不安,如果真有其事,我为什么会忘记,而且忘得如此干干净净?也许,弗洛伊德的遗忘理论会提供一点解释的可能,那就是在我的潜意识里存在着一种心理障碍,一种无法逾越的心理障碍。在我的心目中,王元化先生是一位旷代学人,20年前,就是我仰望的巍巍太岳。如果说对于钱先生我更多的是一种亲近感,对王先生更多的则是敬畏。早年,王先生曾经关注过我的治学,而我自己不争气,心浮气躁,学问做得散漫无章,于是便自觉地躲开他的目光。待到我流落海南成了散兵游勇,王元化先生的学术声誉更加如日中天,泰山的身影距我就更加高远。按照弗洛伊德的说法,这种情绪上的冲突,也会是造成失忆的原因。不过,意识中不存在的东西,也许在心底深邃的隐秘之处会以别的方式积贮着,涌动着。

最近,华东师范大学出版社结集出版了钱谷融先生的书信集《闲斋书简》,印刷精美典雅的一大册。书中,钱先生在给我的信件中,竟有23次讲到王元化先生。重读这些信件,我又再度沐浴在过往岁月的春风雨露中。

我第一次见到王元化先生,便是通过钱谷融先生,那是1982年的春天,在广州越秀山下艺苑举办的中国文艺理论学会第三届年会上。那时,越秀山绿得苍翠欲滴,广州似乎满城都在飞花。会上一位位往常仅只在报刊上见到过名字的人物:孔罗荪、黄药眠、徐中玉、王西彦、蒋孔阳、黄秋耘……都如同神仙般降临到面前。那时的学术会,与会者要受到尊重只能靠自己的道德学问,会上关心的也只有学术,远比现在的学术会议单纯得多、干净得多。其时我刚由郑州铁路师范学校调进郑州大学,参加全国性的学术会议,这是第一次,整个一副懵懵懂懂的模样。因为在这之前钱先生曾到河南讲学,我已经见过他,会议中途休息时,便捧上自己写下的一篇文章——《论文学艺术家的情绪记忆》,请他指教。钱先生却对我说:"隔壁房间住了一位大理论家,比我有学问,我带你去请他指导一下。"

这位"隔壁的大理论家",就是王元化,清癯的身材,白皙的面孔,金丝框眼镜后面一双闪烁着异样神采的眼睛。王元化先生仅只扫了一眼文章的标题,便告诉我:"情绪记忆"是斯坦尼斯拉夫斯基表演理论体系中的重要话题,很值得深入探究。而我写这篇文章的起因,的确是因为翻阅了斯坦尼的书,受到了斯坦尼的启示,竟被他一语道破。文章是复写纸誊印的,而且比较长,有一万多字,隔一天我去取的时候,王元化先生说:"你在做的是文艺创作心理学的研究,希望你能继续做下去。"告别时,王先生送了我一本他的《文心雕龙创作论》,橄榄绿布面精装,烫金题签,上海古籍出版社的初版本。同时他还将会议的东道主之一、暨南大学饶芃子女士赠送他的一套细瓷精雕、玲珑剔透的粤南工夫茶具转送给了我,说是他还要到别的地方去,怕不好携带。我当时的心情,用一句贴切的话形容,那就是"受宠若惊"。

王元化先生自己可能不觉得,正是他的一句话,使我明白了自己凭着兴趣写下的一点文字,原来是"文学创作心理学研究",而他的一本书,更使我触摸到一条以西方学术视野洞察中国古典遗产、以现代学人心性把探传统文脉信息的治学渠道。

后来,由于和《上海文学》的关系,我到上海的机会多起来,见到王元化先生的机会也就多起来。在我的1983年6月18日的日记中曾记下这样一件事:

> 九时半,王元化先生突然将电话打到宾馆,我大感意外。接通,方知今晨他正在看我的《试论文学语言的心理机制》一稿。发现开头《文心雕龙》中一段引文(通塞感应句)不当,此段指文思而非语言;责我以前还曾有一段引文不确,说如若在外发表,那是要吃亏的。嘱我今后务要认真吃透原文之后再引用。又建议此文可引另外一两段。一为《雕龙》,一为《文赋》,务必将此两书看透。《雕龙》可读周振甫本。又嘱我不能心急,不能灰心,此亦并非难事。后又问我关于批评斯大林语言学观点的文章在何处刊登,我告之乃苏联社科院语言所所长文章。问姓氏,我则不记得。谈话间,楼下所租汽车已等等候多时。先生原以为我是下午走,听见人催促,则急忙打住,告我好自珍重,一路顺风。

从那时起,两年过后,我出版了自己第一部著作:《创作心理研究》。

在钱谷融先生的《闲斋书简》里,80年代初写给我的一些信里多次谈到王元化先生对我的关心。接着便是钱先生代我请王元化先生为我的《创作心理研究》写序。在1984年9月20日的来信中,钱谷融先生写道:

> 王元化先生回沪后……邀我一同去他家便饭,我把你请他作序的事同他讲了。他说他很愿意为你的文集写序,但目前实在不行,主要是事

多,没有时间,当然也有些不便。他叫我多向你致意,说待到你的集子再版时,他一定给你补写一篇序文。

后来,为此书写序的苦差事,就不容推脱地赖在了钱谷融先生身上。

从《闲斋书简》看,到了我的第二本书《文艺心理阐释》出版之际,我认定王元化先生欠我一篇序文,就又向他催讨起"旧账"来。实际上,在背后煽风点火的,还有上海文艺出版社负责该书出版的高国平先生、张辽民女士。从钱先生1987年4月6日写给我的信中,可以看到我当时催讨的急迫:

> 大约一个多月前,在元化家吃饭,席间,他诉苦说事情太多,答应你的序文,一直未能完成……他说,"你不知道,我写了又撕,撕了又写,不知有多少次。因为他是专家,我完全是外行,写来写去,总觉得不行。"

这一时期,王元化先生虽然已经不再担任上海市委宣传部长,但方方面面找他的人仍然很多,日常的繁忙已近白热化,他却仍然赶在出版之前把写好的序文交到出版社。

再后来,我离开郑州漂泊到天涯海角,一待八年,老大无成,写了几本无足轻重的散文、随笔,连见一见王元化先生、向他汇报一下自己的学业勇气也没有了。

钱谷融先生在《闲斋书简》中最近一次对我说起王元化先生,是在2000年5月15日的一封信里,他说:

> 我《谈王元化》那篇文章见报后,王元化就告诉我,说他的眼睛像凡·高,是他在你的一篇文章里看到的,而且原话出诸我之口。这次你把《凡·高的目光》这篇文章寄了来,我也觉得无话可说了。不过,在我的印象中,过去我似乎从来没有看到过凡·高的照片。难道是我只说了尼采

(也许还有茨威格),凡·高是你加上去的不成?事过境迁,已说不清楚,反正无关宏旨,也就不必管它了。

关于这件文坛"公案",钱先生说得大体不错。

1999年的岁尾,钱谷融先生在《文汇报》上发表了《谈王元化》一文,产生极大反响。文章开头说:"记得陈丹燕的一篇文章中曾看到有'钱谷融说王元化的眼睛很像凡·高'之类的话,其实是丹燕的误记。"这里冤枉了陈丹燕,因为陈丹燕看到的文章,应该就是我此前发表在《东方艺术》杂志上的《凡·高的目光》。在那篇文章中,我曾由凡·高的目光说到尼采的目光、卡夫卡的目光,还有王元化的目光:"读元化先生的学术著作,我们也会时时感到字里行间闪射出的那电火般的目光。元化先生的著作中不只有渊深的学识、精深的义理、周严的逻辑,更有着坚韧不屈的探索,独立支持的操守,疾恶如仇的性情,这既是他在苦难与危机中锻冶出的人格,也是他学术研究的动力和能量。"

在我写这篇文章之前,我曾经听钱谷融先生说,一个高度注重精神生活的人,他内心的精神力量可以通过眼睛辐射出来。他说,尼采就是这样的人,还有茨威格。钱先生又说,你注意到了吗,王元化也有着尼采一样的目光。这或许就是我撰写《凡·高的目光》一文的最初的契机。在我看来凡·高也同样拥有这样的目光。凡·高对生命的执着、对艺术的忠贞,始终令我膜拜不已。于是,我的那篇文章在引证钱谷融先生的话时,就不由自主地在尼采、王元化中间加上了凡·高。不过,尽管我于钱先生话的原意犯了"扩大化"的错误,我仍然觉得人类历史上有这么一些人,如尼采、凡·高、茨威格、卡夫卡、鲁迅,一直在用他们的心灵点燃着人类精神的圣火。这圣火也燃烧在王元化先生的目光里——这是钱谷融先生首先看到的,并把它说给我的。

在新近出版的《闲斋书简》里,钱谷融先生一次次向我说起王元化……,引发出我对王先生的许多愧疚,觉得辜负了他曾经对我的辛苦栽培。

我到苏州后,听上海音乐学院的戴鹏海前辈说,他与王元化先生是世交,常到先生家去,自从张可夫人辞世后,王元化先生的身体越发糟糕。但在病中有时还说起过我。我几次想到上海看望他,又担心打扰病重的他,一直在犹豫。不料,最后一面竟是在上海龙华殡仪馆天河厅的百花丛中!

2020年11月30日,上海学界为纪念王元化先生百岁诞辰举办学术研讨会,我有幸受邀与会,我的心情仍然是歉疚的、沉重的。我对在座的先生的生前亲友与弟子说:比起在座的诸位学者,我是最没有资格谈论先生的。这里,我只是希望借这个机会再做一些表白。早年王元化先生对我曾经多有指导与教诲,甚至还有所期待。对照先生对我的期待,我自知学力与素养差距太大,终难成器。怕让先生失望,此后便有意躲开先生的目光,在先生这里,我成了一个逃兵;甚至也躲开正规的学术界,成了一个散兵游勇。尽管如此,早年对先生的亲近,先生的人格、情怀还是融化在我的血脉里,促使我坚守对学术的敬畏,坚持对时代的反思,不媚时邀宠,不曲学阿世,尽力维护一个人文学者的基本操守。

对王元化先生的深深愧疚,始终成了我的一个心结、一块心病,但同时也成为鞭策我一心向学的内驱力。我自己知道实现不了先生对我的期待,但在治学的道路上寻寻觅觅、磕磕绊绊始终不敢怠慢。如今已经到了迟暮之年,尽管世事艰辛,尽管前景黯淡,仍然不敢掉以轻心。

值此先生百年诞辰之际,我没有关于先生的研究成果奉上。不揣浅陋,奉上我的一篇书法习作。字,写得确实很差;但内容是先生心仪的晚清思想家龚自珍的诗句。或可作为先生学术生涯的写照,同时再次表达我对先生的景仰:"不是无端悲怨深,直将阅历写成吟;可能十万珍珠字,买尽千秋儿女心。"

附录： 戴鹏海先生[①]来电谈王元化先生

2008年5月24日,午后2时40分至3时47分,上海音乐学院教授戴鹏海先生来电,记录如下(谈及他人的多处文字已删节):

我是戴鹏海。

昨天接到你寄来的书,今天又收到你的信,我眼睛不好,不写信,电话上说一说。

王元化先生那里我经常去,我们住得很近,过一条街转一个弯就到了。有时,隔一段时间不去,元化先生还要打电话叫我过去。他今年88岁,我比他小十岁,今年79了。

一个月前,他就很不好了,只能躺在床上,已很虚弱。他三姐在身边。

去年,我到他那里还说起鲁迅、高长虹与许广平之间的事,他不甚清楚,很感兴趣,问我怎么知道。我爸爸当年办杂志搞出版,也是文化人,与向培良、高长虹很熟,小时听老爸说起。

张平到上海,是居其宏介绍给我的,说是她进音乐学院访学。这里院长却是小字辈,我向杨立清说了。张平来后,院里很重视,想请她上节课,她怕耽误学业,没有接受,也曾想过留下她,但一定要先拿个博士学位。她说外语不好过关,没有学位,不好调入的。

[①] 戴鹏海(1929—2017),湖南长沙人,中国音乐史学家、音乐理论家。1956年秋入上海音乐学院理论作曲系本科,1961年毕业分配到上海歌剧院创作组,为专职作曲。1983年2月,遵照贺绿汀同志指示调回上海音乐学院,历任副研究员、研究员、博士后合作导师,《人民音乐》及《赵元任全集》编委等。除音乐作品外,从1958年起已在国内外80余家报刊发表各类文章,并作有贺绿汀、丁善德、陆华柏的音乐年谱长编及《刘天华传》(初稿)等专著,总计约400万字。所编赵元任、萧友梅、黄自、贺绿汀、丁善德、邓尔敬等的全集及专集、选集13种(含音像制品3种,共20卷),均已出版,晚年定居美国。戴先生性情狷介,向来以直言著称。

张平有抱负、有才华,一些想法很好。她从海南带来的苦丁茶,每次我都要分给王元化先生一半,他喝了感觉不错。因此就谈到鲁枢元,张平的朋友,我说不清你们之间的关系,两地,结婚还是没有,只是听居其宏说过,我不清楚。说到鲁枢元,第一次还是在两年多前,王元化先生说他是搞文艺心理学的,很肯钻研,也做出了成绩。

元化先生其实也是自学成才,当然,他有家学的底子,父亲是清华名教授。自己却没有上过什么像样的大学。他在大夏大学读了三年,那是个野鸡大学,给钱就能上,给钱就给文凭。我问他干吗上这个大学,他说:干地下工作方便么。

我有一个老同学,叫王柏林,很有才华,一直在下边做个群艺馆的馆员,他和赵元任先生的女儿赵如兰是同学。我曾想把他弄到音乐学院来,给老院长贺绿汀先生讲过,最终没有弄成。

知识分子的生存状况越来越坏,学术界的风气越来越恶化。元化先生说,人都势利得很。经常生气,他说,许多小地方却有人才,但不容易出来,一辈子就"捂"在那里了,他举例说,像鲁枢元,完全可以到上海、北京发展,把事情做大,现在困在了苏州。他说,这个人学术上很有开拓精神,又很低调,不张扬,先是搞文艺心理学,现在听说在搞生态文化批评。属边缘学科,交叉学科,跨学科研究。他不吃剩饭,不抄冷饭,敢于超越自己的过去,开辟新领域,不怕丢开自己已取得的成绩。这大约是去年11月份,我到元化家,他对我说起的。

元化先生晚年经常叹息学界风气一天不如一天。他说,他是绝对的悲观主义者,他很看重史华兹的那篇文章,你看了吗?(鲁:看了,林毓生的阐释很容易理解,我有同感)那天林毓生先生来与元化先生谈,我也在场的。

元化先生也常批评我,说我活到八十岁了还像小孩儿,处事情绪化,怕改不了啦。

这样的大形势,时代潮流,无法阻挡,更无力回春。唯一可以的是守住自己,做一点力所能及的事。

（鲁问戴先生身体如何）

我的身体很差,脑子的病压迫视神经,什么也看不清。必须要到美国治疗了,我的家人都在美国。这里的工作一时还离不开,今年有三个人联系博士后进站,三个人中两个是冲我来的,一个搞钢琴史……

那天追悼会上,我看见了你的挽联,上署"弟子鲁枢元",就是没有见你,见你也不认识,当时我还和钱谷融、徐中玉说了话,和胡晓明、钱文忠说了话。

有人要我写一写王元化,怎么写?我不能写,现在的王元化不是以前的王元化,那是两个人。

重写历史,重写音乐史,谈何容易。

历史无法还原……

王元化的《思辨录》你看了吗!他的每本书都要送我的,有20多种了吧?季羡林(?)说得对,两种做学问的,一是学问型,一是思想型。元化是思想型,中国当代仅有的思想型学者。

他身后很寂寞的,老伴死了,这是没有办法的。他们夫妇感情很深,张可人很高雅。一个儿子,不搞这一行。

学生中最好的是钱钢,死了。王元化亲自写悼文,白发人送黑发人。现在最好的是胡晓明,人品好,扎实。还有一个许纪霖,一直搞知识分子问题,不错,人很沉稳,也有深度,元化先生也很看重他。

你有没有我的电话?我的电子信箱(学校给我设的)你记下吧。

省风宣气蒋孔阳

上个世纪70年代末、80年代初,我刚刚步入文坛,有幸接触到上海的几位"老先生":如徐中玉先生、钱谷融先生、王元化先生,还有就是蒋孔阳先生。——那时,他们其实并不算"老",不过60岁开外,蒋先生更年轻一些,才50多岁。但,从我当时的心理上确实觉得他们是一些"老人",这可能是和中国那个特殊的历史时期以及这一历史时期特殊的学术背景有关。正如那时,我已经不年轻,快40岁了,却处处被人称作"青年评论家"一样。这里的"老人"和"年轻",已经都不是年龄意义上的,更是"学术"意义上的。

在学术的意义上,我们与蒋先生之间似乎还隔着一代,蒋先生他们这一代人,在所谓的"旧社会"曾接受过严格的学术训练,拥有深厚的知识积累、文化积累;到了"新时期",他们又拥有丰富的人生阅历、开放的人文视野、以及批判的胆识与革新的情怀,他们拥有的,正是我们缺乏的;他们奋力争取的,正是我们急需的。在一场空前的文化浩劫过后,他们是仅存的中华民族文脉与学统的传人。当年,面对着一道宽宽的文化断层,他们对于我们来说反而显得更加亲切、更有吸引力,因此成为我们治学道路上的精神导师。

蒋孔阳先生(1923—1999),重庆市万州人。1946年,也就是我出生的那一年,先生毕业于南京国立中央政治大学,1951年后就一直在复旦大学中文系任教,是国内享有盛誉的美学家。

我在见到蒋先生之前,就已经和先生有了书信联系,当然是我向先生请益,而先生对我总是"有求必应",这在我80年代的日记中是有着详细记载的:

1980年1月15日

收复旦大学教授蒋孔阳先生来函,抄录如下:

鲁枢元同志:

来信收到,《文学概论》也收到,十分谢谢。因最近连续开会,大著还来不及拜读。现谨就信中提出的"生气灌注"和中国古代文论中所说的"气"的问题,谈一点个人的想法。这个问题,我从来没有专门研究过,你准备作一专门研究,很好。希望能早日拜读你的文章。

德哲谈"生气灌注",是从生命有机体出发来谈的。一个有生命的动物或植物,它们各个部分因为生气灌注,所以周身活了起来,成为一个完整的有生命的整体。而中国古代文论中所说的"气",则多是就作者本人的修养来谈的。因此,它与德哲所说的"生气灌注",不应当是同一件事,至少不能等同起来。"生气灌注",从某种程度来说,倒有点相当于中国古代文论中所说的"神似"之"神"。不知你以为然否?

专此。祝大安!

蒋孔阳 1月13日

1980年1月26日

收蒋孔阳先生再次来信:

鲁枢元同志：

你好。一月十八日来信收到。上次信中忘记了将"生气灌注"一词的英文告诉你，甚歉。此字英文为 animate（动词），animation（名词），意为使有生命，生气，生气勃勃之意。相当于我国古代画论中的"神"、"神韵"或"六法"中的"气韵生动"。这只是我的想法，不一定对。仅供参考。

蒋孔阳一月二十三日

蒋先生是中国当代美学界一座引人瞩目的山峰，我的学问功底差，读了先生的一些著作，未能悉心领会，不能算是先生的一个好的学生。但在我的治学过程中，先生的许多思想仍然给予我许多深刻的、持久的启示与指导。可以证实的是，我发表的两篇曾经被学术界看重的文章，都是在蒋先生的具体指导与深刻启发下完成的。一篇是《文艺作品要有生气灌注——艺术创造的一个重要原则》（河南师范大学学报1981年第1期），一篇是《汉字"风"的语义场与中国古代生态文化精神》（《文学评论》2005年第4期；《新华文摘总507期》；2012年5月7日《光明日报·光明论坛》）。

关于第一篇文章，从蒋先生两次来信对文章中的关键词"生气灌注"不厌其烦地从德文到英文的解释，就可以看出蒋先生的指导意义。

后一篇，从立意到结篇、行文都受到蒋先生《先秦音乐美学思想论稿》一书的启迪。有趣的是，两篇文章又都是立足于中国古代传统文化的"风""气"哲学精神的基础之上的。

蒋孔阳先生在论及阴阳五行与春秋时的音乐美学思想时，提出"省风"与"宣气"两个重要概念。并指出这里的"风"与"气"在用法上是互通的。在先秦哲学中，"气"，是宇宙构成的基质，是天地万物的本原。"风"为"六气"之一，是流动的"气"，是"气"的具体表现方式。"风"字在古代的基本涵义与我们今天的用法仍大体一致，即指一种常见的"天气现象"。我从蒋先生的论述中看到了"风"在中国先秦文化中的丰富的内涵：

风,可以是自然之风,"风调雨顺"的风;风,也可以是社会之风,"世风民情"的风;风,还可以是民歌民谣、音乐舞蹈,即所谓"诗总六义,风冠其首";风,还可以是个人的人格与操行,如"风度""风格""风操""风范"。

蒋先生指出,中国古代所说的"省风",一是农业生产层面上的,即官方委任专员对自然界的风力、风向、季节、气候进行观察,以指导农事的开展;一是社会心理层面上的,即统治者设立一定的机构通过对民间歌谣乐舞的采集考察,以把握民众的思想情绪、需求愿望。

"宣气",应是在"省风"的基础上进行的。一是疏通调和天地间的阴阳寒暑之气;一是宣解疏导民心民情中积淀郁结的正邪哀乐之气。由于天地与民心是相互感应的,所以二者可以同时进行。音乐歌舞、文学艺术既能通天地自然之"风",又能通世事人心之"风",所以便成为"宣气"的重要渠道。

"省风",既是省自然之风,又是省社会之风;"宣气",既是宣天地之气,又是宣人间之气,在中国古代美学中天地自然与世事人生总是存在于一个有机完整的同一系统之中的。

在中国古代文化思想中,风调雨顺的风、世风民风的风、风骚风流的风、感冒伤风的风、高风亮节的风、风水望气的风……归根结底都是那个古老的汉字"风"的衍生物。

"风"的语义场实际上已经辐射到了中国古代哲学、农学、医学、社会学、伦理学、文艺学、风水学(现代人则谓之"生态建筑学")的各个领域,将人类主体与其生存环境,将人类生存的各个方面融会贯通为一个和谐统一的、生气充盈的有机系统。

在这里,"风"(亦即风的实质内涵"气"),充当了这个系统的母体,近似于当代生态学家洛夫洛克(J. E. Lovelock)与马古里斯(L. Margulis)提出的"盖娅假说"中的那个地母"盖娅"(Gaia)。

人类主体与自然万物的共存,自然法则与社会准则的同一,人间道德与天地节律的相应,人性内涵与宇宙原理的互通,是中国古代美学独具的特色,也是中国古代美学的菁华，而这一美学菁华，显然是具备了现代生态美学意味的，曾繁仁先生就特别强调：当代生态美学研究的核心是"人与自然以及人与社会和人自身处于生态平衡的审美状态"。

从蒋先生关于春秋音乐美学思想的论述中，我们不难感觉到，在"风"字的语义场中，其实已经包容了自然的、生命的、社会的、人类精神及人类个体的各个层面，并且，这些层面有机地统一在中国古代那一质朴浑沦的宇宙一元论上，并在动态平衡中构成了一个人类整体生存的审美系统。或许可以说，在"风"字的语义场中，已经包孕了生态美学的最初的萌芽。中国古代精神文化遗产可以为我们提供丰厚的学术资源，蒋孔阳先生对于先秦音乐美学思想的发掘与研究，为我们做出了足以效仿的榜样。

这就是我从蒋孔阳先生的书中受到的深刻启示。

在上世纪80年代，蒋孔阳先生还曾把他的私淑弟子、初中未能毕业却赋有文学异秉的王鸿生介绍给我。从那时起，鸿生与我成为亲如兄弟的好友，他现在已经是同济大学中文系的名教授。我从海南大学调进苏州大学后，有幸与蒋先生的高足、嫡传弟子朱志荣博士同在文艺理论教研室共事，从志荣博士那里总是能够看到蒋先生的才识与风范。

我最后一次见到蒋孔阳先生是在1997年春天，在扬州召开的美学会上。那时，他的身体已经很不好，不但行动吃力，说话也很有些困难。他在大会开幕式上发言，讲了开头一段话，后面的讲稿是由别人代为宣读的。然而，人们还总能够感觉到先生内蕴的精气与风神溢之于体表。

会议当中，在一次小型宴请中，我有了亲近蒋先生的机会。先生看到我后，显出很高兴的神态，他拉着我的手亲切地说："鲁枢元，老朋友了！"那时，我因生计漂泊到海南岛，已经很多年没有见到过先生，而他一下子就认出了我，我很感动。同时，看到他虚弱的身体，并且以如此虚弱的身体仍然关心着、促进着中国学术的发展，我感到一阵心酸，几乎掉下泪来。吃饭的时候，先生特意拉我坐在他的身边，问我许多我在海南的情况。

在那次见面后,不到两年的时间,蒋孔阳先生就辞别了这个世界。距今,又已经20多年。蒋先生人去了。书在,人就依然在。对我而言,那本1986年人民文学出版社的《先秦音乐美学思想论稿》,书中就依然充盈着蒋孔阳先生的音容笑貌、情绪与哲思,那是他不朽的生命。

说到底,做一位知识人、一位人文学者,还是幸运的。

姚拓是一棵树

我找不到更恰切的比喻形容姚拓，我只觉得他就像一棵历经岁月磨炼，依然生机勃勃、依然精神烁烁的老树。

或许，姚拓真是一棵树。

葱茏南洋

大陆知识界对于"姚拓"这个名字可能还有些陌生，但在南洋，尤其在新加坡、马来西亚，姚拓却是一位声名远播，深受人们尊重的长者。只是关于他的"名分"，就在我下笔写这篇文章时仍然难以界定。

你可以说他是出版家，因为他曾担任友联出版社的社长，大马出版供应社的总编，现任全马来西亚五家出版公司联合机构的主要领导人，出版了大量文学书籍和教科书，在马来西亚出版界享有很高的威望。

你可以说他是编辑家，因为他曾先后担任过《学生周报》、《学报》、《蕉风》文艺月刊的主编，这些刊物在东南亚华人世界有着广泛的影响。

你可以说他是教育家,因为多年以来马来西亚的中学华文课本、新加坡小学华语课本、马来西亚国民型华文小学的"华语""道德教育""人文与环境""文学读本"等教材、教学辅导资料都是由他负责组织撰写、编纂的,对马来西亚华文教育事业贡献殊丰。

毫无疑问,他更应该是文学家,因为他自1950年开始从事文学创作以来,写了大量小说、散文,已整理出版的小说集五部、散文集两部,评论界给予很高的评价,认为"朴素的字散发出坦诚炽热的情感,浓郁的乡土气息中闪烁着人道主义精神"。他的作品,以现实主义的创作手法生动细腻地描绘了从旧中国农村到东南亚当代社会的人情世态,在马华文坛上树立起一种质朴、自然、沉着、厚重的文学风格。

香港中文大学的郑良树先生在为庆贺姚拓七十大寿撰写的文章中,亲切地称他是"南洋华人社会文艺界的家长",埋头躬耕马华文坛的"老黄牛"。至今,他主办的《蕉风》已度过四十年的风风雨雨,成为海外华人世界中寿命最长的"纯文学刊物"。为了保持文学品位的纯正,《蕉风》从不刊登广告,长年来他为《蕉风》贴补的资金如果用来经营房地产,大约已经可以盖起十几层的高楼大厦。唯一使姚拓感到欣慰的是,从这块文学园地中已经走出一代又一代的小说家、散文家、文艺评论家。

此外,姚拓可以说是戏剧家,他是新加坡艺联剧团和吉隆坡剧艺研究会的创办人之一,出版有两部戏剧集。他编导的话剧《憩园》、《儿女英雄传》、《荆轲刺秦》、《还阳》,获得热烈的社会反响。90年代初,他创作的《万金和尚》在马来西亚六城市巡回演出,盛况空前。

姚拓还是一位独具慧眼的艺术鉴赏家,在他开办的"集珍庄画廊"聚集着一大批造诣颇高的书画家。而他自己也能写一手劲健清丽的行草,师二王而承欧赵,算得上半个书法家了。

真正意义上的文化人也许并不是那种学科单一的专业人员,而多半应是那些诸种人文学科的整合者,姚拓的"名分"如此不好确定,这恰恰说明他自身就是一种文化的象征,他就像一棵生机盎然的文化之树,在南洋的海阔天空中尽情地拓展着自己的枝枝桠桠,在南洋的华人子孙中播撒着文化的绿荫。

前年,姚拓成为第三届马华文学奖的唯一得主,评委会在为他以往的文学生涯做出评价时说:"他孜孜不倦、锲而不舍、无怨无悔,默默地为马华文学奉献一生。这种崇高的精神令人肃然起敬,他以豁达的胸襟与执着的爱心,栽培不少杰出的马华作家,使马华文学更具内涵,更富姿采,将马华文学的境界与地位提升至更高层次。"姚拓这棵大树,以自己的旺盛的生命活力,为马来西亚的华人文坛增添了一片葱茏。

近年来,姚拓时常返回祖国,为促进中国与马来西亚的文化交流做了许多事情。他的散文集《墙头上的小红花》已在故乡的海燕出版社出版,稿费所得全部购书送给了故乡的学校。似乎他那一树葱茏的绿叶正凭借着生物界的"光合作用",开始将马来西亚的阳光化作异域的文化养分,输送到生他养他的黄土地上。

根在邙山

按照瑞士心理学家古斯塔夫·荣格的说法,人类的灵性之根总是深扎在种族的集体潜意识之中的。树大根深,根深才能叶茂。

姚拓的根在中原大地,在嵩山之麓、伊洛河畔的邙山岭。从地质年代说,这一带可能是从地球原始汤中最早浮现出水面的一块陆地,从中华民族文化史看,这里应是殷商之前的夏代国都之所在,名副其实的"华夏文化"的中心发源地。

姚拓自己曾在文章中说过,他的家乡在中国河南省巩县一个名叫鲁庄的农村,位于开封、郑州与洛阳之间,北宋七个皇帝的陵苑就在附近,向东一望可以看到那高大的土冢,少林寺离鲁庄只有十五公里的路程,道教圣地中岳嵩山与少林寺紧紧相连,诗圣杜甫的出生地就在县城西北五里地的笔架山下,龙门石窟、白马寺也都距离鲁庄不远。鲁庄村里遍地文物古迹,街东口一张敬神的小石桌刻有"同治三年"的字样,老宅门前的一只石墩是当年武秀才们的练功石,碾子下边的台基地也许砌的是汉代刻有鸟兽花纹的空心大砖,井台上铺垫的青石板则是一块刻有"嵇含故里"的残碑。而嵇含是西晋时代著名文学家嵇康的侄孙,鲁庄出生的一位世界闻名的古代植物学家。

再往远处说,鲁庄古称"亳邱",是商代汤王践阼后筑坛祭天的地方,鲁庄旧时又称"桑林镇",传说汤王在此祈雨而甘霖普降,欣喜之中写下一首《桑林乐》的乐曲教万民传唱,此后便留下了"桑林"的地名。

至于鲁庄为什么叫鲁庄,其中还有一则感人泪下的故事:西晋末年石勒作乱,当时任河东太守的邓伯道仓皇携眷南逃,逃至桑林镇追兵杀来,危急中伯道弃子负侄而去,邓伯道的这一德操在《世说新语》中曾有记载,并有"天道无知,使邓伯道无儿"的感叹。但民间的版本却还有续篇:被伯道弃下的儿子并没有死,而是被桑林镇一位姓鲁的姑娘收留下来并抚养成人,兵乱过后又送还邓家且不受任何报酬,鲁姑遂被时人尊称为"义姑",鲁姑娘住的村庄被人们叫做"鲁义姑庄",简称"鲁庄"。时过一千多年之久,庄子里虽然早已没有了姓鲁的人,庄子依然还叫鲁庄。

"汤王祈雨施仁政"、"鲁姑抚孤张义举",显然都是"儒家文化"在这块土地上的积淀,曾经长久地滋养了鲁庄人的心灵。

在鲁庄,姚拓家算不得首富,更算不上豪绅,但也并不贫寒,该算是一个"耕读传世"的农家,除了种地,也读书、习武,乃至行医经商,在经济上较为殷实,在文化上较有涵养。民国初年,姚拓的父亲曾动用家粮数千斤赈济蒙受水灾的饥民,被民国大总统黎元洪授予一块上书"任恤可风"四个斗大金字的匾额,在伊洛一带传为佳话。姚拓从小拜孔夫子为至圣先师,在父兄辈的督导下读《四书》、《五经》,他不是一个循规蹈矩的孔门弟子,其调皮憨顽倒是有点像那个个性鲜明的子路,血脉中仍然灌注着儒家传统文化精神,一种鲁庄化的儒家精神。

姚拓曾在一篇文章中写到鲁庄家中的老宅,那几乎可以看作"鲁庄文化"的象征。这是一座黑沉沉的、满布尘埃的、神秘莫测的楼房,常年失修的阁楼上楼板已经松动,踏上去吱吱呀呀直响,昏暗的房间里供奉着"大仙爷"的神位,神位旁放着外婆的药箱。外婆有着会接生、会号脉、会针灸、会查八字、会看风水的半仙之体;药箱中有着药草、银针、火罐、念珠、符箓之类的半医半巫的器具。童年时代的姚拓还从这座楼房的"夹壁"中窥测到父亲捐来的"监生"礼服、大清衣冠、以及锈蚀的古刀古剑。同时,还有一堆古旧的藏书:《三国演义》、《水浒传》、词曲传奇的抄本。我恍然看到,在这些衣冠、刀剑、神位、药箱、符箓、书籍中,凝结着孔子、孟子、老子、庄子、孙武子、淮南子、容成子、抱朴子们的幽灵,这座老宅真可以看做中国古代文化在一个偏僻村庄里的缩影。

姚拓虽然从 18 岁上便离开了这座老宅,从此闯荡江湖、云游天下,但那老宅的"阴影"却始终叠印在他的心灵之内,或许这就是他命定的文化之根。海外论者评说:"怀忆旧事仍然是姚拓小说创作的主要题材",此言大抵不差。就是这么一块土地,就是这么一座老宅,就是这么一群乡亲,成了姚拓文学创作灵感的源泉。

海外的朋友全部惊奇于姚拓那数十年来并无太大改变的"乡音",戏谑地名之为"八只耳",即使长了"八只耳朵"也难以将他那巩县风味的河南腔听懂个八成。姚拓因此还荣获了一个"土包子"的绰号,他自己曾郑重表示庶几可以认同。在他看来,"土"也有"土"的好处,"土"中有着深厚的生存智慧,"土"中有着浓郁的道德芬芳。他说,正是由于童年时代的对于泥乡的记忆,才使他在日后的那些混浊的日子里,葆有乡土中那质朴淳厚的人的气息。

是的,正如姚拓鲁庄故宅院子里的那棵老枣树一样,树,怎么能够离开"土"呢?也许正是由于姚拓这棵老树的根深深地扎在乡土之中,他才能把自己的枝叶强劲地拓展到千万里之外的南洋。离开泥土的植物,只能成为无根的浮萍,是绝成不了参天的大树的。

虬枝盘曲

姚拓是一棵树,但是姚拓并不是风姿绰约的椰子树,也不是光滑直溜的白杨树。姚拓更像是落根于嶙峋的土石中,成长于恶劣的天时中的山榆、崖松、古柏、老槐,贫瘠的土壤使他长出了粗粝遒劲的盘根错节,烈日寒霜、风雨雷电使他长成了蟠曲斑驳的树干。套用大陆著名老诗人曾卓现成的诗句,姚拓就是那株"悬崖边的树":

> 它的弯曲的身体
> 留下了风的形状
> 它似乎即将倾跌进深谷里
> 却又像是要展翅飞翔……

"悬崖边的树",该是个体生命与时代风云两相撞击的产物。

姚拓出生于1922年,他面临的是中国现代史上的一个"战国"时代,军阀混战、北伐之战、抗日战争、国共大战。战火猛烈燃烧了近三十年,这恰恰就是姚拓的少年发育期与青年成熟期。假如这个姚姓的后代子孙像他的许多先辈一样始终匍匐在黄土地上,倒也会过得平安无事。但他并不是一个安于现状的青年。当他在鲁庄的老宅子里熟读了《战国策》后,就开始做他的"英雄梦"。十八岁投笔从戎,成了黄埔军校汉中分校的一名学习优异的"士官生",尚未毕业便作为一名基层军官补充进卫立煌将军统帅的远征军,开赴抗日战争的最前线,在云南怒江惠通桥头的腥风血雨中与日寇对垒两年多,在71军鏖兵龙陵的战役中他的右脚被子弹打穿。抗战胜利后,内战爆发,他所在的部队奉调从云南开往东北,与"共军"作战,在辽沈战役中他被先"解"后"放",遣返原籍鲁庄后,却几乎被刚刚成立的乡下红色政权当作"反动军官"拉去枪毙!

他几经辗转逃到香港,往日的抗日英雄,至此沦落为"难民"。这时他才刚刚28岁,还是一个青年。

在香港的"难民营"里,他也只是个连"饭票卡"都没有拿到的"编外难民",每天只能"蹭"着喝两碗稀饭。后来在荃湾工业区好不容易找到了一个"扳搪瓷茶缸把子"的零工,每个把子要做五道工序,做1000个把子可以得到6毛钱的报酬,刚刚够当天的饭钱。

此时的姚拓恰逢30岁的"而立之年",奋斗多年最后竟把自己"立"在一堆有待搪瓷的"茶缸把子"上,好不惨然!时势如暴风骤雨,足以把一个人推下悬崖。

然而,时势终于未能把姚拓这棵树摧折。在荃湾那个繁星密布的漆黑之夜,姚拓面对茫茫大海下定决心,要抛弃过去,走向未来,重新寻找生命的意义,重新开拓生存空间。新的人生之旅哪怕就从这"扳茶缸把子"开始,这显然是一个十分卑微低下的起点,但是他不怕。

姚拓,正是从这时才改名叫"姚拓"的,他原本姓姚名匡字天平,看来,在风云激荡的时代变幻中,他很难匡正什么,摆平什么,他意识到他能做的只是不断地开拓自己。伤痕累累,身世飘摇的姚天平在失败之后变成了一位脚踏实地的开拓者。

姚拓自幼喜欢读书、热爱文学,即使在戎马倥偬的岁月,无论是在怒江岸边的地堡里,还是黑山脚下的战壕里,他的背包里都少不了书,一有空闲就会手不释卷。也许是鲁庄埋下的文化基因在新的季节里开始萌动,也许是因为他痴爱文学的天性发挥了作用,当又一次机遇来临时,姚拓便枯木逢春,欣欣向荣,盛开出一树繁花。

那是1952年的夏天,香港的《中国学生周报》风行一时,在文化教育界举足轻重,这时招聘一名"校对",姚拓放下手中的铁工活计前去应招,从此以后由校对到编辑、由编辑主任到主编、总编,《学生周报》《学报》《友联文选》《大学生活》《蕉风》文艺月刊,香港版、印尼版、缅甸版、新马版,友联出版社、马联出版集团,姚拓一步一步把自己的文化事业推向一生中的峰巅。

姚拓的一生可谓崎岖坎坷,近乎一部传奇。由偏乡僻野到名城大都,由西南边际到东北边关,由大陆腹地到南洋群岛,由金戈铁马到青灯黄卷,始而投笔从戎,继而弃甲为文,现在的青年人恐怕很难再有他这样的经历了。姚拓这棵树饱经了时代风霜雷电的侵袭,但时代的这些无情的磨炼又给了他一个虬枝盘曲、苍劲壮健的造型,如此看来,姚拓的不幸,也许正是他的幸运。

老树精灵

中国人对于老树,差不多总是怀着一种近乎神秘的崇敬。在我的老家开封,就流传着许多老树成精、老树成仙的故事。我上小学的校园原本是一座庙院,大殿前边的天井中就有一株上百年的老槐树,它那苍劲皴裂的树干就像一道怪石嶙峋的山岗,它那葱茏茂密的树冠就像一座幽晦蓊郁的森林,树的枝桠间翩翩飞绕的鸟雀似乎就是老树活动着的精灵。据敲钟的老校工讲,一个月明星稀的夜晚,他曾看到从树洞里钻出一位白胡子老人在树下饮酒吟诗。

老校工的话或不可信,但在我的心目中,老树绝对是有生命的、有灵性的,杜甫曾在诗中描写过夔州孔明庙前的一棵古柏:"云采气接巫峡长,月出寒通雪山白","落落盘踞虽得地,冥冥孤高多烈风",树生天地间,下采大地甘泉之滋补,上摄日月精华之辉耀,树的生命与宇宙的生命相吐纳、相浑融,年代久远、阅历丰富的老树便有可能与天地真气、宇宙精神息息相通,只不过一般人很难与之进行信息交流罢了。

人类之中也有像老树那样的精灵,他们纳天地精英,与自然同化,养其气,一其性,抱朴怀素、恬淡虚静,臻于"无为无不为"的境界,像歌德、托尔斯泰、泰戈尔都是这样的精灵。歌德曾经告诉爱克曼说,在文学家艺术家中,精灵总是较多一些。我以前曾经在一篇文章中说过,我们河南当代文坛上那位年逾 90 的老诗人苏金伞也是这样的一个精灵。

姚拓,在他的古稀之年,已经开始迈入这一境界。

那年冬天姚拓回国探亲,我和书法家许挺一起到鲁庄看望他。天气寒冷,院子里还冻结着点点残雪,我们喝了一点白酒,吃着他女儿姚花开做的一桌家乡菜,听着他用邙山头上的乡音谈着马来西亚、新加坡,气氛很是融洽。趁着酒兴、大家展纸研墨、笔走龙蛇,引得四邻乡亲纷纷拥进屋子啧啧赞叹。姚拓先生送我的一幅字是"但愿人长久,千里共婵娟",殷殷乡情,磊磊襟怀溢于纸上。

1998 年春天,姚拓先生邀我到马来西亚看一看,住一段时间,就住在他在吉隆坡的家里,还为我引见诸多当地文化界的名流。那一年他已经 76 岁了,身体健朗,仍然亲自开车带我去了趟马六甲,游览了三宝庙、三宝井、娘惹古迹博物馆。

作为文化人、文学人的姚拓,在渐入晚境的同时也渐入妙境,渐入化境。从他后期的一些文字中不难看出其心境的演化。

在一篇文章中他颇为风趣地写道:"在我十几二十岁的时候,满街找美女,凡我看到的女孩子,总觉得没有一个够上'美女'的标准;但过了五十岁以后,古人是'满街都是圣人',我的眼中却满街都是美女。如今快到七十,却又到了另一个境界,世上万物简直没有美丑之分,美有美的可爱,丑有丑的可爱,所以,我现在看到的男男女女,老老少少,无一不可敬、可亲、可爱。""世界上的一山一丘、一石一木,甚至每一片树叶,每一条草茎都各具美态。"小狗小猫之类的宠物可爱,小猪也同样可爱,花开固然可爱,花落也不必惋惜,枝头鸟声可爱,枝头落下的鸟粪也可爱,"因为那也表示着生生不息的生物循环"。"万物静观皆自得,四时佳兴与人同。"这不正是一种与自然万物同而化之的境界吗?

走入自然亦即走入美、走入善、走入博大的爱。

作为一位民国时期出生入死的老兵,姚拓曾经不止一次地反思他经历过的战争。"战争,总是残酷的,"他说,"在打仗的时候,生命贱如泥。""天地不仁"所以有战争,人心实在承受不起大量死亡的折磨,于是变得麻木,无动于衷,战争不仅残害人的肉体,也必然伤及人的心灵。姚拓作为一位从战火中走出的过来人再三祈祷和平,祈祷地球上不应当再有战争。

姚拓还越来越关心人类与自然的和解。关心地球上的生态平衡,对现代工业社会中过度的开发,对现代商业社会中过度的消费,表示深切的忧虑。在近期的文章中,他为"虎山"上再也看不见一只老虎而惋惜,他为"树山"上再也看不到一棵树木而感伤,他为山打根大森林中猿猴的濒危处境忧虑重重,他为怡保地区因开采锡矿造成的大片沙漠愤怒不已,他还为人们只因喝几口饮料而轻易扔掉一只金属罐感到耻辱……他认为"现代人的许多看似繁荣的措施,无疑都是在挖人类自己的坟墓":如若继续这样走下去,《圣经》中所说的"地球的末日"就要到来。

西方的《圣经》主张"博爱",强调的却是"人类之间"的互爱。姚拓主张把人类之爱施及自然万物,似乎已经超出了《圣经》的界限向着东方的"佛经"靠拢。中国的《老子》主张"虚静无为",常常显得有些消极避世,姚拓也认为人在自然规律面前总是虚无缥缈的,不应妄自尊大,"该寂寞时须寂寞",要甘于寂寞,顺应自然。但姚拓始终又不肯放下他那颗匡世济民的拳拳之心,已经是伏枥老骥,却依然壮心不已,还总是抱怨"想做的事情都还没有做",这里便又流露出"儒教"在他心灵中留下的印痕。

至今我还不能准确地说出姚拓的宗教信仰(如果把儒教也看作一种准宗教信仰的话),不过,我相信,孔子也罢,老子也罢,释迦也罢,耶稣也罢,或许都可以看作宇宙间的一股精灵之气,所谓信仰,即个人与这些人间正气的沟通感应。

姚拓的信仰可能并不单一,但他绝对有着自己的信仰,就是这些信仰,使他这棵老树愈是到了晚境,就愈是燃烧着炽烈的绿色火焰,那是一位文化人的精神之光。

1998 年,再订于琼岛海甸

(姚拓先生于 2009 年 10 月 7 日在吉隆坡病逝,享年 88 岁,被誉为"南洋文豪,华裔之秀"。)

大中至正的钱中文

我第一次见到钱谷融先生是在 1979 年,记得当时曾经向他说起:你们钱家在文论界怎么出了这么多名人?钱仲联、钱杏邨、钱锺书、钱谷融,还有钱中文。这说明当年我还在学术界的大门之外逡巡张望时,钱中文老师已经是我心目中的文化名人了。

1982 年春天,在广州举办的中国文艺理论学会第二届年会上,我第一次见到钱中文老师,并倾听了他的大会发言。

后来,与钱中文老师有了一些接触,我心目中便留下一个日渐清晰的印象:这是一位睿智、儒雅、谦和、方正的学者。同时,他也隐忍、宁静。

我与钱中文老师实际的交往并不多,那是由于我自己的原因。

曾经听别人说起,钱中文老师有意将我调进中国社科院文学所来,他同时看中的还有福建的南帆。我受宠若惊,心存感激。大约是 1987 年初夏,我来北师大为童庆炳老师的研究生上课,童老师转来钱老师的信,邀我到他府上坐坐。钱老师怕我不认路,特意在信中画了一幅地图,仔细地表明了他家的位置,还交代我"骑自行车最方便,20 分钟就到"。

待我走进他家时,钱老师不在,夫人赶忙将他从楼下的院子里喊了回来。

当时我很有些拘谨,钱老师却没有把我当作外人。顺便谈及当时文坛的局势,他说,涿县会议他和吴元迈都不情愿去,然而又不得不去,明显地表示对这个会议的抵触。所谓"涿县会议",是贺敬之刚刚在涿县召集的一次号称"桃园结义"的会议,参加者均为文艺界、传媒界有影响的代表人物,主旨在于继续坚持已经被中央喊停的"清除精神污染"、"批判资产阶级自由化"。会上意见并不一致,会后受到中共中央主要领导人的批评。言谈中,看得出钱老师对中国文艺理论界面临的局面忧心忡忡,却又无力回天,这或许就是我感觉到的钱老师的"隐忍"。

钱中文老师提出的"新理性精神的结构",在当代中国文艺理论界产生了普遍而重大的影响。我个人觉得,他的"新理性"与王元化的"新启蒙"可有一比,最初的"新启蒙",也曾经被称作"新理性主义运动"。元化先生鉴于"五四"运动的启蒙任务未能完成,决心在中国补上这一课,在深化"五四"启蒙的精神内核"民主"与"科学"的基础上,发扬思想的独立与精神的自由。钱老师的"新理性精神的结构"则是在矫正启蒙时代理性主义的偏颇的同时,肯定生命中感性的价值,肯定个人的、民族的生存意义,倡导通过交往与对话,在人与人、人与社会、人与自然、人与自我之间促成一种新型的、平等的独立的人格,建立一种健全的、和谐的文化。"新理性"实际上是要将二元对立、唯我独尊的启蒙理性改造为兼容并蓄、互生共存的后现代理性。他与童庆炳老师共同倡导的"文学的审美意识形态属性"大抵也是这个思路,试图以审美感受渗透意识形态,以情感的介入、形象的呈现、个体精神的飞升来软化、美化意识形态的刚性内涵。在我看来,这对于长期以来占据中国思想界的"左倾"思潮是一种积极而又慎重的反拨与改良。钱、童的文艺思想不但得到中国文艺理论界众多学者的认同,也得到当局的认可,因此便成为20世纪90年代中国文艺理论界的主流思想。

相比之下,王元化先生"新启蒙"的历程要坎坷得多,他的新启蒙后来发展为对于中国社会发展道路的反思,反思激进主义,反思庸俗进化论,追索极左思潮的老根,一下子反思出那么多让人尴尬的问题。加之他又曾经帮助周扬写文章,张扬马克思主义的异化学说与人道主义精神,惹得中国思想界权威人士不高兴,从此便被打入另册。晚年的王元化的心境是苍凉的,他曾经借汉学家史华慈的话说:这个世界不再让人着迷!

当年,我身处中原,在风起云涌的文艺思潮运动中,常奔波于京沪之间,对于当年曾经扶掖提携过我的南北前辈学人,我没齿难忘!然而,我与他们的"情缘"也各有不同。

王元化先生,我视为中国当代学术思想界的泰山北斗,既崇敬,也敬畏。他治学的严谨近于严苛,对我的期待我自知不堪胜任,于是就怯懦地有意避开他的目光,结果我便成了他门下的一个"逃学生"。

钱中文老师虽然谦和宽厚,但在治学方面却是一位"有规矩"的导师,无论是"新理性"还是"审美意识形态",都是要有坚实的哲学基础与上乘的思辨能力的。而我,出身于开封古城的社会底层,少年时代每逢假期都还要拉板车挣钱贴补家用;读大学期间赶上"文化大革命",真正念书的时间不到两年,最高学历相当于"本科肄业",在众多"硕士""博士"面前不能不"自惭形秽"。再则,我似乎天生缺乏"概念形而上思辨能力",写不出中规中矩的学术论文,不会按部就班地课堂教学,在学术界我只是一个散兵游勇。同样出于这样的心态,当年郝世峰先生主政南开大学中文系、齐森华先生主政华东师大文学院时,都向我发出诚挚邀请,我最初跃跃欲试,掂量了自己的斤两后,最终都打了退堂鼓。中国社会科学院,作为中国人文学科的最高研究殿堂,就更不是我能够栖身的地方。

只有在钱谷融先生这里,我才能够心身放松。老钱先生活了一百岁,八十岁后就不再做学问,走得动时喜欢游山玩水,走不动时看看电视下下棋。那一年老先生到我苏州的家里小住,来时手提箱里还不忘带上茅台酒与麻将牌。临终前的日子,老人不无得意地对我说:"枢元啊,有一点你一辈子学不了我啦——那就是'懒'!"

钱先生无意声名,却把自己"做成一门学问"。我很惭愧,满头霜雪仍然磕磕绊绊不能完全放下功名心。

我虽然没有能够来到钱中文老师身边,90年代初,却有幸推荐我的母校河南大学一位学子张来民报考他的研究生,并获得博士学位。钱老师慧眼识人,因人施教,指导来民将国外刚刚兴起的"艺术消费"作为研究课题,最终圆满完成了《经济转型期的艺术商品化问题》的学位论文。这篇论文竟预示了来民一生的治学方向与事业选择。同样作为钱老师的博士生,与在高等学府从事纯粹科研与教学的陈晓明、金元浦不同,来民走上新闻出版、文化企业管理的岗位,先后担任中国改革报社副总编、中国发展出版社副社长、中国企业报社总编辑兼常务副社长,为中国文化市场的繁荣作出一份贡献。

80年代末中国社会遭遇的那场"政治风波",也成了学界与文坛一个划时代的分界线。风波过后,为了打破学术界沉寂的僵局,钱中文与童庆炳二位先生联手倡议并委托河南大学举办了一场全国性文艺学研讨会。会议就在我的老家开封、我的母校河大召开,我却不曾接到与会的通知,当时很有些失落。会后,童老师特意到郑州我的家里稍事逗留,劝慰我不必在意。他说这次开会不但没有邀请我和孙绍振等人,北京的一些大牌"左派",如陆梅林、陈涌、郑伯农几位先生也没有请,主要是害怕招惹额外的麻烦。他还开玩笑地说我是"形中实右"。我反省自己,80年代以来,从"文学需要童真""我所批评的就是我""创作心境的非理性",到"文学艺术非上层建筑""新时期文学向内转"等,我惹下的麻烦已经够多了。在这样一个敏感时期,我还是老老实实趴在家里为妥。

这时,文坛的风云人物李泽厚、刘再复都已经远走海外;我所熟识的《文学评论》编辑部的王信、王行之、贺兴安好像也已经靠边站,不久我也"自我流放"到了海南岛。从那以后,我就再也没有进过建国门内大街5号院。

相对于80年代狂飙凌厉的造山运动,90年代就如同出了风陵渡的黄河,河面宽阔了,水流也平缓了。此时,以改良求革新的"新理性""审美意识形态"便顺理成章地成为这一时期文艺理论的主流;秉中执正,文野兼容的钱中文、童庆炳二位年长学者也就成为实际上的中国文艺理论研究界的领军人物。当然,文学艺术现象是复杂的,文艺理论是多元的,中国当代文艺理论界是一支规模庞大的队伍,北京大学董学文教授曾从中划分出多个流派。并不是所有人都赞同"新理性""审美意识形态"的理论主张,也不是所有人都愿意聚拢在"中外文艺理论学会"的旗下,这是不言而喻的事。如果将思想观念都统一到一个思想中来,那绝不会是正常现象,反倒注定是思想的灾难。我始终认为,有这样两位心地宽厚、行为端方的学者尽心尽力筹划中国的文艺理论界,毕竟是时代的幸运。

正是出于这样的心态,当年广州一家刊物登出文章无端诋毁、谩骂钱、童二位前辈学者,那架势像似泼皮牛二欺凌卖刀的杨志,实在难看,我忍不住上前拦了一把,抢白了几句,结果也被泼了一瓢脏水。

作为中国当代文学史上一位重量级的理论家,钱中文的建树还有他对巴赫金研究做出的世界性贡献。王宁教授曾经在一篇专论文章中指出:钱中文认为不能从一般意义上理解巴赫金的对话理论,"对话"实际上是巴赫金对社会生活的深刻理解,它强调的是人的独立性,人与人的平等,人与人之间的理想关系。钱中文创造性地将巴赫金的对话理论和哈贝马斯的交往理论糅为一体,并结合当代文学理论批评实践,做出了自己的理论建树。巴赫金的理论价值和学术贡献首先是西方学者发现的,却由于钱中文的努力而在中国语境中达到高潮。尤其是由钱中文主编的七卷本《巴赫金全集》出版,惊动了世界,让西方的巴赫金研究者望洋兴叹。

上个世纪80年代后期,我对文学语言问题突发奇趣,兴致勃勃地写了本《超越语言》的书,书中竟然没有提到语言学大师巴赫金,这是因为当时我对这位大师尚且一无所知!最近我在修订这本书,在努力补上这一课。于是,在巴赫金这里我再度求教钱中文老师。钱老师指出,巴赫金是一位全能式的学者,在语言学、符号学、哲学、美学、文艺学、人类学、伦理学、历史文化学诸多领域有全方位的贡献。巴赫金又是一位苦难型的思想家，他年轻时因宣讲康德哲学被逮捕，未经审讯判处 5 年徒刑流放到北哈萨克斯坦。前些年我曾到过新疆哈巴河，站在边境的界碑前遥望北哈萨克斯坦，穷山恶水令人胆颤，真不知道在那风雪肆虐的冬夜巴赫金先生是如何捱过的！刑满释放后，巴赫金一生贫困潦倒却始终坚持思考、写作，垂暮之年其"对话"和"狂欢"理论在西方引发巨大轰动，被誉为"一位在生活苦难面前凛然而立的学人"。

我兴奋地发现，当年我在《超越语言》中津津乐道的"超越语言""语言的狂欢"，与巴赫金的"超语言学""狂欢化理论"多多少少还是拥有某些关联的。在"语言的狂欢"一节中我曾写道：语言不是宗教，但语言却具有类似宗教的约束力，有时甚至比宗教的戒条和律令还有效力。语言的既定性将人们捆扎得结结实实，人们在毫无察觉中成了语言的奴隶。当每一个中国人都万口如一地说着相同语句时，每一个中国人同时也都失去了属于自己的语言。心灵之苗如果不挣扎着破土而出，就将在语言积垢的重压下死去。"狂欢"即对于"压抑"的反抗，狂欢是宣泄，是山泉的湍射，是火山的喷发。狂欢是革命的情感动力和精神动力。如果说，教规严苛的天主教徒们每年之中还有那么一个恣意纵情、放荡不羁的"狂欢节"，那么言语者的狂欢又在哪里呢？

巴赫金的"狂欢化理论"指出：在狂欢节世界中，现存的规矩和法令、权威和真理都成了相对性的，这对社会意识形态产生了一定的颠覆，使那种企图统辖一切，完全禁锢大众思想空间的教会的力量大大削弱。狂欢的存在是为了反抗中世纪的官方权威、消解官方意识形态。在这里，巴赫金强调的也是"狂欢"的颠覆性与解构性。

《超越语言》在 1990 年出版，曾经遭受国内语言学界权威专家的严厉训诫，甚至也成了出版这本书的中国社会科学出版社的一桩罪过。多年过去，如今倒是巴赫金给我撑起腰杆。

我的这些不成器的所谓学术研究，历来受人诟病甚多。一次，我的学生参加某个学术研讨会回来，泄气地向我汇报：会上有专家说你老师的那些东西都是拍脑壳拍出来的！我没有能够为我的学生争光，心里感到很是惭愧。

也有不同的声音。

2007年7月，华中师范大学的王先霈教授在武汉举办会议，我因错不开会期没有参加。会后，与会的山东大学前任校长曾繁仁教授在电话中对我说：钱中文老师在会上多次讲到你，说你三十年来对中国文艺理论有突出贡献，尤其是在精神生态研究领域。还说，以往私下里交谈，钱老师也曾这样夸奖过你。稍后，参加这次会议的我的学生张红军也向我说起类似的话。

从1987年到2007年，20年过去，钱中文老师竟还在关注着我，还不忘表扬、鼓励我，而且是在背后说了我这么多好话，我很感动。

对于当下高科技催发的经济全球化的走向，对于地球生态环境的改良，对于人的精神状况的提升，对于人类此后三五百年里的未来，我其实是很悲观的。疫情稍缓，晚间漫步街头，看到夜市上那些摆摊卖炒面、炒粉，卖羊肉炕馍、鸡蛋灌饼的商贩，我想不出与近千年前《清明上河图》里有什么不同。至于网络平台上那些金教授、银教授，属马、属驴的大V，利用高科技忽悠愚民、逸言误国，比起指鹿为马的赵高、以"莫须有"罪名残害忠良的秦桧，显得似乎更为猥琐、卑劣。

那么，一千年后就一定会变得更好吗？

仍在不停地说说写写，类乎"杞人忧天"。之所以放不下这份忧思忧虑的心，多半也还是因为世间有这样几位可亲、可敬的师友而已。

壬寅年仲夏，郑州紫荆山南

1980年代的刘再复

文章的标题有些类似很早以前的一部苏联电影：《列宁在1918》。不过，列宁是全世界无产阶级革命的创始人，刘再复只是中国当代一位近乎柔弱无助的文化人。况且，后来他还提出了"告别革命"的主张。

然而，就是这个看似文弱的读书人，却在中国当代历史中的一个"大时代"——1980年代，产生了不小的影响，留下了历史的印记，至今还在持续发酵。人类社会历史的张力场中，似乎存在一种"恢弘的弱效应"，看似柔弱无力的东西，在历史的长河中却能够绵延持久地发挥着影响。苏州金鸡湖畔树有一尊老者塑像，张着大嘴让人看他的口腔：原本坚硬的牙齿已经掉光，柔弱的舌头还在。其尊容刻画得有些丑陋，却隐喻着"柔弱胜刚强"的深意，那显然是中国古代首席哲学家老子在现身说法！

我与刘再复先生并无深交，上世纪80年代之后的许多年几乎没有什么联系。谈论刘再复，中国文学圈里大有人在，即使谬托知己，我也不够资格。之所以写这篇文章，只是出于潜在心底的一丝怀念。在1980年代，作为中国社会科学院文学研究所所长的刘再复先生曾经无私地帮助过我这个刚刚踏进学术界门槛的"外省青年"。再就是，年既老矣，作为1980年代的过来人，我自然拥有关于那一时代的诸多记忆,尽管仅仅是私人一己的回忆。

所谓"80年代",与"五四时代"、"30年代"一样,已经成为中国现当代文学史上一个定格下来的时代。这是一个什么时代呢?

"80年代"成名的杰出诗人北岛说:"80年代是中国20世纪的文化高潮,让人看到一个古老民族的生命力,究其未来的潜能,究其美学的意义,都是值得我们骄傲的。"

"80年代"活跃的思想家金观涛指出:"80年代是中国第二次伟大的启蒙运动……它与体制内的思想解放运动相呼应,为中国的改革开放奠定了思想基础。"

作为文学理论家的刘再复自己曾说:"80年代乃是心灵解放的年代,是面对生命的困惑提出各种叩问的年代。""80年代也正是建国以后文艺批评的真正辉煌期。""80年代是有钙质的时代,是有勇气提出新思想的时代。"

对于"80年代"乃至改革开放40年这段历史,固然会存在分歧和异议,但无论何时、何人在撰写这段历史时,都不可能忽略文学艺术的作用,也都避不开"刘再复"这个名字。

对于刘再复在"80年代"的文学贡献,评价并不一致。一些人认为他那时提出的两个核心理论:"文学的主体性""人物性格组合论",较之此后引进的许多新奇的文学理论,似乎"无甚高见",不如他在散文创作方面的成就。对此,我想还是有必要做些历史性的回顾。

简言之,"文学的主体性",即文学活动过程中涉及的人——如文学家、文学作品中的人物、阅读欣赏文学作品的读者,都是拥有自己的独立存在性的,都是具有"自洽性"的个体,而不是一味受他者规范、掌控的工具或傀儡。往深里说,这些理论其实已经涉入心理批评、文本批评、接受批评理论的领域。但刘再复当年的着力点主要是在为作家个体存在的主动性张目、发声,即:作家是一个有着自己的头脑、思想、情感、意愿、个性、风格的有血有肉的人,而不是可以随意支使的工具,也不是机器上的零部件。所谓"性格组合论",即:真实的人性是丰富的、复杂的，往往是善与恶、美与丑、坚强与软弱、高大与平凡的有机复合，十分完美、绝对崇高、始终正确的人并不存在；反之，绝对丑陋、绝对邪恶、一坏到底的人也是不可信的。文学创作对于人物形象的塑造，不能不在人性的多面性、丰富性、复杂性上下工夫。

这些理论，在今天的文学博士、博士后看来，或许过于简单，或许已经成为常识（当然，即使在今天，常识也不见得都能够得到尊重），然而在40年前的中国社会生活中，刘再复在文坛上发出的这些声音却是振聋发聩的。长期以来，中国的文艺理论界只允许存在一种声音：文学要为政治服务，文学要歌颂英雄人物。"文革"之中，这种左翼的文艺思想被集中概括成所谓"三结合""三突出"的文学创作法则。"三结合"是领导出思想、群众出生活、作家出技巧，作家只能是一个类似显微镜、传声筒之类的工具，而且还必须是"驯服工具"。如果这个"工具"不能符合上级领导的意志，希望表达自己不同的意愿，那就将大祸临头，轻者丢掉饭碗发配边地，重者甚至会判以重罪、死于非命。文学作品，无论是小说还是戏剧，在所有人物中一定要突出"正面人物"，正面人物中又必须突出"无产阶级的英雄人物"，英雄人物中则必须突出"主要英雄人物"，这个唯一的人物就成了"高大全"的完人、神人。这种创作方法实际上是在为"个人崇拜""领袖崇拜"营造舆论，在当时的社会政治生活中发挥了极为恶劣的作用。然而，这些现今看来十分可笑的东西，当时却是神圣不可更移的铁定法则，一旦有所冒犯，或者仅仅是不表恭敬，就会遭到"无产阶级专政铁拳"的致命打击，"打翻在地再踏上一只脚"！像老舍、傅雷、田汉、巴人、吴晗、邓拓、杨朔、周瘦鹃、陈笑雨、李广田、陈梦家、赵慧深、顾而已、冯雪峰、邵荃麟、侯金镜、刘绶松这些著名文学家、文学理论家，就是因此获罪惨遭批斗，最终被逼自杀或瘐毙狱中的。

"文革"中，我在一所铁路师范学校教书，讲授文学理论，讲"革命样板戏"，课堂上宣讲的也是"三结合""三突出"这套理论，而且竟然举一反三、讲得头头是道，赢得不少人的赞许！在政治的高压下，我不是一个清醒者，更不是一个抗拒者。

"文革"结束,刘再复提出的"文学主体论""性格组合论",实际上是在倡导文学家的自主与自由,在消解中国当代造神运动的遗毒;同时也在改变文学界的认知范式、拓展文学思维的新的空间。这些看似"无甚高见"的文学命题一经推出,便立即引发全国舆论的关注,刘再复也就成了1980年代初期中国文坛的一位旗手。

在这一时期,我几乎是身不由己、误打误撞地走进文艺心理学的研究领域,参与了朱光潜先生之后的新时期文艺心理学学科重建,连续发表了一些相关文章,结果引起再复先生的关注。在他那篇名噪一时的《文学研究思维空间的拓展》的文章中曾谈到我:"近年来引人注目的,还有鲁枢元的一系列文艺心理学研究论文。他在《上海文学》等刊物上发表了一些认真的而且有特色的文章。"文中用不小的篇幅对我的研究给予积极的评价。稍后,刘再复在其《文学的反思》一书的"前言"中再次讲到我:

> 解剖自己比解剖别人还要艰难。因此,这种反思决不是那么轻松的。然而,自我否定并不是自我扑灭,其实。也是一种自我更新。近日读了《青年评论家》报介绍鲁枢元同志的文章,就讲了鲁枢元经历过一次精神的蜕变。他在给《上海文学》编辑部周介人同志的信中说:"我想再来一次蜕变,但也可能打破我的茧,变不出一只好看的蝴蝶。"而朋友给他鼓励说,祝他变成"一只美丽的孔雀"。我想,鲁枢元同志正是超越了精神蜕变的痛苦,才进入新的精神境界的。这又使我想起郭老"凤凰涅槃"的诗境,如果不经过一次痛苦的涅槃,凤凰就不能再生而翱翔欢唱。

这一时期的再复先生之所以会注意到我,我想是因为我关于文学创作心理研究的那些文章,曾讲到作家的"有机天性""生气灌注""情感积累""情绪记忆""创作心境""心理定势""心理变形"等,我把文学创作视为一个包括文学家自己的需求、欲望、感觉、知觉、思维、情感、记忆、想象等心理功能在内的极其复杂的活动过程,这是一个同时包括了认识的高级形式和低级形式、心理的智力因素和非智力因素、意识的显在成分与潜在成分、主体的定势因素和动势因素在内的心理活动过程,是一种基于文学家的气质、人格、个性之上的立体的、流动的、完整的、有序的心理活动过程。这种文学心理观,与再复正在倡导的"主体论""组合论"遥相呼应、声息相通。正是在这种情势下,开始了我与再复的通信。

刘再复来信之一

枢元同志:

您好!

敬悉大函,十分高兴。因常常拜读您的文章,觉得和您已交流过许多思想,所以读您的信,也感到特别亲切。

这几年来,您走入文艺心理学领域,取得了令人敬佩的研究实践,并成为我国文艺心理学研究的代表人物之一。您的研究,是我所向往的。我们这一代人,在社会科学领域中,要做出些成绩,实在太艰辛了。但我们的努力毕竟没有白费气力,我觉得,文学研究已处于新的转机之中。经历一个研究的动荡时期,使各种思维模式互相竞争,这对于扭转那种"天不变,道亦不变"的"数十年一贯制"的思维模式是极有好处的。您和兴宅的追求的大方向不同,但我都喜爱,都学习。我处于这样的研究院,深深感到在精神界也应当与自然界一样,应各有一种整体性的生态平衡,所以我在我们所提出学术自由、学术个性、学术尊严、学术美德的方针,有些同志愿意"为科学而科学",我也支持。我现在主持所里工作,决心把文学所变成开放型的研究机构,因此,很希望您以后能参与我所的一些课题,还要请您到我们所来讲学。我相信您一定能支持我们的工作。

敬颂

　　撰安!

刘再复
(1985年)4月7日

这封信中讲到的林兴宅,是我的朋友,但我并不赞同他的"文学理论科学化"的主张。再复实践了他倡导的"学术自由",说我和兴宅的学术追求他都喜爱,都尊重。

再复在这封信中说邀请我到中国社科院文学研究所"讲学",显然不是一句客套话。此后我便被聘为文研所"高级研究班"的教师,受邀到京授课,参加由他主持的国家社科基金重大项目"文艺新学科建设"的课题组,并担任这套丛书的编委。这时,距离我调入高校才不过三五年的工夫。这对于我这个生在社会底层、学界刚刚起步的"外省人"来说,无疑是一种强大的激励。而对于再复来说,"学术乃天下公器",这样做顺理成章,完全是为了推进中国新时期学术的进展。

刘再复来信之二

枢元兄:

　　您好!

　　因几项很急的工作,(包括大百科全书的"中国文学"条目)把我压得很苦,完全打破我的生活的秩序,因此也未能及时给您写信,请原谅。

　　目前文化氛围又趋于紧张,我已经受到愈来愈大的压力。《文学评论》在受到热烈的赞美的同时，也被一些同志怀疑、攻击。我几乎每天都听到一些善意的"劝告"和恶意的警告。慢慢地，心理开始倾斜，好端端的心理环境开始布满阴云。我已觉得逐步失去研究的内心条件，因而时时感到苦恼。今日我院院长胡绳同志作为朋友也批评了我的"主体性"等观点。他最近被任命为中央理论领导小组副组长，另一位副组长是邓力群同志，组长是胡乔木同志。

我们俩都被任命为作协评论组成员，这个组不知道有什么使命。我可能起不了什么作用。很可能只能起"捣乱"作用。但又未征求过我的意见，推辞也推辞不得。

我所的多数同志倒觉得我这一年来的作为是对的，他们的心情与我差不多。因此，我在所里的日子是比兴宅同志要好的。他说他已开始被说成"资产阶级思潮"，不得不忍辱负重了。

请多保重。

撰祺！

刘再复
1985 年 12 月 25 日

由"文化大革命"结束过渡到"新时期"，还是一个"乍暖还寒"的季节，多年积弊的极左思潮仍徘徊在中国社会空间的各个方面。1983 年"清除精神污染"风起云涌，一些人将学术问题上升为两条路线的斗争，并试图以搞阶级斗争与大批判的方式对待学者、艺术家，引起了社会上的混乱与不安。再复信中说的"目前文化氛围又趋于紧张，我已经受到愈来愈大的压力"，盖出于此。

刘再复来信之三

枢元兄：

您好！

我月初到上海去读《性格组合论》的校样（七月将出版），之后又被"抓"去参加文化战略会，直到今晨才回到北京。

刚刚坐下来读信，先是见到您的信，读后十分欣慰。《红旗》发了陈涌的文章后，我想了不少事。从理智上说，我读了他的文章后，倒感到可以放心了，我原以为必须经受一次理论上的艰苦应战，看来不太需要了。另外，也获得一种信心，我想，一个旧的文学理论时代已经终结。但是，我在感性上有些悲伤。

您可能还不知道，我对陈涌同志是怎样地尊敬和真挚地爱戴过他。他还没有摘帽子时，我在研究院、在我所为他呼吁，在《鲁迅研究》开辟"学人采访"专栏时，我主张第一个采访他，和两位同志抱着录音机到家里采访他。我并不是要他报偿，但是没想到他是这样不懂得尊重我的感情。他如果在学术上批评我，再尖锐我也没有意见；但是，没想到，他竟然说我是以变革理念"为名"，连动机都怀疑，还有"数典忘祖"等那么多侮辱性的话。这种事，使我对人生产生了一些消极的东西。此时，我很可怜这位老朋友，但对人生却感到一种悲观。连他这样本来在我心目中是一个很仁厚的人，也可以马上变得很凶，那么，这个世界不是太不可靠了吗？

此次全国的宣传部长会议，还把我在政协的发言作为参阅件发给部长。朱厚泽同志是个很善良、很有思想的部长，他和我们的心灵能相通。在这种氛围下更有利于心灵的解放，可多做些事。但我却不得不读点诗歌和散文来疗治心灵的创伤。

您写的论述新时期文学的论文,请给《文学评论》,直接寄给我,今年的"新时期文学十年"学术讨论会,我想是一定要开的,您参加吗?

即颂 撰安!

刘再复
1986年5月16日

这封信,再复写得很伤感。这段时间,他在承受着来自两个方面的挑战,一是更年轻一些的学者对他的学术视野、理论水准提出异议,而且用语还十分尖刻,批评他的文化性格存有缺欠,不具备新的世界观,他关于"主体论""组合论"的理论像一个"窘境中降生的婴儿";另一方面,像陈涌这样的老一代文艺理论家,一生坚持文学艺术应该遵从革命需要反映时代生活,此时便认为刘再复的理论已经偏离了无产阶级革命路线的大方向,必须严加批判。当一些青年学者认定刘再复的理论已经显得陈旧时,一些马列老人却认定他已经跑得太快、太远!对于前者,再复尚可心态平和地对待,并且认为是好事,中国文艺理论界这盘棋将因此而盘活!对于后者,他的心理负担却很沉重。尤其是当他所敬重的陈涌先生竟怀疑他拓展文学思维空间的动机时,他就感到非常委屈,感情上难以自持。而在陈涌看来,事关马克思列宁主义的纯正性、事关无产阶级革命文艺路线的持续发展,必须迎头痛击。

在这封信之前,陈涌先生对我的文艺心理学研究基本上还是肯定的。1985年10月18日,文化部文学艺术研究院外国文艺研究所、华中师范大学主办的"文艺学研究方法论学术问题讨论会"在武汉召开。时任中宣部副部长的贺敬之、中共中央书记处政策研究室顾问陈涌出席了大会。陈涌在会上讲:"不应该把马克思主义与文艺心理学研究对立起来,而是应该把马克思主义和文艺心理学沟通、联系起来。用文艺心理学代替历史唯物主义、认识论是不对的。但是文艺心理学的研究的确对形象思维问题、艺术地掌握世界的方式问题是需要的。鲁枢元同志在这方面是有成就的。他并没有说这是马克思文艺规律的全部,他说他是在心理学范围内的研究。他有一篇谈艺术的心理定势的文章,这文章基本内容亦是讲创作的认识论,他说艺术感觉的特点是主观性、情绪性、独创性,这有道理,我也受到启发。"这次会议我没有参加,会后,华东师范大学王先霈先生将简报寄我。1991年,我在郑州组织举办"纪念鲁迅先生诞辰110周年学术研讨会",邀请了林默涵、周海婴、陈涌诸位先生。见面后陈涌先生主动与我谈起曾镇南对我的一系列批评,他说我的文艺心理学研究前期是好的,后来有脱离历史唯物主义的思想倾向,不好。他还对我说,曾镇南也不真正懂得马列。

从这封信可以看出,再复是善良的,总是以善意待人,也希望人人以善意相待;再复是真诚的,总希望真诚能够换来真诚;但再复也是软弱的,一旦善意被遗弃、真诚被蔑视,心灵就很受伤害,甚至要撤下阵来,"不得不读点诗歌和散文来疗治心灵的创伤"了。从这封信也可以看出当代中国的文化人即使被推上"旗手"的位置,在政治风浪面前也仍然显得何等无助!

刘再复来信之四

枢元吾兄:您好!

大函已敬悉多时,因为所班子正在换届,又有两本集子正在发稿,忙乱得很,未能及时复函,实在抱歉。

我读了您的答辩文章,完全支持您,在文艺心理学与文艺理论上您是有建树的,而且在中国作家争取灵性的解放事业中,您是立下功劳的,这是那些东倒西歪之辈所不能比拟的。某论客对您的责难如此尖酸,实出我意料之外,我对人总是从善处看去,因此常有上当之感。最近钱锺书先生赠我一句阿拉伯谚语:旅行者走过美丽的村庄,狗总是在后面狂吠。您遇到的还不是狗,但这一谚语的精神,也可放在心上,以免影响您的思绪。我相信人世间还有三分公道，凭这一点我们就可以信用人生。

您对《刘再复现象批判》一文的意见，我有同感。您画的图也很有意思。这两位年轻朋友的批评是善意的，我已请"文评"的王行之兄与您联系，如能写点商讨文章也可。

我就要到法国，忙得连衣服还没买。有许多话以后再说。

敬颂 文安！

刘再复
（1988年）5月23日

我自己没有想到，1986年发表的《论新时期文学的"向内转"》一年后竟引发一场颇具规模的争论。《文艺报》《文论报》《文艺争鸣》等报刊持续发表文章，意见纷呈。有赞同，也有反对。有的文章用语尖酸，站在山上频频向我扔石头，我那时年轻气盛，忍不住便"以牙还牙"，同时向再复诉苦。再复这封来信说了许多勉励我的话，并转赠钱锺书先生给他的那句赠言，即出于对我的抚慰。我说再复是脆弱的，其实我也坚强不到哪里！

信中提到的陈燕谷、靳大成的那篇文章，我是看过的，话锋犀利，口无遮拦，用心良善，富有灼见。至于我在写给再复的信中说了些什么，如今已经完全记不得了。但对于那篇文章中的某些观点，即使现在说来我也并不完全同意。二位年轻人把"新"与"旧"、"传统"与"革新"之间的关系看得太绝对了，而且其"学术进化论"的立场也是值得商榷的。况且，理论家的学术个性并不能框定在一个模式之内，"概念形而上"思维并不就是文学理论批评唯一的思维模式。再复的感悟式思维、古典型情怀对于他的文学理论研究而言或许还是优长之处。日后我为自己总结的治学经验：坚信性情先于知识、观念重于方法，学术姿态应是生命本色的展露，盖本于此。

再复嘱我撰写的文章我没有写。相对于今日的学界，值得一说的倒是：那时的陈、靳二位都是社科院文研所入职不久的新手，是"刘所长"的部下，然而他们竟能够以万字长文、在所长任主编的《文学评论》上直言顶头上司的种种不是！年轻人如此真诚坦荡的心地不能不让人心仪；而"所长大人"光明磊落的胸襟不能不让人钦佩！其实，那时的文研所以及文学界是没有"刘所长""刘主编"的，而只有"再复"，无论老的、少的、熟识的、初识的，全都喊他"再复"。

2009年秋天，刘再复先生应江苏常熟理工学院邀请，在刚刚揭幕的"东吴讲堂"讲演，这是我与再复阔别20多年后的第一次见面，"欢笑情如旧，萧疏鬓已斑"，岁月无情，我和再复都已年过花甲，多年来的海外漂泊并未消减再复依然灿烂的笑容。再复演讲的题目是《李泽厚哲学体系的门外描述》，分别阐述了李泽厚哲学的六个方面：纯粹哲学、历史哲学、伦理哲学、政治哲学、文化哲学、美学哲学。再复与李泽厚先生的关系非同一般，既是学界知音，又是患难之交，再复自谓李泽厚先生亦师亦友，崇敬之意溢于言表。讲演结束后，主持人丁晓原教授突然"发难"，要我评述再复的讲演并代做这次盛会的"总结"。下边是会后整理的我这次讲话的内容。

今天，我在阔别20多年后再次见到刘再复先生，很激动。我能够走进中国学术界，是与早年再复先生对我的提携分不开的。80年代初，那时我刚从一个中专学校调进郑州大学中文系，一个普通的青年教师，才写了不几篇文章就引起当时已经是中国社会科学院文学研究所研究员、所长刘再复先生的注意，给我写信，帮我发表文章，并在《读书》杂志上对我加以表扬。不久，竟又邀请我到中国社科院讲学，我还真的去讲了。这在现在是不可想象的。那就是80年代，是那个时代人与人、学者与学者之间的真诚关系。再一个呢，当然就是再复先生的个人情怀与人格魅力，是由他的道德学问决定的。

再复先生离国后，不久我就自我流放到海南岛，在海南待了很长的一段时间，最终到苏州大学落脚谋生，这二十年多年虽然没有和再复先生直接来往，但我时常地想念他。得知再复先生来到常熟，我就连夜整理了他在80年代给我的一些信函,其中短信有四五页,两封毛笔写的竟长达八九页。这些信函我按原件制作成图片,今天送交再复先生,表明我始终在惦记着他。

分别二十年后,今天听了再复的讲座。我感觉他的知识更渊博,见地更深邃,而且悟性更高了,可以说已经达到了通灵的境界、圆融的境界。变化虽然很大,但是有些根本的问题他还是没有变。比如,还是一位顽固的理想主义者,严苛的完美主义者,一位追求大善大爱的人文学者。这些始终都没有变,而且他虽然是在海外漂流,但是根还是深深地扎在中华民族的土地上,甚至比我们始终驻守在国门之内的人还要牢固些。再复与李泽厚先生的"告别革命"的说法,一度在国内引起强烈震荡。如今,靠革命起家的人怕也已经不再主张"闹革命"了。

今天再复对李泽厚先生的哲学进行了精到的讲解,将其概括为六个方面,可谓广纳周至、言简意赅。不过,从我所关注的生态批评的角度看,似乎仍然缺少了一个方面的哲学,那就是"自然哲学"。这恐怕不是再复的疏漏,而是泽厚先生哲学中的欠缺。记得我在编纂《自然与人文——生态批评学术资源库》时就隐约感到这一欠缺,这或许更是"实践哲学"自身的局限。既然主持人说交流,那么我也就奉上这一点疑问吧。

再次感谢常熟理工学院给我这样一个机会,让我见到了分别二十年的再复先生。

我的这个即兴发言,真诚地表达了我对再复的思念与再次会见的喜悦,同时也对"告别革命""李泽厚哲学"提出了不同的(或曰"补充")意见。记得南京作家兼画家苏叶女士下来就对我说:你倒是直率!话里不无赞赏的口气。其实我是情不自禁的,正因为我自认与再复心灵相通,所以才百无禁忌地"信口开河"!

我们这代人是读着李泽厚先生的书成长起来的,但我与李先生少有接触。

查一查我1980年代的日记，仅1986年秋天在北京召开的新时期文学十年学术研讨会上有过一次相遇："晚饭后，再复携李泽厚先生来。再复曰：泽厚说读了你的文章。泽厚曰：文章写得好。余曰：不好，有些则是受了您的启发。曰，多联系。"对于哲学，我一无根基，始终有些望而生畏，见了哲学家自然也就显得局促不安，说的话也语无伦次。

今年4月底，我到美国西部参加"第12届生态文明国际论坛"，得知再复与李泽厚先生就住在科罗拉多州立大学附近，一时心血来潮很想趁机过访，无奈旅程匆匆，加之与再复已经又是10年没有通过音讯，竟错过一次相见的机会。不知今生今世能否再见再复！

古人云：君子之交淡如水。较之现下学界的交往风气，我与再复的交往比水还淡。然而，即使到我生命结束之际，我仍然不会忘记再复，不会忘记那个风起云涌的1980年代，不会忘记在那个年代再复给予我的真诚无私的鼓励与栽培。

2018年8月紫荆山南暮雨楼

当冯杰遇上汪曾祺

远离家乡许多年,对家乡的眷恋从未消减,不知道什么时候,对家乡的当代文坛暗暗生出两个期盼。

一是,期待一本刊物。那是源于我到苏州后,看到陆文夫先生创办的《苏州杂志》,无论古今,无论中外,只发表与苏州相关的文字,就这样的一本杂志持续办了30多年,至今仍然生气勃勃。我的老家开封的历史积淀、精神遗存、物华人文、世风民情并不次于苏州。苏州是说不尽的,开封也是说不尽的,为什么就不能办一本只谈开封的杂志?

二是,期待一位作家。以中原5000年文化的沃野,以这块曾经诞生了老子、列子、庄子的土地,应该生长出一位擅长书写传统文化的作家,一位接续传统文化人香火的作家,如我所倾心的江苏高邮籍作家汪曾祺。

第一个期待不说了,如今办刊物绝非几个文化同仁说了就算的。

第二个期待,认识冯杰后,我看到了希望。

我认识冯杰很晚,大约五六年前,在济源的一次聚会上第一次见到他:端庄的面容,浑厚的口音,穿一件对襟布衣,文雅中透递出乡野的风韵。会下他送我一本新著,台湾出版的《猪身上的一条公路》。我在回苏州的高铁上开卷展读,令我大吃一惊,中原作家群里竟有如此别致的手笔:质朴、萧散、清简、隽永,泥土的气息里飘逸出野花的芳芬。行文布阵也还有几分纤细的狡黠,像那青青草叶上的芒刺。记得当时我就给他发送了短信,表达我掩饰不住的倾慕。

这个时候,我才知道这位在中国内地不显山、不露水的作家,已经四次荣获台湾地区"梁实秋散文奖",多次荣获"联合报文学奖"、"台北文学奖"。深受痖弦、林清玄、张晓风等文坛大家的赏识。

我认识汪曾祺先生,要早很多,大约在30年前。

头一天在鲁迅文学院吃饭,汪先生当着一桌人拿我"开涮",说鲁枢元的文章比某某大报社论写得好。这对比有些不伦不类,我知道他老人家其实是在给那篇社论添堵。第二天,我和北师大的童庆炳教授登门拜望,老头很高兴,临走还送我们一人一幅画。送童教授的是红梅,送我的是"山丹丹",一块灰黄的土石,几朵瘦劲的小花。说这是陕北黄土高坡上一种很普通的花,能在非常贫瘠的土地一年开一朵花。我听了若有所悟,心里很感动。回来后曾发表一篇短文《汪曾祺的画》,说汪老爷子画画不过是游戏笔墨,恣意性情,无论妍媸,乐在其中。

有两件事,可以见出我对汪曾祺的推崇。

1980代,我刚调进郑州大学不久,在课堂上讲文学创作心理,汪曾祺的小说《大淖记事》刚刚发表,我讲到其中一个细节:小锡匠与少女巧云是一对恋人,当地恶霸刘号长不但抢占了巧云的身体还把小锡匠打了个半死。为了救活小锡匠,需按照当地的偏方往小锡匠嘴里灌尿碱汤。巧云端着一碗从尿罐子里刮来的尿碱汤,"不知道为什么,她自己先尝了一口。"这令我和听讲的一班学生都像雷击般地受到震动。我说,比小锡匠与巧云更早品尝这碗尿碱汤的,应该是作者。而这时,我的嘴里以及同学们的嘴里都已经满是尿碱汤的味道!这就是文学的魅力!

关于文学语言,汪曾祺小说与散文不但深得中国古代笔记文、小品文的神髓,而且又能化进现代白话的肉身。他曾以京剧语言为例,说京剧语言太粗糙,有时甚至文理不通。板腔体不如昆曲的曲牌体灵动,但昆曲太文雅,拒斥了一般大众。汪曾祺的追求是将"现成的大白话"写出"精尖新鲜"的效果。看上去全是活泛、上口的大白话,放在一定的语境中却成了妙趣横生的"高精尖"。这是一个很高的标准,他说自己并不总能做到,比如《沙家浜》中的唱词:"风声紧雨意浓天低云暗,不由人一阵阵坐立不安",上句还好,下句就"水"了。这之前我曾经写过一本《超越语言》的专著,还得到不少作家朋友力挺,却未曾涉及"汪氏高论",这教我遗憾许多天。

在我看来,汪曾祺不是一位"专业作家",而是一位多才多艺的"文化人"。除了绘画、写作,他还是一位美食家,他和陆文夫一样会吃,但却比陆文夫会做,白菜、豆腐、虾皮、鸡脚,经他一捣腾,全是风味佳肴。

美术、美文、美食,他都有自己的见地与造诣。贾平凹说他:一只文狐修炼成了精;梁文道说他:一碗白粥熬成了美味!

就以上三点来说,当下的冯杰也都渐入佳境。

汪曾祺说自己的画没有师承,或者如杜甫诗中所说"转益多师是汝师",属自学成才。但不难看出他的画作之中吴门画派的儒雅与清俏。他画的是中国画,但有一些作品显然又吸收了西方印象派画家的风格,用色斑斓而迷离。

冯杰画名日显,我不知道他是否拜过师,纵观其绘画史,似乎是在齐白石的路径上紧跑慢追,他追慕的应是齐白石进京后的晚年画风,大写意的花草果蔬,工笔细写的蜂蝶草虫。齐白石之后是黄永玉,冯杰学得黄永玉的几分冷眼与热讽,他的"红荷",是京郊万荷堂的品种;他的猫头鹰与黄家的猫头鹰应属一个谱系。近年来冯杰画作的笔墨情致日益纵横自如,有些佳作堪与汪老先生相比并。

优秀作家得之于独自的言语风格,人们品评汪曾祺的文字满是市井烟火味,如明清小品,开窗就能闻到荷花香、梅花香。读汪曾祺,可以让人解脱名缰利索、超然于庸俗与猥琐。底层有网民发布读后感:上司不待见我时,读两页汪曾祺,便感到别人待见不待见关我屁事!

冯杰的字里行间,更多的是乡土气息,是雨后菜园里的清气,秋夜月光下的薄雾,茅舍里散出的炊烟,牲口棚里飘来的粪香。

"歌谣月光般透明,清澈。乡村冬夜里一共有两种液体:月光和尿。"这是冯杰在短文《挤尿床》里写下的一段话,写儿时寒夜村童们在一起抱团取暖的情景,只有冯杰能写出这样的文字。这或许就是海外评论家所说的在最平庸的地方酿造出极难得的贵气。

美国当代著名诗人斯奈德(Gary Snyder)说过:好文章是一种"野生"语言,是自自然然长出来的,你或许要种的是芸豆,但也可能长出几株野豌豆、蒲公英、马兰花、狗尾巴草,还会飞进来小鸟儿、蝴蝶和黄蜂,不可预测反而增添许多逸趣,也生出更多的会心与感悟。冯杰的文字就是一片野地。当你在职场或仕途攀爬、打拼、竞争、奋斗得心神疲惫时,不妨读一读冯杰,你便会觉得还是平平淡淡过日子、自自在在做人好。

冯杰也是一位美食家,出版过一部《说食画》,能烧一桌好菜,据说还持有厨师上岗证!他曾经对我说过:凉拌黄瓜,黄瓜不能用刀切,一定要用刀平着拍,一刀拍下,不能回刀,保汁保味,吃起来嘎嘣脆。

同是美食家,汪曾祺的美食是河豚海参、土豆蔓菁,雅俗共赏、南北通吃;冯杰拿手的多半是北中原的农家菜:蒸一笼好面馍,腌一碟白菜根,插一锅玉米糁糊涂,要是再配上一筐大槽油炸的焦叶,吃起来那才叫真得法!冯杰的食谱,及其操作手法,会让汪老先生看得头晕!冯杰自己解释说,醉翁之意不在酒,他写的终究不是菜谱是亲情。

还有书法。文人圈里,对汪曾祺的书法评价很高:源起二王,旁取汉隶,兼得米蔡神韵,纯熟的笔墨、安然的气度,非一般"书家"所能效仿。我于书学是门外汉,只能看出冯杰的字是学苏东坡的。比起东坡真迹写得还要扁一些,显出冯氏自己的特色。

汪曾祺、冯杰写诗、写散文、写短篇小说,都没有长篇巨制。

我敬重那些创作长篇的作家,古人里有施耐庵、曹雪芹,外国人里有巴尔扎克、托尔斯泰,活在当下的有我们河南籍的李佩甫、阎连科、周大新、刘震云、李洱等,一张文学版图,如若没有这些高山峻岭,难以显现宏伟气象。

长篇巨制沟壑纵横、山高林密固然风光满满,短篇佳作其实也难能可贵。契诃夫、茨威格、卡尔维诺、蒲宁是写短篇的名家,《小石潭记》《奉天寺夜游》乃千古绝唱,鲁迅最好的文学作品是《野草》《朝花夕拾》《彷徨》。

汪曾祺,还有冯杰的那些精彩短篇,该是山川中遗落的翡翠、和田,未凿之璞一样晶莹生辉、温润而泽,清越绵长。"君子比德于玉",玉石还是人品的象征。在中国古代医学经典《黄帝内经》《本草纲目》中,玉可以滋阴气、壮肾阳、除中热、解烦懑、润心肺、助声喉、滋毛发、养五脏、安魂魄、疏血脉、明耳目,成了济世良方了!

我曾经斗胆品藻过当代文坛的小说家:能写小说,却写不好散文的,只能叫小说家;能写小说,又能写一手好散文的,方才算得上真正的文学家。

"山蕴玉而生辉",大山蕴含了美玉便会显现出更多的光彩。而玉石累积多了也会显现出大山的气象。可以举出的古人例子,那就是志怪志异500篇、另有俚曲、唱本、杂书、俗字百万的蒲松龄。

写到这里,需要赶紧声明一下:冯杰可没有说过自己是和田、翡翠;他说他连文坛上的"主粮"都算不上,与其他作家相比,他写下的那些篇什只能算是"小杂粮",文学的豌豆、黑豆、绿豆、荞麦、燕麦、莜麦,以前多用来喂牲口,殊不料如今竟成了大都市饭桌上的稀罕物。

我喜欢吃小杂粮,我承认我对冯杰这位作家有偏爱。我的偏爱是有来由的。

冯杰津津乐道的"北中原",我猜想就是河南境内黄河以北长垣、滑县、封丘、延津不大的一块地域。我祖母的娘家在封丘北关杜庄,小时候总听到"河北来客了",并不是河北省来客人了,而是我的舅爷爷、姨姥姥们从黄河北边过来了。

他新近出版的《北中原》开首第一篇,谈的是"猞猁",这是大多数人都不熟悉的一种动物,然而我与冯杰无意中却在这里有了交集。冯杰说他是在上小学时知道有一种动物叫"猞猁",直到2017年才见到实物,是在大兴安岭林区漠河市的陈列馆里。尽管不过是一只填了糠的标本,散文家仍然对其挥洒了一大篇天马行空的议论。

我也没见过活的猞猁,也只是看过猞猁标本,但比冯杰要早些。第一次是1987年秋天在意大利,最早的国际生态保护组织"罗马俱乐部"的总部就设立在一座名为"猞猁学院"的古老建筑里,当年伽利略的研究室也在这里。大厅的显著位置供奉着一只猞猁标本,接待我们的加博里叶里教授说"猞猁"是他们学院的图腾,这是一种富有灵性的动物,它有着锐利的目光、敏捷的四肢,既能够及时觉察到环境的细微变化,又能够迅速付诸行动。第二次见到猞猁,是2012年,也是在漠河,也是一只填了糠的猞猁标本,我想这与冯杰看到的该是同一只猞猁,这岂不是缘分!

冯杰不久前出版了一部《非尔雅》,其中蒐集了他的北中原大量日常用语,如:突碌、栽嘴、徐顾、结记、暮忽灯、苦楚皮、狗挠蛋、老鳖一,如果说给别人,可能一脸惊愕加狐疑,而我全能会心一笑。这也是当年我奶奶、我老爹的口头语。冯杰将其转换成文字,甚至还从《金瓶梅词典》里找出依据,证实明代北中原人就是这样说的。冯杰有些解说很贴切,如"结记",解释为惦记、记挂、操心,可能是从"结绳记事"传留下来的。这话我信,我祖籍的村子叫"绳庄",旁边的村子叫"盆窑",都是仰韶文化遗存。有些口语并没有汉字的发音,《非尔雅》留下了漏洞,别人不知道,我知道。还有些解释,我暂时存疑,如"梦僧雨",太过浪漫了,我觉得是"濛丝雨"、"濛星雨",或许不过说"转"了音。或许是我"过于执"了,冯杰的用心仍不过在张扬他的梦中思绪。

冯杰在他的书中还曾写到"瓦松",称其为"瓦精",而且是"蓝色"的:"瓦松是老屋的羽毛","颜色幽暗、明澈,像蓝精灵一样"。天啊,"蓝瓦松"那可是我的图腾,20年前我写过一本追忆童年的书,书名就叫《蓝瓦松》。在书中我写道:"我的那些蓝瓦松,高高地蹲踞在蓝天下的瓦垄上,荧荧惑惑,默默地俯视着我的那个小院、那座古城,仿若上苍对于尘世的某种见证。"心有灵犀一点通,我与冯杰的心是相通的。

还有,冯杰对来访的记者说:"我最羡慕的文人是陶渊明,他是我的偶像"。冯杰应该知道我曾诚心诚意地写过一本关于陶渊明的书,如今在国内、国外已经出版了三个不同的版本。

以上啰哩啰唆说了这么多,都是为了和冯杰套近乎。

汪曾祺、冯杰相差不止一代人,都是我偏爱的作家,因此下意识里总是将他们二人作比较。汪曾祺也应当是冯杰心仪的前辈作家。早年,当冯杰还一心扑在诗歌创作时,曾为他的一本《诗集》向汪老求序,汪老给他写了一封非常认真的回信,说自己已经三四十年不读诗了,偶尔看到报刊上的时下新诗,"瞠目不能别其高下",故而也难以判断冯杰诗歌的"段位"。序没有写,可能是怕青年诗人伤心,汪老特别给他一横一竖题写了两幅字:"乡土原色",也应是暖心暖肺的寄语。

前边说了冯杰与汪曾祺的许多共同处,以及他们二人之间的一点交集。最后,该说一说他们之间的差异了。或者说,冯杰比起汪曾祺缺少了些什么。

首先是家庭出身。

汪曾祺的祖父汪公铭圃是清朝末科"拔贡",一位"德艺双馨"的眼科名医,靠自己的本事与人望挣下一份殷实的家业。汪曾祺出生的时候,家里还拥有两千多亩地、两百多间房、两家中药店、一家布店。家藏古董字画无算:商代的青铜彝鼎、唐代的碑帖拓本、明代御制的浑天仪、清代郑板桥的六尺兰花横披。父亲汪淡如多才多艺,音乐绘画、金石书法均有一定的造诣,种花养鸟、弹琴下棋无所不精,甚至还是一位擅长游泳、体操、篮球、足球的体育健将!汪曾祺的家在高邮城即使不说是望族,也是名门。按照后来的阶级划分,当属"地主兼资本家",自己则是大宅门里的大少爷。

冯杰家大约属于贫下中农,父亲虽然进县城做了银行的职员,很多时候要靠母亲做裁缝补贴家用。不曾听他谈过自己家族的历史,唯一可以拿来炫耀的,是姥姥、姥爷的贫穷、朴实、勤劳、善良,还有农民的智慧。

出身之外,不同的还有地域上的差异,生态学上叫生态序位不同,如《晏子春秋》说的:橘生淮南则为橘,生于淮北则为枳,水土不同。这里并不存在地域歧视,就功用而言,枳可以入药:舒肝止痛,破气散郁,消食化滞,除痰镇咳。汪曾祺先生的龙脉在南方水乡;冯杰的根须扎在中原沃土,文化色彩远不相同。

至于人生阅历,冯杰与汪曾祺是两代人,时代不同,悬殊甚大。

汪曾祺出生在"五四"运动的第二年,青少年遇上国土板荡、生民涂炭,中小学接连迁徙在高邮、淮安、扬州、盐城间。后从上海经香港、越南流落昆明,考进西南联大中国文学系。毕业后曾在昆明、上海的中学任教,在北京历史博物馆打工,北平解放后随南下工作团到过广州、武汉,最后又回到北京市文联编刊物,在老舍、赵树理手下做编辑。1958年被补划为"右派",下放到张家口沙岭子种土豆,1962年调到北京京剧团。文革中参与革命样板戏创作有功曾登上天安门,文革后因被江青赏识而沦为"阶下囚"。此前发表过一些小说,还出版过集子,均无太大反响。1980年,短篇小说《受戒》被主编李清泉奋不顾身地发表在《北京文艺》上,一炮走红,一发不可收拾,开创了春风得意的新时期。

比起汪曾祺纵横江湖、跌宕翻滚的阅历,冯杰的人生是足够平静的。他出生在上个世纪60年代中期,大饥荒基本结束,虽然吃不饱但已不至于饿死人。青年时代赶上改革开放的好年头。俗谓"宁做太平犬,不做离乱人",两人则都是逆流而上,汪曾祺修炼成"乱世佳人",冯杰在"太平盛世"努力不做仰人鼻息的动物。

冯杰从小和姥爷、姥姥生活在滑县的一个村子里,上学、逃课、喂鸡、放羊、割草、拾粪、种地、卖菜,月亮地里唱儿歌,豆油灯下听故事。毕业后在县城银行做一名信贷员,或许是数学成绩太差,最终跳出金融圈反倒在文坛干得风生水起。他 16 岁开始发表作品,恰恰是汪曾祺蛰伏 60 年后开始腾云驾雾、兴风作浪的那一年。

冯杰在大陆却没有遇上李清泉那样的伯乐。直到著作一本接一本在海峡彼岸出版,一项接一项获奖,方才由豫北小县挪窝到省会郑州。

汪曾祺在西南联大读书遇到许多学界大师:朱自清、闻一多、冯友兰、金岳霖,尤其是让他一生感戴不尽的沈从文。西南联大的作文满分 100 分,汪曾祺的一篇课堂习作,沈老师看了满心欢喜竟打了 120 分。离开昆明,汪曾祺在香港、上海那几年,战火纷飞、亲友离散、工作无着,人生处于至暗时期,一度曾想要自杀。沈老师去信大骂他没出息:"你手中有一支笔,怕什么?"毕竟恩师了解他,最终还是这支笔给他带来享受不尽的"荣华富贵"!

冯杰在文坛发迹主要靠的是自学。据他说也还是有所师承的,即他的"文学姥爷"、"文学姥姥"。或许还有牛屋里的"先生"、瓜棚里的"师傅"。姥姥、姥爷们输送的文学营养固然珍贵,牛屋瓜棚的功课固然别致,但毕竟不如沈从文、闻一多们来得直接,来得宏阔。汪曾祺算得上文学队伍中的王牌军,冯杰则出身于游击队。

再者,起跑线上的阅读也大为不同,在汪曾祺是《论语》《孟子》《淮南子》《日知录》《夜行船》《红楼梦》《镜花缘》《南无妙法莲华经》,在冯杰这里则是《太行志》《大刀记》《金光大道》《西沙儿女》《敌后武工队》《少女的心》《一只绣花鞋》,还有《钢铁是怎样炼成的》。

外部生活的贫瘠,反而激发出冯杰对于内心丰蕴的渴求,在后来的日子里,经史子集、希腊罗马,广收博取,日以继夜。

汪曾祺老先生已经去世多年,在国内外读书界的影响有增无减,被誉为"抒情的人道主义者,中国最后一个士大夫",他的文学艺术成就已经足以将他请进中国文学的先贤祠、万神殿。

冯杰刚刚攀爬上文学圣殿的数级台阶,而他赖以栖身的北中原已经令人担忧。在工业化、市场化、城市化浪潮的冲击下,传统的中国农村正在迅速沦陷,冯杰说他并不打算紧随现代化的战车一往直前。那么,当记忆中的乡土已经渐行渐远,牧童短笛、乡居小唱也都已经随风飘散,姥姥的脚印也已经消失在黄昏的尘土中,冯杰的乡间小路还能走多远?

不朽的文学需要作家的定力,需要作家跨越时代的慧心与感悟。以我的期待,那位从北中原留香寨走出来的文学青年,最终将成为一位中国文化精神杰出的守望者,中国当代文坛难得的一位乡土赤子。

2021 年秋深时节,紫荆山南暮雨楼

歌德：昨天的太阳

《歌德谈话录》是一部很奇特的书。

能够通过谈话的方式把一个人的思想、感情记录下来，并在世界上广为传播、在人类生活中产生深刻影响的书并不多。容易想到的，只是这么三部：一是柏拉图的《对话集》，一是孔子的《论语》，再就是这部《歌德谈话录》。因为，这类书的要求其实很高，首先谈话的人要有崇高的声望、深邃的见解；其次，记录的文字要平易畅达、生动有趣。上述三部"谈话录"无不如此。

具体说来，三部书又各不相同。柏拉图的《对话集》是由他自己假托其老师苏格拉底的名义和一些虚拟中的谈话对手交谈，所谓"对话"，只不过是一种写作的方式、文章的体裁。《论语》倒是真实地记录了孔子和他的学生们的日常谈话，是孔子去世后孔子的弟子及再传弟子对其言行的追记，记述者并不总是在谈话中出现。真正符合"谈话"情景的，还是这部《歌德谈话录》。

《歌德谈话录》的主角当然是歌德，是这位被恩格斯称作"奥林匹斯山上的宙斯"的天才诗人。《谈话录》记述的年头是从1823年6月10日——即歌德74岁的那年夏天，到1832年3月11日以后——即歌德去世的前数天。《谈话录》中的歌德已经是一位饱经沧桑、硕果累累，在当时欧洲的文化思想界与荷马、但丁、莎士比亚齐名，拥有"神"一般威望的老人。

《谈话录》中歌德的交谈的对手和该书的辑录者，则是一个可以当作他的孙子的青年J. P. 爱克曼。相对于歌德豪门的出身与显赫的官职，爱克曼却是一个贫苦农民的孩子，从小打柴、放牛、割草、拾粪。然而，他又是一个极为聪明、非常富有艺术气质的孩子，基本上是靠自学成材，受到了歌德异乎寻常的宠爱和信任，成了与歌德朝夕相处的"小友"。书中记录的实际上是他和歌德老人的交谈，包括了他自己的一些机警的问话以及对于歌德问话的机灵的回答。

《歌德谈话录》一书在歌德去世四年后出版，有大量版本流行于世。我这里向大家介绍的是由我国著名学者朱光潜先生翻译、人民文学出版社1978年出版的版本，一个相对于原著来说的节选本。朱光潜先生是一位学识渊博、才思丰蕴的美学家、翻译家，据他自己讲，他是在刚刚翻译完了黑格尔的那部艰深玄奥的《美学》之后开始翻译这部书的，书中亲切具体、平易近人的文字使他感到一种从九霄云外踏进大地田园的解脱和愉悦，他自然也把自己的情绪和意向渗透进对于原著的选择与译介。

如此，我们在阅读这部《歌德谈话录》时，实际上将接触到这样三位"叙述者"：歌德、爱克曼、朱光潜。当然，我们主要还是倾听这位告别人世已经170余年的德国伟大诗人的言说。

歌德一生(1749—1832)横跨18、19两个世纪，与他同时代的一些杰出人物相比，他比席勒丰富、他比拜伦深沉，况且他又是那样地长寿，席勒和拜伦两个人的寿命加在一起还赶不上他。即使不说歌德是一个完美的人，也应当说他是一个丰富、优美、深沉、有致的人。我们的鲁迅先生一贯以论人严苛著称，但在提到歌德时也曾说他"其为人有包罗万象之慨。故其思想亦广大浩漫，如大洋之无限。而其文章，则感兴奔流，一泻千里"。鲁迅先生的话，无疑也在赞美歌德是一个厚重博大、深沉有致的人。

关于歌德的生平以及他所处的那个时代的文化背景和政治状况，朱光潜先生在本书的"译后记"中已经有简明扼要的介绍，就不再赘述。这里，我只想就《歌德谈话录》一书中所展现的歌德的思想风貌、人生情怀，谈一谈我自己阅读时的一些感受，或许会对同学们有所启发。

在我们一生中，受到新的、重要的个人影响的那个时期决不是无关要旨的

歌德之所以能够成为一个深沉有致的人，与他善于向别人学习有着密切的关系。直到晚年，已经成为世界伟人的歌德，在日常谈话中还念念不忘自己曾经向别人学到了什么。他对爱克曼这个晚辈说："人们老是在谈独创性，但是什么才是独创性！我们一生下来，世界开始对我们发生影响，而这种影响一直要发生下去，直到我们过完了这一生。除掉精力、气力和意志以外，还有什么可以叫做我们自己的呢？如果我能算一算我应归功于一切伟大的前辈和同辈的东西，此外剩下的东西也就不多了。"歌德这样说决不仅仅是由于谦虚，而是出于对自己人生经验清醒而又深刻的总结。

歌德最崇拜的是英国的莎士比亚，他说："莎士比亚多么无限丰富和伟大呀！他把人类生活中的一切动机都画出来和说出来了！"他认为莎士比亚是永远学习不尽的，"莎士比亚给我们的是银盘装着金橘。我们通过学习，拿到了他的银盘，但是我们只能拿土豆来装进盘里。"歌德还对德国启蒙运动的先驱莱辛伟大的人格推崇备至："我们缺乏的是一个像莱辛似的人，莱辛之所以伟大，全凭他的人格和坚定性！那样聪明博学的人到处都是，但是哪里找得出那样的人格呢！"谈到17世纪法国悲剧作家高乃依，歌德说他"同时具有创造才能和内在的强烈而高尚的思想感情"，对于法国来说他发挥了"培育英雄品格"的作用，他还多次重复拿破仑赞美高乃依的话："如果高乃依还在世，他要封他为王。"提起另一位法国剧作家莫里哀，歌德更是充满了感激之情："我自

幼就熟悉莫里哀,热爱他,并且毕生都在向他学习……他有一种优美的特质、一种妥帖得体的机智和一种适应当时社会环境的情调。"对于与他同时代、比他年轻而且出身寒微的法国诗人贝朗瑞,他也毫不掩饰自己的钦佩之情:"他从没有进过中学或大学。可是他的诗歌却显出丰富的成熟和教养,充满着秀美和微妙的讽刺精神,在艺术上很完满,在语言的处理上也特具匠心。"他的敬意不仅献给他的这些文学同行,他说他从哲学家康德的著作中获益匪浅;他赞美音乐家莫扎特的全部乐曲都是天才的创造,"其中蕴藏着一种生育力,一代接着一代地发挥作用,取之不尽,用之不竭。"他还赞美荷兰画家吕邦斯(现在通常译作鲁本斯)拥有"诗的精神",他的那些杰作"看了多次都还不够"。歌德一生所取得的成就,以及他在自身修养方面达到的境界,显然都与他为自己寻找并确立的这些学习的榜样密切相关。莎士比亚、莱辛、莫里哀、康德、莫扎特、鲁本斯并不仅仅是一些单个人,在他们身上,还凝聚着人类文化传统的精神和人性进步的光辉。在实际的日常生活中,他们是一个人精神上、情感上成长发育的活水、甘泉。

歌德说,确立这些榜样的"那个时期决不是无关紧要的",这个时期就是"青少年",就是同学们眼下所处的这个时期。

读了歌德的这段话,我们不妨也对照考察一下自己心中有没有一些倾慕或者"崇拜"的对象,他们都是些什么样的人?是"无限丰富和伟大的莎士比亚"还是那些花里胡哨、转眼即逝的"天王巨星"?是贫寒而高尚、低微而秀美的贝朗瑞,还是腰缠万贯、趾高气扬的"成功人士"?这对于今后自己成为一个什么样的人来说,可不是一个小问题!正如歌德说过的:"只要你告诉我,你交往的是一些什么样的人,我就能说出,你是什么人。"

做一个深沉有致的人,不能一味地追随"时尚"。你要成为一个出类拔萃的人,你就不但要具备你的同时代的人所向往、所拥有的,你还必须具备被你同代人所忽略的、所遗忘的。

有人说得很对，人的才能最好是得到全面发展，不过，这不是人生来就可以办到的

我长期在学校从事教学和科研工作，最近这些年来，隐隐约约感觉到我们的教育指导思想已经发生了某些变化，开始由原来强调的"德、智、体全面发展的人"向着"专业化的实用人才"倾斜。这也许不只是学校的决策，而是时代的潮流。当全球"一体化"的时候，每一个个体存在的人反而被要求更"专门化"了，这当中可能潜藏着严重的负面影响。

每个人的知识由于是专门化的，因而往往也是处于隔离状态的。一个现代化学家可能对社会学方面的基本知识缺乏了解，而对唐代文学的一般知识可能就毫无所知，对美学方面的知识则一窍不通。每一个专业都将完成得更好、进步得更快，但社会发展的总的方向却有可能发生迷乱。英国哲学家怀特海曾经指出：把教育的目的规定在"培养专门家"及"实用人才"上，这样的教育必然偏重于"知识的分析"与"公式的求证"，由"抽象的概念"到更多的"抽象的概念"。这样的教育培养出来的人，可能是专业的，但也必然是单一的；可能是实用型的，但也必然是工具型的。针对现代教育的这一偏颇，怀特海倡导教育要重视人的感性的、直觉的能力的培养，要注意到知识的有机整体性，某一知识在特定情境中的意义，不但要能够"理解太阳、大气层和地球运转的一切问题"，还要能够感受到"夕阳西下时那迷人的光辉"。

歌德坚定地主张人应当全面发展，而他自己就是一个全面发展的人。《不列颠百科全书》中称他为"文艺复兴时期的伟大知名人物中力争成为多面手的最后一个欧洲人"，说他是一个兼有诗人、剧作家、评论家、画家、剧院经理、政治家、教育家、自然哲学家以及新闻工作者多种身份的人。他不但是世界公认的文学巨匠，同时还在"色彩学""矿物学""植物学""生物学"等领域做出了别人不可企及的贡献，甚至还向自然科学界的泰斗牛顿发起了挑战。作为一个诗人，歌德却说"我对各门自然科学都试图研究过"，当然，那是运用他自

己的方式。他在注重理性的同时也看重感性，尊重客观事实的同时也维护主观精神；他怀疑分析的方法而更热衷于综合的方法；他反对机械论的世界观，提倡有机论的世界观。在歌德看来，即使在科学研究中也不应忽略了人，不应忽略了人的精神和人的心灵。如同他的传记作者 H‐J. 格尔茨指出的，歌德总是倾向于认为："对客观的和精确的事物的高尚的追求，应同对感觉的、想象的事物的偏爱结合起来。"在歌德看来，"一切事物都是相互依存的，就连一条颜色规律也可以用来研究希腊悲剧"。

专业化的倾向、分析的科学方法在我们的这个时代仍然占据着主导地位，但是，后现代社会、生态社会的到来也许将要从根本上改变这种状况，人性的健全和丰富将进一步成为全社会追求的新的价值目标。那么，歌德在这里阐发的"全面发展的人"的主张，也就给我们提供了弥足珍贵的启示。

伟大的人格在艺术里多么重要，
在艺术和诗里，人格确实就是一切

歌德一生最辉煌的成就当然还是他的文学创作。他在青年时代创作的书信体小说《少年维特之烦恼》，引起一代年轻人的共鸣，甚至有人穿着书中描写的维特的服装、模仿维特的自杀方式结束了自己的生命。他在中年时期写下的诗剧《托夸多·塔索》和晚年完成的诗剧《浮士德》，都被公认为世界文学中的最高成就。马克思在他的那篇著名的《自白》中坦言，他最喜爱的诗人便是莎士比亚和歌德。

《歌德谈话录》中记录了大量歌德谈论文学艺术创作的言论，许多年前，当我在文艺心理学研究领域起步探索时，就曾大大受益于这部著作。

在歌德看来，从事文学艺术创作，决不仅仅是靠知识、技巧、聪明、才华，甚至也不仅只靠思想、观念，文学艺术创作是生命的整体活动，真正的文艺作品应当"是一件精神创作,其中部分和整体都是从同一个精神的熔炉中熔铸出来的,是由一种生命气息吹嘘过的"。歌德一贯强调,从事文艺创作的人一要拥有真诚的心灵,二要具备高尚的人格。在谈到《少年维特之烦恼》时,歌德对爱克曼说:"我像鹈鹕一样,是用自己的心血把那部作品哺育出来的。其中有大量的出自我自己心胸中的东西、大量的情感和思想,足够写一部比此书长十倍的长篇小说。"谈到《托夸多·塔索》时他又说"这部剧本是我的骨头中的一根骨头,我的肉中的一块肉"。歌德坚信,"作家个人的人格比他作为艺术家的才能对听众要起更大的影响","一个作家的风格是他的内心生活的准确标志……如果想写出雄伟的风格,他也首先就要有雄伟的人格"。

歌德的文艺思想与目前社会流行的一些文艺观念显然并不吻合,但错的并不一定是歌德。在当时,歌德就已经对文坛上日益炽烈的不正之风表达了愤怒:"生活本身已经变得多么孱弱呀!我们哪里还能碰到一个纯真的、有独创性的人呢!哪里还有人有足够的力量能做个城市的人……""一种'半瓶醋'的文化渗透到广大群众之中。对于进行创作的人来说,这是一种妖氛,一种毒液,会把创造力这棵树从绿叶到树心的每条纤维都彻底毁灭掉。"在歌德看来,艺术的成败得失,总是与一个时代的人类的一般精神状况联系在一起的。

我要的是年轻人,但是必须有本领,头脑清醒,精力饱满,还要意志善良,性格高尚

从这本书中我们不难看到,歌德对拿破仑充满了景仰之情:"一个出身寒微的人,处在群雄角逐的时代,能够在27岁就成为一国三千万民众的崇拜对象,这确实不简单啊。"他同时又激励爱克曼:"呃,好朋友,要成就大事业,就要趁青年时代。"爱克曼感慨地说:"歌德自己在这样高龄仍任要职,却这样明确

地重视青年,主张国家最高职位应由年轻而不幼稚的人来担任。"当时的歌德虽然是一个身居高位、年近八旬的老人,却有着清醒的自我审视能力:"人们总以为人到老才会聪明,实际上人愈老就愈不易像过去一样聪明……在某些问题上,他在 20 岁时的看法可能就已和在 60 岁时的看法一样正确。"

英雄出少年。在歌德为之献身的文学艺术领域,他也同样深信不疑。一篇署名"J. J. 安培尔"的文章评论了歌德的《浮士德》,文章"高瞻远瞩,见解深刻",使他感到心悦诚服。得知"安培尔先生"不过是一位 20 岁左右的小伙子后,歌德显得更加掩抑不住地兴奋,他甚至还为安培尔和他的年轻的朋友们举办了家庭宴会,一再为自己结识了这批文坛新秀感到欣慰和自豪。

但是,歌德并没有把"青年"与"老年"对立起来,他同时又教导青年人要尊重老年人,从前辈人那里汲取经验教训,以避免多走弯路。他说:经常可以看到有许多年轻人长期在迷途中乱窜,"在这一点上我们老年人是过来人,如果你们青年人愿意重蹈我们老年人的覆辙,我们的尝试和错误还有什么用处呢?""对于入世较晚的一辈人要求就要更严格些,他们不应当老是摸索和走错路,应该听老年人的忠告,马上踏上征途,向前迈进。"

这本《歌德谈话录》中记录的便是年迈的文坛巨人歌德和年轻的文坛新秀爱克曼长达十年之久的交谈,这是一场老人与青年之间亲切的、随意的、诚挚的、生动的心灵交流。事隔两个世纪之后,作为一个中国当代的年轻人,读一读这部"谈话录",介入一下这场举世闻名的谈话,我相信一定会大有收获。

我把他给我的最后一封信当作我的宝库中一件神圣遗迹珍藏起来

歌德是一个非常重视友情的人。

这首先表现在他和当时德国文坛上另一位巨人席勒的交往上。歌德比席勒年长 10 岁，而且两人的性格并不相同，席勒重理念、性情偏激、容易冲动；歌德则重感性、性情宽和、行为沉稳。歌德甚至说，"这种不同不仅表现在心理方面，也表现在生理方面。"比如，席勒在写作时特别喜欢闻的那种"烂苹果"气味，对于歌德来说简直就是受罪。由于这种种不同，两人最初并没有走到一起。但由于"志向一致"，两人终于在共同的文学事业中携起手来，建立起生死不渝的友谊。歌德说："像席勒和我这样两个朋友，多年结合在一起，兴趣相同，朝夕晤谈，相互切磋，互相影响，两人如同一人。"两个人在订交的十年里一共通信两千多封。歌德说："他给我的一些书信是我所保存的最珍贵的纪念品，在他所写的作品中也是最高明的。我把他给我的最后一封信当作我的宝库中一件神圣遗迹珍藏起来。"尽管两人的关系如此亲密，尽管歌德把席勒看作一位伟大的诗人，但他并不掩饰他和席勒的某些分歧，以及他对席勒的一些弱点的批评，既是挚友又是诤友，这才是真正的朋友。席勒不幸亡故，歌德自己也大病一场，甚至在一段时间里中止了写作。席勒去世之后，欧洲文坛上争论歌德与席勒之间究竟谁更伟大些，歌德对此付诸一笑，他宽厚地说："有这么两个家伙让他们可以争论，他们倒应该感到庆幸。"

　　歌德一生中自然也遇到过许多反对他的人，但是，他并不因为反对自己而一概把对方否定掉，而是对不同的敌手进行具体的分析。他把"敌手"分为以下几类，并区别加以对待：一、愚昧无知、在不了解他的情况下对他进行了伤害，他认为这是可以原谅的；二、出于嫉妒而有意败坏他的声誉，那么他就要决心使自己变得更加强大；三、由于自己的成功而使别人受到了压抑，以致引起别人的嫉恨，对此歌德表示理解；四、自己也是一个人，自身也存在着一些毛病和弱点，那么，对于因此而来的指责，只有"努力提高自己的品格"；五、还有一些人反对他，只是因为思想观点、思想方法的差异，歌德认为这是很正常的，因为"一棵树上很难找到两片叶子形状完全一样"。由于歌德在与人交往中采取了这样宽厚而洒脱的态度，所以他可以自豪地对爱克曼说："我感到惊讶的倒不是我有那么多的敌人，而是我有那么多的朋友和追随者。"

歌德一生中还结交了许多异性朋友，处处表现了他的博爱精神。其中和某些异性朋友还升格为恋爱关系。朱光潜先生在选译本书时有意将这方面的内容略去了，这多少有点让人遗憾。

德国人摆脱不掉庸俗市民习气

标题上的这句话，引自《歌德谈话录》第177页，是歌德在1828年12月16日与爱克曼在书房里吃过晚饭后说下的一句话，他在这里用来指责当时德国读书界的一些庸常之辈。歌德没有料到，在他去世后，他的德国同乡恩格斯把类似的话用在了他的身上：

> 歌德有时非常伟大，有时极为渺小；有时是叛逆的、爱嘲笑的、鄙视世界的天才，有时则是谨小慎微、事事知足、胸襟狭隘的庸人。

做人做得过于圆满，也许就会暴露出另一方面的问题。

比如，在本书记录的歌德晚年的一些谈话中，不时可以读到他对政治、政党乃至革命运动的看法。歌德认为，政治没有诗意，一个诗人"一旦加入政党，他就失其为诗人了"。在对待革命运动的问题上，歌德其实是矛盾的，他同情下层人民，痛恨暴君专制，主张社会公平，相信善必战胜恶；但他又恐惧暴力行为，害怕群众革命。歌德把变革社会的全部理想寄托在一个甘当人民公仆的"好君主"身上，而每个人则要认真做好自己的"本行的事业"，"让鞋匠守着他的楦头，农人守着他的犁头，国王懂得怎样治理国家。"1830年8月2日，法国"七月革命"的消息传到魏玛，国人为之轰动。当爱克曼把这一消息告诉他时，他却无动于衷，反而称它为"可怕的政治骚动"，此时，他一心关注的只是学术问题。对此，朱光潜先生顺着恩格斯的判断在脚注中指责他"表现了'政治上的侏儒'的一面"。作为一个从20世纪60年代走过来的中国人,我对朱先生的呵责有些于心不忍,在政治高压下一个知识人如果仍然要"负隅顽抗",只有"死路一条",这可不是一句虚话,能够引颈就戮做烈士的毕竟只有少数人。

在日常的言谈举止中,歌德有时也会流露出某些"世俗"来,比如,他对自己的"贵族"身份往往也很在意,当在旅途中一些北方商贩挨着他的身边吃饭时,他会嫌这些粗鲁的下等人缺乏教养。而对大人物拿破仑曾经读过他的《少年维特之烦恼》则又津津乐道,引以为荣。

与我们的鲁迅先生不同,歌德性情温和、待人宽厚,这固然不能算错,然而他又太怕得罪人。他站在"中庸"的立场上责备拜伦锋芒毕露,不会明哲保身;他埋怨雨果过分地揭露社会的阴暗面,会引起读者的反感。岂不知这些正是拜伦和雨果作为一个文学家的独特之处。

歌德的伟大,是事实;歌德的凡俗,也是事实。歌德在他的《格言和感想集》一书中曾经写道:"最伟大的人物总是通过某种弱点同他们的时代联系在一起的。"这话也完全适用于歌德本人。《歌德谈话录》中给我们展示的歌德,就是这样一个活生生的人。

我深信人类的精神是不朽的,它就像太阳,有时像是落下去了,实际上它却永远地在照耀着

在这本书中侃侃而谈的歌德,已经是一位年近八旬的老人,所以,死亡也时常会成为话题。

对付有限的生命,歌德采取的最有效的方法是认真工作、努力工作,从不让时光虚度。它有一句名言:"最值得高度珍惜的莫过于每一天的价值。"在这一点上,歌德倡导的似乎和我们大家熟悉的保尔·柯察金的那段关于生命的意义的陈述有些接近。不同的是,保尔号召人们把自己的有限的生命投入一

项集体的事业中,歌德则要求每一个人全力做好自己的事情,尤其是对于一个作家来说,最重要的是"努力增进自己的见识和能力,提高自己的人格",然后把自己认为"善的东西和真的东西"表现出来。

歌德是勤奋的,他说过,"我这一生基本上只是辛苦工作。我可以说,我活了 75 岁,没有哪一个月过的是真正的舒服生活。就好像推一块石头上山,石头不停地滚下来又推上去。"格尔茨在他的《歌德传》中曾发出如此的感慨:"许多人后来都在谈论歌德的'天才',但是他们忘记,他是一位勤奋的天才和一位十分会工作的大师……他从不放过任何一个瞬间去思考过去,思考他成长起来的时代。"格尔茨还记述道:直到 1832 年 3 月 22 日上午,在歌德弥留世间的最后一刻,这位垂死的老人还挥起右手在空中书写。歌德去世后的第二天早上,爱克曼去向歌德的遗体告别,他这时看到的歌德"直身仰卧,像睡着了一样;在他那庄严崇高的面容上笼罩着一片深深的宁静和坚定。在他那宽大的前额里面还好像有思想。"

歌德死了,19 世纪 30 年代欧洲文坛与学术界的那个太阳落山了。

但正如歌德对爱克曼吟咏的古代希腊诗人侬努斯的诗句:

"西沉的永远是这同一个太阳。"

这个"太阳"看上去像是落了下去,而作为人类"不朽的精神","实际上它永远不落,永远不停地在照耀着"。

凡·高的目光

我开始留意凡·高的目光,是从观察凡·高的"自画像"开始的。

我不知道凡·高画了多少幅自画像,我自己看过的起码有 20 余幅,其中有光着头的凡·高,红胡子的凡·高,穿外套的凡·高,穿衬衫的凡·高,戴礼帽的凡·高,戴草帽的凡·高,叼着烟斗的凡·高,手执画笔、调色板坐在画架前的凡·高,割掉耳朵后打着绷带戴着一顶巴斯克软帽的凡·高,还有自杀前几个月最后画出的那张"形体瘦弱、脸色苍白、头发枯黄,背景却是深紫蓝色的"凡·高自画像。

我还说不清楚凡·高为什么如此喜欢画他的"自画像",或许他有些顾影自怜,或许他有些孤芳自赏,或许他只是因没有足够的钱能按时请到模特儿,或许压根就没有什么模特儿愿意给他当模特儿,于是,凡·高不能不时常自己给自画像了。

凡·高的自画像无疑是他上千幅作品中最杰出的一部分,而画面中深深打动我,或者更准确地说是强烈击中了我的,是凡·高的那双眼睛,是那双眼睛中穿射出的目光。中国相书中关于眼睛有许多考究,诸如龙睛、凤眸、羊眼、蛇目,或主贵贱或主寿夭之类,我觉得这些与凡·高的眼睛全不相干。《世说新语》品评人物的容止风貌是高水平,其中说到一些俊逸之辈"眉如紫石棱,目如岩下电",庶几相似,但又语焉不详,少了许多具体的内涵。在我看来,凡·高的眼睛是一个有待破译的谜,凡·高的目光深邃而又纯真,澄澈而又犀利,愁中闪烁着锋芒,善良中燃烧着疯狂,坚毅中糅杂着焦虑,智慧中流动着悲伤。这"目光",已不是一般书面言语中的常用名词,而是真正的"目中有光",如深潜于湖底的珠玑,如出于海上的星月,如明灭于谷壑间的闪电,时到如今,这"目"虽经画到画布上又多次翻版印刷到画册上,依然具有穿人心的力量。

眼睛是心灵的窗口。这"目光"可能就是一个人内心深处长期积聚的心理能量的辐射,精神火焰的燃烧,是一个人超常的生命活动与精神冲突的产物。

从欧文·斯通编撰的凡·高传记中我们不难看出,凡·高的生命活动及精神冲突可以概括为"痛苦"与"执着",在痛苦中奋力挣扎着的执着,因执着而日益加剧的痛苦。"痛苦"与"执着"就像两块相互撞击摩擦的巨石,那"目光"就是巨石间迸发的电光与火花。

"痛苦"来自贫穷、疾病、孤独的折磨,"执着"则源于对美好、善良、真诚的守护。挚友高更曾记述下凡·高这样一个故事:房东连日催他缴房租,他不得不拿出自己的一幅画作《红虾》,到一家杂货店出售。店老板奚落他的画不合时尚,没有销路,轻蔑地扔给他5个法郎。回来的路上,一位抱着孩子站立在风雪交加中的女人向他乞讨,他犹豫了一下把5法郎给了这位女人。贫穷而善良、孤独而不乏同情心,这就是凡·高。

对于凡·高来说,贫穷还处于它的最原始、最野蛮的状态,那就是"挨饿",在他的小屋里,常常"连一星点干黑面包屑、一粒咖啡豆"也找不到,一连几天,他只能靠喝开水过活。在这样的情况下,他当然更请不起模特,就只好饿着肚子到火车站的三等候车室里作速写。人,在拥有许多金钱时可以变成畜生,即失去人的良知;没有一文钱时也可以变成畜生,即失去人的尊严。凡·高在饿得实在支撑不住的时候,曾到一位富有的画商家里求告,他不但没有得到一文钱的帮助,反而被挖苦奚落一通。在最困难的日子里,他不得不靠自己心爱的女人去和别人睡觉而换取几个土豆和一块面包。

长期的饥饿与超负荷的工作,使凡·高年轻的身体变得异常虚弱,开始是一种"热病",高烧烧得他形容枯槁、头发和牙齿纷纷脱落;后来又得了精神分裂症,而且一次又一次地发作,在疯癫中他用一把剃刀割去了自己的耳朵,因大量失血几乎死去。但即使在圣雷米的精神病院中他仍然没有放弃画画,甚至创作欲望比任何时候都更加强烈。他这时的处境实际上是这样的:极度虚弱的体力与异常亢奋的精神同处于一个衰败破损的躯壳里,这恐怕就是他疯癫的根本原因,他自己清楚地知道这一点。但是,为了绘画,他心甘情愿地选择了毁灭。他的一些最杰出的作品,如《鸢尾花》《星光灿烂》《加歇医生肖像》,都是在他死前的一年多时间里完成的。

其实,比贫穷与疾病带给凡·高更多痛苦的,是孤独,是爱的寂寞与事业的寂寞。37岁离开人世的凡·高,先后经过四次恋爱悲剧的打击,前两次都是一厢情愿的爱,那些女人都不是坏女人,却把凡·高当成了坏人,凡·高的痴情反而换来了"道德败坏""疯浪子"的恶名。为了证明自己爱的纯真,梵·高不惜当众用燃烧的蜡烛把自己的手背烧出一个黑洞,却依然没有换来他热恋着的女人一丝一毫的同情。第三个女人曾带着一堆私生子与他同居一段时间,那段时间对他来说是多么的温馨欢快,由于贫穷却不得不很快分手;第四个女人尽管是一位比他年长8岁的丑女人,却是惟一爱过他的女人,但尚未来得及结婚,女人便被家族的反对势力逼得服毒自杀。凡·高的好友高更,一个与凡·高同样有才气的画家,信奉"肉体就是肉体,精神就是精神",主张"把肉体留给女人,把精神献给艺术",所以高更活得就比较潇洒,凡·高却固执地要把肉体与精神同时献给女人和艺术,所以他总是心力交瘁,活得如此劳累,如此沉重。

至于在绘画事业上,凡·高在活着的时候一直是一个失败者,他一生留下的油画有600多幅,其他种类的画作800多幅,把艺术看得比生命还要珍贵。许多四五流的画家都在当时的画坛上露头露脸,他却到死也没有得到社会的认可。他时时陷入绝望之中,又总是顽强地从绝望中挣扎出来,不怨天不尤人,更加刻苦地钻研创作。去世的前两个月,博克兄妹以400法郎的价格买去他的画作《红色的葡萄园》,对此他感激涕零。辞世的前半年,他在《法兰西水星报》上见到关于他的创作的一篇评论文章,那是一位名叫阿尔贝·奥里埃的年轻诗人写的一篇短评,文章中不只是肯定,也还有批评,尽管如此,凡·高已经深感宽慰,并虚心地表示文章对他过奖了,他感到受之有愧。为此,他还给年轻的评论作者写去一封信送上一幅习作,以表示他的感恩之意。同时他还希望将文章影印了,送给外地的朋友。读到这些文字,我只是感到心酸。从这里我们可以体会到凡·高多么强烈地渴望得到社会的认可,多么渴望自己的绘画能够与更多的人沟通。

作品卖不出去,全都堆积在弟弟泰奥的床底下,生计无着,没有钱买面包,没有钱买颜料。亲爱的弟弟已苦心供养了他10年之久,现在,弟弟已经有了老婆,有了孩子,并且正处于失业的危险之中,凡·高说,"我不应该走开一点,给小侄儿让出点位置吗?"为了减轻弟弟的生活负担,为了把生存的机会让给下一代,他决定自杀。

就在1890年7月下旬的那个上午,他背着画架画布走上奥弗市郊的一座山岗,走过天主教堂,坐在公墓对面的一片即将收割的麦田里。上衣的口袋里装有一把手枪。

天空呈现出一片惊惧而悲伤的乌蓝,铅一般的云彩压抑着扭曲了的地平线,焦黄的麦田犹如一片暴怒的大海,翻卷着向画面之外扑来,一条弯弯曲曲的田间小路在麦田中走到了尽头,一群乌鸦在麦田上空盘旋翻飞,似乎在凭吊麦田的死亡。在凡·高最后画下的这幅画中,天地正在向一起合拢,世界对他已经关闭,他已经无路可逃。于是,他取出口袋中的手枪,对着自己扣动了扳机。

他打得不是太准,并没有马上死去。抢救中他固执地阻止医生告诉弟弟,说今天是礼拜天,不能影响他的休息。

两天以后,他终于死去,合上了他那双像洞穴一样幽深、燃烧着蓝绿色光焰的眼睛,那双曾经被激情、渴望、幻想、冲动长期锻冶过的眼睛,那双曾经被痛苦、羞辱、遗弃、孤独反复磨砺过的眼睛。

早些年,我虽然翻阅过一些心理学以及生理学方面的书,但对于心理、生理、精神、物质关联处的学问,依旧闹不清。一句"精神变物质,物质变精神"的话几乎说成了"套板语言",但精神是如何化为物质的,谁又能说得清呢?诸如凡·高的目光,我分明感觉到那是凡·高眼睛里放射出的一束不同寻常的光,它究竟是精神还是物质呢?

中国古代神话人物中,比如那位牵着哮天犬的二郎神和那位骑了怪兽的闻太师,在两眼之间的额头上都长着第三只眼睛,那是一只会放射"激光"的眼睛,能够"扫描"隐蔽的事物,能够给敌人以致命的杀伤,这显然是神话。

凡·高的眼睛显然不是二郎神或闻太师的那种眼睛。

南怀瑾先生讲过,人在两只眼睛之外存在着第三只眼睛,曰"天目",练功的人修炼到一定时候就会"天眼"大开,能穿物透视,能审视善恶,能看到过去和未来。凡·高的眼睛显然也不是大气功师的眼睛,因为他连半年后他的弟弟因他的自杀而悲伤亡故这样一个"未来"也看不到,更看不到若干年后他的一幅作品就可以价值连城。

佛学研究中,有人结合现代物理学的成就把"光"区分为"自然之光"与"体性之光",自然之光是一种可凭借仪器加以测量的外在于人的物理之光;体性之光又叫"法身之光"、"常寂之光",是一种内在于人体之中的佛性和慧心,一种流贯于人体内的精神能量,肉眼却看不到,仪器也测量不到,但是,从人的眼睛中却可以觉察出来。正如南怀瑾先生试图阐明的:"光之在人,曰神。心意升起念力时,即有光之放射,惟非肉眼形器所能见。而眼之与心,互通作用,故心念静定,精神强盛者,目光炯炯。"凡·高的目光大约可以归入佛学讲的"体性之光"在眼神中的流露。但又不完全是,因为佛学讲"虚静致神",而凡·高的一生多半时间又处于冲动、摩荡、焦渴、欲求的心境中,对于佛的正果来说,这些都是"孽障"。所以,凡·高眼睛中闪烁的并不都是"佛光",还有"魔光"。这魔光也是一种内在于心灵之中的光,它似乎与肉体的健康无关,甚至往往是当肉体消耗殆尽的时候,眼睛中才最终放射出这种光芒。这是一个人身处真实的炼狱之中发出的精神光芒。

后来我发现,并非只有凡·高的眼睛中具备这样的巨光。另一个典型可能是尼采,这个与凡·高生活在同一时代的德国人,在诗与哲学的领域与凡·高有着非常相似的命运。

尼采与凡·高一样,都出身于牧师家庭,随着父亲的早逝,家庭一天天陷入贫困。虽不像凡·高那样饥寒交迫,日子过得仍然相当清贫。一部部著作的出版,并没有给他带来相应的收入,反而使他负债累累。《查拉图斯特拉》的出版,卖出去的不多,送出去的不少,却几乎听不到一点赞同的声音,他只能以"高处不胜寒"自慰,独自与天空、大海、阳光为伴,上帝死了,他就是神人、超人!这位天才也像凡·高一样,在恋爱中始终是一个失败者,由于他那古怪的脾气而一再被他钟爱的女子拒绝,曾经建立起的友谊也纷纷断裂。在他43岁生日的时候,他只收到了一份贺礼,那就是他年迈的妈妈给他的问候。尼采的身体同样是瘦弱多病,胃溃疡、偏头疼、脊柱弯曲,还有严重的眼疾。就在凡·高辞世的那一年,尼采也患上了可怕的精神分裂症,从此在病榻上躺了10年。与凡·高不同的是,在病中照料他的不是弟弟而是那位名叫伊丽莎白的妹妹。与凡·高一样,孤独贫穷和疾病反而成了生命创造力与心灵丰富性的激发素。尼采的诗学与哲学著作也像凡·高的油画、素描一样,是肉体塌陷时突起的思想峰巅,是身处逆境中燃起的精神火焰。

是的,尼采的眼睛一直患有严重疾病,后来几乎完全失明,但我们从尼采的相片中看到的,仍然是一双闪射着凌厉目光的眼睛,一双透视天上与人间的眼睛,一双充盈着智慧与激情的眼睛。这与眼睛的生理与眼睛的物理无关。居于黑夜之中的眼睛在寻找着精神世界的光明。在尼采的右眼之中我们恍惚看到了澄明光灿的日神阿波罗;在他的左眼,则跳跃着狂欢沉醉的酒神狄俄倪索斯。正如尼采自己所说:"我居于我自身的光明之中。"他说,在这黑暗、阴冷、寂寞的夜晚,"我必须是光明"。

在我看到过的作家的相片中，至少还有两个人的眼睛中闪射着凡·高、尼采式的目光。一位是奥地利小说家卡夫卡，一位是俄国小说家陀思妥耶夫斯基。

卡夫卡，一位无家可归的犹太人，一位在生活中处处错位的年轻人，一位被一只无形的手抛向社会的孤独者，一位脚下没有任何根基的精神漂泊者。他是那样的脆弱，又是那样的敏感，总有一种在沉重的磨盘下被挤压、被碾碎的感觉。面对强大的外部世界，令人痉挛的恐怖时刻笼罩在他的心头。他三次订婚，三次解约，给女友的书信可编成一本800多页的大书，仍抵不住最后的失败。在爱情生活中，他战战兢兢如履薄冰，每一次都还是掉进冰冷的窟穴。这一方面是因为父亲的专横跋扈，一方面也是因为他自己的软弱退避。敏感与脆弱使卡夫卡的目光中多了几分疑惑与惊厥，他就用这样的目光注视着周围的世界，并把它们收拢到自己的小说中来。

1887年2月，也就是在陀思妥耶夫斯基去世6年之后，尼采在一家书店里首次接触到这位俄罗斯小说家作品的法文译本，他说，当时他"从血统里发出本能的呼叫"：这是有史以来最富有人性的作品，这是一曲真正的音乐，奇异的非日尔曼的音乐！真可谓慧眼识英雄，从现存的陀思妥耶夫斯基的画像中，我们看到了与尼采相像的目光，所不同的，只是多了几分对于当下人类处境的冷峻与悲悯。除了在孤僻与精神病症这些方面陀思妥耶夫斯基与凡·高、尼采类似之外，陀思妥耶夫斯基在生活中所受到的侮辱与损害更残酷，他曾经被沙皇政府判为死囚拉上过断头台，死囚牢与地下室里的污秽、臭气与狱卒歹毒的辱骂、随意的殴打以及自己脚下叮当作响的镣铐，赋予他"双重视力"，即在"自然的眼睛""天然的视力"之外，又赋予他一种"超越自然的第二视力"。陀思妥耶夫斯基的一系列不朽著作，如《罪与罚》《白痴》《群魔》《少年》《卡拉马佐夫兄弟》，都可以看作这两种视力的"对质"。

凡·高式的目光，可能是一种有待做出解释的隐秘的精神现象，一种发生在诗人、艺术家及具有诗人、艺术家情性的人们身上的精神现象，因为在这样的人们身上，精神活动总是更集中、更强烈、更复杂、更微妙。心理学中精神分析学说的祖师弗洛伊德曾把诗人、艺术家称作"精神智力的图腾","诗人的眼睛,疯癫似地转动",那就是他们批判、探索、创造、发现的利器。弗洛伊德甚至不无嫉妒地说:这是一群具有神性的神秘的超人,对于精神真谛具有特殊洞察力。在这精神之火渐渐黯淡的年头,凡·高们的目光对我们应当是一种精神的启迪。

凡·高死去已经快一个世纪了,凡·高的目光除了仍然保存在他的照片上、画像上,更多地还凝铸在他的作品里。"墨绿色金字塔形的丝柏","苍黄相间涡旋般转动着的星空","黑白对称透出胭脂红的骷髅蛾","银中发青的橄榄树","赭石色泛出白光的泥土",无不透递出凡·高的观察与选择。尤其是他画的"向日葵","橙黄""橘黄""铬黄""藤黄""金黄""土黄""柠檬黄"在画面上淋漓纵横,使画面饱和了灿烂的阳光,那既是天上的太阳的光辉,又是地下的葵花的色彩,阳光与花色在凡·高的胸中燃烧沸腾,谱写了一曲在宇宙间訇然作响的生命乐章,太阳、植物与人在黄色中相遇了。在这由黄色谱写的乐曲中,回响着凡·高那狂放的气质,辉映着凡·高那神秘的目光。凡·高在生命结束前发现并表达出来的黄色,竟被艺术史学家称作上一个世纪末的代表色,19世纪的90年代,被绘画史称作焦躁不安的"黄色时代"。

凡·高,用他的目光创造了一个时代的象征。

尼采的文字也一样,因为我历来都是把言语文字当作"意象"看待的,文字中同样熔铸着写作者的"目光"。

凡·高在活着的时候,拿着自己的作品换不来一块填充辘辘饥肠的面包,换不来一管急于下笔的颜料。而现在可好了,凡·高的一幅《鸢尾花》卖了5390万美元,另一幅《加歇医生肖像》卖了8250万美元。凡·高的作品究竟值不值这么多美元还是不只值这么多美元,我无法算清这笔账。我担心的是,在这成堆的金光灿烂的美元后面,还有谁能看到凡·高那痛苦而执着的目光。

1996年2月于郑州黄河之滨

高更：寻归旷野的狼
——读高更札记

法国画家保罗·高更（Paul Gauguin，1848—1903），对我来说始终是一个扑朔迷离的梦幻，一个百思不得其解的谜。

我喜欢高更，多年来尽力搜求高更的画册、文集、通信、传记以及关于他的研究资料，在我的房间里悬挂着多幅高更的画。那年在台湾，虽然日程紧张，我还是购买了价值不菲的门票，在台北市立美术馆举办的高更作品展上欣赏到高更的水彩、素描、油画、木雕的原作。据说高更醉生梦死的南太平洋岛国塔希提，那里的原住民毛利人是台湾高山族人的后裔，高更晚年曾与那里的姑娘结婚、生儿育女。我来到美术馆时，台湾同胞已经在门前排起了长队。

高更是一位个性独特的画家，他那浓郁的色彩、粗犷的笔触、奇幻的构图、异域的风情、以及那饱含汁液的机体、汹涌喷薄的生命力使他在名家林立的十九世纪欧洲画坛别树一帜，在现代绘画史上占据一个无可替代的位置。高更在世时就曾有人这样评价他的艺术：他的作品综合了野性的华丽、天主教的虔诚、印度教的冥思、哥德式的影像、写实主义的赤裸、象征主义的妙曼。

然而，他却从未受到美术院校的正规训练，是一位业余画家。他全身心投入绘画事业时已过而立之年。那时，印象派已经击败传统的学院写实派成为法国画坛上一股强劲的潮流,莫奈、塞尚、马奈、德加、毕沙罗、雷诺阿正在以"大师"的身份接受人们的膜拜,他还像一个学徒工,在学习如何调试油彩。

印象派画家对于学院派传统的超越,表现在走出画室、抛开教科书中的规则技法,直面自然,让自己的目光与自然界的光线契合产生共鸣,运用细致的笔触、变换的色彩、如实展现世界的真实面貌,以微妙变化的光影满足人们视觉审美的愉悦。

印象派遵循的是一种"视觉写实主义",希望凭借光学原理在画面中传递视觉的真实,创造一个目光看到的美丽世界;天生狂野的高更自视甚高,他并没有在印象派大师们的面前俯首称臣,反而指责印象派"只注意眼睛,忽视思想的神秘性,不可避免地要陷入科学实证",而他要通过图像的隐喻呈现那个神秘的精神世界。印象派的审美理想是一幅淋漓酣畅的影像;高更追慕的则是影像消逝后的心境与诗意;他寄望于绘画的不只是对于外部世界光影的如实描绘,而是要为自己内心积聚的生物能量、精神能量寻求一个宣泄的渠道。他要通过绘画追索自己的本源与归宿,表达自己的追求与愿景,从而在天地之间、在大自然中寻求身份认同。

那时的法国美术界,以安格尔(Jean Auguste,1780—1867)为代表、受到官方庇护的古典写实主义画派,强调对于外界事物的客观描绘;印象派则将重心转向画家自己的视觉;高更进一步将绘画的出发点转向画家的内心世界。印象派要做的是"将感觉画到画布上",高更决意要"将感觉画进心灵里"。印象派做到了走出画室、直面自然;高更则更往前跨越一步:不但直面自然,还要投身自然、将自己的身心与自然融为一体。印象派的自然,多半是人力改造后的第二自然,如池塘、浴场、花园、道路、教堂、农舍。高更崇尚的自然是原生态的自然,是山林、旷野、云彩、溪流、岛屿、海滨以及山野中的子民。高更相信,在近乎神圣的大自然中,潜伏着艺术的源头、蕴含着人性的本真。他的使命就是要通过自己的画笔表现大自然原始的灵魂、宇宙中潜在的精神。

高更作为一个初涉画坛的新手,自命不凡,心比天高,其画作却得不到巴黎绘画艺术界的承认。官方的大佬安格尔轻蔑地斥之为"下等酒馆里的破烂货、懒汉的艺术"。他视为师友的一些已经成名的画家如德加、毕沙罗也看不上他的创作,对他冷嘲热讽。在巴黎举办的画展上,他希望自己的作品能卖到3000 法郎,实际上 200 法郎还没有人买。巴黎之大已经容不下这个画坛异类,高更并没有因此而退却,为了捍卫自己的观念与理想,决心远走他方,走上一条单打独斗的不归路。

高更逃避的不只是空间上的巴黎,还有心理中的巴黎;他向往的不只是大自然中的旷野,还有心中的旷野。在他看来,大都市里的现代文明已经深陷于虚伪、势利、矫饰、平庸、冷漠、腐朽的泥潭,而质朴的生活、纯真的人性、清新的灵魂、自由的精神在远离现代文明的蛮荒之地。1887 年春天,40 岁的高更写信给他分居在哥本哈根的妻子:巴黎对我而言就是沙漠,我最想做的是逃离巴黎,远离人群,去过野蛮人的生活。在高更的血脉里原本流淌着秘鲁、西班牙民族狂放、叛逆的基因。他幼年丧父、青年时代丧母,从 17 岁到 22 岁作为水手、水兵在黑海、地中海、北冰洋舰艇上游弋多年;他人高马大、健壮魁梧,这一切凝聚成他坚韧果敢、桀骜不驯、独立特行的性格。此时的高更,为了他心中那个虚无缥缈的理想,毅然放弃银行职员高薪酬的差事,放弃舒适方便的城市生活、辞别美丽优雅的妻子、割舍年幼的子女,独自向着远方的茫茫旷野走去。

高更极端厌恶、一心逃避的巴黎的平庸、窒息的生活,在一般人看来再正常不过。且不说股票交易所经纪人地位体面、薪水丰厚的职务,高更婚后的家庭生活在常人眼里堪称幸福美满。妻子梅特有良好的家庭教养,懂得夫妇相守之道,善于料理家务,拥有精致的审美情调,她阅读福楼拜的小说,欣赏莫扎特的音乐,会用窗幔、桌布装饰客厅,会在厨房里烹调脆皮炸鸡、拔丝苹果,会用礼貌调教可爱的子女,然而这一切都不能拴住高更那颗狂野的心。这种文明的中产阶级生活,在高更这里已经成为囚禁自由、压抑创造、禁锢精神与灵魂的枷锁与囚牢。巴黎的艺术家,一个个都端着艺术家的派头,穿着名牌时装,头发梳得溜光,手持一杯咖啡,在豪华的客厅里神采飞扬地评论某人的作品,身边自然少不了精心修饰、矜持端庄的仕女名媛。

这样的巴黎,在高更看来已经变成一只光怪陆离的垃圾桶。

他说:这是一个金钱王国的时代,一切都已经堕落腐败,连艺术和恋人也不例外。

他说:我只想创造简单、非常简单的艺术。为了达到这个目的,我必须回归到未受污染的大自然中,做一个野蛮人,像他们一样过日子,像小孩一般传达我心灵的感受,使用唯一正确而真实的原始表达方式。

他说:我将远离名利场,去到那热带丛林之夜的寂静中,倾听我的心脏跳动的咚咚声,与我周围的神秘生态保持着柔情的和谐,我要在没有金钱和烦恼的旷野中自由地去爱、去画、去唱、去死。

先是到法国西南部山崖陡峭、海天空阔的布列塔尼半岛,后来到中美洲巴拿马沟壑纵横的马提尼克岛,再后来跨越万里海疆独自来到南太平洋的塔希提岛,融入当地毛利人的部落中。直到晚年他也没有歇息下跋涉的脚步、狂野的心,又走进太平洋更偏远的马克萨斯群岛的小渔村。他伐木垒石,立柱架梁,自己动手营造窝巢。

月光透过缝隙洒在他的床上,屋前的竹子与芦苇在与月光嬉戏,竹林里传来悠扬的乐曲。高更说他就在这美妙的音乐中沉沉睡去,此刻他与天空的距离如此之近,头顶上树叶搭成的屋顶有壁虎沉睡。"我清楚地意识到自己处在自由的空间里,逃离了如同牢笼的欧洲,与自然为伴。"

高更说:我很快适应了这里的生活,文明一点一滴地从我身上消逝,当地人把我看作他们中的一分子,他们平和友好,安详快乐,没有金钱的诱惑,没有功利的竞争,随性自然。我羡慕我的邻居们,我的思想开始变得淳朴了。

放归旷野的高更渐渐融入自然,融入当地土著民族。他在《诺阿诺阿》一书中如实记载了当时的生活情境:

在这里生存,须向自然求助,寻求大自然的馈赠。它丰满富饶,不拒绝任何人的请求,获取食物的前提是,你必须知道如何爬树、潜海、上山,想获取食物就必须亲自去做。

我赤脚走路,脚底长了不少厚茧,与泥土更加亲昵。我几近全裸,不再怕阳光曝晒,甚至觉得阳光是那么可爱。中午,我砍下几根树枝,架在一棵树下,铺上香蕉树叶搭起一座凉棚。野香蕉已经熟了,我赶紧取木生火,煮香蕉果腹。

夜晚,我睡不着。我害怕野猪窜过来咬我的腿,就把斧头的绳子系在手腕上。黑夜昏暗,睁眼不见一物,周围有磷火闪烁,是菌类植物发出的光,也许是山鬼。睡梦里一位少女变作一条百年老鳗,潜入水底。

高更说:文明离我逐渐远去,我逃离了虚假与迂腐,不再受那些所谓文明道德的限制,再也没有虚荣和功利的拘束。我获得了动物一样的自由自在,我属于野蛮人,一只无边森林里没有上颈圈的狼。

回归丛林后,凭借视觉画画的高更,嗅觉突然变得异常敏锐,这也是犬科动物狗和狼的属性。他在日记、书信中会常常写到各种气味:我的茅屋附近充满了宁静,我陶醉在大自然浓郁的芬芳中,使我更接近遥远的古代。山林里藤蔓与野蕨覆盖,万籁俱寂,我和一位年轻健壮的毛利小伙到深山砍伐树木,仿佛是依靠嗅觉才寻到那条羊肠小道。这位年轻人浑身赤裸,身体像野兽一样矫健,他朝气蓬勃,与自然协调,"身上散发出一种清香"。而他遇到的毛利族少女,都像健康的小野兽那么灵动婀娜,"她们充满魅惑,身体散发着半动物半植物的混合香气,这是来自她们血液的味道以及栀子花的清香。"这种芬芳不是巴黎的名贵香水,而是大自然散发的内在气息。来到塔希提岛,"诺阿、诺阿"成了他的口头禅,也成了他的那本著名札记的书名,"诺阿",在当地人的语汇中就是"芬芳",诺阿、诺阿,处处是一片芬芳!

在《诺阿诺阿》中,高更处处以野蛮人为荣,以野蛮人自居,说自己终于进入了大自然的怀抱,进入了真理之中。在高更看来,"艺术根源于大自然,有着它自己的梦","为了创新,我们必须返回根源,回到人类的婴儿时期。"对于中国人来说,这又是多么熟悉的远古回声,老子曰:夫物芸芸,各复归其根,常德不离,复归于婴儿。

高更说:"我在塔希提岛上度过两年时光却年轻二十岁,我比初来时更像是野蛮人了,也更加有教养了。""原始性格之于我犹如生命回春。"

高更在南太平洋的塔希提岛、马克萨斯群岛生活了将近十年,其间夫人梅特对他已经绝望,很少与他联系,他最疼爱的一双儿女也都早早离世,巴黎的朋友多半与他断绝了关系。他的物质生活十分贫乏,有时候如果不能从海边捞到些小鱼小虾就要忍饥挨饿,画布和颜料时时短缺,暴风雨摧毁了他亲自搭起的木屋,他还染上多种疾病,发热,吐血。为了维护土著人的权益,他和地方政府发生冲突被打断了一条腿。这时,他就像一匹受伤的狼,只能躺在洞穴里暗暗舔着自己的伤口。他曾经服毒自杀,未能如愿。高更说,他已经被击倒在地,但他并没有屈服。在他的身上依然燃烧着顽强的生命力、创造力。

他在这时期创造的一系列作品,已经完全摆脱西方传统绘画理论与画法的束缚,更由于受到东方美术的影响,大块纯色平涂,流畅的线条勾勒,不同意象随心所欲的拼接,使其画面上充盈着一股原始的氛围,一缕异国情调,一丝悲怆的旋律。在他的作品中,"野性取代了人性","原始倒退取代了社会进步"。

艺术的革新往往打着复古的旗帜。当人类文明发展到一定程度时,人们就开始回味、留恋史前时代,追寻古朴直率的原始艺术,选取一个新的起点踏上未知的征途。高更从巴黎出走之后的绘画艺术,正是在这样一个"节点"上显示出他的光彩与价值。

开始的时候,这样的作品往往得不到人们的认同与理解。高更敬重的作家朋友斯特林堡(August Strindberg,1849—1912)就曾在信中直言不讳地告诉他:你是仇视现代文明的野蛮人,我不理解你的艺术,也不喜欢你的这些画。

并劝他放弃对当下文明社会的厌恶与拒斥，努力求取观众们的认同。高更丝毫不为其所动，立即回信拒绝："你们的文明世界和我们野人世界存在着巨大的鸿沟，在我这里，原始蒙昧的文明就是我要的人生，这是我心中人间天堂的蓝图。"

高更生前穷困潦倒、无人问津。死后不久便声名大振。他的作品由于淋漓尽致地表现了人类灵魂的深度、精神的高度而获得高度评价，获得众人的追捧，在艺术市场卖出了天价。高更的名字成为欧洲美术史上的一座里程碑，人们将他誉为伟大的画家。

似乎是维特根斯坦说过：科学并没有什么奥秘，真正的奥秘在文学艺术这里。那么，也应该是在文学艺术家这里。

细读了高更的多种传记之后，很容易产生这样一个困惑：这个"伟大画家"在个人生活领域，一再颠覆现代文明的秩序，一再违背现代社会的伦理观念，男女关系出奇的荒唐混乱。在中国，如果考虑到当下的道德氛围，所谓"伟大"无论如何不能成立。38岁的实力派电影演员黄海波，被公认为天赋高、人品好，只因为一次酒后乱性"嫖妓"，被拘留15天、判刑6个月。尽管众人同情、未婚妻宽容，仍然被业界封杀，连他出演的影视作品也统统下架，此后再无出头之日。2021年10月21日晚间，享有世界声誉的"钢琴王子"、肖邦钢琴比赛世界冠军李云迪也是因为"嫖妓"被北京朝阳区警方抓捕，一霎时沦为"劣迹艺人"，中国音乐家协会当即取消其会员资格，各种渠道发声："黑白琴键不容涉黄，人生正道不容走歪"、"挑战国法公德，自作孽不可活"，网络民众更是一篇喊打喊杀声。如今，"钢琴王子"不知流亡何处。

与黄、李二人的道德瑕疵相比，高更这个"伟大画家"简直就是一个"流氓成性的渣男"！他和梅特女士婚后育有五个子女，妻子美丽贤惠，却仍然挡不住他寻花问柳，宿娼嫖妓。在南太平洋岛国，他陶醉于部落少女清新健康的躯体，接二连三地结婚，新娘子有的十三岁，有的十四岁。如果依照现代法律，就不只是道德问题，而是刑事犯罪了。

不过，道德与法律都是具有时代性、地域性的。

唐代的白居易、宋代的苏东坡均蓄养歌伎舞姬，反成了风流佳话。明末妓女柳如是、李香君作为时代明星，"人设"远高于一般良家妇女。原始社会中群婚、杂婚、一夫多妻、一妻多夫并不违背其道德规范。至于动物界里，狮王、狼王独霸了群体中的性交权利此乃天经地义。

高更在背叛巴黎都市文明时，也就背离了巴黎社会的良知与公德。来到塔希提岛，他决意要做一个山林部落的野蛮人，一只旷野里的狼，那么，遵循野蛮人的道德、狼群里的道德反而证明了他的言行一致。

十八岁结婚是文明社会的婚姻法，在塔希提岛的毛利人部落里，十三岁成婚为部落公认，婚后如有不适双方都可以自由地解除婚姻，不存在人身依附，不存在道德评判，是部落里的习俗。马克思在《1844年经济学哲学手稿》里曾说过："男女之间的关系是人与人之间最自然的关系。因此，这种关系可以表现出人的自然的行为在何种程度上成了人的行为，或者，人的本质在何种程度上对人来说成了自然的本质。"那么，是现代文明的婚姻法符合"自然的关系"，还是毛利人的野蛮习俗更符合"自然的关系"？

1903年5月8日，高更死在马克萨斯群岛的阿图奥纳小村庄，死前一个月他写给查尔斯·莫里斯的信中说："真的，我是一个野蛮人。而且文明人能预感到这一点，在我的作品中，除了这个不由自主的野蛮人之外，没有什么令人惊奇或混乱的东西。正因为这样，它是无与伦比的。一个人的作品就是对这个人的解释。""艺术刚刚经历了由物理、化学、机械以及对自然的研究所引起的长期畸变阶段。艺术家，由于丧失了他们的全部野性，失去了应有的直觉与想象，失去了足够的创造性力量，于是他们只能在人群中随俗沉浮。"正是离群索居、回归原始、回归蛮荒，他才获得了创造伟大艺术的原动力。

高更的妻子梅特，晚年曾这样评价丈夫："无论在性情上还是行动上，他都是一个坚强的男人，心无恶念与猜疑。也许他过于轻率，总按照自己的意念行事，但他总是非常冷静，始终如一而不盲从。我不明白他为什么选择艺术，但他有权这样做。但我不赞成他那疯狂无望的冒险,我拒绝陪伴他。"梅特始终不理解这么一个有天赋、有资质的人为什么会选择艺术这么不靠谱的职业。梅特敬重这个干练的银行职员,而艺术家高更对她来说始终是一个陌生人。

高更的儿子保拉·高更在为他的父亲撰写回忆录时,如此评判绘画艺术家高更:父亲是一个矛盾的人,父亲的感情是内省的,他的背后有着非常强烈的感情生活,我把它看成艺术家高更,一个一生都在积累艺术经验,把一生奉献给艺术的男人。

对于高更向着野蛮人的回归,妻子、儿子最终都表示了理解与宽容。

在人类的历史上,真正的诗人、艺术家接近于神圣先知、或接近于癫狂怪诞的,正是他们对于艺术的全身心的投入,让这些原本与我们同类的人超凡入圣、成仙成鬼,无论他们的教主属于"日神"或是"酒神",属于上帝还是属于撒旦。由于人将自然视为艺术的法身,视为艺术创造的源头,越是接近自然,就越是接近神灵、精怪。在一个健全的社会里,颠覆时代潮流、反对当下文明的诗人、艺术家反而总会得到人们更多的同情与爱戴,并不怎么计较他们的私德有亏。

在一个健全的社会里,人们倒是应该对那些以国民楷模自居的政府官员,施以更为严格的伦理尺度与道德监管,遗憾的是我们没有。看一看,凡是折腾出事之后被收治的官员,一经曝光竟十之八九道德败坏、生活糜烂!

诗人、艺术家很难成为道德模范,他们是大千世界中人类生命由来、生存价值、生活意义的探寻者,浑浑蒙蒙、执着任性、左冲右突、上下求索的探寻者。

中国的陶渊明在40岁的时候告别官场回归田园,为后世的人们虚构了一方精神高地"桃花源";高更也是在40岁时逃脱都市牢笼,寻归旷野,用画笔为现代人绘制出塔希提岛的风光,那是他心中的"伊甸园"。

1898年春天,病弱伤残的高更坦然面对肉体的死亡,意识到自己将不久人世。"死去何足道,托体同山阿",他希望最终把自己的生存哲学以绘画的方式昭告人间,面对浩瀚无垠的大自然,用他最后所有的生命之光创作出一幅大气磅礴的画卷:《我们从哪里来？我们是谁？我们往哪里去?》。这也是他的"挽歌"、"自祭文"。他自我夸耀地说:"我已完成了一幅富有哲理、完全可与《福音书》媲美的画作!"

这幅尺寸为 1.4 m×3.8 m、浸透了高更血泪的鸿篇巨制,当时卖了 1000 个法郎。

后来的人们评论说:这幅画是画家对自己人生的总结,代表着他最后的大彻大悟。他把自己复杂的情绪记忆与人类集体的原始记忆,真实的现在以及遥远的未来都浓缩在了画面上。把"认识自己"这一人类的千古哲学命题,通过画笔做出象征意义上的解答。

作为艺术评论家的保拉·高更在评论父亲的这幅画作时写道:大自然孕育着一种不朽,燃烧所有的元素与生灵,一次又一次获得新生命,带着亘古不变的骄傲与青春。人类从大自然中走来时一丝不挂,去时归于虚无,绞尽脑汁试图去了解自己的本真,试图探索生命的神秘。《我们从哪里来？我们是谁？我们往哪里去?》在这些关键问题上刨根问底。只要我们活着,我们就是大自然的一部分,就是赋予大自然美丽的一个元素。

保拉·高更还说:晚年的高更一心求死,这幅伟大的作品象征性地总结了他伟大的一生。

2023 年 2 月 12 日,独墅湖畔暮雨楼

托尔斯泰：逃向苍天

83岁的列夫·托尔斯泰在那个初冬的凌晨，毅然离家出走，披一件粗毛编织的长袍，拄一根橡木削制的手杖。他走的是如此匆忙，帽子被树枝挂去竟没来得及找到，四周一片昏暗，霜风吹拂着他那苍苍白发，阴冷潮湿的俄罗斯大地上，留下他那跟跟跄跄的身影。

这不是离家远游，是仓皇逃窜。

至于逃往何处，据他的私人医生马科维斯基回忆，直到他们逃上火车之后，老爷子还懵懵懂懂拿不准奔向何方。火车开动后他舒了一口长气，说索菲娅·安德烈耶夫娜再也追不上他了。

索菲娅，就是伯爵夫人，他的太太。

多年之后，奥地利文学家斯蒂芬·茨威格在一篇著名的历史特写中，把托尔斯泰临终前的这次出逃，定性为"逃向苍天"。

"苍天"是与"尘寰"相对的一个概念。究竟是什么力量促使托尔斯泰在风烛残年又毅然决然地背离尘寰逃向苍天的呢？也许是尘世间太多的喧嚣与龌龊，逃向苍天，就意味着逃向宁静与高远，意味着投奔一个完美、崇高的理想。

在中国古代，人们又把"苍天"叫作"青冥"。"青冥"也曾经是一些中国古代文化人投奔的目标。可以奉为典型的，一位是屈原，"据青冥而摅虹兮，遂倏忽而扪天"，这位遭罹尘世骚扰而苦不堪言的楚国贵族，在生命的最后阶段无时无刻不幻想着逃向青天，逃向那个美丽、悠远、洁静、崇高的理想世界。另一位就是李白，"大道如青天，我独不得出"，"上有青冥之高天，下有渌水之波澜，天长路远魂飞苦，梦魂不到关山难"，这位自视高洁却为世不容的落魄文人，更多的是"不得上青天"的苦恼。"完美崇高的理想"，在人世间永远只能是一个不能实现的人生极限，"理想"与"苍天"一样，只能是一个"虚无"，一个"美妙的虚无"。这两位渴望"上青天"的中国古代文人都是诗人，在"逃向苍天"的路途中最后都是"落水而死"的。恐怕也只能这样了，"水"，是"青天"的镜子，也许就是地面上的一块"青天"，是他们在现实中能够寻觅到的惟一一块近似于"青天"的去处。

心灵的逃亡，其实早在托尔斯泰出走前28年就已经开始了。那时的托尔斯泰已经过了50岁，按照中国古老格言中的说法，已经到了"知天命"的岁数，从那时起他就筹划着向着苍天的出逃。与屈原、李白不同的是，他要逃离的并不是黑暗的政治与险恶的权奸，对于这些，他并不乏与之抗争到底的勇气。托尔斯泰要逃离的是他自己内心深处的自私驳杂、柔弱怯懦，说得具体一点，即他那俄罗斯帝国伯爵的优裕的物质生活与他那个正确无误、亲密无间、幸福得让人羡慕的家庭。他所追求的，是生命本体的自我完善。

关于放弃优裕的物质生活，托尔斯泰在中年之后便开始努力去做了。他住的是未经"装修"的房间，没有毛织的地毯，甚至也没有镶木的地板；他睡的是木板床，拒绝带弹簧的沙发床垫；他穿的是粗麻布或老羊皮缝制的农民穿的那种长袍，有点像中国古代穷人或高士穿的"褐"，其中还可能生过虱子，这种象征着贫寒的小虫子；他吃的多半是洋葱、马铃薯，因为长期素食，变得双颊紧缩，两眼凹陷，人变得憔悴起来，他却认为在拯救灵魂的道路上又前进一步。他认真地参加体力劳动，割草、犁地、锯木头、砌炉灶，他还亲自动手缝制靴子，把自己制作的靴子送给农民穿。如若不是家人的阻拦,他就要把他的田地、房产、著作版权全部分送给人民。托尔斯泰在做上述一切时并没有感到特别困难。

困难在于他和家庭的关系,与他的夫人索菲娅的关系。

托尔斯泰与索菲娅的婚姻不是由于封建父母的包办,而是建立在互悦基础上的自由结合,曾经有过一段虽然短暂却相当热烈的婚前的恋爱。结婚的时候,索菲娅还是一位刚满18岁的少女,托尔斯泰则已经是一位34岁的相当成熟的男人。在托尔斯泰看来,他认为自己终于找到了最适合他的人生伴侣,他们之间比世界上任何别人都更加亲爱,他爱她胜过了尘世上的一切,在婚后长达20年的生活中,他们的家庭差不多可以说是幸福美满的。婚后他们几乎杜绝了和朋友们的来往,在自己的"香巢"中接二连三地生下13个孩子。尤其是索菲娅,可以说对家庭做到了"全心全意"、"完全彻底"。她深爱自己的丈夫,甚至不会多看别的男人一眼。她不但悉心做他的妻子为他生儿育女、照料他的饮食起居,而且热爱他所从事的文学事业,自愿充当他写作时的助手,为他整理资料、誊抄稿件。她瞻前顾后,精打细算,为了家庭的利益,为了子女的前程,她操碎了心。

然而,这样一个家庭在平安度过20多年后,托尔斯泰突然提出再也不能忍受下去,决意离家出走,这对家庭无疑是一场灾难,对索菲娅更是沉重的打击。索菲娅在1882年8月26日的日记中写道:"我至死也不会忘记他这种发自内心的呼喊,他已经把我的心撕碎了!""当他的爱离开我时,我更尖锐地爱他,这会使我屈辱而使他烦恼"。索菲娅说她只能为她的爱情独自哭泣,一度曾产生过轻生自杀的念头。索菲娅赢得了许多人的同情,就连生性尖刻的萧伯纳也认为托尔斯泰对于自己的妻子太残酷了,有点不近人情。

索菲娅也许是无辜的。高尔基曾经公道地说:做列夫·托尔斯泰的友人、做他的妻子、做他许多孩子的母亲、做他的家庭主妇,是非常艰难繁重的,索菲娅差不多做到了无懈可击。问题是托尔斯泰变了,是他改变了原先的生活观念和生活态度。从1882年以后，托尔斯泰从安于家室、过"正确诚实"的家庭生活，转向对于自我完善、精神进步、生命的意义的探索。他的这一转变对于家庭显然是不利的，而他的真诚又不允许他对此做任何矫饰。索菲娅出于对家庭的责任顽强地阻止这一转变，她的个性则不容忍她对此做出任何妥协。至此，幸福的家庭已经变成了煎熬心灵的锅镬。

也许正是考虑到索菲娅的无辜，托尔斯泰才把他"出逃"的计划一拖再拖，而两个人在感情上与精神上的折磨也一再延宕下来。他自己说这暴露了他灵魂深处的软弱与怯懦，在我们看来，也同时体现了他人性深处的善良与宽厚。

问题可能出在家庭本身。即使从托尔斯泰与索菲娅组成的这个"幸福家庭"中我们依然可以看出现代家庭的种种弊病。家庭维护的是稳定，惧怕的是变革；家庭遵循的是规矩，反对的是超越；家庭需要的是和谐共处，不能容忍的是个性独立；家庭乐于相对的封闭而忧虑过度的开放；家庭鼓励夫妻之间以及与子女之间的相互占有而吝啬广纳普施的博爱；家庭珍惜生活的平静而抑制浪漫的激情；家庭坚守现实存在的利益而排斥虚无缥缈的梦想……于是，家庭，尤其是"模范家庭"，反倒往往成了精神行进的累赘、精神探寻的禁地。

哲学家常常对婚姻产生强烈的拒斥心理，尼采说："哲学家把婚姻看成是他通向最佳状态路上的障碍和灾难。"胡风在给路翎的一封信中说："在精神上，几乎没有成功的婚姻。"男人们的话可能会扫了夫人们的面子和兴致，岂不知家庭首先限制了夫人们的精神活动空间，当那个名叫波伏娃的女人跳出传统家庭的框架与那个叫做萨特的男人站在同一条自由的地平线上的时候，波伏娃的生命活动中同样能够结出丰硕的精神成果。

遗憾的是索菲娅不是波伏娃。当托尔斯泰在精神之光的导引下决意拔地而起、升腾而去的时候，她反而不能不更加死劲地绞勒住他。于是，在20年的恩爱夫妻之后，他们又做了28年的生死冤家，最终出现了这篇文章中开头描写的一幕。

出逃的第三天，托尔斯泰便病倒在梁赞省的阿斯塔波沃的小小火车站上。

头昏、咳嗽、持续高烧、心律不齐,他已经清醒地意识到自己在"走近死亡",因而显得情绪亢奋、精神激昂,似乎这不是生命的结束,而是最后胜利的到来。病危的托尔斯泰不愿再见夫人一面,要知道那是曾经为他生养过13个孩子的夫人!"做千秋雄鬼死不还家",在精神征战的沙场上,托尔斯泰在效仿古代的勇士。

弥留之际,他半开玩笑地对着身边人讲:"好了,好!这下可要死啦,这是好事……"老托尔斯泰也许没有读过曹雪芹的《红楼梦》,不曾留意开篇的那首"好了歌",然而他清楚"了"便是"好"。只是对他说来,这"了"并不只是肉体生命的了结,还意味着他在精神舞台上完成了最后一次造型,在精神探寻的路途上了结了一件心事,他以自己能够用这样的方式告别观众而感到无限欣慰,他为自己终于能超脱凡俗飞升到精神的天空而感到幸福无比。托尔斯泰用死亡换取了生命的最高境界。

令人惊奇的是,为托尔斯泰写下《逃往苍天》的作家茨威格,数年后竟也追随托翁逃向苍天。他是由于德国法西斯毁灭了他的精神家园,不得已由奥地利逃往英国,继而逃到巴西,由于英国和巴西都不能为他提供精神自由驰骋的空间,他又没有托尔斯泰那样的耐性,在刚刚60岁的时候便以自杀的方式结束了自己肉体的生命,让灵魂化归苍天。

"逃向苍天"的结局竟然是"投入死亡",这对于天天吃保健品、跳广场舞的现代人来说,简直是一幕匪夷所思的大恐怖。现代人凭借自己聪明的大脑和灵巧的双手,已经把导弹、火箭、卫星、宇宙飞船一股脑地送上青天,而他们自己在情感上、精神上、生活观念、道德理想上却紧紧地匍匐在地面上。自从20世纪中叶以来,当历代优秀的人们用憧憬缔造的乌托邦一座座变形、坍塌之后,人们变得更加实际,已经没有人愿意再仰起头来多看一眼那缥缈高远、永恒无限的天空。正如爱尔兰诗人W.B.叶芝所描绘的:既然通天的梯子已经断了,人们便躺倒在原先放梯子的地方,躺倒在收购破烂的地摊上。躺平,当然要比攀登安逸得多、舒适得多。

近来,在繁华的市井街头广为传唱着一首脍炙人口的歌:

在人间已是癫,
何苦要上青天?
不如温柔同眠。

屈原、李白的后代子孙们在电吉他、电贝司的伴奏下唱得悠闲自得,唱得理直气壮,在歌声中尽情享受着现代物质文明创造出来的无限"温柔"。温柔,就是"优裕的物质生活"加"柔顺的处世之道"。优裕的物质生活加上主人的随遇而安,有可能孵化出一批处处适应的庸人;优裕的物质生活加上商人的浮滑机巧,则会衍生出一群惟利是图的市侩;优裕的物质生活加上权贵子弟的自我膨胀,则会蜕变出一伙鲜廉寡耻的流氓。这样的"温柔"太多了,"温柔"就会化作"腐朽",看似歌舞升平的"温柔乡"终有一天会变成积粪如山的"奥吉亚斯牛圈"的。

一个世纪以来,人们对于"精神"的挽留越来越显得软弱无力,精神一步步流向低谷,渐渐干涸在急剧增长的物质财富的沙砾中。一代知识精英们也变得垂头丧气,心灰意冷,放弃了当年黄钟大吕般庄严高妙的调子,转而明智地采取一种匍匐前进的"低姿态"。仅剩下的两三位继续赞美"清洁精神"与"道德完善"的文化人,几乎被人们看作社会发展中危险的敌人。空洞的高调固然有害无益,而身体力行的精神攀登难道竟也成了羞于言谈的明日黄花了吗?

自从人类由动物界脱颖而出成为直立行走的人之后,人的进化便主要体现为"精神的进化"。在动物界,马的孙子与马的父亲、马的爷爷几乎没有什么不同,因为它们仅只拥有生物性的进化,而生物性的进化则是以万年作为最小计算单位的;在人类社会中,尤其是在人类的精神文化生活中,比如法国小说家,小仲马与大仲马与老仲马却可以有着迥然不同的差异,这些差异主要地表现在观念上、风格上、生活方式以及表达方式上,这都属于精神的领域。

精神的进化,可以发生在短短两代人之间;同样的道理,精神的退化也可以在一两代人中间发生,乃至在某一代人中突然垮掉,一座由几十代人辛勤构筑的通天梯顿时断裂崩塌。所谓"温柔同眠",即叶芝说的在废墟上守着一堆破烂儿,那不只是精神的退化,必然也是人性的退化。

向着青天——或曰向着完美完善、永恒无限,或曰竟至是向着虚无——的攀登,差不多总是辛苦而无望的。然而不正是在痛苦与无望中才走向超越的吗?对于现代社会中日益"温柔"得发热发昏的人们来说,苦,也许正是一凉剂、清洁剂。"梅花香自苦寒来","苦心"才能"孤诣",即独自攀登到一个更高的境界,"苦心孤诣"不知从什么时候变成了一个贬义词,"何苦上青天"不知从什么时候成了时代乐章,这种话语的变格变调或许正反映了人们精神的取向。

如若"上青天"太过辛苦,那么退一步说,终日忙碌的现代人偶尔抬头望一望青天总该可以吧?

R. W. 爱默生在《自然沉思录》中说过:"当商人、权贵从市场的嘈杂与奸狡中走出来时,他只要抬头看一看树林上边的天空,也许就会重新获得了人性。"

1996 年 8 月,海南大学荷花池畔

泰戈尔与现代生态陷阱

印度现代诗人拉宾德拉纳特·泰戈尔(Rabindranath Tagore, 1861—1941)出生于加尔各答一个富有的、声名显赫的贵族家庭,他自幼接受印度传统文化的熏陶,多情善感,富有诗歌、音乐与绘画天赋。青少年时代曾赴英国留学,受到西方哲学的浸染。他一生创作了大量的文学作品,1913年以散文诗集《吉檀迦利》成为第一位获得诺贝尔文学奖的亚洲人。

泰戈尔是一位天才诗人,他似乎从来就是为诗歌而诞生的。在他的诗歌里,人性、神性、诗性、自然性美妙地融合为一体,这使他的诗歌超越了地域、民族、宗教、社会而拥有了普世的知音。瑞典学院诺贝尔奖委员会主席哈拉德·雅恩在授奖词中便曾特别指出,泰戈尔的家乡尽管远离欧洲,尽管他是一个印地语诗人,但他仍然克服了语言的屏障,以其完美的意念、和谐的韵律、优雅的情调、变幻的色彩、深邃的思想征服了英格兰、美国以及整个西方世界中对文学抱有兴趣的人士。

泰戈尔不但是一位诗人,同时还是一位哲人。

印度著名学者 S.C. 圣笈多博士在其撰写的《泰戈尔评传》一书中指出,泰戈尔的哲学思想的核心是"和谐",他认为讲究二元论的现代科学并非最终的真实,他"坚持一物与另一物的统一","这种对于统一与和谐的信念,使他得以将互不相容的事务调和起来,将彼此对立的事务综合起来。"泰戈尔的这一思想具体表现在他对待东西方文明的态度上:在东方他竭力促使他的同胞不要逃避生活,要正视现实,即便是梦幻,通过努力也可以变为真实;对于西方,他警告那种以"征服自然"的手段来消灭贫困的做法充满冒险,"将贪欲置于和平之上,将集聚财富置于谋求幸福之上的文明是注定要灭亡的"。该书还引征圣雄甘地的话称赞这位诗哲:如同一位"伟大的哨兵","在道德凋敝的年代,守护着仁爱、欢乐、自由与和谐的伟大理想"。美国著名汉学家艾恺则把泰戈尔称作"耶利米型的警世先知"、"亚洲精神主义的先知"。

1924年春天,泰戈尔曾正式访问中国,并引发中国文化思想界激烈反响。百年过去,世界的格局、时代的面貌已经发生许多变化,泰戈尔这位东方诗哲对于我们还有哪些启示,本文试图对此加以阐释。

一、一九二四:泰戈尔访华的尴尬之旅

中国虽然与印度接壤,泰戈尔来中国访问反倒很晚。那时他已经63岁,此前他已经游历了英国、美国、日本、法国、德国、意大利、奥地利、丹麦、瑞典、瑞士、秘鲁、俄国、捷克、希腊、埃及、加拿大、罗马尼亚、保加利亚、泰国、缅甸、新加坡、印度尼西亚等许多国家和地区,与中国同时代的学者相比,泰戈尔更具备世界眼光。作为首位获得诺贝尔文学奖的东方诗人,泰戈尔在西方,尤其在欧洲受到各界人士的热烈欢迎,不仅是文化界,还包括各国上层的政要、学界的名流与底层的百姓,这在跟随他出访的子女们的回忆录中有许多生动的记载。

大儿子罗廷德罗纳特回忆说:"西方人觉得,爸爸的出现仿佛就像光明的祝福一样。他们从爸爸带来的东方箴言中仿佛看到了崭新希望的征兆。英国

人和法国人不善于表达感情,但是爸爸在这两个国家受到的尊敬与爱戴,也是令人惊讶的。人们成群结队地来到群众聚会的场所或火车站,只是为了看一眼穿着长袍的爸爸。"在英国,他被授予爵士称号;在瑞典,国王为他主持欢迎宴会,内政部长为他的出行安排海军飞机;在保加利亚,国王为他调动军舰与火车专列,在罗马尼亚,政府组织的欢迎人群为他鸣放礼炮、奏响国歌;在德国他被人抬着走过铺满鲜花的街道,他的书畅销数十万册,"短短几天,竟然成了百万富翁"!在意大利边界的山村,一位茅屋主人家中的书架上竟摆满了泰戈尔的翻译著作,农夫用粘有泥土的粗糙的大手捧着梵文图书为他大声朗诵!在欧洲,泰戈尔还曾会见了思想界、科学界、文学艺术界许多杰出人士如爱因斯坦、罗曼·罗兰、萧伯纳、高尔斯华绥、叶芝、庞德、克罗齐,并与他们进行了友好交流。

泰戈尔来中国访问的接待方是"讲学社",这个学术机构的创建者为梁启超、蔡元培、张元济、林长民以及社会名流熊希龄、张伯苓、张謇、黄炎培等,其宗旨是邀请当代大思想家来中国讲学,将现代高尚精粹之学说及时介绍于国内,以充实国民思想。讲学社仅仅存在了5年,先后邀请杜威、罗素、杜里舒、泰戈尔四位学者,对中国现代思想文化界产生了持久的影响。

泰戈尔的这次访华,从1924年4月12日抵达上海,历经杭州、南京、北京、济南、太原、汉口,截至5月31日由上海乘船离去,前后共计50天。一路上,他面向中国社会界、教育界、学术界、文艺界、新闻界、宗教界发表了近40次讲演,引起高度关注和激烈反响。长期以来,同济大学孙宜学教授对于泰戈尔的这次中国之行有着全面、深入、详实的研究并出版了多部研究著作。

在泰戈尔来之前,他的作品、生平已经为中国文化界、思想界熟知。那时季羡林还是山东济南的一个初中生,就已经读到泰戈尔的诗歌,这与他后来成为泰戈尔作品的翻译者、印度文化的研究者不无关系。晚年的季羡林曾经说起:"在所有的古今外国作家中,印度伟大诗人泰戈尔恐怕是最为中国人民所熟悉的一个作家。从五四运动起,我们就开始翻译他的作品……泰戈尔一生热爱中国,关心中国人民的命运。"但是,泰戈尔1924年的中国之旅却不一帆风顺,尽管不乏热烈欢迎的场面与充满盛情的赞颂,但也遭遇到意想不到的抵制与抨击,甚至人格上的侮辱。一代诗哲在发达进步的西方社会受到的崇拜与在封闭落后的中国社会遭遇的尴尬形成鲜明的对比与显著的落差,其中缘由耐人深思。

首先,应该说这与当时中国所处的时代风潮有关。泰戈尔来访之际,持续千年的封建王朝刚刚结束十多年;南方的国民革命政府与北方的封建军阀政权正相持不下,北伐战争即将爆发;俄国十月革命一声炮响给中国送来马克思主义,"五四"运动反帝反封建的浪潮仍在风云激荡,中国的两大政党共产党与国民党应运而生;政治经济界的大变革刚刚启动,民族解放的呼声渐成主流,思想文化界中西交互、新旧折冲、各执一端、百无禁忌、异常活跃。具体说来,由陈独秀挂帅的《新青年》杂志与由杜亚泉领军的《东方》杂志展开的"中西文化大论战"尚且硝烟未散。踏足这个激流险滩之地,泰戈尔恐怕并没有足够的思想准备;对于他自己海外阅历来说,近乎一趟过五关斩六将之后的走麦城;对于中国当代思想史的研究来说,倒是一个值得深入思索的案例。

孙宜学教授在其《不欢而散的文化聚会——泰戈尔来华讲演及论争》一书的序言中,将对待泰戈尔不同态度的中国文化人分为两类:"欢迎者"与"批判者"。欢迎的人群中有梁启超、蔡元培、熊希龄、胡适、徐志摩、蒋梦麟、梁漱溟、辜鸿铭、张君劢、郑振铎、梅兰芳等,甚至还有溥仪与阎锡山。批评、抵制的人也为数不少,其中有陈独秀、瞿秋白、茅盾、郭沫若、沈泽民、吴稚晖、林语堂、闻一多,甚至还有鲁迅。

同为欢迎的人群,立场与着眼点又有所不同。蔡元培、熊希龄、蒋梦麟是带有行政色彩的学者,对泰戈尔的欢迎乃出于对域外著名人物的尊重;徐志摩与胡适在思想观念上都是西方文化的仰慕者,与泰戈尔持守的文化立场并不一致,但胡适出于他温和友善、兼容并包的天性;徐志摩则出于他对诗人与诗歌狂热的崇拜与追求,他们都成了泰戈尔此行的拥戴与守护者。在思想深处对泰戈尔认同并能够产生共鸣的则是以梁启超为首的文化守成主义者,其中包括梁漱溟、辜鸿铭、张君劢、阎锡山等。这些人在中国当时的社会变革中被视为右翼的保守主义者。

同为批判者,批判的出发点也不尽相同。

吴稚晖为著名民族主义革命家,时任国民党中央监察委员,生性豪放不羁,口无遮拦。来自英国殖民地的诗人泰戈尔在他眼里只是一个亡国丧家的无用文人,近乎一个"苟全生命于乱世"的废物,所以出言不逊,嘲讽诗人为列强铁蹄下的一片"烂菜叶",喝令老诗人"尊口把封条实贴起来",别再宣扬"所谓东方文明的陈词滥调"!

泰戈尔访华那年,林语堂29岁。老诗人离去后,林语堂接连发表文章对其冷嘲热讽。指责泰戈尔宣扬以"精神复兴""内心圣洁""宇宙和谐""处处见神"的东方文化救国救民的主张是"亡国奴说大话",是"凑数的滥调""无赖敷衍",是浇灌给青年的"昏迷汤","散发着精神聊慰之臭味"。此时,年轻气盛的林语堂对泰戈尔并无多少了解,这些批评的言论有失轻浮浅薄。待到二次世界大战期间滞留美国,他方才渐渐醒悟东方传统文化的美好,接连出版了《孔子的智慧》《苏东坡传》,进入"两脚踏东西文化,一心评宇宙文章"的境界。

鲁迅在对待中西文化的态度上与胡适大体一致,并不赞同泰戈尔对西方现代文化的挞伐,更不同意他对中国传统文化的热烈颂扬。他虽然也参与一些聚会,但与胡适的彬彬有礼不同,始终抱着冷眼旁观的态度,事后则旁敲侧击发表不少冷嘲热讽。他对这位"受过诺贝尔奖金的印度诗圣"本来就不看好,称其为"美而有毒的曼陀罗花",加之他一贯蔑视的徐志摩竟戴着"印度帽"将泰戈尔奉为"神仙"、一贯厌恶的男扮女装的梅兰芳为泰戈尔献演神话剧《洛神》,便更加重了他对泰戈尔的反感,于是"诗圣"在他眼里成了一大瓶四下挥洒的"好香水",与他讨厌的"文气""玄气"沆瀣一气了!

对于泰戈尔这次访华反对最力、批判最严、组织规模最大的,是中国文化思想界兴起不久的左翼阵线。代表人物为陈独秀、瞿秋白、茅盾、郭沫若、沈泽民等。这些人早在泰戈尔来华访问前许多年，就已经是这位印度诗人的读者、翻译者、敬仰者，能够欣赏、领悟其诗歌的真义与美妙。像郭沫若，自己曾经炫耀过：早在1915年春天就读过泰戈尔的《新月集》，"最先对泰戈尔接近的，在中国恐怕我是第一个"。他还说过，泰戈尔的诗歌像"生命的泉水"挽救了他濒危的生命，为他困顿的生命注进"涅槃的快乐"！像茅盾，泰戈尔来访之前，由他主持的《小说月报》就已经发表了大量泰戈尔的作品及评论文章，并对印度诗人的这次来访充满期待，希望他能够引导中国青年投身现实社会切实地奋斗。

然而，泰戈尔来到中国后却猛烈攻击西方社会的现代文明，热烈赞颂中国传统社会的古代文明；猛批物质主义、科学万能而倡导道德复兴与精神复兴；呼吁放弃兵凶战危、凶悍骄强的暴力行为，让善的人性与美的人情与伟大的自然合二为一营造一个新的世界。泰戈尔的这些主张不但让左翼人士大失所望，而且激起了他们的满腔怒火。泰戈尔在中国的行程中便因此处处遭遇抵制、呵斥、批驳、攻击。在欧洲享受神仙待遇的印度诗哲，在中国几乎变成传染疾病的细菌。

启蒙理性的偏颇与阶级革命的暴烈，在"五四"运动的主帅陈独秀身上得到最突出的体现，此时他也成了"批泰"的总司令。在泰戈尔访华的春夏之交，不到两个月的时间，陈独秀竟在当时的各类报刊发表十多篇批判泰戈尔的文章，指责他"多放莠言乱我思想界"、是个"奢谈精神文化"的"昏君"，是个"颠倒乖乱"的"糊涂虫"，是个"向上帝求心灵安慰"的"混账东西"。是个与梁启超、杜亚泉、张君劢、梁漱溟同类的"老少人妖"！为了组织"批泰"的统一战线，他还四出拉稿，为《中国青年》杂志筹备出版"反对泰戈尔"特号。

"五四"运动的积极参与者、书生气息浓郁的革命家瞿秋白，原本对泰戈尔"天人合一的自然观"、"有机和谐的教育理念"抱有好感。此时也接连发表文章批评泰戈尔是一个东西方文化调和论者、阶级调和论者;指责他一心"返回梵天",是一个时代的落伍者,落后于时代几百年,终于成了一个"玄妙的独夫,疯疯癫癫地歌咏他的'爱与光明'了"。

此时的郭沫若虽然人在日本,也一反既往,发表文章与他以往"精神上的先生"泰戈尔划清界限。他站在阶级斗争的立场上指斥泰戈尔的"梵的现实,我的尊严,爱的福音,只可以作为有产有闲阶级的吗啡、椰子酒","无原则的非暴力宣传是现时代的最大的毒物。那只是有产阶级的护符,无产阶级的铁锁。"

茅盾虽然也才28岁,已经是中国文坛颇有号召力的左翼文化人。泰戈尔来华后的一系列演讲中对发扬"东方文化精神"的呼吁、对"西方现代文化"弊端的揭露,让他大失所望。遂发表文章斥责泰戈尔演说为"空空洞洞地弄诗人的狡狯伎俩","或者就是上海人所谓'卖野人头'罢了"。

更为甚者,在上海、北京泰戈尔讲演时,经常有年轻人抛洒传单、呼喊抗议,有人还把带有侮辱性的标语贴在大街上,宣称泰戈尔推销的是"垂死文化"、"亡国文化",下达逐客令,"疾言厉色送他走"。

面对这些始料不及的闲言恶语,泰戈尔虽然感到闷气,并没有妥协。在北京的一些演讲会上,他开始为自己辩护,展开反驳。5月9日,他面对北京的青年人坦言:"在你们眼里,我是个守旧派,因此毫无用处;在印度人眼里,我是个新潮人物,令人厌憎。"接受胡适博士的建议,他对自己在印度"宗教改革"、"文学革命"、"民族运动"中的所作所为做了一番解释,然后对反对他的那些北京青年们说:"依我看,你们中那些人的学说,早已陈旧。""如果你们想抵制我,你们可以自由地那样做。但作为一个变革者,我有权举着精神自由的旗子,走进你们摆着偶像(物质力量和货堆)的庙宇。"

泰戈尔的这次访华活动虽然已经成为历史,但人们的评价始终并不一致,迄今仍然存在不小的歧异。

在当代中国,有学者出于外交政治的需要,著文将泰戈尔这次访华渲染为成就非凡、意义重大的"一段佳话",不但加深了中印睦邻关系,还促进了为实现现代化的东西文明交流、激发了"中国爱国志士国富民强"的热情。为了营造这一美好的气氛,文章作者尽量回避了中国知识界对泰戈尔的攻讦,声称"博大中国知识界中唯一不尊重泰戈尔"的只有林语堂,且告诫人们对此"不必多做文章"。作者用心良好,只是距离真相太远了些。

倒是在印度,当代一些著名学者对于泰戈尔的这次尴尬之旅尚且能够冷静面对。如诺贝尔经济学奖得主、剑桥大学终身教授阿玛蒂亚·森就曾坦然指出:"泰戈尔伟大中国之行"引起一部分中国知识分子的批评和责难,被蒙上阴影。产生的不幸近乎"一场悲剧"。一个激动的泰戈尔来到一个激动的国家,两种激动的情绪相互碰撞,未能和谐共鸣。他说本来相敬相慕的双方竟"别扭"如此,实在让人难以理解。究竟如何评价泰戈尔的这次中国之行?这位当代大学者也不能不长叹一声:这是一本"难念的经"!

2010年秋天,中印两国思想界的学者三十余人在上海举办"从西天到中土"的对话与交流,有人誉为这是继上次泰戈尔访华后的第二次中印知识界大规模对话活动。其中,当年泰戈尔访华仍是一个重要话题。从发布的谈话内容看,八十六年前的那些隔膜与分歧在这次聚会上仍然存在。印度学者看重的依然是"精神文化"、"精神生活"与"精神救赎",中国主流学者强调的几乎仍然是当年陈独秀们秉持的"阶级关系""革命行动""政治出路",具体说是"全球的贫穷问题"。"贫穷"二字则足以对来自贫穷大国印度的学者一剑封喉。看来,即使泰戈尔这位"神仙"再度降临,依然避免不了尴尬,乃至更大的尴尬。因为会上已经有人提示:泰戈尔如果今天访华,很可能蒙受八十六年年前一样的遭遇,"现在的批评可能会比八十六年年前更激烈,而理解、同情,或引他为同道的人恐怕几乎找不到。"但会上也有中国学者认为此言未免有些夸大其词。

对于泰戈尔此行有着悉心研究的孙宜学教授赞同泰戈尔的这次访华是"失败"的说法:"泰戈尔这次访华的不成功,就是由于他是在一个'错误的季节'带着一种不适合中国国情的'救世福音',又置身于一群不理解他的中国文化人(包括欢迎者和反对者)中间造成的。如今看来,只能说是时代的误会。"孙教授的分析有充分的道理,但依我看来,泰戈尔与当时中国思想界的分歧与争执,还不止于误会、误解,在更深的层面潜隐着文学与政治、文化与时代、变革与传统、东方与西方、人类与自然之间的冲突与博弈。对照现下的世界格局与时代走向也许就会看得更清楚些。

二、西方东方:泰戈尔在中国究竟说些什么

现代中印关系史上有一位举足轻重的人,那就是泰戈尔的追随者、知心朋友、中国湖南籍学者谭云山(1898—1983),他把一生献给中印文化交流,历年来得到中印两国政府首脑的尊重与高度评价。他去世后,他的儿子谭中(泰戈尔亲自为他取了印度名字"阿输迦")承继父业,先后任德里大学、尼赫鲁大学教授,在中印文化交流领域做出突出贡献,深为中外学者敬重。关于泰戈尔1924年的这次访华,谭中先生坚持认为这是"一种文明或文化行动",他不赞成把泰戈尔访华当做"政治辩论","变成中国政治思想争议的一部分","泰戈尔访华是国际交流,不应该与中国国内矛盾有所牵连","进一步诠释泰戈尔访华是一种文化运动可以帮助我们加深对这一历史事件的理解。"

从文化的角度,尤其是从东西方文化、传统文化与现代文化相比较的视域,来探究泰戈尔这次访华的意义,应是更宏阔的视野、更切实的途径。

年过花甲的泰戈尔在中国五十天里,面对中国的知识界、文化界、思想界尤其是青年一代,从上海到北京,从山东到山西,做了近四十场讲演,语重心长、呕心沥血却招惹来无端的攻击甚至谩骂。他都讲了些什么呢?从可以搜

集到的资料看,大致可以归纳为以下几个方面。①

(一) 对西方现代文化的批评,对东方传统文化的赞扬

"西方文明重量而轻质,其文明之基础薄弱已极,结果遂驱人类入于歧途,致演成机械专制之惨剧。""过去的一百五十年间,世界上那些文化水平高的民族,已丧失对生活中精神完满的信心。他们恐是在劫难逃了。当我们着迷于他们成功的辉煌,我们应知道,我们望见西边地平线闪现的强光,并非日出时的霞光,并非新生的火焰,而是愤怒的大火。""在东方,我们有些人认为,我们应该仿效西方,但我不敢苟同。西方创造的一切是为西方的,对他来说合情合理。可我们东方人不能租借西方思想和西方秉性。"

"中国的文化,又譬如一株大树,虽则根深蒂固,但现在危险的,底下怕要有一股泉流,来把它的根冲折了。""不忍看着中国文化日趋于危险之境,所以要真诚地警告你们。要晓得幸福便是灵魂的势力的伸张,要晓得把一切精神的美牺牲了去换得西方的所谓物质文明,是万万犯不着的!只看如今全世界都仿佛有一种痛苦的呼声。西方的物质文明,几年前已曾触过造物主的震怒,而受到极巨的教训了,我们东方为什么也似乎一定非走这条路不可呢?"

"在东方,我们中有些人认为我们应当复制并模仿西方。我相信这是不对的。"

(二) 对物质主义的贬抑,对精神文明的崇尚

泰戈尔并不一味反对西方文明,在他看来现代西方文明的核心是"物质",而东方文明的核心则是"精神"。物质文明就好比食物,精神文明相当于阳光,阳光不能当饭吃,但没有了阳光也就长不出健康的食物。对社会发展起到指

---

① 鲁注:关于泰戈尔访华时讲演的文字记录,在泰戈尔归国后曾整理出两个文本:《泰戈尔在中国的讲演集》;1999年加尔各答曾出版了达斯(S. K. Das)编纂的《泰戈尔:在中国的讲演》,可惜这些文献都没有翻译到我们国内来。本文引用的泰戈尔在华讲话,一是泰氏访华期间中国媒体的报道,大多已经收入孙宜学教授编著的《不欢而散的文化聚会》一书中;二是白开元先生在其《泰戈尔与中国》一书中从28卷本孟加拉语《泰戈尔全集》和三卷《泰戈尔英语文集》中收集翻译的13篇这次访华的讲演稿;再就是散见于印度学者文章中援引的与泰戈尔这次访华的相关文字。三者之间往往差异很大,莫衷一是,本人无力核校原文,在选择采用时难免掺进自己的主观倾向,实为无奈之举。

导作用的应该是精神而非物质。"在过去,东方和西方的文明曾经欣欣向荣,因为能够始终不渝地满足人们所需要的精神食粮……这些伟大文明终于被我们现代的那些超前的小学生们碾死了。这些小学生们都是些自作聪明的、吹毛求疵的自我崇拜者,利润和权力市场上老奸巨猾的精于生意经的人……他们用金钱收买灵魂,把灵魂的汁液吸干再丢到垃圾箱去。"

如今的现代化进程就像一列火车在车头的带动下一路飞奔,而驾驭火车的司机却被甩在了后边。"我不能相信在地面上任何的民族同时可以伟大而是唯物主义的。我有我的信条,也许你们愿意叫作迷信,我以为凡是亚洲的民族绝不会完全受物质主义的支配。"

"教育缺少理想。学生心中滋生的唯一愿望,是当官发财,而不是向往内心生活的完满。"在"这种有组织地培植起来的利己主义"教育中,"人们的灵魂麻醉了,跪在金钱和权力的偶像面前。"

"我们这个世界上,大规模的商品生产,庞大的组织和帝国臃肿的行政机关,阻塞了生命的道路。""亿万富翁生产数不清的一堆堆商品,却未创造伟大的文明。"

"污损的工程已经在你们的市场里站住了地位,污损的精神已经闯入你们的心灵,取得你们的钦慕。假使你们竟然收受了这个闯入的外客,假使你们竟然得意了,假使因此在几十年间你们竟然消灭了你们这个伟大的天赋。那时候剩下来的还有什么?那时候你们拿什么来尽你们的人道的贡献,报答你们在大地上生存的特权?"

(三) 赞成发展科学,反对将科学置于人生之上

"我极赞成科学之发展。不过现在西洋教育太物质化了!无论什么教育,什么文化,在西洋都是偏重物质之记载。故欧洲已成一完全物质化之世界。科学非万能,安能以之统造人生幸福,而除尽罪恶?故人生一方面以科学维持物质之生活,一方面尚需精神文明助之,使人生达于至善至美之境。然负此责任者乃在我可爱之青年身上。尔侪青年方如朝阳初升,皆有为之士,负世界责任极重,宜具定力前进,不可以为西洋文化如何,我东方文化亦当如何也。"

"科学不是人类的天性,它只不过是知识和技能。并不能通过知晓物质世界的法则来改变你内心深处的人性。"

"科学在治愈疾病、给予大批粮食和给予生命以更大空间方面,占有特殊地位。但当它帮助强者凌辱弱者,去抢劫熟睡的人的财物,那就是利用真理达到邪恶的目的。"

"百余年前,即有西洋物质文明及科学文明侵入东方,延之近今,实有评判之必要。余要声明的是,余非反对物质文明及科学文明,不过余以为科学是附丽于人生的,非人生为科学的。人的生活,要与物质文明同时发达,不能任物质文明超过人生。欧战之结果,号称高尚无匹之西洋文明,亦露无数之缺点。我们利用此种绝好机会,可以评判东方精神文明与西方物质文明,何者可去,何者可存。"

(四)厌恶现代都市文明,追慕往昔市井与田园风光

"不幸我第一处便来上海这地方,使我颇生出不很愉快的感想,因为竟看不出一点点的中华文化的精神……只看现在的工业主义、物质主义,仿佛一块大石,在碧柔的草上擂滚,所向无不压伤。而这种牺牲所得的结果,也只不过如美国人所说的 efficiency(效率)而已。"

"贪心的成绩你们不曾见过吗?上海、天津、纽约、伦敦、加尔各答、新加坡、香港——这类奇丑的鬼怪世界上到处都是,都是巨大的丑怪",上述现代大都市"皆提倡恶知识,人人以牟利为能事,建筑设备,尽物质上之工巧。殊不若北京至自然开化,花草树木,有天然之美观,予极表好感。盖予深望世人返璞归真,生活上力求节俭,重农作而不重工巧,庶不为讲物质实利者所支配。"

"沿着浩荡的长江,来到了南京城。这天夜里,我几次走出客舱,欣赏两岸的幽美夜景。入睡的农舍里,闪烁着落寞的灯光,烟雾迷蒙的丘陵沉浸在静谧中。清晨,举目望去,一艘艘木船升起白帆,涨满清风,在江面疾驶。这幅生命自由运动的壮丽画卷,多么赏心悦目,我陶醉了,我感到我的生命之舟也扬帆飞驰,载我冲出藩篱,冲出昏眠的昔日,进入广阔的人类世界。"

熟悉中国现代思想史的人不难发现,泰戈尔1924年春天在中国发表的这些演讲,也都是那时中国思想文化界炮火连天大论战中的话题。在"五四"运动前后展开的这场大论战涉及传统与现代、民族与世界、物质与精神、科学与信仰、金钱与道德、人类与自然各个领域。论战的核心是东西方文化之争,对垒的双方为"激进主义"与"改良主义"。前者以陈独秀、李大钊、吴稚晖、蒋梦麟为代表;后者以梁启超、杜亚泉、辜鸿铭、梁漱溟为代表。"激进派"主张要顺应世界现代化的潮流,彻底抛弃传统文化,通过全盘西化、科学救国、繁荣市场晋身于世界强国之林;"改良派"主张反思西方发达国家的经验教训,保守中国以及东方文化的精华,注重人类精神文明的价值,渐进建设一个和谐、和平、美好、幸福的新世界。两派口诛笔伐,几乎到水火不容的地步。

这些看似文化选向的论争,实则关乎中国在结束数千年封建王朝统治后、在新的世界格局中选择什么道路、加入哪个阵营的问题,在思想观念上决定了中国社会发展的去向。在泰戈尔来华之前,这场东西方文化的大论战已经接近尾声,而且胜负大致分明。以陈独秀为首的激进派节节胜利,更是获得青年一代的拥戴;以梁启超为首的"改良派"已经显得气力不支,其主要阵地《东方杂志》改换旗帜,主编杜亚泉被撤除职务,主将梁漱溟离开北京大学到山东菏泽教书去了。此时的泰戈尔来到中国,重弹中国改良派知识分子的旧调,立马遭遇激进派的狙击,也就毫不意外了。看来,远在印度忙着周游列国的诗哲对于中国此时的国情有欠详细的了解。

由此倒也可以得出另一个结论,那就是在喜马拉雅山的另一侧,我们的近邻国家印度,有一位拥有世界眼光、世界声誉的诗哲,与我们国土上的另类文化精英面对人类共同的命运,拥有基本相同的信念。美国著名汉学家、芝加哥大学教授艾恺用其流畅优美的汉语将印度的泰戈尔与中国的梁启超、辜鸿铭、梁漱溟们以及德国的费希特、美国的杰弗逊、英国诗人柯勒律治、华兹华斯等一道写进他的书里,奉为世界性"反现代化"思潮的杰出代表。

"现代化"难道也是可以反对、应该反对的吗?

三、 福兮祸兮: 现代化是否人类的宿命

首先应该弄明白"现代化"是什么?

较为详细一点的说法,有美国社会学家查尔斯·哈珀(Charles Harper)对现代工业社会"主导范式"做出的归纳:

> 经济增长压倒一切,以市场调节生产,为追求财富最大化敢冒最大风险。关注个人当下的欲求与幸福,生产与消费的增长永无极限。对科学和高技术的信念是有利可图,相信科学进步与技术发明可以解决社会发展中的一切问题。强调竞争与民主,强调专业与效率,强调等级制度与组织控制。倡导快速、便捷的生活方式。

简约的概括则是由艾恺提出的:"擅理智而役自然。"即:尽最大可能发挥人的才智(表现为科学技术),通过对自然资源的开发利用,不断满足人类占有物质财富(体现为资产、利润)的欲望,让所有人过上越来越富有,越来越方便、快捷的生活。

这样的"现代化社会样态"原本来自西方,先是欧洲的英国、法国、荷兰、西班牙,后来居上的是美国。再后来,凡是希望自己国家现代化的,无不跟随西方的步伐,遵照上述原则行事。所以,中国"五四"时期老一代的激进的知识分子宣称"现代化就是西化"、中国要现代化就必须"全盘西化",应属坦荡肺腑之言。

其次,要弄明白的是"为什么要现代化"?尤其是"中国为什么要现代化"?

理由其实也是简单明了的：富国强兵。这对"五四"前后的中国人民，尤其是新的青年一代，特别具有吸引力、号召力。原因就是中国历经数千年的封建王朝统治，综合国力已经疲弱不堪，自尊、颟顸且傲世的老中华帝国连连被新兴崛起的"现代化国家"打得焦头烂额、溃不成军。割地赔款、出卖主权，一半已沦为强权国家的殖民地！向西方学习、尽快实现现代化，让中国尽快富强起来是"硬道理"，就成了民族主义精神与爱国主义热情的旗帜。向西方学习"师夷以制夷"，在时人的心底又成为对抗西方强权势力的战斗序曲。

经过大半个世纪的不懈努力，中国现代化的进程在曲折道路上艰难前行，中国"屹立于世界强国之林"的愿望大体实现。

不但中国，即使在世界范围内，"现代化"的浪潮也已经覆盖了全球百分之九十以上的国家。从太平洋深处的岛国，到非洲腹地的部落，都争先恐后要挤上隆隆奔驰的现代化列车。

"现代化"，这样一种社会模式为什么竟能得到世界不同民族、几乎所有国家的认同？前世界银行首席经济学家布兰科·米兰诺维奇（Branko Milanovic）最近发表的一篇文章指出，其原因并不复杂：全世界各阶级人民都认可金钱和利润对生活的激励，财富的创造不仅值得尊重，而且也是人类生活最重要的目标。追求更好的经济条件和更优渥的生活，既是个人与生俱来的欲求同时也是整个社会的发展目标。现代化的社会模式恰恰可以满足这些需求。"个人欲望"与"民族希望"、"国家意志"，三者拧成一股绳，便是现代化在世界范围内所向披靡的巨大动力。

有人就此而判定：现代化就是人类社会发展进步的必然规律、唯一道路，即人类的"宿命"。对于上个世纪中国那些激进派的文化人来说，现代化体现了人类社会的进步，几乎是一个不证自明的真理。当代著名社会学家金耀基先生是这一信念的忠诚守护者，他坚定地指出："现代化是历史的潮流，我们不能逆流而泳；现代化也是世界趋势，我们不能违势而行。""中国的出路只有一条，那就是中国的现代化。其实，这也是全世界所有古老社会唯一可走并正在走的道路。""在这一点上说,我们没有选择,只有顺着潮流走。"从现实的状况看,金先生的判断依然有效,中国与世界的确都还在这一条道路上"浩浩荡荡往前走",有些人根本不想刹车,有些人想刹也刹不住。即使如此,现代化就注定是地球人类生存的"不二法门",就一定要"勇往直前"地一条道走到黑吗?

所谓"宿命"或"命定",也只是一种象征性的修辞。现代科学不能证明"必然规律"的客观存在,一切都是人类自己在一定自然环境、文化背景下的选择,在一个时间段内的选择。所谓"本质",也只能是人们对某些现象"阐释"的结果,某些偶然涌现的现象说不定就会永远改变所谓铁板钉钉的本质。所谓"现代化",也不能不是人类自己在特定历史阶段从自身欲望与利益出发的一种选择。

在20世纪初,也就是泰戈尔周游西方、造访中国的那段时间,始于西方的现代化作为人类的"宿命"首先在西方知识界受到质疑,反思现代性的先驱有韦伯(Max Weber,1864—1920)、西美尔(Georg Simmel,1858—1918)、舍勒(Max Scheler,1874—1928),继之而起的是法兰克福学派的本雅明(Walter Benjamin,1892—1940)、霍克海默(M. Max Horkheimer,1895—1973)、马尔库塞(Herbert Marcuse,1898—1979)。待到贝恰(Aurelio Peccei,1908—1984)的罗马俱乐部创立,质疑、反思现代性与现代化已经汇成一股强劲的世界性潮流,成为西方知识界众目睽睽之下的日常功课。这恐怕也就是泰戈尔当年在西方国家猛批现代性反而受到赏识的前提。

不过,世界各国现代化的进展并不平衡。20世纪初,欧美西方国家的现代化作为熟透的果实已经累累枝头,中国现代化的春梦才含苞欲放,一心向往中国现代化的陈独秀、胡适们,看到的只是西方现代化的成就与机遇,而没有看出西方现代化的盲点与欠缺。比起陈独秀、吴稚晖、胡适、瞿秋白等人,居家英国殖民地、遍游欧美各国的泰戈尔更多出一份世界性的、超越时代的目光与情怀,因此也就很难为他们所理解。不尽是"误解",是根本上的"不理解"。

福兮祸所倚,祸兮福所伏,现代化的巨大能量之下掩藏着巨大隐患。按照中国古语的说法,"物壮则老",随着世事的进展,关于"现代化"的"宿命"似乎已经遇到"三十年河东、三十年河西"的窘迫。时至今日若是仔细盘算一下,全球现代化高歌猛进二百年,带来的困窘和危机几乎与成就和福利一样多,甚至还要更多一些。所谓繁荣富强的理想生活,一半已经变成惊惧焦虑的噩梦。越是发达的现代国家,就越是如此。

粗略加以评估,现代化带到人间的困窘大约表现在以下三个方面:

一是,人类追求物质财富的欲望没有尽头,而地球上可以利用的资源却是有限的,高科技在解决这一困境时将会带来新的、甚至更多不可预测的问题。一个现代国家经济的增长速度,同时也成为国家的政治问题,时时考验着政府的合法性。民众的心跳悬吊在股市波动的红线上,领导者的大脑紧绷在GDP升降的数字上,金钱物质带来的幸福感大大打了折扣。更要命的是经济高速发展严重地破坏了自然生态,全球市场化迅疾带来全球性生存环境的灾难,从人类个体讲,包括呼吸、饮水、食品这些基本的生存需求都已经失去安全保证;从地球整体讲,大气升温、海水上涨已呈现难以遏制的趋势,远古时代流传的"洪水故事"已经在一些科幻电影中对现代人提出预警。

二是,当竞争尤其是经济上、能源上的竞争成为不同民族、不同国家之间的生存法则时,怨愤与仇恨愈积愈深,战争也就不可避免。即使在和平年代,国与国之间为了相互震慑、一国之内为了上下维稳,军费开支、安全开支均超出国民教育、文化、卫生开支。20世纪是世界现代化高歌猛进的时代,同时也是世界性战争疯狂升级的时代,仅两次世界大战死亡的士兵与民众就达八千多万。此外,俄国内战、西班牙内战、中国内战、朝鲜战争、越南战争、阿富汗战争、车臣战争以及连绵不绝的中东战争,其惨烈程度都是现代化之前的人类历史从所未有的。奥斯维辛集中营里的化学气体、广岛上空的原子裂变、越南丛林中的落叶剂,这些现代高科技的尖端产品,都成了惨绝人寰的杀人武器。

三是,在物质主义、消费主义、利润至上、金钱至上诱导下,利己主义盛行,恶化了人与人之间良好的人际关系,传统文化中美好的道德情怀沦丧殆尽,纯正的精神信仰土崩瓦解，日常生活日趋庸俗化、低劣化、粗鄙化。正如泰戈尔当年就曾指出的："眼下，我们正滑向平庸和浅薄。我们成了报纸上刊登的报道的应声虫。世界各地培养了一大批机器的代言人，以便制造误解，以便使生活庸俗化。"至于教育，泰戈尔当年也曾提出过严厉的批评：过于物质化、功利化的教育目的，让学校成为培植利己主义的机构，学生唯一愿望是当官发财。将近一百年过去，教育界这种趋向愈演愈烈，北京大学钱理群教授懊丧地说：我们大学培养的多是"精致的利己主义者"。比起当年泰戈尔的评价，又多了"精致"二字，这不该视为教育的进步吧！

经济的发展，科技的进步，并不能遏制现代人精神的沦落与道德的败坏。我时常想到的一个例证是当前的"医患关系"。在中国，自古以来所谓"悬壶济世"、"妙手回春"的医生都是让人尊敬感念的人群，医疗事故也时有发生，但大多都以相互体谅化解。如今，医学的科学理念、医疗的技术手段、医院的设施管理比起一百年前不知进步出多少倍，但医患冲突反倒成为常态，"医闹"、"杀医"的恶性事件层出不穷。据国内医疗法律界专业团队统计，2017 年全国医疗损害责任纠纷案件竟达 7683 件。其中现代化水准较高的省份江苏、山东、湖北、河南发案率反而位列前茅，均在千件以上；而现代化水平低下的西藏、青海、宁夏发案率极低，尤其是西藏，该年度的医患冲突为零！

现代化造成的危机已经侵蚀到地球生态系统中自然、社会、精神的各个层面，带来整个机体的病变。深受泰戈尔精神熏陶的季羡林先生晚年曾发出如此慨叹：

> 如果再把眼光放得更远，让思虑钻得更深，则眼前到处是看不见的陷阱。
>
> 生态平衡的破坏，动植物品种的灭绝，新疾病的不断出现，人口的爆炸，臭氧层的破洞，自然资源的枯竭，如此等等，不一而足。我们人类实际上已经到了"盲人骑瞎马，夜半临深池"的地步。令人吃惊的是，虽然有人

已经注意到了这个现象,但并没有提高到与人类生存前途挂钩的水平。

依照季羡林先生的指点,如果我们"让思虑钻得更深些",便会发现,现代化实践过程中出现的种种危机,并不全是实施过程中产生的偏差与失误,而是根植于现代化思想源头的逻辑设置与基础架构,在西方社会现代化启动之初,其实就已经埋设下最终致命的陷阱。当前的危机,只不过是预设的陷阱变成了现实。

当代著名历史学家、汉学家、美国芝加哥大学教授杜赞奇(Prasenjit Duara),是一位来自泰戈尔家乡的印度裔学者。不久前他出版了一部新著:《全球现代性的危机——亚洲传统和可持续的未来》。这部书显然继承了泰戈尔现代性批判的精神遗产,进而将泰戈尔诸多诗性的表述转化为学理论证,深入探讨了现代性危机在全球的蔓延,以及超越这一危机的可能性选择。

杜赞奇宣告:"我们当前正处于这样一个历史关头:现代化理论已经名声扫地。"书中根据复杂性理论,将现代社会的人类活动划分为相互依赖又相对独立的三个"逻辑":资源控制的经济逻辑、暴力统治的政治逻辑、意义秩序化的文化逻辑。如今世界上大多数新成立的国家利用政治、经济和文化的现代逻辑来实现其富国强兵的理想,结果加剧了启蒙的阴暗面,导致了它的不可持续性。"现代性是基于一种占有主导地位的线性、可测和不断展开的时间观和历史观上的霸权形态。""现代性的到来伴随着对一个在社会上更公正、在物质上更丰裕的未来的启蒙主义的许诺。但它也曾伴随着一系列物质和实践方面的恶行,以及对自然无限制的开采。"

与先前反思现代性的许多理论家不同,杜赞奇的这本书将现代化的"原罪"与地球生态环境的现实危机联系在一起,明确指出"现代性与现代化的模式是以征服自然这一概念为基础"的,当前最大的全球性危机是生态危机。从生态危机入手,或许才是解救现代性危机的有效途径。

遗憾的是杜赞奇的这一思想并未得到中国当代一线思想家们的认可;在

中国文学艺术界,生态批评同样没有得到一线作家、批评家的高度重视。

2017年5月,我曾应邀参加杜赞奇教授主持的在美国杜克大学昆山分校举办的国际环境人文研讨会,会后他给我寄来他的《全球现代性的危机》一书,我在回信里曾谈到我的阅读感受:近半个世纪以来,全球现代化遭遇日益严重的危机是全方位的。生态问题不仅是当务之急,而且根植于"人与自然"这个"元问题"之中。政治经济问题应该放在地球生物圈的范围内加以重新审视。当下各国热衷推进的"全球化"只不过是"全球经济一体化"、"全球市场一体化",即"全球现代化",还应该存在着另一种"全球化",即人类纪的"生态全球化"。正如"农业社会"已经成为过去时,工业社会也会为新的社会形态所取代,那就是"生态社会",或曰:"生态时代"。

从"工业时代"到"生态时代",并非启蒙理性意义上的时代进步,而是传统与当下、反思与创化、回归与前行、退步与进步之间的协调、整合。

就在本人撰写这篇文章之际,一种由新型冠状病毒引发的瘟疫,正在向全世界肆虐蔓延,至今已殃及全球一百八十多个国家。一时间飞机停飞,火车停运,工厂停产,高速公路关闭,大中小学暂停开学,封城、封村、封户,娱乐、饮食、旅游等行业接近于停摆,基本生活物质断供,失业人口剧增,成千上万人死于非命,整个国民生活停止了正常运转。人类费尽全力营造的现代社会系统在小小的病毒面前竟如此脆弱。在这一小小病毒的侵袭下,让现代人颇为自豪的"全球化"显得不堪一击:已经打开的边境被重新关闭、跨国公司产业链纷纷断裂、世界贸易大大削减、工人失业、股市熔断、国际货币组织一片惊恐、诸多国际联合组织捉襟见肘形同虚设。这场突发而来的瘟疫,一时间还又激起不同国家之间的争端、不同社会体制之间的攻讦、不同意识形态之间的对抗、不同社会群体之间的撕裂。

全球现代化的高效推进,实际上已经成为这场生态灾难的"助推者",使得这场人间惨祸来得更加凶猛、更加迅捷、更加普遍、更加难以平息。这场瘟疫再次表明,现代人不经意间又掉进了高度现代化的更惨烈的陷阱!

当前人们还只顾将解救这场灾难的努力投放在社会管理与科技攻坚上，显得有些临时抱佛脚。这场不期而遇的惨祸也许会唤醒沉迷于现代化福音中的乐观主义者，地球人类有可能通过对这次浩劫的反思，放缓全球现代化的步伐，甚至调整全球现代化的方向与路径！从根源看，从长远看，此类生态灾难注定与现代人的思维模式、精神向度、生存理念、价值观念、审美偏爱密切相关。生态时代必然牵涉伦理、信仰、教育、哲学等问题，说到底或许还是一个文化问题。

四、生态时代：能否绕过或跳出现代性陷阱

至今赖着不走的这个时代，应被称为人类文明最黑暗的时代。但我毫不沮丧。正如天空尚未破晓，晨鸟歌唱着宣告旭日升起，我的心歌唱着宣告：伟大的未来正向我们走来，离我们很近了。我们应当准备迎接这个新时代。

这是1924年4月20日下午泰戈尔在中国南京东南大学演讲的一段话，听众甚多，非议不少。讲演尚未结束，抗议的传单已经在会场四下飞舞。究其原委，无外乎这位印度诗哲抨击了西方现代化在世界范围内酿下的灾祸，赞美了东方文化中珍藏的精神品格。

泰戈尔这段关于时代判断的话，应视为诗人发出的心声。诗人与理论家不同，诗的语言往往出于直觉的感触、率性的倾诉，与专家学者的分析、推理、论证不同。然而事实证明，诗人的直觉往往比理论的论证还要真实、透彻、富于远见。泰戈尔自己也曾说过，"诗人的使命，是捕捉空中听不见的声音，是把信念注入未实现的梦想，视为布满猜疑的世界上率先送来未绽放的鲜花的音讯。""正是伟大未来中包含的信念，在创造着未来。"

在现代性反思的学术领域，泰戈尔这段诗性的话语并不逊色于马尔库塞、丹尼尔·贝尔以及他的同乡杜赞奇的言说。其实，在对现代性进行哲学、社会学的研究探讨中，不少著名哲学家与伟大诗人结为知己，相互印证。突出的例子就有海德格尔与荷尔德林，怀特海与华兹华斯，杜赞奇与泰戈尔；我早前也曾呼吁过，中国的哲学家应该与伟大诗人陶渊明"喜结连理"！

泰戈尔在北京北海公园对青少年一代说："眼下是过渡时代，新旧时代的交锋，并不令人满意。"他还信心满满地宣称："已经有了新时代到来的迹象，你们邀请我到你们中间来就是迹象之一。"

那么，在他看来，这个被期待的"新时代"是什么呢？

泰戈尔在这次访华过程中曾多次谈到历史的分期与理想中的"第三期"。4月28日，他在北京雩坛（先农坛之南的祈雨神坛）的一次讲演中，将人类历史的演进划分为三个时期；5月9日，在对北京青年的演讲中他再次对"三时期"的说法做出较详细的解释。他首先指出"三时期"进化的立论是建立在人自身存在基础上的："吾以为一人可析而为三，一曰肉，二曰心，三曰灵魂。肉为最无关重要者，心次之，灵魂则为吾人生命之源。生命之在地球，恰如流水之奔江河，过去之水，非即今日之水，又非明日之水，固源源而不息，故亘万古而常新。""质言之，第一期之世界，为体力征服；第二期为体力智力二者之征服；第三期则为道德征服。今欧人文化尚未达到第三期，故在机械专制之下，不唯不知反省，抑且自引为满足耳。"

仅仅从泰戈尔访华过程中一些讲话的片段，我们很难弄清楚他的"三时期"的详细内涵。但我们仍然可以感觉到，他所说的第一时期，相当于工业文明出现之前人类经历的一个相当长的历史阶段，那时的能源主要是人的体力与某些动物的体力，生产力低下，物质匮乏，属于"农牧时代"、"前现代"；第二时期，人类凭借自己的理性、智力发明了科学技术，凭借"机械"的力量创造并拥有了大量物质财富，同时也成为"机械专制"的奴隶，属于"工业时代"，即"现代社会"；第三时期，语焉未详，是一个期待中的"理想时代"，一个超越了现代社会、注重精神生活、注重"道德培育"与"灵魂修养"的时代,一个"精神战胜物质"的时代。

细读泰戈尔在华演讲留下的文字,参照他其他著述中的内容,我感到他的第三时期的核心观念是:以内心丰富美好的精神活动、情感生活、灵魂提升取代第二时期即当前时代泛滥的物质主义、消费主义、科学主义、功利主义;避开工业时代给人们埋设的陷阱,解救现代化给人类造成的生存危机,让世界各国人民超越民族与国家的界限,共同拥有一个幸福美好的前景。

谭中将泰戈尔的这一理想归结为"宇宙人类精神",是在"天人合一"、"人类与自然和睦共处"前提下的"人类内在的无限自我完善",这也是包括中国与印度在内的东方文明的核心。

杜赞奇无疑是认同这一点的,同时他又将其上升到当代生态运动的高度。他指出:泰戈尔深信只有凭借"同情"才能洞悉大自然的奥秘,"从外部统御自然并不难,难的是学会从心底里热爱自然,这才是真正的天才。"泰戈尔对西方现代社会的批判、对人类理想社会的预期充满了生态文化的内涵,泰戈尔持有的整体的、有机的、内在的、和谐的世界观也正是生态哲学的核心。

杜赞奇曾热烈地赞扬泰戈尔身体力行的"自然主义教育体系":他倡导学生不必穿制服,可以按照自己的习俗随意穿着,在适当的情况下到户外上课,与大自然和谐相处;他还为宣传自然主义谱写歌曲,在校园里组织一年一度的植树节,遵循季节的变换、与周边农民一起举办一些节庆活动;他鼓励人们足以大限度地保存当地的传统文化,让学校的教育在当地的环境与文化中扎根生长。杜赞奇教授由此断言:"泰戈尔是一位早期的环保主义者"。

通观泰戈尔1924年中国之行的演讲,不难看出其中洋溢的生态理念与生态精神。

泰戈尔刚到中国,就曾讲到一个关于"金刚石与稻粒"的比喻:"譬如拿金刚石和稻粒比较看来,那它们的贵贱是谁也知道的。但金刚石仅仅是一个虚漠的外形,而稻粒则能予人以生命的滋养。物质文明,虽然附着有光致的表面,但却不如精神生活有活泼自然的愉慰,能给人以真的充实的生命。倘如全世界都遍布了金刚石的时候,而一粒稻谷都无处寻,贵重的金刚石能吞餐吗?待将饿死时,叫苦也无用了!"对金刚石的崇尚是物质主义,对稻粒的赞美是自然主义、生态主义。他接着指出,印度的人民是极为热爱自然的,恒河是世界上风景最清丽的地方,如今却被严重污染了,工业社会让人们付出的代价是"自然美"与"一国的文化"。

生态的"内核"最终是一个文化问题,经济的、政治的问题只是其具体、现实的呈现。国内有些著名学者在张扬现代化的同时往往贬抑文化的作用,乃至对中国持续百多年的文化论争极尽揶揄、挖苦,认为"始终在层层迷雾中打滚",不过是白耗心血、随意操弄、哗众取宠,大多"变成了个人追逐虚声的最佳也最便捷的道路。"这话未免有失厚道与公道。

世界上现代工业文明诞生于西方世界,原本就是由思想文化运动催生的。如马丁·路德(Martin Luther, 1483—1546)、加尔文(John Calvin, 1509—1564)的宗教革命和笛卡尔(Rene Descartes, 1596—1650)、洛克(John Locke, 1632—1704)的启蒙哲学。此后,世界上对现代化、对资本主义、对生态环境危机认识最深刻的一些思想家,大都是从文化的角度切入进去的。舍勒从"精神现象学"层面论资本主义的未来;韦伯从世界宗教文化尤其是基督教文化的视野对资本主义精神的剖析;贝尔的《资本主义文化矛盾》更是对市场经济引发的生态危机、精神危机作出入木三分的论述。

史学家许倬云先生愈到晚年愈是关心人类社会的文化走向,不久前他在出版的新著中综合中国儒学与印度佛教的宇宙论,并结合基督教新教的存在主义神学学说,提出了关于"生命现象价值观"的理论构想,并试图在这一基础上构建现代文明衰败之后、新的人类共同文明的根基。这应该是从人类文化积淀中催生的一种"精神型"的全球化,是面对人类纪的文化设计,散发着生态理想的芬芳,完全不同于当下风行的经济全球化、市场全球化。

由此看来中国在跨进现代化的门槛之际,率先触发了"东西方文化大辩论"原本是顺理成章的,而且这一辩论的主旨,始终贯穿在中国现代化的进程中,直到当下。希望将东方文化与西方文化融合起来的理想,并非无稽之谈,并非只是一种"文化乌托邦",也是现实的需求、时代的走向。至于融合的方式,融合的路径,时间虽然过去百年,也还在不停的探索之中。

依照杜赞奇的说法,泰戈尔与日本的冈仓天心(Okakura Tenshin,1863—1913)、中国的章太炎、梁漱溟等思想家并不主张全盘否定西方文化精神,他们只是认为不能将其当作人类、国家和个人生活的全部。鉴于物质主义的西方现代化已经给人类社会带来的弊端与损害,他们主张高扬精神文化的旗帜,重构世界文化价值的版图,从而绕开或跳出现代性生态灾难的陷阱,引导人类走上健康美好的新时代。无论是泰戈尔还是梁漱溟,都倾向于认为以印度文化与中国文化为核心的东方文化是人类精神文化的源头,东方精神文化将担当起救赎现代末世的重任,这和略早于他们的中国现代启蒙思想家杜亚泉倡导的"精神救世""精神救国"也是一致的。

东亚的古典文化传统,无论是印度的《奥义书》还是中国老子的《道德经》,其中描绘的宇宙图像与哲学精神如:素朴的存在论与现象学、先天的整体论与生成论、自发的生态哲学与和谐的自然美学,与西方哲人舍勒、怀特海、德日进、海德格尔、小约翰·柯布等人的建设性后现代思想竟是遥相呼应的。撇开直线的发展观,前现代的精神文化遗产对于反思现代工业社会、建设后现代的生态型社会具有不可忽视的价值与意义。《全球现代性的危机》一书的中文译者黄彦杰博士在"译后记"中写道:

> 民族国家和全球资本主义在过去几百年的历史性崛起并不能成为它们面向未来的通行证。相反,中国和印度传统文明的若干理念在近代的一时衰落也不能证明它们不具备合理性和前瞻性。从传统的"天下","华严世界",到"天人合一"或"梵我合一",中国和印度等亚洲文明国家的超越传统中涵盖了许多值得挖掘的思想和实践,足以为人类应对未来

的环境危机提供若干强大的认知方法和道德资源。亚洲传统的思想资源所具有的巨大潜力对于当今中国、亚洲乃至世界发展的意义都是不言而喻的。

这段话堪称对该书主旨的深刻领会。

回首再看泰戈尔百年前访华的言论,虽然偶尔有失偏激,其良苦用心,其远见卓识已经昭然大白。这位东方诗哲在告别中国之际伤感地对中国知识界致辞:

> 你们中间的某些爱国者担心,我从印度带来的精神传染病,也许会削弱你们对金钱和物质主义的旺盛的信任。我向那些情绪紧张的人保证,我绝对不曾存心与他们作对,我无力阻拦他们进步的步伐,没有本领阻止他们奔赴贸利的闹市。我还要让他们放心,我至今未能使一个怀疑论者相信他有灵魂、相信道德之美比物质力量有更高的价值。
>
> 我敢肯定,一旦知道结果,他们会原谅我。

1913年瑞典皇家文学院在颁发给泰戈尔的授奖辞中就曾预言:在未来的时代,历史的探讨者们将会比我们更清楚如何评价它的重要性和影响力,看清那些眼下被遮掩住的东西,承认那些我们现在未能承认或不敢承认的东西。毫无疑问,他们会比我们目前在这方面所做的评价更高。

历史已经在印证这一说法。时至今日,中国的思想界或许应该对当年蒙受委屈的泰戈尔说一声道歉!

卷二

我本布衣

> 对于我们的祖父母而言,一所房子,一口井,一座塔,甚至他们自己的衣服,都还是他们在其中发现人性的东西和加进人性的东西的容器。
>
> ——R. M. 里尔克

读诸葛亮的《出师表》,每逢读到那句"臣本布衣,躬耕南阳",便有一股乡野山林之风迎面扑来,让人感到无端的亲切自然。那布衣麻鞋隐居林野的诸葛亮与出将入相、拜帅封侯的诸葛亮显然不是一种情调。作为一种生存状态,布衣躬耕、散淡林间、枕石漱流、吟风啸月,当是别一番境界。

"布衣"的原意,显然是"布做的衣服"。在诸葛亮生活的那个时代,帝王将相峨冠博带、衣紫着黄,山野草民只能荆钗布衣、缟衣玄裳,衣服成了身份的标志,"布衣"则为"庶民"的代指,"臣本布衣"译成白话,即"我是一个老百姓"。不过,在我的语感中,"布衣"一词的意味还要丰蕴得多。

"衣",衣服、衣裳的统称。衣裳的出现取代了原始人类披挂在身上的兽皮和树叶,是人类生活中的一件大事。《易》曰:"黄帝尧舜,垂衣裳而天下治","衣裳"已经事关社会稳定、国泰民安,成了"文化"或者"文明"的象征。制衣的基本原料是"布",但最初意义上的"布",并不是绫罗绸缎,甚至也还不是棉,而主要是葛、麻、苎、蒲这些原本属于野生草本植物纤维的手工编织物。诸葛亮穿的"布衣",应该就是由这种"葛布"、"麻布"缝制的。因此,"布衣"在我的心目中还意味着阡陌桑麻、鸡栖豚栅、男耕女织、春种秋收,意味着一种素朴的农耕文明,一种更原初、更贴近自然的生活方式。

我们家该算是一个"布衣"家族。从父系看,是在我爷爷成年之后才走出农村的;从母系看,是从我母亲少女时代才走进城市的。

况且,我记忆中的开封城,虽然曾经是六朝古都,虽然曾经做过河南省的省会,虽然有一圈周周正正的城墙把它与农村隔离开来,但那时的城市依然浸淫着乡野的风水。我们家居住的那条小街,东边尽头处便是荒芜的城坡,长着齐腰深的野草,其中有枸杞、苍耳、白蒿、菟丝子、地肤子,都在《本草纲目》之列,可以入药的。明朝年间修筑的城墙因岁月久远已渐见颓圮,似乎并不是墙,更像是一道蜿蜒起伏的岗峦,曾经有一只不耐寂寞的野獾大白天跑到居民的院子里觅食,被狗撵得满街乱窜。街的后边,是一片浩渺的大泽,有风的日子,浪头拍打着岸边捕鱼的小木船,澎囊有声,颇具"野渡无人舟自横"的意趣。

我们家的宅子,原本是一位叫王老五的乡下人开的磨坊,他家那头拉磨的灰毛驴歇息的时候就拴在屋后老槐树下,一次放学回家,我曾被这畜牲一蹄子踢到路沟里,直到现在每看到驴子仍然敬畏三分。后来,王老五的磨坊不景气,倒闭了,于是他便牵着他的驴子、驮上他的两个儿子又回到了乡下,而我们家的人也越来越多,便由东边的小屋搬进这座磨坊里。多年过去,待到我懂得谈恋爱与女友坐在灯下一道朗读涅克拉索夫的长诗《俄罗斯女人》的时候,房间的空气中隐约还可以闻到青草与驴粪的气息。

那时候,我们家里人的穿着自然全都是"布衣"。

在我童年的记忆中,虽然已经是20世纪50年代,老奶奶的装束还有些像《红楼梦》中的刘姥姥,长年一袭黑布衣裙,大襟右衽,手工盘的布纽扣,脚下"四寸金莲",头上扎一条"帽箍"——类似于"抹额"的头饰,黑色绒布缝制的,正中间缀一颗花生米大小的玉石,闪着绿幽幽的光,据说是"翡翠",不知真假。

爷爷下世早,连我母亲也没有见过他老人家的面。

父亲的那套打扮,与老舍先生笔下的"骆驼祥子"相仿佛:白夏布对襟小褂,黑裌衣外套,总是敞开着胸怀,掩腰的黑长裤,有时还束扎着裤腿,脚下是麻线纳的千层底圆口布鞋,自然也是黑的。干重活的时候,便将一条宽宽的灰色"板带"紧紧地煞在腰间,显得十分孔武有力。

母亲有些像电影上演出的"五四"时代的妇人,或类似于柔石《二月》中的那位文嫂,头发已经绾成一个圆纂儿,除了一根"荆钗",再无别的饰物。上衣总是阴丹士林布大襟褂子,下边则是宽腿黑长裤,做衣服的布多是从一位走街穿巷的女小贩那里买的。那女小贩手摇拨浪鼓,肩背大包袱,各色布料就在包袱里打着。

家里还有一些布料,则是南乡大姨坐在她的织布机上一梭子一梭子织出来的,叫做"土布"。土布的纹路虽然粗糙些,布面上还总是有些小疙瘩,但洗过几水后就变得柔韧松软,母亲多半用它来做贴身穿的内衣内裤以及被褥的里子。冬至节气过后,当窗外飘着雪花的夜晚,将身体蜷缩在新拆洗的棉被里,让人感到无限温馨,透过大姨织的这种土布似乎已经闻到棉花地里青枝绿叶的气息,听到棉棵深处蝈蝈的鸣唱。

在我小的时候,从不记得跟随大人去逛过市内的百货楼。下雨天,小街上泥泞不堪,家里人尚不知"胶靴"为何物,男人们往往在布鞋上绑扎一双"木屐",也许就是陶渊明、谢灵运穿过的那种木屐。女人和孩子则穿一种用桐油浸刷过多遍的布鞋,叫"油鞋",可以有效地起到防水作用,只是鞋帮太硬,不如光脚丫子舒服。

在过去的时代里,服饰的稳固性要比现在大得多。我相言,父亲的那身打扮与他父亲相差不会很多,奶奶的那身装束与她奶奶相比变化也不会很大。

我出生不久,大约也和这个古城中其他婴孩一样,穿戴着老几辈子流传下的"民族"、"民间"服装。值得一提的是"五毒肚兜"与"老虎头鞋"。

做肚兜的白布被用槐豆荚水煮成了姜黄色,上边用彩线绣出"蛇虺""壁虎""蝎子""蟾蜍""蜈蚣",那模样并不逼真地写实,只是一种感觉的凝缩,处理手段又极为简洁纯净,近似图案造型,恍若出自野兽派画家马蒂斯之手。穿戴这种肚兜的时间,规定是从五月端午开始,那时北方的天气渐渐向暖,各类毒虫开始活跃，常常会危及人身，尤其是稚弱的孩子。按照法式，肚兜上还应当绣五根银针，分别扎刺在五种毒虫身上，目的是镇邪祛毒，是一种古老的黑巫术。但年轻的母亲们常常忘记了把"银针"绣上，那么从道理上讲，这种肚兜便有可能变成"招邪引毒"的灵旗。不过，说不准这种遗漏了银针的肚兜反倒"化干戈为玉帛"达成了人和动物的和解，让蛇蝎们有可能与孩子结成友好的伙伴，完全合乎阿尔贝特·史怀泽的生态伦理学观念。

"老虎头鞋"是一种比"五毒肚兜"更复杂的手工艺品，须精工制作。颜色以红、黄为主，多以兔毛镶边，毛茸茸的虎脸须眉毕现，两只铜铃般的大眼睛虎视眈眈，虎口里是白森森的虎牙，显得威风凛凛。

此外还有一种"风帽"，其形制与刘玄德于大风雪中到卧龙岗访问诸葛亮时戴的那种风帽大同小异，也是仿虎头形的，高级一些的上边还缀满镀银的饰件，头一摇，便丁零作响。人害怕老虎，却又处处借老虎的威风，狐假虎威，这是人的一种生存智慧，也是人比老虎聪明的地方。

那时候幼儿成活率很低，城墙根的荒草中经常会看到丢弃的死婴。在我出生前，一个哥哥、一个姐姐都不幸夭折了，我出生后就蒙受到全家人格外的庇护。夜间睡着后从这个房间抱到另一个房间时，母亲手里还要拈一支点燃着的线香，口里念着我的乳名，好让我的魂魄随着那荧荧的光点安全转移，以免走失或遗弃了自我。四五岁之前，我脑袋上还留着一绺长发，梳了个往右偏的小辫，左耳朵上又戴了个金灿灿、晃悠悠的"耳坠"，熟识的人喊我"假妞"，陌生人却一下子搞不清我的性别，据说这样便可以蒙混阎王老爷的视线，让我侥幸留在人间。家里人对此层层保险措施似乎仍不放心，又给我做了一件一半是天蓝色一半是曙红色的大襟褂子，说是叫"道袍衫"，两种截然对立的颜色可能象征着一阴一阳，一半是海水，一半是火焰，意味着我又做了太上老君的弟子，妖魔鬼怪全都奈何我不得。我只是有些纳闷，母亲一辈子笃信佛门观世音，为何又让我同时皈依了道家。

五岁上小学后，自己对自己的这套装扮已很不好意思，硬是闹着让家人剪了小辫、摘了耳坠、脱了道袍。那时还不兴校服,加入"少年儿童队"后要穿"队服",蓝裤子、白衬衫、脖子里戴着红领巾,很让我感到新鲜。节日的时候,广场上一片蓝白相间的海洋,使我对集体有了一种认同感。同时我又担心我的那个跟着"香火"走路的灵魂是否还能从这集体的海洋中辨认出我来?

从那以后,我便赶上一个变化迅捷的时代,报纸上说是"一天等于20年"。人间成了一个飞速旋转的世界,人的服饰随着这个世界旋转,使这个世界变得灿烂而迷幻。

20世纪50年代,在社会主义大家庭里,苏联是老大哥,我们是小弟弟,政府号召向苏联学习,并且帮助老大哥消化积压仓底的"苏联花布"。历来遵循"男女有别""男尊女卑"的古城男人们开始打破男女界限,响应政府号召,穿起了花里胡哨的褂子,像戏台上男扮女装的花旦一样,有的还在衣襟上别着"中苏友好协会"的徽章,那神气就像已经把一只脚跨到了莫斯科的红场。

我那时年龄小,似乎没有穿苏联花布,但我的服装也开始向"苏式"转型,先是穿上了"列宁式"的上装,蓝卡叽布,直领,上边一个口袋,下边两个口袋,纽扣是胶木的。后来又添了"马裤",胯间宽大鼓胀,膝盖以下猛然收缩,裤管用一排纽扣紧箍在小腿上,取缔了中国式的绑腿带。这种裤子,可能是抗日战争后期苏联红军的骑兵出击东北时流入我国的,便于穿马靴、挥马刀、在马背上翻上翻下。我们没有骑马杀敌的任务,也穿起了这种马裤,受时代潮流的裹挟,向着北方的那个红色大国表达一种模模糊糊的崇仰。

"文化大革命"开始后,全国学习解放军,毛泽东主席在天安门城楼上穿上军装,"红小兵""红卫兵""赤卫队""战斗师""中原野战军",全都是准军事的番号、编制。"不爱红装爱武装","军衣"成了那个时代无产阶级立场的标志、英雄气概的显现、革命激情的象征、赤胆忠心的奉献,成了全国青少年心神向往的服装。我们家几辈子没有当兵打仗的人,亲戚朋友里也没有,找不到正规的军装,就扯了几尺草绿色的棉布,在前街老文家开的小裁缝店里做了一件,但布的颜色和质地以及做工的粗细,尤其是纽扣的样式与真正的军装有很大的差距。穿着这种自造的军装贴大字报、斗走资派、喊口号、破四旧时总有点心虚，觉得自己这个"红卫兵"掺了水分。

后来，"文革"发展到"武斗"时，我在东郊一家大工厂的工会办公室里抄到一身形制特异的军装，布的质地虽不是太好，颜色却是那种呈暗褐色的橄榄绿，沉着凝重。上衣是夹克式的，阔肩细腰，裤子是直筒式的，修长笔直，穿在身上不肥不瘦正合体，显得很帅气。自从我穿上这身军装后，天性中的内向与自卑被抑制许多，平添几分革命豪气与战斗勇气，竟能做到在枪林弹雨中奔走呼号置生死于度外。不久，对立面的造反组织拆穿了底细，我的这身十分"帅气"的军装，原来是工厂业余话剧团演戏用的服装道具，而且更令人难堪的，它竟然是扮演"美国兵"的演员穿的"戏衣"。当校园的墙壁上贴出了"鲁枢元是美帝国主义的别动队"的巨幅标语时，我恍若掉进了冰窟中，自己先在心理上失去了自持能力，怀疑起自己在灵魂深处是否曾经认同了"美国鬼子"。

"文革"后期，当不可一世的"红卫兵小将"统统被一声号令赶去"接受再教育"时，我才穿上了真正的军衣。

那时我被遣往湖北省天、汉、沔三县交界处一个部队农场，严格的军事化，穿的是地地道道的军衣，而且绝对不再是美国兵的军衣。不过这些军衣都是军营里退役下来的旧东西，不但补丁摞补丁，而且多半烂着大窟窿小眼睛，棉衣则从洞口翻露出肮脏发霉的棉絮。至于颜色，早已变成灰黄或灰白，看不出多少绿色了。刚到农场的时候是冬天，为了多留住点热气，不少人在腰间、脚脖上扎起稻草绳。由于没有统一发放军帽，各自戴的帽子五花八门，那模样倒更像是从威虎山走下来的土匪。偶尔去到县城商店买东西，售货员远远地见了就高声提醒革命顾客小心自己的钱包，弄得柜台里外充满紧张空气。先前这里曾是一个劳改农场，关押过许多犯人，当地老百姓并不知道"劳改农场"已改做"锤炼红心"的"革命熔炉"，还一个劲地对着我们指指点点，说这次怎么一下子关进来这么多年轻的？

人间的事总难齐美，当年豪情满怀的时候，未能穿上真正的军衣；后来终于穿上了真正的军衣,却又全无了金戈铁马的锐气。

部队农场的"再教育"结束之后,大约还没有把心炼成足赤,又被送往人民公社的广阔天地。解甲归农后,为了与农民伯伯打成一片,我不再眷恋军装,入乡随俗,又穿起盘扣对襟的黑粗布棉袄,二十出头的年纪看上去像三四十岁,比我年长的村民也喊我"老鲁哥",那喊声倒是无比亲切。当我扛着锄头背负蓝天、脸贴黄土辛勤劳作的时候,当我头枕沟垅、目送秋雁在田间歇息的时候,当我从泥土里刨出一块红薯掀起衣襟擦一擦就啃起来的时候,我才意识到自己又成了一个"布衣",一个躬耕田亩中的"布衣"。我想起了杜甫的诗句:"杜陵有布衣,老大意转拙",大风大浪里颠簸了数年,这才领悟到自己的根原本扎在农村。

然而此时社会正在暗暗地走出"布衣"时代,包括我插队锻炼的这个偏僻的小村庄。

一起插队的北京纺织工学院的高才生沙老大首先发现供销社到了一匹叫作"的确良"的灰色化纤织品,并自剪自裁做了一条西装裤,引起青年男女社员的一片赞叹,有人开始效仿,有人限于财力只能梦中去想。

不久,人们惊喜地发现了理想的代用品,那便是日本进口化肥"尿素"的尼龙包装袋。两只包装袋折布五尺,缝一条裤子绰绰有余,买上包染料上上色,与沙老大的"铁灰的确良"别无二致。一时间,日本产的尿素口袋成了人人争相寻觅的宝贝。惟一不足的,是口袋上的中文、日文字迹依稀可见。当这种裤子在人民公社上上下下流行起来的时候,一首顺口溜也同时传播开来:"大干部、小干部,身上穿着尼龙裤,前边写的是'日本',后边印的是'尿素'。"废物利用或许无可厚非,但人们对现代物欲的强烈向往,却有些让人触目惊心。如今想来,中国人民全面地走出"布衣时代",大约就是由这种"日本尿素口袋"的蛊惑开始的。

这该遭天谴的"日本"和"尿素"!

当被唤作"布衣"的平民百姓都开始遗弃"布衣"的时候,"布衣时代"的气数也就到了尽头。

在现代生活中,"衣"的涵义已经发生本质性的转换。

东汉时代刘熙编纂的《释名》一书中,对"衣裳"的解释是"凡服上曰'衣',衣,依也,人所以避寒暑也。下曰'裳',裳,障也,所以自障蔽也。"刘熙解释"衣裳"时用的方法是"声训",但那意思是明白的,古时候"衣裳"的基本功能是对人的身体起到遮掩和保护作用。即便是前文提起过的"老虎头鞋"和"五毒肚兜",亦不过是在发挥"保护"作用时巧借了巫术力量。

人们大约没有觉察,在时下的日常用语中"服装"一词已经迅速地取代了"衣裳"。"衣裳"与"服装"看似两个完全相同的语词,但在现代生活的许多场合中并不能置换。比如:你只能说"服装厂""服装公司""服装模特儿""服装报""服装杂志""服装国际交易会",而不能说"衣裳厂""衣裳公司""衣裳杂志""衣裳模特""衣裳国际交易会"……反之,李白诗句"花想衣裳月想容",也不好改作"花想服装"的。"服装"似乎就是被工厂、公司、模特、报纸、交易会这些现代工业生产手段、商业营销手段、媒体传播手段催生的一个新词。

查一查中国的《辞海》以及《辞源》竟然没有"服装"一词,有的只是"服饰""服物""服御",指衣裳也指器具。"装"字尽管也有"衣"的含义。但更多情况下是指"装饰""装点""装潢""装修",全都透露出一股"包装"的气味。真相已经大白,"服装"与"衣裳"的最大不同,在语感上显然是浓缩了许多"包装"的意味在里边。

中国传统的民族文化精神似乎并不怎么重视"包装",所以中国的包装工艺长久以来落后于西方。中国人更看重的是内里的货色,"抱朴怀素"是做人的高境界,"被褐怀玉"是着装的高境界,历来被视为名人高士的楷模而叹为观止。中国古代的哲人时常提醒人们"重于外者而内拙",对于外物的过度经营,可能会损及内心的宁静充盈。

像西晋时代竹林七贤之一的刘伶,家居时经常一丝不挂,说天地就是他的居室,就是他的衣裤,完全丢掉"包装"的行止,人们固然难以效法;但"金玉其外,败絮其内"却注定是包装失败的典型。1986年在河北省满城汉墓中发掘出的"金缕玉衣",一千多克黄金,两千多片珠玉,包裹着的就是一具腐朽丑陋的枯尸。古代人毕竟还留了些聪明,只把这种中看不中用的"金缕玉衣"让给死人穿;现代人则为了哄抬自己的身价,显得更加扎眼抢手,活着的时候便把一种类似于"金缕玉衣"的"珠片装"穿在身上,至于珠玉之内包裹的是什么内容,看的人已不甚留意,穿的人更漫不经心。

"服装"的功能几乎全体现在"包装"上,所谓"时装",不过是"时髦的包装"。只看外观,不重内容;只要表层,不求深度;只重形式,不要意义,"时装"成了一个时代的象征。"时装模特"顺理成章地成了这个时代的宠儿。时装设计师,则成了这个时代推波助澜的英雄。

"布衣时代"的消失,意味着一种素朴生活方式的消失。素朴的生活方式,则是一种更多地凭借人的内在精神支撑的生活方式,一种更富有人性气息的生活方式。

当诸葛亮说出"臣本布衣"这句话时,他已经是位居大汉丞相武乡侯的达官贵人,一句"臣本布衣",依然流露出他对"布衣"的丝丝留恋。诸葛亮临终时留言,嘱咐子孙返乡务农,小康自足。并不只是一种做给阿斗看的姿态,而是包含了他对自己出将入相生涯的许多遗憾。身在庙堂,志在山林,"布衣"较之"蟒袍"或许拥有别样的魅力。

法国大思想家孟德斯鸠曾经说过:"豪华的装饰很少产生什么魅力,而牧人的衣裳却常常是有魅力的,我们赞赏保罗·维罗涅兹的衣饰的豪华,但是我们更为拉斐尔的单纯和洁净所感动。"遗憾的是就在孟德斯鸠说完这话之后不久工业革命席卷了整个欧洲,大机器生产迅速地取代了手工业生产,欧洲人的"布衣时代"连带着那田园风光的清纯,随之宣告结束。从那时起,人们身上穿的衣服越来越豪华、富丽、别致、多样,而衣服里面包裹着的人性却变得越来越单调、乏味、空洞、浅薄。

早在孟德斯鸠之前,英国的思想家托马斯·莫尔在他著名的《乌托邦》一书中就曾写道：这个理想国的公民只穿粗布料子的素朴衣服,决不穿华服首饰。在这个"理想国"只有对"奴隶"进行羞辱和惩罚时,才给他们穿戴华服盛装、金银珠玉。可惜乌托邦毕竟是乌托邦。莫尔身体力行地遵照自己的理想生活,却被国王割去了脑袋。

如今,现实生活中活得滋润的,都是那些"不怕做奴隶的人"!

时代的潮流不可阻挡,"返璞归真"的神话已经越来越没有人愿意相信。

永别了,那个乡野之风的"布衣时代"。

迁居海南岛后,炎热的天气削弱了对服装的需求,稀少的社交活动消解了层层"包装"的必要。一年的大半时间里只穿一身棉织的薄薄的衫裤,衬裤上不需要皮带的约束,"套头衫"连纽扣也节约了,日常起居自在婉转,园中漫步、林间闲适则随心所欲,恍若又回到了"布衣"岁月。

椰风中的绿色阳光,海韵中的蓝色沙滩,这海岛使我想起赤道近旁的那个"塔希提岛",想起那位丢下银行家的万贯家私,跑到那个荒岛上去看月亮、画女人的保罗·高更。

在那个荒岛上,高更希望凭借他的画笔,寻回那不曾遭受现代物质文明污染的自然,寻回自然中被人类久久遗忘的原始魅力。我注意到,他油画中的塔希提岛的土著女人们,那黝黑壮实、青春饱满的胴体上,穿裹着的就是用剑麻或木棉编织的"布衣"。高更希望用自己的绘画艺术为现代人求证一些问题：我们从哪里来？我们是谁？我们往哪里去？

尚未寻求到答案,高更却因贫困疾病,孤独地客死在这个荒岛上。

如今,当高更的这些绘画在大都市的拍卖行的阵阵锤声中赚取成堆的金钱时,可有谁注意到塔希提岛上的女人们穿的麻布衣裳？

还会出现为"布衣"招魂的高更吗？

1996年8月于海南大学莲花池畔

外婆的茅屋

> 女性原则是生命的神圣性和生存的可持续性,那也是自然的原则。向女性和自然界学习生态智慧,重建人与自然、人与人的公道和谐。
>
> ——范达娜·席瓦

提起外婆的茅屋,就不能不先扯远一点,说一说黄河。

黄河,与世界上其他大江大河最大的不同,是"善淤、善决、善徙"。

善淤,是因为黄河从黄土高原奔腾而下时携带了大量泥沙,洪水高峰时,每立方米的河水中泥沙可达 600 公斤,所谓"斗水泥七升",并不是唬人的。到了下游水流平缓,泥沙渐渐沉淀下来,河道便因淤积而年年抬高,形成一条高出两岸地面的"悬河",于是决口的事便不断发生。据史书记载,自西汉至民国的 2100 年里,黄河共决口 1590 次,平均三年两决。决口的河水难以回归高悬的故道,左冲右突,恣意汪洋,或者抢占卫河的河道流入渤海,或者夺取淮河的河道汇入黄海,北至天津以北,南至淮阴以南,整个中国东部大平原上,都曾留下这条巨龙迁徙滚动的身迹。

黄河的决口、改道并不全是自然原因造成的,除了天灾,还有人祸。而且人为的决口比自然的河水泛滥更可怕。

宋代建炎二年(1128),金兵北来,宋室南窜,留下一位名叫杜充的大将留守东京开封。兵败如山倒,这杜大将军眼看大势已去,便扒开了黄河,金兵的铁骑未能挡住,倒把一个锦绣大宋国都变成了鱼虾世界。

明末崇祯十五年(1642),李自成农民起义军围困开封,与坚守开封的政府军久久相持,前来救援的明朝大将左良玉在朱仙镇被义军击败落荒而逃。攻守双方都已等得不耐烦,同时想到借助黄河的力量。在秋雨涟涟的一个日子里,官军扒开了朱家寨,义军扒开了马家口,二口并决,涛声如雷,黄河水破开封北门而入,穿东南门出,城中水深数丈,浮尸如鱼,三十余万生灵葬身水底,得以逃生者仅数千人。

最近一次人为的黄河决口发生在民国二十七年(1938)的抗日战争中。继台儿庄大会战后,徐州失守,菏泽沦陷,日寇集中精锐兵力扑向河南省会开封,危急中蒋介石接受了陈果夫、陈诚等人的建议,下令炸开了郑州东北花园口的黄河大堤,重演北宋末年和明朝末年的故事。

当时的新闻报道,无论是国民党的《中央日报》、共产党的《新华日报》,或是盟军的"路透社",全都遵照蒋委员长11日的"0448密电"指示,宣称日本鬼子的飞机丢炸弹炸开河大堤。日本人并不认账,其防卫厅所编《中国事变陆军作战史》"昭和十三年六月"的记述中写道:

> 六月十二日夜,中国军队掘开了黄河南岸的堤防,黄河浊流奔向东南,中牟首先进水,逐日扩大,从朱仙镇——尉氏——太康一直影响到蚌埠。水头幅宽600米,流速每秒2.5米。我第十四师团仓促向泛滥区以外撤退,二十五日夜渡过尉氏东边的大泛滥地段,到七月七日左右,在通许附近集结。

日军侵略的势头暂被缓冲,中国为此付出的代价是豫、皖、苏三省5000平方公里的土地沦为泽国,一千二百多万人受灾,三百多万人背井离乡,89万人死于非命。

外婆家居住的那个名叫"白庙陈"的小村庄,就位于前文所引"陆军作战史"中写到的朱仙镇以南尉氏县以东的通许县境内。

那时节,高粱刚刚红米,玉米刚刚吐穗,芝麻正在开花,棉花已该打杈。两天前就听说黄水漫了中牟县,人们总想着不会淹着白庙陈,照样扛着锄头下地干活,不忍心丢下一地好庄稼。直到尉氏城东八里湾的人也开始跑大水的时候,白庙陈的人才慌张起来。

黄河水是那天清晨天微微亮的时候进村的,白浪滔滔,阴风凛凛,一里地外就能闻到空气中湿湿的土腥气息。外婆带着孩子匆忙登上族人临时编的一架大木筏,向东北方向漂浮而去。

外婆那一年刚刚四十多岁,外公已死去十年。大姨已经结婚生了两个孩子,大姨夫心眼不坏却游手好闲,家境艰难还爱喝两口老酒,不喜欢种庄稼却热衷于打兔子,发水的头一天抱了杆火枪不知转游到了哪里。大舅舅与男人们一起打着赤膊泡在水里护卫木筏,小舅舅年龄小,与粮食、衣物一起被"码"在筏子中间,母亲那年17岁,与大姨分坐在外婆两边,她们一声不吭,神色肃穆地告别了祖辈生息存活的家园。村中一座座房舍接连坍塌在洪水中,水面上腾起一股股灰黄的烟尘。外婆并没有更多的悲痛和愤懑,因为她既不知道是蒋委员长下令炸毁了黄河堤,更不知道炸堤是为了水淹日本侵略者,她只认为这是天命。既然是"天命",那么只有硬着腰杆去承受。

"诺亚方舟"在洪水里漂泊三天三夜,终于在开封城北一个叫仁和屯的村子边靠了岸。村子里有一处大户人家的宅子,不久前这家人被仇家杀得鸡犬不留,宅子成了"凶宅",堂屋的墙壁上还残留着飞溅的血迹,逃难的"白庙陈"人顾不了许多,就全挤在这所宅院里。

带出的粮食很快吃完了,天气一天天寒冷起来,大院里已经抬出几具尸体。为了不至于全都饿死在这里,外婆在度过了几个不眠之夜后做出安排:大女儿带着两个孩子随着逃荒的队伍到山东去逃活命;小女儿经人说合嫁给开封城里一位拉黄包车的青年,青年虽然穷苦,但老实厚道,那便是我日后的父亲;小儿子让河北武陟县一个商贩领去当了学徒;她自己与大儿子守在这里等候黄水退去重返家园。不多久,大舅受坏人引诱染上了抽大烟的恶习,随后跟着一个杂牌"游击队"吃粮当兵去了,一去便没有了下落。

两年后,外婆拄一根榆木棍,扭一个柳条篮,独自一人回到了大水过后的白庙陈。

黄河的泥沙填埋了整个村子,柴志家门前的那通丈把高的石碑,如今只剩下二尺左右。外婆家的房舍已荡然无存,灰黄的地面上长着一蓬蓬茂密的青蒿白茅,宅院里的林木都已枯死,那棵高高的老榆树树干多半埋在了地下,树上的老鸹窝变得伸手可触,只是那对老鸹也携带着他们的子女不知逃往了何处。

在乡邻的帮助下,外婆在原来的宅院里,在黄河水漫过的土地上,又盖起了一座小小的茅屋。

小时候,每年寒暑假,我总要跟着母亲去看望外婆。起五更从开封南关出发,翻护城大堤,沿官道经老饭店、仙人庄走到朱仙镇,从岳飞庙门前往东,穿过一条专营年画的小街,后边就全是乡间小路了。小路有时在高粱地里蜿蜒,有时在沼泽地边盘绕,有时消失在沙土窝里,有时又延伸到树林深处,日落黄昏后,蹚过一条小河,就可以看到白庙陈村。

那时,外婆住的仍然是这座茅草小屋。

茅屋的墙壁全是土坯垒的,屋顶苫着一层厚厚的麦秸,从远处看简直就像一堆陈年的麦秸垛,只不过多出了门窗。窗子很小,窗棂是由细树枝隔出来的,门很低矮,屋里的地面又比院子里的地面低出许多,这种半明半窨的建造方式后来我曾在"大河村"见过,那是新石器时代仰韶文化的一处遗址,距今已经五千六百多年。

与大河村仰韶文化遗址中先民的住宅相仿,外婆的茅屋也分为两间,外边的一间垒了一座锅台,摆了一张木桌,就是"餐室",串门的邻居来坐一坐,这餐室便又成了"客厅"。里面一间铺了一张木床,是外婆的卧室,记得那床腿下垫着砖头,床板上又铺着厚厚的高粱秆,高粱秆上铺着两层土布做的棉被,床就显得很高,而且离屋顶很近,当时我就很费猜疑,年迈的外婆每天是如何在这样的床上爬上爬下的。

由于屋顶和墙壁都很厚实，屋内空间的一部分又落在地面之下，夏天当烈日炎炎似火烧的时候屋里显得很阴凉，冬天当旷野里已是冰天雪地的时候，屋子里却又很温暖。屋子里的用具，盆罐瓶瓮、筐篮箧篓，除了泥巴捏的，就是树枝编的，屋子里惟一一件现代工业文明的产品是一只竹壳暖水瓶，那是父亲多年前从开封城里买了送来的，外婆似乎很珍惜它，每隔几天，都要用一根棍子缠了棉花把里面的水锈刷干净。屋角里有一只瓦坛子，里边用草木灰常年腌着一坛咸鸡蛋，那是外婆能够给城里来的外孙提供的最好礼品。

在这所破旧的小茅屋里，外婆常年独居，看上去似乎很孤独。其实，茅屋里的生灵并不只外婆一个，茅屋年数久了，在土坯与茅草的缝隙中渐渐聚集许多生命，屋梁上爬着壁虎，总喜欢对外婆瞪着一双小小的圆眼睛；灶台里藏着蟋蟀，有时候大白天也会情不自禁地唱上一段小曲儿；墙缝里隐居着土鳖和蝎子，床底下还发现过一条小青蛇蜕下的干皮，这些都不曾对外婆造成过任何伤害，偶尔相遇，这些貌相丑陋的小生灵也总是对这位老主人表现出几分歉意和敬意。

此外，外婆的茅屋里还居住着另外一些精灵，外间屋贴着后墙用一块长木板架起的"条几"上，供奉着"灶爷"、"灶奶"的木版画像，供奉着祖宗的神位，供奉着救苦救难的观音菩萨。屋子一角的木桶上还供奉着一位被称为"大仙爷"的家神。外婆说，"大仙爷"曾经多次对她显灵，有一天半夜，灶膛里的火又忽忽着了起来，风箱被拉得"呱嗒呱嗒"响。还有一次，黑地里她摸拐棍时，拐棍却被人拉着像拔河一样扯来扯去，外婆说那是"大仙爷"和她闹着玩呢。外婆不懂科学，她在茅屋里有自己的精神世界。

至于茅屋外边，更是一个生机盎然的世界。

大水过后，外婆在屋前屋后栽了七八棵枣树，如今都已长到碗口粗细，整个院子被遮在枣树的绿阴下，秋天的时候累累红枣压弯了树枝，这时候黑尾巴的灰喜鹊便成群飞来啄食红枣，外婆并不认真驱赶，只是扯下头上的土布手巾向空中挥上几下,吆喝几声。

外婆孤身一人已无力建起院墙,只在院子的四周种了些花椒树和茴香树,不但起到了篱笆的作用,而且这类芳香型植物还可以祛驱蚊虫。院子里蚊蝇很少,蜜蜂、蝴蝶很多。

茅屋外边的窗台下有一个鸡窝,外婆喜欢喂鸡,一只红冠子大公鸡领一群清一色黄母鸡,每天到村头杨树林中自己觅食,倒也省心。惟一使外婆担忧的是赵家坟地那只白耳朵梢的黄鼠狼曾到院子里窥测过几次。为了对付这个白耳朵梢的坏家伙,外婆又养了两只虎头大白鹅。泛滥的洪水曾在村子后边留下一条大河,在外婆家的南边留下一个大水洼,水草丰盛,白鹅容易养活。院子里自从有了这两位虎视眈眈的忠诚卫士,一年四季都呈现出一片和平景象。

浩劫过后的外婆依然顽强地生存下来,而且在这所小小的茅屋里构建起她生命的坚实温馨的依托。

1940年,中华民国河南省政府代主席张钫在给国民党中央的一份提案中,紧急呼吁解决17县灾区的难民问题。这位为民请命的张大人在提案中预言:"黄河决口后所经之地,非沦为河道即淤成流沙,将来河水纵归故道,地方亦不复能耕植,……若不谋根本救济方法,则此十余县灾区必将胥沦为饿殍。"张大人提出的"根本救济方法",一是由政府多拨些经费,二是将难民迁移到陕南、川北乃至甘肃、青海。外婆既没有拿到政府发放的经费,也没有迁往边远的外地,而是凭她自己一双纤弱的女人之手,在洪水过后的土地上,重新创建起一片生意葱茏的栖居之地。

你不能不惊叹于中国农民,尤其是乡野女性在苦难之中求生存的巨大潜力。

外婆出生在光绪十二年,那也许是中华民族历史上最贫弱糜烂的一个时期,外婆家也许又算得上中国农村最贫苦的一个家庭。外婆两岁的时候死了娘,从小跟着双腿残废的父亲沿村乞讨,全家人住在一所破庙里,四个哥哥劳苦一辈子,到死没有一个人娶上媳妇。外婆16岁出嫁,嫁给一个比他大十多岁的男人。男人过早去世，她拖着一群儿女，恰恰又逢上日寇入侵、土匪横行、黄河泛滥、饥馑肆虐的年头。重重苦难不但未能将外婆压垮，反而使她更加坚忍柔韧。

白庙陈是个只有三十多户人家的小村，外婆辈分高，年纪大，办事入情合理，行为端方无私，七十多岁的时候，还扛锄头下地干活，深受全村人的尊重。只有一件事使村里干部感到头痛，那就是外婆划不清"阶级界限"。

茅屋西边隔一条小路，是地主柴志家，老地主土改后即一命归天，儿子儿媳顶了"地主分子"的帽子，又生下一群地主的孙子，在那以"阶级斗争为纲"的年头，"狗崽子"时常会受到"红孩子"们的欺凌。每逢此时，外婆于心不忍，常常出来维持公道，抚慰弱小，甚至把自己不舍得吃的糖果分发给地主的孙子们。这一群光屁股孩子嘴里含着糖块，也就把外婆当亲人，外婆的茅屋差不多成了柴志家专用的托儿所。

柴志家南边住着外婆一个远房侄子，名叫书印，解放前在上海念大学，学的是艺术，后来在一家杂志社工作，十几年没有回过家。家里的老婆拖了一双儿女一直还在苦苦等他。等到1958年春天，终于把他等了回来，戴着一顶"右派分子"的帽子，带着一个南方口音的女人，还有四个孩子，最大的7岁，最小的不到一岁，返乡后的书印干不成农活，就学了理发，幸好乡亲们多半留的是光头，不需要太高的技术。尽管如此，书印仍然养活不了他的蛮子老婆和一堆儿女。理发之余，他希望发挥自己的一技之长搞点副业，便在家里偷偷地画起"老灶爷"的神像，然后拿到20里外的水坡集上去卖。他画的"老灶爷、老灶奶"比朱仙镇上印的版画都好看，在集上很抢手。"文革"开始，书印在"右派分子"的罪名之上又加了一条"宣扬封建迷信"，革委会下令缉拿，书印畏罪潜逃，家里的蛮子女人在村里本来名分不正，此时更是一筹莫展。孩子们饿得耐不住，就往外婆家的茅屋里跑，孩子们知道那里有黄瓜丝凉拌的红薯面饸饹，有玉米面发酵蒸的切糕，有盐水煮的花生、黄豆……于是，外婆的茅屋又成了"右派崽子"们的收容站。外婆出身好，属于贫下中农里的"赤贫"，村干部拿她没有办法,只好网开一面,留下这一方"阶级调和"的世外桃源。

父亲母亲考虑到外婆年事渐高,一个人住在农村不放心,多次接她到城市来。每次进城住不上十天半月,外婆就浑身不舒服,就心烦意乱,就萎靡不振,像得了大病一样,立马要返回乡下,回她白庙陈的茅屋。外婆住惯了乡野中的那个绿色世界,适应不了这个灰蒙蒙的城市。

夏日的晌午,蓝蓝的天光映照着灰黄的茅屋,破旧的茅屋竟闪现出金子般的光泽,院子里黄河泥沙淤过的地面平整洁净,青石凿成的石碓边缘上烂了一块缺口,但并不影响在里面舂米,一只洗衣服的旧木盆盛着半盆清水,水里面飘浮着棉絮似的白云,鸡们和鹅们都寻找阴凉的地方睡觉去了,枣树斑驳的树阴下,外婆正坐在低矮的柳木罗圈椅里打盹,显得那么安详、宁静、和谐。

外婆那年虚岁已经九十,头发全变成了银白色,仍旧梳得紧紧凑凑,白土布大褂仍旧浆洗得板板正正,衣襟上别的一方蓝格格的土布手巾仍旧折叠得整整齐齐。只是外婆那瘦高的身量已明显地佝偻下来,白净的脸上布满了皱纹,薄薄的嘴唇由于牙齿脱落凹陷得更深,颧骨反而显得更为突出。尽管如此,仍旧不难想象出外婆年轻时是一位姿容俏丽的女人,外婆肯定也年轻过。

现在的女人,年轻漂亮就是资本,不用费多大气力就可以换来华衣美食、汽车、别墅,乃至美国的绿卡。在外婆年轻的时候,白庙陈一带的乡村里并没有这一类的商品意识,外婆的漂亮,就像山中野花的美丽一样,是呈现给她自己的。然而,一位俏丽柔弱的女子在经过将近一个世纪的苦难磨炼后,最终仍旧能够活得这么安详、宁静、和谐,这么健康、清新、悠闲,这么坦然、疏朗、散淡,您就会感到外婆是多么地荣幸,现代社会里的能人、强人中又有几人能够达到如此生存境界?

如果可以的话,让我们纵向剖开外婆脚下的这块土地,黄土地层中将鲜明地显示历代黄河泥沙的层层淤积:中华民国二十七年、明末崇祯十五年、南宋建炎二年、西汉元光三年、春秋时周定王五年……每一层淤积中都浸染着斑斑血泪,都夹带着森森白骨,都压缩进道道废墟,每一层淤积都是一场悲惨的灾难。然而,这垒积百丈的泥沙并未能窒息掉中华民族的生机。我的白发外婆和外婆的茅屋就是一个有力的见证。外婆和她的茅屋就是穿透百丈淤沙迎风招展的绿叶。外婆没有多少知识没有多少文化,白庙陈也没有多少科学技术,"秦皇汉武,唐宗宋祖"对于茅屋中的外婆来说没有太多的意义,近在咫尺的"官渡之战"、"陈桥兵变"也不曾进入过外婆的意识,那么外婆究竟是凭靠什么在重重灾难中走出困境获取新生的呢?

"野火烧不尽,春风吹又生","血沃中原肥劲草,寒凝大地发春华",这些歌咏野草、歌咏承受苦难的野草的诗句中可能包含着一种哲理,隐喻了生命与自然之间一种相克相依的关系。也许,外婆正是凭借着人类本能中的与自然的亲和性、与自然界中其他生命的亲和性,才得以走出困境,渡过难关的。

外婆战胜自然灾难的力量依然得之于自然。

现代人却正在一步步地背离自然、丢弃自然、毁灭自然。让人担心的是,完全丧失了自然的现代人,当"洪水"再度袭来的时候,还能凭靠什么去建造自己赖以栖居的家园呢?那时候,无家可归的现代人也许会羡慕起外婆的这座茅屋来。

外婆在九十四岁那年走完了自己的一生。

灵堂就设在外婆茅屋前的庭院里,依照的是旧式葬礼。白庙陈健在的村民们都是她的晚辈,入殓的时候院子里外跪满了白花花的人影,其中包括地主柴志家和右派书印家的子孙,如今他们都已长大成人,并且在商品经济中成为白庙陈的一代能人,受到村人们的敬重。

从三官庙请来的两班唢呐吹起清越哀婉的乐曲,在虬曲的枣树枝桠间回旋荡漾。茅屋上空雪白的挽幛、雪白的魂幡、雪白的灵旗、雪白的孝幔参差披拂,仿若茅屋也生出了满头白发。

是的,茅屋已经很苍老了。

起灵了,白庙陈的村民们,将躺着外婆的黑漆棺材从茅屋中抬出,用真诚的哭声为这位上一世纪出生的老人送行。阳光和煦,送殡的队伍在唢呐声的导引下,蜿蜒行进在初冬的麦田里,一路抛洒下漫天飞舞的纸钱。外婆活着的时候,一辈子没有见过这么多的钱币。

院子里冷清下来,没有了外婆的茅屋显得空空荡荡。茅屋也已经走进它生命的黄昏。

1996 年 8 月 15 日于郑州

鱼树禅机

许多天里,我眼前一直晃动着两个影影绰绰的意象:一个是"树",一个是"鱼"。

这大约与沈阳出版社出版的一本王蒙先生的散文随笔选集有关。选集雪白的封面上用淡墨勾勒出一个赤裸裸的男子(有生殖器为证),目光睐睐地盯着一棵枯树树梢上的一条大雨,大鱼也睁大了眼睛略带着调侃的眼神注视着那赤身裸体的男子。此画的作者是"李老十",一位我未曾谋面却崇仰已久的画家。

这次我却有些恼火,我觉得,老十画的那个近乎丑陋的赤身裸体的男子应该就是我,因为这本集子中就收录了王蒙为我的《超越语言》一书撰写的评论文章:《缘木求鱼》,封面上的写意画写的不就是这个"意"么!同时,我又不能不为老十画中的神韵所震动,我不知道老十在设计这书的封面时是否翻阅过我的那本《超越语言》,我想,他不一定有那个功夫,然而他却画出了我写那本书时的意绪。因为在《超越语言》一书的"题记"中,我自己用白纸黑字写下了如此供词:"我仅有的只是一条裸露的生命,一颗神往的心。"

"缘木求鱼",语出《孟子·梁惠王上》:"以若所为,求若所欲,犹缘木而求鱼也。"那意思显然是说：南辕北辙，迷失了常识，走错了方向，白费了气力了。在王蒙的文章里却是贬词褒用，几乎把"缘木求鱼"比作希腊神话中那位可怜的推着石头上山的西绪福斯了。王蒙说，"缘木求鱼"的本意当然是嘲弄和否定，但从另一方面看，也是难免的、浪漫的、有趣的乃至悲壮的，甚至也是美丽而又令人迷惑的，缘木升空后甚至有得到其他怪鱼、宝鱼的可能。缘木而求鱼，不正是对于"木"的超越吗？我知道，这是王蒙先生对我的鼓励，然而从那时起便在脑海里悬挂起一个疑问：树上是否果真有鱼？鱼儿又是如何飞到树上去的？后来再翻书，便处处留意起"树"和"鱼"这些字眼来。

不久我便读到一些报道，在我国的广西、湖南等省份的山涧溪流中生活着一种水陆两栖的"鱼"，名叫"大鲵"，它的胸腹部长有四只脚，脚上有爪，便可以时常爬到树上，甚至还能够猎捕树上的小鸟，如果这时我们"缘"树而上，就可以"求"到这种被叫做"鲵"的大鱼了。仔细一核对，又出了问题，原来这"鲵"虽然挎了个"鱼"字的偏旁，并不是真正的鱼，而属于一种似鱼非鱼的两栖类爬行动物，该划入鳄鱼们的家族。

来到海南岛后，朋友邀我到琼山县的东寨港去看红树林。这红树林并不就是红颜色的树林，树叶仍是绿色，有些像是冬青。之所以叫"红树"，大约是因为它的树皮可以制作赭红色染料。与众不同的是森林就生长在海边滩涂上，涨潮的时候，整个浸沉在海水中。红树是一种古老的"胎生"植物，在地球上已经剩下不多，属珍奇稀有树种。我到东寨港的那天，风和日丽，正赶上潮水涨满的时候，天空特别蓝，海水也特别蓝，一望无际的红树林，在海面上露出一堆堆起伏不平、苍翠欲滴的树冠。我们乘坐的舢板就在那弯弯曲曲的林间小路（是水路）上缓缓漂浮。透过平静的海水，可以看到海水中那茂密浓重的枝叶，那粗壮遒劲的树干，同时，我又隐约看到一些像梭子一样黑糊糊的影子穿游在红树的绿叶与枝桠间，那不就是鱼吗？我立时兴奋起来，我终于看到了树上的鱼！"缘红树而得海鱼"，海南岛的东寨港，你了结了我"缘木求鱼"的一个夙愿！转念一想，觉得又有些不对头，一个明显的事实为"缘木"之前务必先要"下海",一旦海水退去,鱼也就无影无踪,这东寨港的"缘木求鱼"说到底仍不过是"下海捞鱼"。多少给我一些心理满足的,仅仅是我梦幻般地看到树林间有过这么多活生生的鱼。

"鱼"与"树"的公案仍旧远未了结。

"鱼"与"树"果真就永远各自拘囿于阴阳两界,万世不相通融了吗？一个偶然的机会,我在重读雅克·莫诺的《偶然性和必然性》一书时,莫诺写在该书第 94 页上的一段话使我顿开茅塞,"鱼和树"的困顿思索立时进入一个新的框架、新的背景。这段话是：

> 如果在地球上出现了脊椎动物,并且开始了从两栖类到爬行类、鸟类和哺乳类的奇妙的发展系列,这是因为最初有一条原始鱼"想要"登陆进行探索,可是在陆地上却又动弹不得。就是这一条鱼由于行为发生改变,结果引起了选择压力,从而产生了四足动物的强有力的肢体。这个可称为进化过程中的麦哲伦的大胆探索者的后裔中,有的能以每小时 50 公里的速度奔驰,有的能以惊人的敏捷攀援树木,有的则征服了天空,就是说,在一种奇妙的形式下,实现、展开并扩大了那条太古时代的鱼的渴望和"梦想"。

莫诺的话揭示了"鱼"和"树"相结合的另一种契机,那就是从"鱼"的这方面改变自己,从而游出水面,爬上高岸,攀上树木,进而飞进蓝天。在生物史的链条上,的确存在过一条从鱼类到爬行类到鸟类的进化轨迹。莫诺告诉我们,那树间枝头自由自在飞翔跳跃的鸟儿们原来就是鱼们的后裔,从某种意义上说,原始的鱼类就是通过这种方式,完成对于"树"的征服。

在这条漫长的生物进化历程中,后来的考古学家们在 4 亿年前的古老地层中曾发掘出"总鳍鱼"的化石。1938 年 12 月,伦敦自然历史博物馆的女馆员拉蒂曼竟然在东非洲 300 米下的深海中捕到了一条依然活着的"总鳍鱼",

那是一种身长一米半、体重八十多公斤、身披铁蓝色鳞甲的卵胎生鱼类,在它的胸部和后腹部各长着两对粗壮如四肢的鳍,或许,这就是当年试图攻上大海滩头阵地的先锋勇士,就是那条"想要"攀上树木、飞上天空的"原始鱼"?

考古生物学家们还在稍后一些的中生代侏罗纪地层中发现了"始祖鸟"的化石,这是一种除了下边的脚爪、翅膀上还长着前爪的鸟,尾巴中有多节的尾骨,口腔里长着尖利的牙齿,总之,这是一只还没有完全脱离爬行动物特征的鸟,一个在从"鱼"到"鸟"的进化路途中走过一大半历程的生灵。

从"鱼"到"总鳍鱼"到"始祖鸟"到"鸟",一条"鱼"最终完成了对于一棵"树"的征服,经过了历时数亿年的长征,这是一次多么壮观的生命奇观啊!

谢谢你,雅克·莫诺,你的书为我最终揭示了鱼儿如何上树的玄机。

提起雅克·莫诺,我忍不住要多说上几句。他是法国一位著名的生物学家,对细胞内的微观控制论有着杰出的贡献,1965 年荣获诺贝尔奖,他的《偶然性与必然性》一书运用量子物理学开创的新的世界观,从生命的起源、生物的进化,到语言的发生、人类的命运,都有许多精到的阐发。这本书 1971 年在美国纽约的艾尔弗雷德·A·诺夫公司出版。1976 年 3 月由"上海外国自然科学哲学著作编译组"译成中文,1977 年 6 月由上海人民出版社出版。

在我的治学生涯中,雅克·莫诺的《偶然性与必然性》是给过我重大影响的少数几本书中的一本。这本书的定价是四角一分钱,当时的价格也就是一包香烟,这不是"钱",是一种"缘"。现在则连一只汤圆也买不到了。

从雅克·莫诺描绘的鱼对树的征服图景中可以得出这样的结论:生物有机体,要想改善自己的境遇,有两条途径,一条是改造外部的环境,一条是改变自身的习性。

目前,从世界范围讲,生态环境的恶化已经把人类逼入困顿危途。人类的池塘已经严重污染,人类作为塘中之"鱼"已染上许多麻烦的病症。直到目前,人们所能提出的对策仍不过是面向外部世界的"环境保护"、"环境治理",鉴于当年"鱼上树"的启示,人们是否可以从内部改变一下自己的生存方式呢?

我很敬重"罗马俱乐部"的创始人奥莱利欧·佩切伊对于地球生态危机的分析判断，在他看来，自然环境的危机其实还是人类内在的心理危机，解救生态困境还是要靠人的革命，这一革命的实质便是"人类精神的再生"。人类走出生态危机的途径只能是高扬精神的旗帜，使已经发生发展数百万年的人类再来一次质的飞跃，一次精神的进化，就像当年由鱼到鸟的进化一般。我曾把自己的这一感悟写在一篇题为《说(shui)鱼上树》的文章里，文章在《光明日报》发表后还被一所著名大学的中文系用作考核学生分析能力的试卷。

也许是一个预言，也许是一个谶语，中国古代文化典籍中的瑰宝《庄子》，在开篇第一章第一段就叙述了一个"鱼变鸟"的故事。鱼是大鱼，其名曰"鲲"，其广不知几千里；化而为鸟，鸟也是大鸟，其名为"鹏"，背若泰山，若垂天之云，绝云气、负青天，水击三千里，扶摇而上九万里，何等雄伟壮观！我想，人类这条已经积贮了巨大物质能量的大鱼，如若一朝充盈起新时代的精神而变为大鸟，那将是宇宙间的一件影响深远的壮举。

由鱼到鸟的生物进化过程需要亿万年，而人类由物质的池塘飞向精神的云天则可能只需要一瞬间。这一瞬间，即人们平时说惯了的"转念"。"转念"，也就是"转变观念"。

地球上的许多事，从生物的进化到社会的变迁到历史创造，往往发生在"一念"之中。莫诺反复议论的偶然性中包括"主体"一瞬间意念或观念的转换。比如，究竟是什么力量推动了生物界里由鱼向鸟的这一飞跃，复杂艰深的生物学化学理论恐怕全都说不清了。我注意到，莫诺在他的书中选了这样一个轻松的字眼做答案，那便是"想要"。

仅仅是有那么一条原始鱼"想要"登上陆地！

"想要"，显然属于主体内在精神领域目的性的活动，这是一种意向，一种幻想，一种憧憬。这是一股发自有机体心灵深处的内驱力，促使机体从内部发生变化的原动力。

"想要"，也就是我在《超越语言》一书"题记"中所说的那颗"神往的心"。

说起"想要",我于是又想到两则关于"想要"的故事来。

一则是一位大气功师的自白,他说他的少年时代正赶上三年自然灾害带来的大饥饿,母亲把一包饼干锁在柜橱里。他非常"想要",就蹲在柜橱前边神情专注地"想",不料,那锁在柜橱里的饼干真的就飞到了他的手中。用气功界的行话来说这叫做"意念取物",这当然要有点先天的资禀,一般人怕是不行的。

另一则故事来自国外的一篇报道,一个人被意外地反锁到一座冷库中,其实冷库的制冷设施并没有开动,库房中只有些凉。但是这人心中却万分的紧张,他"想"自己就"要"冻死了,于是,第二天早上果真就死在了库房里,身体上还留下了青紫相间的"冻伤",他其实是自己把自己"想"死的。

"想",竟然具有如此巨大的能量吗?上述两则故事可能不足为训,你不妨根据你自己的需要"想一想"。心想不一定事成,但在绝大多数情况下,"想要"无疑是事成的前提。

"想要",当然也是一种选择。雅克·莫诺在他这本书的最后讲到人类面临的处境与应持的态度时写下这样一段话:

> 古老的盟约撕成了碎片,人类至少知道他在宇宙的冷冰冰的无限空间中是孤独的,他的出现是偶然的。任何地方都没有规定出人类的命运和义务。王国在上,地狱在下,人类必须作出自己的抉择。

在这本书的开篇,莫诺曾把存在主义小说家阿尔贝·加缪的一段文字作为"题记",其中说道:西绪福斯提出了更高的信仰,他否定了天上的神祇而推石上山,我们必须想象西绪福斯是幸福的。

开篇与结尾两相对照,我似乎已经产生了那"会心一笑"的冲动。至此,我也许开始参悟了"缘木求鱼"以及"说鱼上树"的禅机。

今年春节过后,我由郑州乘火车返海南,路过柳州转车时多出半天的时间,问饭店老板近处可有游览之处,老板热情介绍说西行三里许,有"鱼峰山"。

可好,又把"鱼"牵扯了进来,我几乎觉得这是冥冥之中早已注定的,我必须来一次鱼峰山。

柳州是一座山城,是唐代大诗人柳宗元的流放地,早年读柳宗元的《登柳州城楼寄漳汀封连四州刺史》一诗,关于柳州就留下了一个僻远荒蛮、风急雨骤的印象。尽管今日已建成一座规模宏大的现代城市,但透过幢幢楼影,从山川形胜上仍可看出当年的凶险。市内多山,峦嶂如屏,山下多树,柳江曲折流过,"岭树重遮千里目,江流曲似九回肠"。这鱼峰山就在闹市中心拔地而起,既像一条巨大的立鱼奋鳞直跃天外,又像一只巨大的飞鸟敛翅冲入云霄,莫非柳州的这一石峰是庄周《南华经》中那个"鲲鹏"的化身?

缘木求鱼鱼峰山
说鱼上树鱼树缘

我想,那旷日经年纠绕我的"鱼树之思",可以托付给这风光无限的鱼峰山了吧。

1996年3月24日于海南大学荷花池畔岛

我们与牠们

> 同情动物是真正人道的天然要素,这是在思想的昏暗中亮起的一盏新的明灯,并越来越亮。
>
> ——阿尔贝特·史怀泽

在给这篇文章命名时,我不得不重新启用一个被我们文字改革委员会革除掉的汉字:"牠"。"牠"以"牛"做偏旁就直观地显示了"牠"侧重于指称与人类一样具有生命活力的"动物们"。中国的文字改革中"牠"字被取消,被"它"字所包容,于是,猫狗鼠兔牛马猪羊骆驼狐狸老虎大象全都成了与砖石土木塑料水泥桌子板凳痰盂马桶一样的"东西"。总之,凡是"人"以外的生灵万物,都不过是可资人们利用的"东西",这不意间又暴露出人类对自己以外的其他生命存在的冷漠与麻木。

我的这篇文章,恰恰是要具体讲述我们人类与动物们之间的关联纠葛、是非原委的,与"我们"相对,非使用"牠们"一词才显得贴切、传神。事出无奈,只有乞请汉字改革委员会诸公的原宥并恳求编辑朋友的合作了。老实说,我还有一个私心或者说"野心",即企图从启用并重新界定这个被现代人遗弃的"牠"字开始,为"牠们"即地球上的众多生灵,在当今世界上争得一个合情合理又合法的地位。

一

回顾即将过去的20世纪,人们往往惊骇而又悔愧于人类之间发生的种种悲剧,第一次世界大战、第二次世界大战,以及如年节放鞭炮般连绵不断的局部战争,人肉横飞、血流飘杵。人与人之间的争斗厮杀固然惨烈,然而,从人类存在的整体状况看,最终的结局似乎又无伤大雅,杀来杀去,世界上的人口却由上个世纪的十几亿增至如今的五十多亿,足足翻了三番!

但另一面,对于地球上发生的持续更久的人与动物之间的"战争",却很少有舆论进行公正的评判。岂不知这场人与兽的战争,力量更为悬殊,战况更为残酷。多年以来,人们动用了罗网、陷阱、刀箭、枪炮、摩托、快艇、化学药物、遗传工程,动用了自己全部的聪明才智,捣毁动物的巢穴,霸占动物的家园,锯角拔牙、食肉寝皮、剖腹取胎、敲骨吸髓,使众多物种蒙受灭绝之灾。据有文字的记载,荷兰人占据台湾后的一年,便从这个岛上贩运走20万张鹿皮;1970年度美国从澳大利亚进口51万张袋鼠皮。据新华社长沙电报道,永州市一年销售活蛇80吨,获利四千多万元。一则来自台湾的最新报道,云林县一家冷冻厂一次查出海豚肉五千多公斤。又何曾有谁为这些鹿们、蛇们、袋鼠们、海豚们伸张过公理正义?

事情很可能坏在作为西方思想文化支柱的《圣经》那里。《圣经》中记载,上帝照着自己的形象造人,并承诺人们:"地上的走兽和空中的飞鸟,都必须惊恐惧怕你们。连地上一切昆虫并海里的一切的鱼,都交付你们手中。凡活着的动物都可以作为你们的食物,如同我赐给你们的蔬菜。"在上帝与人的契约中,人类成了地球上的主宰,人类之外的所有生灵,只不过是人类餐桌上的一道菜,动物们生来就是为人类充作食物的,不再拥有道德权利。

也许,正是《圣经》中的这个上帝,把地球上的生态系统搞乱了套。

古时候的中国哲人并不这样认为。《列子》中讲到人与动物的"关系史"时,曾站在动物们的立场上说了这么一段话:"太古之时,(禽兽)则与人同处,与人并行。帝王之时,始惊骇散。逮于末世,隐伏逃窜,以避患害。"由是观之,人与动物的关系是随着时代的推异不断恶化着的。《圣经》中借上帝之口宣讲的"创世"思想,不过是"帝王之时"的人类观念,倒是哲人看得比上帝更透彻些。无外乎当代西方的生态伦理、动物保护主义者都热衷于从东方古老的思想宝库中寻求道义上、逻辑上的支撑。被爱因斯坦誉为"我们这一世纪最伟大的人"的阿尔贝特·史怀泽(Albert Schweitzer)就说:"在中国和印度思想中,人和动物的问题早就具有重要地位。"

《列子》中的议论似乎处处和《圣经》中的箴言唱着反调,比如那则"齐田氏宴客"的故事:齐国贵族田氏大张宴席,山珍海味,奇兽稀禽,极尽奢靡。田大官人一边剔着牙缝,一边得意洋洋地说:"老天爷(上帝?)真是太看重我们人类了,生出这么多的飞鸟游鱼供我们食用!"食客们无不拍手响应,"人类自我中心"的嘴脸暴露无遗。一个姓鲍的12岁的孩子却当头泼下一瓢冷水:"类无贵贱……人能够吃上飞鸟游鱼,只不过是人在某些方面比鱼、鸟们多了些智力技能罢了。若非如此,那么蚊蚋虎狼吸人的血吃人的肉,难道人也是上天赐给蚊蚋虎狼的食物吗?"在这个孩子看来,人类与动物,"我们"与"牠们"在大自然生物圈中应当是平等的。

类似的故事,还曾发生在哲学家杨朱家里。

杨朱的弟弟杨布外出时遇上大雨,半路上脱下淋湿的白衣换了件黑衫,进大门后家中的狗冷不丁没有认出他来,冲他狂吠了两声,杨布便大发脾气对狗拳打脚踢。杨朱看不下去,便出来为狗辩护:"老弟不妨设身处地想一想,假如你的狗出门时一身白毛,返家时却变成一身黑皮,你就不惊怪吗!"一句话为狗解了围。杨朱能够推人之心置狗之腹,不以人的霸权欺凌无辜之狗,算得上一位生态伦理学模范了。

叙述更详尽的,还是那则"梁鸯驯兽"的故事。

梁鸯是周宣王时代农林部里的一名差役,他的工作是驯养野生的动物。不只是野鸡、野鸭、野鹿,即便是狮虎、豺狼、鹰隼、鹗雕之类的猛兽凶禽,一旦放进梁鸯的饲养场,全都变得柔驯异常。异类杂居,子孙满堂,简直成了一个安乐祥和的伊甸园。宣王惊奇地问他究竟使用了什么手段?梁鸯说:我的办法只是诚心诚意地对待这些野兽,任其天性,顺其自然,既不特别讨好,也不故意冒犯,"吾心无逆顺者也,则鸟兽之视吾犹其侪也"。说穿了,梁鸯驯兽的办法就是放下人类的架子,与动物打成一片。努力消除"我们"(吾)与"牠们"(其侪)之间的界限,野兽们自然也就拿他当作自己人看待。阿尔贝特·史怀泽一生都在为一种"无界限的伦理学"奔走呼号,希望把人与人之间的道德原则推广到人与动物之间,他和中国周代的梁鸯在生态保护方面弹奏的是同一部乐章。

也许是物极必反吧,从来不把动物的权利放在眼里的西方人,却后来居上,从史怀泽的《敬畏生命》到利奥波德的《大地伦理学》、罗尔斯顿的《生态伦理学》,不但有主义,而且有组织、有行动。"禽兽们"的地位在快速上升,一些动物保护组织的积极分子甚至跑到动物园里"砸牢笼"、闯进实验室里"劫法场",闹腾得人心惶惶。在英国,一些坚定的动物权利捍卫者,已经把酷爱打猎的查尔斯王子圈入他们"围猎"的对象,如果这位王子不放弃对动物们的暴力行为,他们就将"为兽除暴",对王子采取行动。不久前,美国的一群动物保护运动的干将在流行歌星凯特·皮尔森率领下,化妆成母鸡、奶牛、羔羊、猪崽模样,拥入梵蒂冈彼得广场,对教皇保罗二世实施"逼宫",勒令教皇改变上帝的初衷带头"素食",慌得大批军警持械赶来护驾。

二

伦理学可能正在进行一场重大变革,其主要内容是面对威胁全球的生态危机，尽快将生态系统内部的自然规律转换为人类社会生活中的行为规则、道德律令、精神信仰。而人类与动物之间的关系协调，在这一伦理学变革中注定要首当其冲。如何处理好"我们"与"牠们"的关系，不仅仅是出于对动物们生死存亡的关切，也不仅仅是基于对地球生态环境的保护，同时还必将成为人类思想文化史中的一次转折，它有可能使人类日趋暗淡的精神灯火再度大放光明。

如略加分析，这场发生在人与动物之间的伦理学革命，有可能在"工具理念"、"道德观念"、"精神信念"三个不同的层面上进行。

工具理念层面，这仍然是一个功利性、实用性、操作性很强的层面。

环境的恶化，物种的锐减，生态系统的严重失衡，人类在生态困窘的胁迫下，开始意识到人类在生物链上并不是一个孤立的存在，也不是一个至高无上的存在，人类与其他生物不过是"一条绳上拴着的蚂蚱"，本是共生共依的。为了自己的生存利益，人类不得不对包括动物在内的其他生物表示宽容，做出让步，乃至付出爱心。目前在地球上许多地区和国家实施的有关捕猎的禁令，对濒危动物、珍稀动物的人工养殖，自然保护区的划定，都属于这个范围。这种做法其实并不新鲜，在中国古代，《礼记》《论语》《孟子》等儒家典章中都曾有着细致严格的规定。比如："禽兽以时杀"、"谨其时禁"，不能一年到头无休无止地滥捕。即使在规定的捕猎时间里，也要做到不杀幼兽、不杀孕兽，捕鱼的网眼不能太小，钓钩也不能太多，不食雏鳖、不射宿禽，网开一面，不竭泽而渔。先秦时代还为执行这些法令专门设置官吏，"不如令者，死无赦"。这些做法，看似对动物们施"仁政"，实质上仍不过把动物们的血肉之躯当作人间物质财富的天然资源。对动物实行"宽松政策"，目的还是为了"百姓有余用"，为了保证人类的"供奉优渥"，为了能够日复一日地"食不厌精，脍不厌细"，这和《圣经》中那"要生养众多、遍满地面、治理这地"的"圣谕"是一致的。对动物们的保护，同时也是对动物们的控制，以前没有控制或控制得不好，现在重新严加控制，以补回往昔造成的损失。这在伦理学上其实是一个很低的层面。

真正道德观念上的动物保护,是一个以人类反思自身、主动向动物界认同为支撑点的层面,这是一个最富有伦理学传统色彩的层面。

比如在西方,人们在笃信上帝许多年后,突然发现自己并不是上帝的儿子,不但不是"上帝"按照自己的模样创造了人类,反而是人类按照自己的模样制造了上帝。哥白尼的学说告诉人们,地球并不是宇宙的核心,达尔文的进化论揭示了人类不过是由"腔肠类""鱼类""爬行类"到"哺乳类"进化而来的一种"动物"。"上帝"如果真的具有人类的模样,那么"上帝"也该是一只"哺乳动物",或一种"气化"了的哺乳动物。待到弗洛伊德的"潜意识"理论创立之后,人们更加悲戚地看到,所谓"神圣的人",在骨子里面的最深处与其他动物的本能、欲望别无二致。

在古代的中国,人们没有进行实验的条件,仅凭着直觉与同情,已经深刻地领会到人与动物在"本性"上的许多相似之处。如《列子》一书中所指出的:"牝牡相偶,母子相亲;避平佑险,违寒就温;居则有群,行则有列;小者居内,壮者居外;饮则相携,食则鸣群。"一言以蔽之曰:"禽兽之智有自然与人童(同)者,其齐欲摄生,亦不假于人也。"

其实,在基督教文明出现之前的古代西方思想中,人与动物之间尚且没有一条太严格的界限。古希腊早期的诗人、哲学家色诺芬(Xenophanes,公元前570—前475)就坚决反对"人神同形",反而认为人类与牛马猪狗一样都是从"水"和"土"中生出来的,人与禽兽更为贴近,"从一条被打的狗的嚎叫中,听出一颗朋友的心"。

从这些古老的命题出发,一个"己所不欲,勿施于人"的道德律令就可以在"我们"与"牠们"之间成立。在当代生态伦理学的这一层面上,人们所做的是把人与人之间交往的道德原则,推展延伸到动物世界中,推行到人与动物之间。

生态伦理学的更高层面,展现在一个超验的、精神性领域中,人类对动物的尊重和友善是绝对的、无条件的,完全出自一种天性或信仰,一种内在的至高无上的需要,一种自发的深沉而又广博的敬畏与爱心。

在这个接近于"终极性"的层面上,科学与宗教虽然都在努力做出自己的解释,却同样都没有拿到确切可证的论据。科学仍然处于虚悬的假设,宗教依旧凭借坚定的信仰,科学和宗教共同面对的那个谜一样的疑团,于扑朔迷离中闪射出鼓舞人心的光芒。

美国哈佛大学的生物学教授 E. 威尔逊(Edward Wilson)认为人类天生具有"亲生命性","人类对其他生命有紧密的情感上的亲近性",这是一种"生物性的需求",是"天生"的,是"人种发展演化过程中的构成要素,是人类的体质与心灵成长的重要因素"。报载美国一名叫汤尼的男孩在一次车祸中头部重伤成了"植物人",百般医治无效。但是,有一天当他的小狗"鲁斯蒂"偶尔跳上病榻吻他舔他、哼哼唧唧向他表示亲昵时,他却神奇般地恢复了知觉,一把将鲁斯蒂揽进怀里。看来,人与动物乃至其他生物在生命的层面上,确实存在着微妙的沟通与交流。

阿尔贝特·史怀泽的生态伦理学有着浓重的神学色彩,但依我看,他立论的基础并不是《圣经》中基督教的教义,反而像是生物学家标榜的"亲生命性"。他认为"同情动物是真正人道的天然要素",他相信"人类与生物建立兄弟般的关系正是来自天国的福音"。与一般科学家们不同的是,他更强调生态伦理学中的"精神因素",强调人类必须"把自己对世界的自然关系提升为一种精神关系"。他坚信,精神层面上的生态伦理学的建立,必将"在思想的昏暗中亮起一盏新的明灯,并越来越亮"。

人类与自身之外的其他动物达成信任与和解,并非人类对动物的恩赐,也不仅仅是人类缓解生态危机的策略,而是人的内在需求,一种超越现实功利的渴望,一种充满敬畏之心的信仰,一种趋向完美完善的自我塑造。比眼下功利更重要的是,"我们"将在对"牠们"的理解、尊重的过程中变成另一种人,一种真正的人。史怀泽说:

由于敬畏生命的伦理学,我们与宇宙建立了一种精神关系。我们由此而体验到的内心生活,给予我们创造一种精神的、伦理的、文化的意志和能力,这种文化将使我们以一种比过去更高的方式生存和活动于世。由于敬畏生命的伦理学,我们成了另一种人。

史怀泽的生态伦理学精神已经在世界上许多国家播散出深远的影响。爱因斯坦赞扬他的事业"是对我们在道德上麻木和无心灵的文化传统的摆脱",这种"文化传统"应是西方工业文明渐次酿成的那种文化传统。

在东方,却随处可以寻访到与史怀泽的生态伦理学息息相关的古代文明,一种将自然与人同时融汇在宇宙精神中的文化传统。

佛经中讲"广结善缘"、"普度众生",其中是包括了"畜界"的。佛祖释迦牟尼早年修道时让鸟雀在头顶上做窝,为了不惊动鸟儿们的孵化生育,屹立风中雨中百日之久。这位净饭王的太子正是在对于禽兽们的关怀爱惜中修行成佛的。

动物保护在印度教中占据重要意义,而保护的核心动物是"牛",在西方人看来,这种固执的态度可能是近于愚妄的。圣雄甘地解释说:牛是人类的挚友、丰足的象征,是万物的母亲,是同情的诗歌,是印度教长存于世的护法,"牛意味着全部非人的万物,通过牛,人类与一切活物团结的使命得以实现"。"护牛是人类发展史中的最奇妙的现象之一,它使人得以超越自己的种类"。写到这里,我不由得又想起那个被现代中国人遗弃了的汉字"牠",中国古代人在造字时特意用了个"牛"字旁,是否和古代印度人的思维一脉相通呢!

美国的生态伦理学家 H. 罗尔斯顿(Holmes Rolston)把实现人与动物和解的生态理想寄托于中国化的佛教禅宗,认为"禅宗在尊重生命方面是值得人们钦佩的",它并不"在人类与自然之间标定界限","对于禅宗来说,精神可渗透在自然之中,这就为环境伦理学提供了较好的保证"。

关于"精神与自然相渗透"的思想,显然可以追溯到中国古老的"天人感应""天人合一"的文化传统中。《庄子》或《列子》中常常描绘到那些"圣人""真人""神人",总是具备这样一些本领:入水而不濡,入火而不热,游金石而不窒,闻疾雷而不惊,砍挞无伤痛,抓搔无疼痒,乘空如履实,寝虚若处床,上天入地无遮无碍。至于他们为什么能够修炼成这些本领,惟一的解释是因为他们能"身与物化""回归自然",能够"齐天地""外生死""超利害",他们的身心已经与自然达到了"同一性"。这样的人,才称得上真正含义上的"神仙"。

有趣的是,中华民族最初的一批受人膜拜并神灵化了的祖先,全都是一副半人半兽的尊容:盘古是"龙首蛇身",女娲是"人面蛇身",伏羲是"牛首人身",皋陶是"人面鸟喙",大禹的本相则是一头"大熊"。如若要用现代汉语中的人称代词来称呼我们的这些可敬畏的老祖宗,真不知是该使用"他们"还是"牠们"!

从中国古代典籍的记载中还可以看出,远古时代人与兽的关系似乎要比现在亲近融洽得多。尧帝时"击石为乐",引来百兽齐舞;舜帝时"箫韶九成",招致"凤凰来仪"。炎帝是娲氏之女与神龙交感所生,而炎帝生下的女儿则多半是鸟的化身,大的叫白鹊,小的叫精卫,也就是那个"衔木填海"的红爪子小鸟。皋陶是舜帝时代的大法官,他的业务助理却是一只名叫"獬豸"的性情忠贞、刚直不阿的独角怪羊。当炎帝与黄帝反目为仇大战于涿鹿时,各自率领的将校竟是虎豹熊罴鹰隼鸥鹗,远古时代的传说可能经不起实证的推敲,但总可以看出那时候人的世界与兽的世界还远不如后世那样泾渭分明。

远逝的传说往往被不满现实的思想家们幻化为憧憬未来的蓝图,或者升华为对于某种理想境界的崇仰,这也是一种乌托邦。继形形色色的许多乌托邦幻灭之后,生态学意味的乌托邦已经在当代人的精神空间中升起。所谓精神层面上的生态伦理学,似乎就是一种生态乌托邦。看似虚悬的乌托邦往往具有强烈的现实意义,它将为扭转历史的错误、走出现实的颓败而辐射出精神的能量。

在人类的精神追求历程中,东方人与西方人长期不在一个方向上。西方人将人与自然的剥离、人对自然的支配,看作人的进步与提升。人只有与那个高高在上的理念性的上帝认同,才能够升进天堂。而中国人则将亲近自然、化入自然,视为返璞归真,人只要与那个混沌的自然完全化为一体,便会得道成仙。

东方式的精神追求显然更趋向生态学的理想。

现在的情形是:天堂之路已被人们自己弄得支离破碎,而回归之路则早已经湮塞荒芜、渺无踪迹。人类已陷入进退两难的境地。也许还有第三条道路可以选择,那便是从人类自身的反思出发,逐步改善、协调人与自然的关系。

包括"我们"与"牠们"的关系。

三

的确,"我们"现代人类较之"牠们"众多动物来说,是处于生物进化的顶峰,但这并不应当成为我们在地球上为所欲为、作威作福的理由,人类倒是应该因此对地球生物圈的安危承担更多的责任和义务,对自己的思想、行为做出更经常、更严格的反省与规范。

一个显而易见的事实是:言语的出现、智力的提高、思维的发达、知识的积累、财富的增长、科学的进步、技术的改良,都不会成为社会伦理学意义上"善"的保障,更不会成为生态伦理学意义上"善"的保障。回顾人类社会中已经发生过和正在发生着的许多事情,人类不能不时时感到羞愧,再也没有勇气大声说上一句:"我们比牠们好。"

比如,狼吃小羊,鲜血淋淋,叫慈善的人们很有些目不忍睹。但是,一般说来狼只是在饥饿的时候才出来捕食猎物的,它们的目的很单纯,仅仅是为了果腹。而不久前广东省高要县一个农妇仅仅为了给自己消灾禳祸,便伙同自己的儿子一口气毒杀243头生猪、300多只活鸡、10头耕牛、18条人命(其中不少是未成年的孩子）。

比如，狼吃小羊，尽管血淋淋的残酷，但是狼在吃小羊时并无意给小羊同时施加"人格"上的污辱。人则不然，堂而皇之的《二十四史》中记载，战国时代的赵襄子杀了智伯后还漆了他的颅骨盛酒喝；到了晋代的姚方成更有了"进步"，竟砍下对手徐嵩的头颅"煮而漆之"做了尿壶。后秦时代的贵族符朗到了东晋当了降臣后排场不倒，宴会上公然带了年轻的女奴充当"痰盂"，将一口口的浓痰唾到女奴口中，以显摆自己的尊贵。动物界曾流传着"干辙之鲋，以沫相濡"的佳话，而人类世界竟干下了如此"以痰相辱"的丑行，这实在是整个人类的耻辱。

比如，"虎毒不食子"，表达了在动物界牢固存在的亲情之爱。一头母狼或母狗为了捍卫幼崽的安危，不惜拼上一腔热血。随手翻翻近日的报刊便看到两则这样的消息：一是湖北省天门市一吴姓男子乐滋滋地把自己3岁的儿子从外婆家骗出卖了3000块钱；一是川东大和乡一村民到河北省"放鹰"，把18岁的亲生女儿拐卖给人贩子。如此"人心人肺"远不如"狼心狗肺"！

人们总是习惯于责骂这些败类们是"衣冠禽兽"，那其实太委屈了禽兽们。一旦沦为禽兽的人，注定要比禽兽们卑污下流、狡诈凶残得多。人类历史上沿革下来的一些寓言故事，如《农夫与蛇》《东郭先生和狼》，明明谴责的是那些像蛇像狼一样的"恶人"，而人们却因此迁怒于"蛇"与"狼"。这也算是一些沉积千年的冤假错案，该是到了为"蛇们"和"狼们"平反昭雪的时候了。

四

20世纪末叶，地球也许真的转动到了一个"和解"的时代。首先是人类自身的和解：国内阶级斗争的刀光剑影渐渐隐去，国际上冷战的铁幕化作外交上的斡旋，世界大战、核大战的可能性变得比先前任何时候都更小了。与此同时,人与自然和解的呼声比先前任何时候都更急迫。在这样的整体氛围中,人与动物的关系史已经开始揭开新的篇章。

已经出现了种种斑驳杂陈的迹象:濒危的野生动物开始受到人类的保护,在海南岛的东方县、陵水县、白沙黎族自治县,"保护野生动物联合行动队"将一批又一批的陆龟、巨蜥、黄猄、坡鹿、穿山甲、果子狸、眼镜蛇从饭店酒家的肉案上解救出来放归山林。河南省西峡县一位错杀了金钱豹的山民被法院判坐两年班房。陕西省洋县一个姓张的莽汉因蓄意谋杀贩卖大熊猫,几乎赔上自己的脑袋。

禽兽们的优点越来越多地被人们发现并由衷地加以赞美,比如狗的忠诚、狐狸的智慧、猴的聪颖、大象的仁厚、八哥的谐谑、海豚的友爱、袋鼠的慈祥。老鼠与蟑螂本是动物中的"匪类",一直令人们深恶痛绝,然而,他们那顽强的生命力、超拔的生存智慧也开始令人肃然起敬。

与此同时,动物们的缺点和过失开始得到人们高姿态的理解和宽容。在美国佛罗里达州肯尼迪航天中心,一群闲不住的啄木鸟竟然把等候点火升空的航天飞机的隔热层啄出了71个洞,航天计划因此被迫推迟;然而,中心的人们并没有采取极端的手段去枪击或毒杀这些小坏蛋,只不过在航天飞机旁边放置了一只猫头鹰的模型,吓唬吓唬而已。

动物们的权利开始受到人们的尊重和维护。动物们的痛苦首先受到人们的关注,如果为了人类的生存不能不夺去动物的生命时,那么也要尽最大的可能减少他们死前的痛苦。在有些国家,不准虐待动物已明文定为法律,一个名叫罗伯特·霍姆豪斯的男子活埋了自己喂养的狗崽后东窗事发,法院毫不犹豫地判处他4个月的监禁、1000元的罚款,并且剥夺他5年内养猫养狗的权利。印度为牛设立了"敬老院",为年老体弱的牛们提供舒适的服务,使它们能够安度晚年。泰国则为大象们争得了"受教育权",成立了"大象学校",开设了"礼仪""技能""形体"等教学训练项目,毕业后由林业部正式发放证书,统一分配工作。一些美国人可能做得过头了些,开始为动物们争取"选举与被选举权",支持他家中的狗、猫竞选市长席位,被当局以"牠们"不会签署自己的名字婉言拒绝。

在人与人的交往日趋困难,人与人的关系日趋冷漠的情况下,人们更乐于和某些动物建立密切的关系,于是,"宠物"热成了波及全球的时代潮流。"宠物热"把动物当作人的玩物加以宠幸,主人们不但给他们宠爱的猫狗们洗澡、理发、美容、兜风,甚至还给牠们出"自传",赠遗产,为有吸烟嗜好的狗生产特制的香烟,为寿终正寝的宠物设灵堂、焚纸钱、超度亡魂。过分的溺爱有时甚至损害了宠物们的健康,据澳大利亚兽医伊思·比林赫斯特博士的跟踪观察,给狗加工生产的罐头食品反而大大缩短了狗的寿限,远不如让他们自己啃骨头。

文学艺术的着力渲染,加深了人们与动物们之间情感上的沟通。不管是西方或是东方,关于动物的写作正在一步步走俏,写"大象的哭泣",写"猩猩的羞涩",写"鹦鹉的撒娇",写"蜘蛛的美貌",写"旅鸟的驿站",写"热带鱼的守望"的散文、随笔都成了广受欢迎的畅销书。艾特玛托夫的小说《断头台》中的那头老狼引起了多少人的同情。纳塔莉小姐对"土狼"、"蟑螂"、"屎壳郎"饱含着智慧与忧伤的文学描绘,感动了成千上万的读者。一部题为《狮子王》的卡通电影,竟摘取了奥斯卡金奖的桂冠。这可能只是文学艺术走向动物世界的一场序幕。

也许是由于环境保护运动的深入开展,也许是因为公众生态意识的进一步觉醒,也许是因为人类的"亲生命性"在后工业社会文化中反被激发强化,也许仅仅是为宣传媒介所鼓动而凑一凑热闹,总之,人类与动物的和解已经开始了。尽管还有许多理论问题需要探讨,尽管还有更多的实际问题需要协调,这一和解的意义仍然不能低估,它已经为地球走出梦魇般的生态困境升起一个令人振奋的信号。

五

生态伦理学之父 H. 罗尔斯顿在描述一种美好的地球生态理想时，曾借助佛教禅宗里的一个隐喻：因陀罗网（Indra's net），并解释说："中心是明亮的烛光，四周是灿烂的宝石，它们交相辉映，它暗示将美好的事物融合于世界之网中"。

在佛教典籍中，"因陀罗网"是吠陀神因陀罗拥有的一张无限大的网，挂在他位于须弥山的宫殿上方。须弥山是佛教和印度教宇宙学的轴心。在东亚佛教中，"因陀罗网"被认为在每个顶点都有一个多面宝石，每一个宝石都反映在所有其他宝石中。华严宗就将"因陀罗网"的形象用于描述宇宙中所有现象的相互联系或"完美融合"。罗尔斯顿特意提出的"因陀罗网"，该就是佛教理想中的"生态系统"。

在地球这个现实世界的"因陀罗网"中，七大洲、四大洋、天空、大地、森林、河湖、风雨、雷电、人类、动物、植物、微生物，不同样应当和谐相处、交相辉映吗？那么，在地球上处于主导地位的人类，又将如何善待我们的生存环境、善待我们的生存伙伴呢？

对此，我们不能不认真地思考，积极地行动。

1996 年 4 月 6 日于海南大学荷花池畔

中国村落的诗意栖居

"诗意栖居",原本是德国诗人荷尔德林(Friedrich Hölderlin)的诗句:"人诗意地栖居在大地上",后来被海德格尔(Martin Heidegger)用来阐述他的存在主义哲学:栖居,是人在大地上的生存居住,大地是大自然,居住在大地上即是人与自然同在,"诗意栖居"就是人与自然自由自在、相偎相依地和谐共处。"栖居是以诗意为根基的",诗意也是人的存在的根基。

本文把"诗意栖居"的桂冠戴到中国农村的头上,恐怕只会引来一片讥笑,被视为无端浪漫的小资情调。这种讥讽不无道理,当下的中国农村的确很难寻找到多少诗意,尤其是对于在农村"栖居"的原住民来说。生机勃勃的青年男女纷纷背乡离井投奔喧嚣的大城市,余下的是空巢老人和留守儿童,传统的村落被裹挟朝着城市化、工业化的方向发展,往昔的田园风光渐渐在人们的视野中消失。一位在城市打工的年轻人曾用诗歌的语言向人们倾诉故乡村落的凋敝:"樟树在昏睡"、"青山在颤抖"、"阳光积满灰尘"、"河流漂着油腻"、"风声中夹着铁片"、"树上的鸟儿一脸颓丧"、"连寂静也染上了疾病":

再见了,五谷,果树,溪流,槐树,榕树

> 再见了蝉鸣、青草、紫云香的童年
> 当最后一根稻子倒在推土机间
> 这个有着上千年的村落将消失在那里
> 月光再也穿不过水泥、铝合金的门户

对于这些走出乡土、进城打工的青年农民来说,农村不但已经失去诗意,甚至也失去了居住的价值与意义。

但并不能就此断定农村从来就没有诗意。

在中华民族最初栖居的田野与村落,曾经处处洋溢着诗的情调与风韵。最早的一部诗集《诗经》,其中最精彩的篇章都是先民日常农耕生活的写照:大田、泽陂、蒹葭、绸缪、园有桃、摽有梅、野有蔓草、隰有苌楚、鱼藻、鹿鸣、伐柯、伐檀、采薇、采菽、采苓、采蘋、绵绵瓜瓞……那时的农村生产力虽然低下,但你不能不承认人与田野还是处在一个共生共存的有机体中。《诗经》里的这些篇什可以证明我们的先民是怎样"诗意地栖居在大地上"。

两千多年前的庄周,本是豫东经济植物园的一位园丁,日常相处的无外乎抱瓮灌园的农夫、捕蝉林下的老汉、杀猪宰牛的屠户、技艺高超的石匠和木匠,然而却写下许多诗意盎然、寓意深刻的散文,不但传诵千古,而且传播到世界各国。细心品味,不难发现《庄子》书中的哲理与诗意多半得之于他的农业常识与农村生活经验。

陶渊明出身贵族、早年混迹官场,中年后回归乡野、志在农耕、死心塌地做起了农民,在柴桑大地上与乡村父老朝夕相处,谱写下一系列优美绝伦被命名为"田园诗"的诗篇,成为中国文学史上最伟大的诗人!"山涤余霭,宇暧微霄。有风自南,翼彼新苗。"(山峦沉浸在淡淡的云霭间,天空中和煦的南风徐徐吹过,田野上绿油油的禾苗像是被鸟儿的翅膀扇动,起起伏伏摇摆不停。)仅仅十六个字,天空大地,山野田园一览笔底,欣悦之情溢于言表,这是诗人对田园风光的宏观礼赞,若无切实的农村生活体验与热爱,是绝对写不出来的。

唐宋时代,诗人辈出,且多是陶渊明的传人。许多歌咏田园村落的名句,千百年来广为传唱,如王维的"屋上春鸠鸣,村边杏花白",杜甫的"两个黄鹂鸣翠柳,一行白鹭上青天",孟浩然的"开轩面场圃,把酒话桑麻。待到重阳日,还来就菊花",范成大的"昼出耘田夜绩麻,村庄儿女各当家。童孙未解供耕织,也傍桑阴学种瓜",苏东坡的"软草平莎过雨新,轻沙走马路无尘。何时收拾耦耕身?日暖桑麻光似泼,风来蒿艾气如薰。使君元是此中人",辛弃疾的"茅檐低小,溪上青青草。醉里吴音相媚好,白发谁家翁媪。大儿锄豆溪东,中儿正织鸡笼;最喜小儿亡赖,溪头卧剥莲蓬",陆放翁的"莫笑农家腊酒浑,丰年留客足鸡豚。山重水复疑无路,柳暗花明又一村。箫鼓追随春社近,衣冠简朴古风存。从今若许闲乘月,拄杖无时夜叩门"。以上诗句无不体现出诗人对田野村落、乡居乡情的一往情深。

享有世界声誉的清代小说家兼诗人蒲松龄,一生留下数以千百计的讴歌青林黑塞、花妖狐鬼的诗文,呈现出他"物与民胞"、钟爱生灵万物的生态人格、生态情怀。而他本人不过是山东临川县蒲家庄一位土生土长的"小学民办教师",他的那些宝贵的创作素材、创作灵感多半是从村口巷头、树下井畔、村妇村夫的闲言戏语中得来的。

从《诗经》《楚辞》《汉乐府》到唐诗、宋词、元曲,加上民歌、民谣、俚曲、时调,中国古代保存下来的诗歌何止数十万首,世界上任何国家难以与中国比肩。因此,中国在世界上被称作"诗的国度"。中国成为"诗国",这恰恰是与中国漫长的农业社会相关。在农业社会,人与大地天空、与自然万物血脉相连,人与大自然拥有更直接、更亲近、更密切的关系,中华民族正是长期栖居在大地的怀抱之中,才拥有更灵动的诗心,才挥洒出更饱满的诗意。

直到"五四"新文化运动兴起,那批载入辉煌史册的杰出文学大家,如鲁迅、胡适、朱自清、沈从文、丁玲、肖红,无一不是生长于农村或与农村毗邻的小县城,他们从童年时代就受到农村生活的熏染,乡村生活的情绪记忆成为他们从事文学创作的永不枯竭的源泉。鲁迅小说《故乡》《社戏》中描绘的田野、村落中质朴、清纯、悠闲、友善的风土人情,应是中国传统农村生活固有的风韵与境界。沈从文的代表作《边城》《萧萧》,以抒情诗般优美的文笔描绘了湘西乡镇特有的风土人情,字里行间散发着清香的泥土气息和村民们质朴、醇厚的生活情趣,在生机盎然的乡野之中展现出人性的善良美好。这些篇章再度证实村落与田园是诗意的渊薮。

说到这里,我可能又要遇到严厉指责:你把农业社会、农业时代说得太好了,难道你没有看到那个时代农民遭遇的贫穷、苦难与不幸?

是的,农业时代绝不是一个完善的、完美的时代,这个已经过去的时代曾经充满疑难与困厄,比如:生产力低下,物质财富匮乏,战争频仍,贫富悬殊,皇帝独裁专制,恶霸横行乡里,官府狂征肆敛,官员贪污腐败,遇到灾荒年头往往人畜绝粮、饿殍遍野等等。

不过,这些问题即使在今天的世界上,无论是发达国家或是迅速发展的国家,也都没有完全得到解决。比如现代美国,贫富之间悬殊的程度远远大于中国的古代;中国古代传说中的富豪石崇、王恺比起华尔街的财阀完全是小巫见大巫。就战争的惨烈而言,过往的任何战役也赶不上20世纪爆发的两次世界大战。有些问题,看上去解决了,但同时又引发始料不及、更为严重的问题。比如生产力的提升对生态环境的破坏;物质财富的增长致使道德水准的沉降。

传统的乡村田园比现代都市总是蕴含更多的诗意,这是基于人的天性、人与自然在其根基之处的关系。西方马克思主义思想家马尔库塞(Herbert Marcuse)曾风趣地指出:男女青年在树林子里做爱与在汽车里做爱是不一样的。司马迁的《史记》中记载,春秋时代,一对夫妇在树林中、月光下、清风里的"野合",曾诞生了我们的至圣先师孔夫子;如今发生在奥迪、奔驰里的"车震",把人类最自然的天性也都机械化了,真是应验了大地伦理学家利奥波德(Aldo Leopold)的说法:现代人变成一只机械的蚂蚁。

农业落后,农村肮脏,农民愚昧,农业时代暗无天日,这些说法多半来自启蒙理性的成见对于农业时代的"污名化""妖魔化"。对湘西乡村深有理解的沈从文则站在对立的立场,始终把自己称作"乡下人",对农村、农民充满同情。作为一位享有世界声誉的杰出作家,他对"乡下人"的认识是超越时代的,他指出:

> 正直善良乡下人,有捕鱼的,打猎的,有船上水手和编制竹缆工人……然而从整个说来,这些人生活却仿佛同"自然"已相融合。这些人比起世界上任何哲人,也似乎还更知道的多一些。
>
> "现代"二字到湘西,不过是点缀都市文明的奢侈品,而农村社会的正直素朴人情美,几乎快要消失无余,代替而来的却是一种唯实唯利庸俗人生观。

如果仔细读一读鲁迅的小说《故乡》就会发现,"迅哥"童年时代的农村是美好的,近乎一首优美的诗歌:

> 深蓝的天空中挂着一轮金黄的圆月,下面是海边的沙地,都种着一望无际的碧绿的西瓜,其间有一个十一二岁的少年,项带银圈,手捏一柄钢叉,向一匹猹尽力的刺去,那猹却将身一扭,反从他的胯下逃走了。

随着社会的发展,美丽的田园牧歌已经化为泡影,取而代之的是晚年闰土面临的农村的破败衰微、贫苦凋敝、麻木堕落。稍加追究不难发现,中国现代农村的陷落,责任并不全在农村,而恰恰是20世纪以来遭受现代工业资本社会浪潮无情冲击的结果,这在叶圣陶的小说《多收了三五斗》中有着清晰的反映。农民们一年到头辛苦种田,"收成不好,亏本;收成好,还是亏本!"工业界、金融界、银行洋钱、火车轮船、社会科学家、行业公会,一只只看不见的手就这样把江南鱼米乡拖向衰败之地。小说中一位戴旧毡帽的农民说:"我看,到上海去做工也不坏,听说一个月工钱有十五块,照今天的价钱,就是三担米呢!"

这位戴毡帽的兄弟该是"农民工"的先行者了。

优秀作家往往也是预言家。种地亏本,倒不如进城打工,这样的尴尬不一直延续了近百年,延续到了今天吗?

纵观世界现代化的进程,工业化、城市化总是要让农村、农民付出惨重的代价。英国工业革命时期"羊吃人的圈地运动"的悲剧源于此,美国殖民者对印第安人实施的种族灭绝政策源于此。在我为数不多的农村生活阅历中,也曾感受到过农村在工业化过程中遭遇的摧折。

1965年,三年经济困难时期刚刚过去不久,我在河南通许县农村参加"四清工作队",几乎一年的时间里与农民同吃、同住、同劳动,深深感受到农民的贫困、农村的落后。一日三餐吃的主食是红薯,顿顿蒸红薯、煮红薯、红薯干、红薯面饸饹,几乎见不到粮食,除了腌咸菜更不见有炒菜。我住的那家农户是一位年过七旬的老汉与他中年守寡的儿媳及两个半大男孩,天冷时家里唯一的一头黑猪就睡在主人床前。我与他的大孙子住在柴房的草铺上,不久便染了一身虱子。记得一次到队长家里收什么费用,只见男主人小心翼翼捧出一本小学课本,家里的全部积蓄都夹在书页里,我看到最大的一张票子是5角,而这位队长还应该是村里的富裕户。

直到许多年后,我才明白那时节为什么天天吃红薯。

当时为了高产,政府鼓励农民种红薯,规定四斤红薯可以顶一斤粮食,一亩地的红薯可以产两三千斤,折合粮食五六百斤,而小麦亩产才二三百斤,于是丰产的指标一下子就上去了。然而,待到农民交公粮时,上边却只要麦子不要红薯。为了加速工业化,为了支援城市建设,农民种的麦子全部缴了公粮还不够,自己只好顿顿吃红薯。红薯又不像麦子那样容易保存,天气稍一变暖,农民们只有吃坏红薯果腹。现在起这些,我的胃里仍然会泛起酸水。

不久前还有一件事让我很是郁闷。一位家在乡村、人在城市打工的朋友告诉我:乡里下达了新政策,村里的宅院长期不住就要收归集体充作城镇化置换用地了!这位朋友伤心而又无奈。(据说后来由于上级政府干预,这项土政策未能执行下去)我想,城市里那么多人买了房子不住,一些有钱有势的人甚至买数十套房子压根也没有想过自己去住,为什么就不能把他们的房子收归国有呢?

在那些热衷促进城市化的专家看来,农民们多吃点红薯、贡献出自己不住的房屋,只不过是社会进步道路上不可避免的牺牲。但为什么这些牺牲总是落在农民身上?中国的农民为了中国现代化的进程已经付出太大的牺牲、蒙受太多的委屈!

自欧洲工业革命以来,人们就将工业取代农业、城市取代乡村、农民变作市民视为绝对的社会进步;农业现代化就是农业工业化、农村城镇化、农民工人化。这样的观念已经如此深入人心:直到上世纪80年代,我国多少农村孩子把"当工人""吃商品粮""拿上城市户口"作为自己最高理想!在这种畸形的现代化进程中,农村已经成了人们渴望尽快逃离的不祥之地,还奢谈什么诗情画意!

如果说诗意意味着人的身心与自然、与环境的亲近、体贴、融会与和谐,那么处于大自然怀抱中的乡村田园,原本就是拥有诗情画意的。除了田园诗、山水画,查一查老祖宗留下的古代音乐:"高山流水""渔舟唱晚""平沙落雁""鹤鸣九皋""梅花三弄""阳关三叠""阳春白雪""秋月茅亭""黄云秋塞""潇湘水云""春江晚眺""秋江晚钓""桃源春晓""溪山秋月""浣溪沙""乌夜啼""蝶恋花""风入松""雨霖铃""醉花阴""渔家傲""采桑子""捣练子""梅弄影""鹊踏枝",无不取材于乡野、村落、田园。也许有人会说,这些不过是那些旧时代文化人的故作风雅,那么社会进步到今天,为什么连文化人也都失去风雅,拼命争出镜、抢流量、钻钱眼去了呢?

乡村诗意的流失与消解,原因本不在乡村,更不在农民,而是由于工业时代对农业时代的挤兑。据《蓝田县志》记载,唐代田园诗人王维的墓地位于辋川乡飞云山下白家坪村东60米处,占地数亩,遗存有墓碑与坟塔。上世纪70年代,由于建工厂、修公路、发展工业,墓地被毁。当地村民指认:诗人的坟墓如今就被压在向阳公司14号车间的厂房之下！"阳关三叠"的自然风光与讴歌田园的诗人是同时消失的。

中国农村的出路在哪里？

当年鲁迅在他的小说中就为中国农村、农民设想："他们应该有新的生活，为我们所未经生活过的。"这种生活该是什么？

凭借钢铁工业、纺织工业、线材工业、旅游产业和政府巨量贷款迅速发迹的"天下第一村"，被许多媒体宣扬得沸沸扬扬。"家家住别墅、户户开豪车"，一度被树为中国新农村发展的榜样。然而好景不长，最近已经露出破败之相。早在十多年前，一位敏感的学者就曾经指责过：四车道的宽广马路，兵营式的欧式别墅群，将开启中国乡土文化景观的毁灭历程，中华民族几千年来适应自然环境而形成的乡土遗产、充满诗情画意的乡土村落将成为历史。

我对农村问题没有研究，时而读到我国农业问题专家如温铁军、贺海峰、朱启臻诸位先生的文章，他们许多立足现实而又具有远见目光的见解总是能够引起我的共鸣。

朱启臻教授强调：乡村就是乡村，村落是自己长出来的。土地是农民的命根子，农民是土地的保护神。乡下人的生活节奏和大自然节拍相吻合，原生态的村落处处体现着尊重自然、敬畏自然，协调着人和自然的和谐共处。农户是农业的基础，农民是乡村的主人，村落是农业文化的灵魂，振兴乡村不是简单地把农村交给所谓的"企业家"、"承包商"让农业工业化、让农村城市化，而是合理地利用自然的智慧，让乡村变成更宜居、更美丽、更富有诗意的乡村。

比起大都市，美丽宜居的乡村更贴近人性，更贴近人与生物圈的和谐共处。初步解除贫困的农村，不但要振兴经济，同时还要振兴文化；不但要充实农民的钱包，同时还要充实农民的精神。

对于当代中国人来说，农村可不仅仅只是生产粮食的地方，它还是中华民族的精神故乡，"村头的一棵大槐树都凝结着几代人的记忆和感情"。对于即将到来的生态时代来说，农村的价值不仅在于农产品的供给。一个美好宜居的村落：溪流纵横的田野、有机轮作的耕地、林中放养的牛羊、狐狸藏身的山丘、松鸡栖息的沼泽、鲑鱼嬉戏的河流以及农家院前的疏篱菊花，将成为让城市人倾心羡慕的后花园。

伟大的爱国主义词人辛弃疾曾留给我们一首《西江月·夜行黄沙岛上》，生动地昭示了何为"诗意地栖居在大地上"：

明月别枝惊鹊，清风半夜鸣蝉。稻花香里说丰年，听取蛙声一片。
七八个星天外，两三点雨山前。旧时茅店社林边，路转溪桥忽见。

请再不要责怪这是旧时代文人的闲情逸致，清风白云、星光月色难道不正是当下地球人梦寐以求的良好生态环境吗？一部题为《寂静的春天》的小书，由于为鸟叫、蝉鸣、蛙声的沉寂而发声，从而震撼了整个世界、并由此推进了世界性环保运动的展开！

我们现在倡导的"乡村宜居""美丽宜居"，究其深层的内涵而言，也还蕴藏着"诗意地栖居在大地上"的哲理与情怀。

2020年春，紫荆山南暮雨楼

朝阳沟：一帘乡土春梦

第一次看《朝阳沟》，已经记不清是在舞台上还是银幕上。也不知是跟着广播站的"小喇叭"，还是出版社印行的唱本，竟也学会了其中的不少唱段："银环上山""银环下山""前腿弓后腿蹬""亲家母咱都坐下""我要在农村干他一百年"等。

上个世纪60年代初在开封师院上学时，《朝阳沟》已经在校园里大普及，其中的剧情对我很有些不利。原因是剧中的"银环妈"是一个既庸俗又势利的反面人物"小市民"。那时严格讲阶级出身，我们班上绝大多数同学来自农村，出身于贫下中农，只有我一个属于开封市的"市民"。于是，一位自称"老贫农"的同学就常常以轻蔑的口气喊我"小市民儿"，这就使我一下子想到撒泼打滚的"银环妈"，顿时便觉得矮了半截！

但这并没有影响我对豫剧《朝阳沟》的喜爱。1965年下到通许县四所楼公社参加"四清运动"，住在一个叫"砖寨"的村子里。虽说是"工作队员"，也不过刚刚20岁，很容易与村里的年轻人打成一片，晚间牲口院里聚会，昏黄的灯光里弥漫着麦秸干草的气息、牛马粪便的气息。不知由谁提议："老鲁哥教我们唱《朝阳沟》吧！"得到一片声的响应。唱歌决非我的长项，记得上初中时总是被音乐老师为难,别人都下课了,我还要唱最后一遍,老师看我人还老实,就法外开恩给了60分。但此时是干革命,再不行也推辞不得,于是就放开嗓子带领大家吼起来:"咱两个在学校……"一曲唱完,掌声四起。一个叫孬蛋的小伙说:"老鲁哥的大本嗓真不错,和王善朴有一比!"

那次社教运动结束后,我再也没有当众唱过《朝阳沟》。

许多年后,我已经到海南大学教书,大作家张承志到海口开会,我们坐在一起。说起他的《黑骏马》,我说草原已经大变样,今非昔比了。张承志说哪里还有马?驴也没有了!承志是能画画的,说着又在稿纸上给我白描了一匹马,还写上"送给枢元大哥。"会后我和张平请承志吃饭,吃什么呢,承志说"羊肉泡馍"。就在这家小馆子里,说起河南,承志得意地说,他会唱全本《朝阳沟》。这使我和张平大吃一惊!这位在中国文坛历来以坚忍、刚毅甚至严苛、狞厉著称的作家,这位精通英语、日语、西班牙语、阿拉伯语,对蒙古语、满语、哈萨克语亦有所了解的学者型作家,怎么能和悠扬婉转、泥土味十足的豫剧《朝阳沟》搭上界呢?承志说,当年他曾在豫西一带参与中国历史博物馆的考古活动,经常转悠在邙山洛水间,豫剧就是那时学会的。我想,必定因为喜欢才肯学。这至少说明,张承志喜欢《朝阳沟》,或曾经喜欢过《朝阳沟》。

喜欢它什么呢?

就剧情而言,戏曲不像电影,故事情节往往线条分明并不复杂,《朝阳沟》尤其如此:城市高中学生银环响应政府号召,跟随恋爱对象、同班同学拴保到其家乡朝阳沟参加农业劳动遇到重重阻力,她开始时对乡村生活充满好奇与理想,后来又产生动摇,经过一段思想反复,终于决心扎根农村当一辈子农民。这样的主题,显然是迎合了当时的政治形势,但从当时和以后时代的进展看,这台戏与现实生活的实际状况却存有很大的距离。1958年"大跃进""大炼钢铁""小麦放卫星","极左"路线已经达到荒唐无稽的地步,"祖国的大建设一日千里"也是浮夸;随后便是三年的大饥荒,中国农村蒙受大面积苦难,成千上万的农民死于饥饿;接着是"文革"十年浩劫,"知识青年上山下乡"作为"文革"的一个重要组成部分,最终也以失败告终。被动员下乡的城市青年多达2000万,最后真正自愿留在农村"干革命"的百不挑一。《朝阳沟》诞生于20年后的1978年,党中央下发红头文件组织下乡知青重返城市。邓小平对这场运动总结说:"国家花了三百个亿,买了三个不满意。知青不满意,家长不满意,农民也不满意。"60年已经过去,如果承认实践是检验真理的唯一标准,那么当年的上山下乡运动无疑是失败的。时代的真相是农村青年背井离乡涌向城市打工,千百万"栓保",如今被捆绑在"血汗工厂"的生产流水线上;城市高中生里的"银环"们都在憧憬走进名牌大学的殿堂,甚至出国留学,没有哪个愿意下嫁给农村的"栓保"。

然而,就是这样一台粉饰现实生活的《朝阳沟》,却仍然一致得到民间与官方的偏爱,以及知识分子们的偏爱,而且是发自内心的偏爱。

于是,《朝阳沟》60年的长盛不衰成了一个现代戏曲史上的公案。

常见的解释是《朝阳沟》拥有的戏曲表演艺术上的审美质地超越了它所负荷的政治思想内涵。譬如它那性格各异的人物搭配、跌宕起伏的叙事结构;譬如它那质朴、风趣、贴切、娴熟的戏曲语言;譬如它那悠扬婉转、淋漓酣畅的优美唱段;还有,当年那一群出类拔萃、匠心独运的青年演员。种种戏曲艺术元素的有机结合,使《朝阳沟》在艺术天地中达成"自身的圆满",就像中国现代话剧《雷雨》《茶馆》那样,拥有了"自洽"的生命力,这就叫做"经典"!

我也坚信这是对《朝阳沟》经久不败、历时弥鲜的艺术魅力的最佳阐释。尤其给力的是杨兰春的戏曲语言和王基笑(以及姜宏轩等人)的唱腔设计。

我在80年代踏入文坛,同时还和政坛蹭了个边,在郑州市政协做了个兼职副主席,主管文史方面的一些工作,与豫剧表演艺术家王希玲女士共事,因此和戏曲界有了些交往。也正是这个时候我认识了编剧杨兰春、作曲王基笑二位老师,他们都是我仰望已久的偶像。

《朝阳沟》的诞生,与他们二位有着至亲的血缘关系。杨老师熟悉底层社会生活,就像熟悉自己的家人、邻里,那是融入血脉之中的。他写《朝阳沟》的剧本只用了七天时间,其中的情节、细节、妙语连珠的唱词似乎就是顺手拈来、不费功夫,而且总能出神入化。

王基笑老师温文儒雅、仪表非凡,我初见他时,想着不知他是哪所音乐学院的教授。后来才知道他是东北人,解放战争中参军入伍做文工团员,演唱、演奏、作曲、指挥的十八般武艺全是自学的。至今我还纳闷,一个东北人,怎么就将河南豫剧的音乐悟得如此透彻?豫剧音乐对于这个东北汉子好似"鬼魂附体",那些调门、旋律、声腔、韵味就如同从他身体内自然流淌出来一般!

《朝阳沟》的成功,显然得之于这两位艺术家独特的涵养与造诣,以及他们之间天衣无缝的合作。

然而,《朝阳沟》在中国现代戏曲史上成为一枝奇葩,仍不止于此。

记得1958年与《朝阳沟》同时上演的,还有豫剧《人造卫星闹天宫》,庆贺"苏联老大哥卫星上天",类乎当前的"穿越剧",也是配合时事政治的作品,刚上演时也曾热闹一阵子,如今恐怕连圈内人士也记不得它了。

我猜想,《朝阳沟》的深层奥秘也许在于它对"乡村""乡土"的真诚的讴歌。在中国人的集体无意识中,"乡村记忆"要比"城市印象"古老得多、也美好得多。尽管近代社会以来,乡村在沉沦、在衰败、在式微、在"空心化",就像鲁迅小说中描写的那样。但同时也还是在鲁迅小说中,如《故乡》《社戏》中描绘的,乡村依然具有动人心魄的魔力。其中既有美好的自然风光,也有质朴的民风民俗。或者,这就叫做中国人的"田园憧憬"、"乡土情结"。反思我自己,我生在城市、长在城市,但从小就对乡村、田野生活充满向往,暑假回到姥娘家所在的村庄,和一群乡下孩子"窝进"双洎河(古洧水)畔的瓜庵里,吃着偷摘来的甜瓜,听着瓜田里的蝈蝈叫声,那情景就像《社戏》中的"迅哥儿"回到安桥头外婆家那个"极偏僻的,临河的小村庄","两岸的豆麦和河底的水草所发散出来的清香,夹杂在水气中扑面的吹来,月色便朦胧在这水气里"。农村生活虽然艰苦,在我或者"迅哥儿"的童心里却是"乐土"。现在的城市里的"白领""银领""金领"们一身摩登,却还要花钱到乡下寻购"农家乐"!那同样是出自人们内心深处的"乡土情结"。《朝阳沟》的戏文里,通过二大娘之口曾经道出这一心结:"那城里的学生来到山里,捡个石头蛋也装兜里,见个黄蒿叶也夹书本里!"二大娘不知道,那其实也是生命与土地天然的亲近。人类的生命之根毕竟是深扎在贴近自然的乡土之中的,而不是扎在城市的柏油马路上。

《朝阳沟》中"银环上山"那段脍炙人口的唱词,虽说是银环这个城市女学生对于山乡风光的观感,实则也是一般人心目中的"田园憧憬""乡土情结":

走一道岭来翻一架山
山沟里空气好实在新鲜
这架山好像狮子滚绣球
那道岭丹凤朝阳两翅扇
清凌凌一股水春夏不断
往上看通到跌水岩
好像是珍珠倒卷帘
满坡的野花一片又一片
梯田层层把山腰缠
小野兔东奔西跑穿山跳岩
这又是什么鸟点头叫唤
东山头牛羊哞咩乱叫
小牧童喊一声打了个响鞭
桃树梨树苹果树遮天盖地
花红梨果像蒜辫把树枝压弯
油菜花随风摆蝴蝶飞舞
庄稼苗绿油油好像绒毡
朝阳沟好地方名不虚传
在这里一辈子我也住不烦

这段唱词中既有陶渊明、杜牧的"田园诗",又有荆浩、关仝的山水画,只不过是用"兰春体"的现代河南话唱出来而已。唱词底里,是潜隐在人们心灵极深处的集体无意识,是中国百姓魂牵梦绕的"田园憧憬"与"乡土情结"。也正是在这层意义上,《朝阳沟》贬抑城市、褒扬乡村、嘲弄城市人、讴歌乡下人的主旨才具备了"自洽性"。也正是在这样的意义上,"上山下乡运动"这一中国千百万知识青年的"噩梦"才幻化为银环、栓保这对年轻人浪漫的"春梦",一场寄托乡土情结与田园憧憬的春梦。

如果杨兰春老师在天有灵,也许不会同意我的上述判断。但这也不打紧,我坚信杨老师在创作此剧时想得更多的是如何配合当时的政治宣传,但那只是他创作心理中的表层意识;可贵的是他浑然不觉、情不自禁地写出了他对于田园的向往、对于农民的热爱、对于乡土的钟情,那是他创作心理中的深层潜意识,或曰"无意识"。按照心理学大师荣格的说法,"无意识"创作出来的文学艺术才是最可贵的!

上文引征的这段唱词,一度曾被修改得面目全非。改编者完全套用政治宣传口号以及样板戏里现成的句子——"劳动人民用双手把山河打扮,多少汗水浇在里边";"旧社会咱山区十年九旱,吃水更比吃油难";"解放前寸寸土地主霸占,解放后党领导才有今天";"那架山为什么削掉一半,修水渠用石料叫它把家搬";"牛满坡羊满山像彩色照片,在学校怎见这壮丽画面"。除了"阶级斗争"就是"生产斗争","乡土"被"砍削","珍珠瀑布"变成"人工大渠","田园美景"变成"彩色照片"。末尾还又加上一句"王银环我成了公社社员",而"人民公社"不久便也寿终正寝。这样的改动蛮横地阉割了原剧中"田园憧憬""乡土情结"的内涵,使这台经典戏剧变成了一躯空壳,这时的《朝阳沟》其实已经死去。所幸河南省豫剧三团在2001年复排时将剧本恢复原貌,这才终于挽救了《朝阳沟》的艺术生命,使经典得以赓续下来。

中国近现代的现实政治经济,可以说得之于农,也失之于农。农村、农民、农业三农问题是国家治理中的重中之重。

当前,"三农问题"已经获得前所未有的高度重视。今年的中共中央一号文件强调:中国要强,农业必须强;中国要富,农民必须富;中国要美,农村必须美;农村工作是现代中国立国的根本、强盛的关键!文件同时强调"农业"也是一种"文化",也是一个有机的"生态系统",要把农业问题放在生态体系中衡量;要尊重农民的主体意愿;要切实保护优秀的农耕文化遗产,用优秀的农耕文化凝聚人心,教化群众,淳化民风。在我看来,这"田园憧憬"、"乡土情结"以及在此基础上酿成的"乡恋"、"乡愁",不但是"优秀的农耕文化遗产",而且是中华民族"优秀的精神文化遗产",只是很长时间以来没有人去重视它、研讨它、表现它而已。

文件中也还写道:要鼓励城市中的青年学生、科技人员上山下乡,支援新农村的发展建设。这并不只是我们中国的政策取向,日前我在美国有缘见到著名生态思想家、绿色 GDP 创建者、有机农业倡导者、93 岁的小约翰·柯布先生(John B. Cobb Jr),多年来他就一直建议中国政府:不要让农民离开土地,中国的社会、经济、政治、教育、生活结构要营造一种环境,让年轻人自愿选择务农。希望中国政府在乡村和大学之间建立密切的工作关系,鼓励成千上万青年学子组成团队,去村庄与村民同住,去倾听农民关于如何改善自己生活的想法。柯布先生的忠告与中央一号文件的指示,都再度彰显了"知识分子重返乡村"的理念。但这并非此前"知青上山下乡接受再教育"政策的继续,新的理念是建立在一种"后现代生态农业观"的前提之下的。柯布先生在家中接受新华社记者采访时说起他自己这个"文化人"在中国深入乡村考察的感受:农业和乡村是生态文明建设的基础,自己在丽水莲都的生态村落里、在贵州黔东南州苗寨的有机田边与中国农民们的交流,令他对中国建设生态文明的热情和决心深表敬佩,中国正在生态文明建设的道路上真心实意地做事情。

值此纪念《朝阳沟》诞生 60 周年之际,这里我想提醒我们河南戏曲界的朋友,不必把上述言论作为《朝阳沟》升级版的口实,因为与 60 年前相比,当下文化人上山下乡的场景、路径、主体、使命全都已经转换。你可以再写一部"上山颂"或"下乡赞",就别再折腾《朝阳沟》了。

记得当年现代豫剧《红果红了》首演时,王老师对我说:枢元,这次可能已经超过《朝阳沟》了!他指的是他的作曲。我看过戏后对王老师说:很抱歉,我看仍然没有。现在看来我的回答也有问题,作曲不单是作曲,它还是《朝阳沟》这个艺术生命的有机组成部分,是不能将其割裂开加以比较的。

从根本上来说,谁也不必再和经典较劲,就让经典定格在经典宝座上吧!

2018 年春,紫荆山南暮雨楼

1969：沉湖之战

——记一场人与自然之间的战争

那一年，我23岁，在湖北省的三县交界处沉湖。

刚刚过了1969年的元旦，我们这些因参加文化大革命推迟毕业的大学生，在伟大统帅毛主席一声号令下，离开位居开封的河南大学，一路南下，到基层接受工农兵的"再教育"。

过了武胜关，便是湖北界。在武汉，住进一座兵站稍事休整。抽空约几位同学跑到长江边，一睹毛主席诗词中描述的"烟雨莽苍苍，龟蛇锁大江"的景色。第二天黄昏，我们被装进一艘艘的铁壳驳船，溯汉水西进。天未破晓，寒风凛冽，小雨搅着雪花，下船改乘军用大篷车，车队在泥泞中时行时停。透过篷隙向外望去，天低云暗，大野茫茫，我们已经进入古书中所说的"云梦泽"。墨家古籍《公输》中曾记载："荆有云梦，犀兕麋鹿满之，江汉之鱼鳖鼋鼍为天下富。"这是一块神奇的地方。

云梦泽分南北两部，长江以南保持着浩瀚的水面，即所谓八百里洞庭；长江以北的江汉平原是河湖成网的沼泽湿地，此行终点"解放军沉湖军垦农场"，就建在天门、汉川、沔阳三县交界的沼泽湿地中，一个叫沉湖镇的地方。

据湖北地方文献记述：沉湖本是一个自然湖泊，湖区面积近200平方公里。1966年,中国人民解放军根据毛泽东主席的"五·七指示",同当地30多万民众一道,修渠筑路、围湖造田。围垦沉湖的战役从1966年冬打响,至1971年春基本结束,历时六个年头。除了解放军指战员外,还有来自清华、北大、中科大、北航、南航、华南工学院、湖北商学院、河南大学、郑州大学等大专院校的学生,他们在围湖造田的战役中谱写下可歌可泣的篇章。

文献记述的显然是官方的立场,在我的记忆里,那"可歌可泣",如今已经化为"可耻可悲"了!

大学生来到部队农场,是准军事编制,一律遵照团、营、连、排、班的序列。排长以上的"主官",都由正规军人担任,学生们被称作"军训战士",也穿军装。只是到现在我也想不明白,当时不知从哪里弄来那么多的破烂军衣:不但少颜没色、脏污发霉,而且破绽百出,棉絮都露在外边。领章帽徽绝对没有,天冷,一条草绳束腰上,两条草绳扎住裤管,哪里像个军人,连路边的行人看了也纳闷:这些劳改犯都这么年轻!

1969年,中共九大召开。召开之前我们就整天办板报、演节目、放声高歌:盼九大、迎九大。历史无情,没过几年,这次"团结的大会、胜利的大会"上选出的21位中央政治局委员就倒台了一多半!这些与我们底层的"军训战士"关系不大,倒是这年开春提出的一个响亮的口号,却几乎要了我们这些"围湖造田"的大学生的小命!那就是"一不怕苦,二不怕死"。

下来之前,还是"红卫兵"战士。刚一转身,就成了弃儿!许多人对于身份的转换不适应。但事情的确已经从"本质"上发生变化:改造别人的人,如今要接受别人改造;此前彼此之间的捉对厮杀,如今变作一齐向地球开战,斗争的对象是大自然,是眼下这片亘古荒泽、茫茫湿地。

我所在的军训连,大约有百十号人,具体任务是上半年就要在这荒湖之中开垦出500亩稻田,每人平均4亩多。说起来不算多,但我们既没有牲畜,更没有任何农机具,有的只是一把铁锹、一副挑箕,对革命以及革命领袖的信仰与崇拜,再就是青春的肌肉与火热的豪情。

凡是经过60年代中国"文化大革命"的人,都会相信人是能够被政治的"魔法"或"巫术"彻头彻尾地掌控,从而焕发出超常能量的。

军垦农场向大自然中的湿地开战,有一套严密的作战计划。首先是开挖一道道的排水渠,将湿地里的积水排泄出去。然后是筑堤,趁着隆冬枯水季节,深入湖区筑起堤坝将湖水围堵在外。这些基础工作完成后,接着便是平整土地。犁地、耙地,犁耙全靠人来拉。一张犁上9根麻绳套上8个人,一张耙上套5个人,常常是班长扶犁掌耙。以往,政治老师总是向我们宣传旧社会穷人做牛做马,不料想新社会的大学生也做起牛马来。

早春二月,寒风料峭,新开垦的处女地上结着一层薄冰,天空又飘起雪花。越是艰险越向前,军训战士们反倒认为这才是考验自己的最好时刻,一个个争先恐后,鞋袜一脱就跳进冰水。犁上几遭后,浑身冒汗,头发上雾气腾腾冒白烟,干脆连棉袄也脱了,只剩下背心。

为了进一步激励斗志,开始唱歌。一边拉犁拉耙,一边放声吼歌,毛主席语录歌、陕北根据地民歌。"下定决心,不怕牺牲,排除万难,去争取胜利!""解放区呀么嗬嗨,大生产呀么嗬嗨,军队和人民西里里里嚓啦啦啦嗦罗罗呔,齐动员呀么嗬嗨!"一曲唱完,紧接着喊口号,"一不怕苦!""二不怕死!""一二三四!"如果邻近有别的班组,那就更起劲,随着歌声节奏加快,你追我赶,大学生们竟然拉着犁耙在寒风与泥水里奔跑起来!

凭着这样的疯狂精神,千年荒湖一下子改变了模样。野生的芦草蓼花不见了,野生的灰鸭白鹳不见了,野生的鱼虾螺蚌不见了,野生的菱藕茨菰也不见了,甚至潜伏湖泥深处的野生黄鳝也被一筐筐挖出来送到伙房的大锅里。

1969年的"五一"劳动节过后,稻秧刚刚插过,放眼望去,早先云蒸霞蔚、五彩斑斓的荒原古泽焕然一新,已变成规则有序、整齐划一的农田。军垦战士们"战天斗地"取得如此辉煌的成果,是"人定胜天"的毛泽东思想的伟大胜利!

当时我还曾写下一首"七律",发表在黑板报上,歌颂这场胜利。翻检往昔笔记本,这首写在近半个世纪前、题目为《战沉湖》的"诗篇"竟然还留存着:

千年湖底扎营房,云梦古泽摆战场。
冰天雪地心似火,风餐雨露志如钢。
夜对繁星望北斗,晓披彩霞迎朝阳。
汗洒莽原绿浪翻,英雄巧扮鱼米乡。

"北斗""朝阳",指的是伟大统帅;"英雄",是"军训战士"的自诩。战场是沉湖,战争的目的是围湖造田,向大自然索取社会财富。诗的品位不高,表达的思想确是再明白不过。

如今回想起来,沉湖作为大自然的存在,对于我们的大肆攻掠,并非一味的承受,即使在当时也是做出了对峙与抗拒的。其迎战的方式,便是在战士面前设置种种障碍。

开始是风雪严寒。说来也怪,那年春天每当我们下湖挖沟犁地,天公就突然变脸:阴风怒吼,霰雪纷飞,泥水上结出一片片碎玻璃似的薄冰。既然干活,就不能不脱掉鞋袜,对于我们这些白面书生来说这是一场严峻的考验!

默然无声的沉湖,还会在水面下为我们设下"陷阱"。陷阱有三四尺深,在泥水表面是看不见的,一脚踏空便掉了下去,越是挣扎,陷得越深,待到众人伸出援手将中计的战友拔了出来,齐腰以下全是泥浆,活脱变成一个大泥萝卜。后来知道,这陷阱原来是秋天时附近乡民来湖里挖野藕挖出的洞穴。

在湖里拉犁拉耙的时候,沉湖里的精灵们还会用它们特制的明枪暗箭袭击我们这些战士。有时,只觉得小腿上一麻,拔出腿来,便会看到一条寸把长的口子血水淋漓,给我们造成伤害的是潜伏在泥水里锋利如刀片的蚌壳。有时,脚底板上针扎似地疼痛,抬脚观看,脚掌上已经是两到三个伤孔,还在汩汩地冒着血丝。这次,大自然使用的武器是"野菱角",沉湖里的"野菱角"是一个菱角四根刺,有点像古代战场上阻止敌方骑兵进攻的"铁蒺藜"。

到了插秧季节,沉湖的战术变了,改伏击战为游击战,出阵的角色也变了,是一条条体态不大却面目狰狞的蚂蟥。这小东西,三五游勇,不动声色,只从暗中偷袭,竟杀得军垦战士血染稻田!偶尔,还会有更厉害的角色——水蛇,使用闪电战术穿插作战,使正在插秧的大部队陷入一片慌乱!

入夜之后,蚊虫的叮咬不用说了;成群结队的老鼠常来偷袭我们的营房,上蹿下跳地找吃找喝。我就曾在一个夜晚徒手抓了三只!但仍挡不住这些夜游神前仆后继的骚扰。

我们的敌人、原生态的沉湖甚至还会使出更毒辣的"化学武器"。长时间在浅水中作业,膝盖以下经常沾水的小腿部位,就开始发红发痒出现一片片的疱疹,禁不住挠一挠,便开始溃烂,更加痛痒钻心。连队的卫生员,一位唇红齿白、一脸稚气兵娃子,跑去向当地老乡求教,才知道"毒水"形成的原因是农民在湖边放养鸭子的结果。大量鸭子的粪便混在水里,经太阳照射产生光合作用,沼泽里的水质便发生化学"病变",产生出有毒物质。当然,这也可以看作身为大自然的沉湖对付我们这些"军垦战士"的阴招!

小时候在老家开封看京剧、豫剧演出的《虹桥赠珠》《白蛇传》,来自山间的蛇仙白娘子与来自湖里的蚌仙碧波仙子,都是美丽与善良的化身,戏的高潮是她们与统治者之间的一场恶战。当时最让我沉迷与陶醉的就是那些助阵的虾兵丁、鱼护卫、蟹将军、鳖军师以及由美女演员装扮的一张一合的蚌精灵与官兵之间的打斗。人们只说这些都是神话,而我在沉湖,在与大自然作战时,真切体会到,那或许就是现实生活的艺术幻化。剧中的神话故事很可能原本就是实际发生过的人与自然相争相斗的历史的演绎与升华。在我们与沉湖作战时,风雪、严寒、蚌壳、蚂蟥、水蛇、黄鳝、菱角、莲藕、鸭子、老鼠不都成了敌方的军事力量吗?

在前几个回合,军训战士与沉湖之间的恶斗,作为大自然一方的沉湖都失败了。原因是用毛泽东思想武装起来的这些白面书生发挥了顽强的战斗力,用当时的流行语言来说,"一不怕苦,二不怕死"的最高指示成了我们的"精神原子弹"!

举一个例子：记得是来自北京航空学院的一位大学生，下湖作业时脚后跟被锋利的蚌壳划开一条血口，竟然坚持不下火线。到了晚间收工以后，伤口龇咧开像小孩子的嘴。这位老兄竟然把一根缝衣针在煤油灯上燎一燎，穿上根棉线，自己缝将起来！结果伤口感染，几乎丢了性命。他的英勇事迹却被树为"一不怕苦、二不怕死"的典范，成为大家学习、效仿的榜样！

那时节，"战斗"成了我们的最高使命、"革命"成了活着的全部意义。对外，战天斗地的对象是自然界。对内，"灵魂深处闹革命"、"狠斗私字一闪念"，斗争的对象是每个人内心的欲望和情感，其实就是人的"天性"、人的"内在自然"。当人们无视大自然的有机存在、无视大自然的鲜活生命时，也会遗忘了自己生命内在的自然性。

那时的沉湖军垦农场，在大学生连队中实施着严格的禁欲主义。不但不允许谈恋爱，甚至也禁止男女之间的接触。大学生分为"男生连""女生连"，驻地相隔数里地，"男农场、女农场，中间拉着铁丝网，不准见来只能想……"这是当年在地下流行的段子。

下农场之前，有些人已经确定了恋爱关系，也只能利用星期天到对方连队看上一眼。最好的时光是到团部看电影，一般是黄昏之后，男生连、女生连手里提着小板凳，排着整齐的队伍集合到团部的露天广场，立正，稍息，正襟危坐，双手放在膝盖上，银幕上开演《地道战》《地雷战》《南征北战》，有时是样板戏，《红灯记》《沙家浜》《智取威虎山》《奇袭白虎团》。演到后半，队列开始松动，一些有恋爱关系的男女，便装作上厕所，偷偷溜到广场外的树林里会见情侣，颇有些像《红灯记》里的李铁梅与磨刀人接暗号，显得鬼鬼祟祟的。记得团里曾经发简报表扬一位上年纪的大学生：他已经在家乡结婚生子，他爱人抱着孩子来农场看他，船靠码头，没有说上几句话，就又打发爱人上船回去了。简报说他"围湖造田"的意志比"大禹治水"还坚定，爱农场胜过爱亲人，是全体军训大学生学习的榜样！

在我们连队，禁欲却在无意间出现了漏洞，漏洞反倒出现在我们的排长身上。我们的排长姓聂,是一位短小精悍的军人,工作特别认真,年纪虽轻,总是一脸的严肃,平时很能镇得住局面。军人与大学生不同,是有探亲假的。聂排长的新婚妻子来探亲,却没有专用的宿舍,只能蜗居在一间存放箩筐、扁担、水桶、铁锹的工具房里。那段时间,聂排长白天率领我们下湖干活,夜晚还要陪伴新婚妻子,很是辛苦。在工地上不是说腰疼,就是不停地要水喝,招惹得排里的军训战士想入非非,情绪激荡。几个年长些的大学生就发挥自己的才华给聂排长写了一副对联:"白日挖沟,夜晚打洞",横批是"日以继夜"。对联当然没有给排长送上,只是在私下传颂。但也证明禁欲并不容易,性欲也属于人的内在的自然性,就像沉湖里的水,堵得一时,堵不了一世,即使筑起千里金堤,仍不免会有渗漏。

怕苦、怕死,其实也是人的天性,人们为了某种伟大崇高的事业可以含辛茹苦、舍生取义,这在许多时候恰恰是为了保护更多的生命,当另作别论。

那年头,可以把为抢救洪水冲走的一块木板而葬身水底的战士树为全国军民学习的榜样。个人的生命抵不上公家的一块木头,这样的宣传无异于草菅人命。

还是在这个1969年,由"一不怕苦,二不怕死"最高指示引发的惨绝人寰的悲剧,发生在另一个军垦农场:广东汕头市西郊的牛田洋。

7月27日下午3时,气象台发出紧急警报:太平洋第3号强台风将于明天午后在此登录。农场总部领导向全体战士与大学生发出"战台风"的通令,面对台风决不后退一步,人在大堤在,以"黄继光用身体堵敌人枪眼"的精神捍卫围湖造田的成果,以实际行动落实"一不怕苦、二不怕死"的光辉指示!结果可想而知,83名大学生和470名解放军战士被超强的台风卷进海潮,轻易地结束了年轻的生命。

严格说来,这不能算是"悲剧",而是发生在狂热政治运动中的一种愚蠢的"虐杀"行为!

牛田洋事件被上级严密封锁,我们在沉湖农场并不知道其详细情况。

就在牛田洋军垦农场陷落的半月前,我们的沉湖农场已经发生了类似的事。不过我们很侥幸,遭遇的不是"强台风",而是弱得多的"暴风雨"。

时间是1969年7月初,天气骤变,霹雳闪电,风雨交加。同样是为了捍卫围湖造田的成果,同样是发扬"一不怕苦、二不怕死"的革命精神,我们也同样英勇地投入到"人在大堤在"的战斗中,大学生们不惜跳进湖里、手挽手地用血肉之躯组成人墙,抵御暴风雨的袭击。

然而,结果却成了"喜剧"甚至"闹剧"。刚刚筑起不久的大堤,泥巴未干,在风雨水浪的冲击下,很快就成了豆腐渣,半年围湖造田的战果在大自然的反击下全线溃败!据农场简报披露:7月13日,一号园西围堤决口,9000亩稻田没于水底。新开垦的农田又变回泽国,刚刚抽穗的水稻全被淹没在洪水之下。

我们大半年的劳作虽然"归零",所幸无一人丧命。

暴风雨过后,我和聂排长、副班长李法居曾撑着一条小船返回湖里的驻地。只见艳阳高照,长风浩荡,水天一色。万里碧空如洗,千顷湖水似镜,残存的大堤,仅与湖水扯平。湖水已经漫进营房里边,水面上只露出稻草缮成的屋顶。屋顶上聚集了数不清的青蛙、老鼠,还盘桓着一条条灰黄色的蛇,蛇们大约吃下太多的青蛙与老鼠,在耀眼的阳光下显得仪态从容,见我们的小船驶过,竟也懒得多看一眼。说来也怪,这时的我,内心并没有为多日来的劳动成果丧失感到惋惜,反而一下子沉醉到这宏阔、浩淼、诡异的大自然中!灵魂深处似乎感应到一种悠远的召唤,那里才是开辟鸿蒙以来的生命的栖息地。

洪水过后,连队撤回湖边的李花村,住在农户家里,军垦劳动的节奏也被迫放松。有一段时间,我们被派往汉江边上的码头当搬运工,闲暇时坐在江边,湛蓝的江水在脚下流淌,天上的白云在水面投下摇曳的倒影,辽阔的江面上时有船只驶过,巨大的白帆在对岸青黛茂密的树林的映衬下,美不胜收,让人想起俄罗斯油画巨匠们的杰作。

入秋时节,农田渐渐露出水面。这几个月里,各种鱼类把淹没水中的稻穗当美食,个个长得矫健、匀称,随着洪水消退都潜游到早先我们开挖的那些排水沟渠里。

我们的劳动任务又改为下河捕鱼,这要比围湖造田有趣多了。

除了两只手,我们没有任何的捕鱼工具。好在沟渠里水面狭窄、水草丰盛,我们一个班的成员只需兵分两头,每头五个人,卡住数十米长的一段沟渠,从沟底卷起水草缓缓向前推进,最后将鱼儿包抄起来。企图突围的鱼儿惊慌失措,在水草中翻腾跳跃,终归被生擒活捉。

这种捕鱼的方法近乎原始,之前之后皆未见过,但作为生物圈内生灵与生灵之间的较量,倒也近乎平等,不像日本国的捕鲸船,凭借高科技、高精准的仪器与武器对待那些手无寸铁的鱼们。

那个阶段,连队食堂里天天吃鱼,多半是清蒸、白煮,吃得人人倒胃,与鱼们的战斗至此结束。从那以后,沉湖的鱼深深地留在我的记忆里。但不是饭碗里的鱼,而是映着天光云影在水草之上欢腾跳跃的鱼!

在1969年,我所经历的沉湖军垦农场围湖造田战役,是以军垦战士的失败、大自然自卫反击的胜利告终的。

但围湖造田的脚步最终并没有停止下来,中国人民大跃进式的足迹更是踏遍山川河湖,导致日趋严峻的生态灾难。据有关部分统计,20世纪50年代以来,我国湖泊在迅速减少,仅面积在1平方千米以上的湖泊就减少了543个。长江中下游的湖南、湖北、江西、安徽、江苏五省,解放初期尚有湖泊面积达2.9万平方千米,到了20世纪80年代,已缩减为1.9万平方千米。素有"千湖之省"美称的湖北省,因围湖造田已经丧失近700个湖泊。

在1969年,我没有任何生态保护的理念,不知道围垦砍伐掉大片芦苇、荻茅,破坏水生物的环境,使得大量生物种群渐渐绝迹;不知道筑堤修坝建闸使江湖隔断,阻断了洄游、半洄游鱼类的繁殖通道,使大量鱼类走上绝路;不知道围湖造田使湖泊面积不断缩小,地表径流调蓄出现困难,削弱了湖区的抗灾功能,导致旱涝灾害频繁发生;总之,不知道围湖造田这种逆反自然的行为将给生态系统造成长久的损伤,将给人类带来持续的"反噬"后果。

当年我曾经居住过的那个李花村,贫穷、质朴,屋梁上吊一条盐渍的大青鱼,就是一家人一个冬天的美味佳肴;端上一碗撒了炒米花的糖水,就是招待尊贵客人的隆重礼节。如今的沉湖镇、李花村,据说已成为工业重镇,重点发展的企业有冶金厂、塑料厂、纺织厂、建材厂、造纸厂、家具厂,工业总产值达到近百亿元。村民们开汽车、住楼房、喝自来水、走水泥路,过去想都不敢想的事情,而如今都变为现实。

然而,湖面缩小了,湿地减少了,水源污染了,空气污浊了,生物链断裂了,大量的白鹳、鹈鹕、白琵鹭、丹顶鹤以及野生的鱼、蚌、菱、藕、水蛇、黄鳝消失了,生态危机较之40年前不知又严重几多倍!汉江的碧水、蓝天、白帆,沉湖的绿野、清风、银波已成为往昔梦幻,得欤?失欤?我们可曾仔细算过这笔账?

40多年过去,我也已经由一个少不谙事的毛头小伙,变成两鬓苍苍的老人。人类与沉湖、与大自然中其他江湖的战斗依然硝烟弥漫,远未分出胜负。

在当代中国,生态的破坏往往与"极左"的政治密切相关。

从眼前的战场看,是人类胜利了。

但人类不可忘记一位哲人曾经说过的话:在人与自然的拳击中,挥出最后致命一拳的,只能是大自然!

为了遏制生态危机的蔓延,为了维护地球生物圈的平衡,多年来我曾发表百万字的文章,开导世人尊重自然、敬畏自然,与自然和谐相处、友好相处。于是,人们也就把我当做一位生态主义的学者。

然而,早年我曾经像一个中了魔的"战斗士",与自然对峙,与自然为敌,向自然开战,不惜以血肉性命相拼。结局则是以我们的失败告终。大自然不仅击溃了现实中的我,还进一步从灵魂深处将我俘获。

2016年7月·姑苏城外暮雨楼

坂墩里

> 作为可能的"精神生物",能够"神化"自身的生物,人就不仅仅是自然的死胡同:人同时还是走出这条胡同的光明和壮丽的出口。
>
> ——M.舍勒

古时候,海南岛常常被描绘成"孤悬海外,瘴疠交攻"的蛮荒之地,距离的遥远更加剧了人们心理上的恐惧。唐代建中年间宰相杨炎就曾在一首诗中写下过这种"望而生畏"的感觉:

一去一万里,
千之千不还。
崖州在何处,
生度鬼门关。

据史书记载,这位杨大人相貌堂堂,而且文藻雄奇,是一位颇有经济头脑的治世能臣,曾首创"两税法",为朝廷广开财源。只是他生性峻急,爱憎分明到不顾公道的地步,在朝中树敌太多,终于被发配到海南。刚刚走到广西的北流县,还没有看见海,便写下了这首望海南的诗,森森鬼气,弥漫字间。杨炎是被皇帝赐死于流放途中的,"鬼门关"未能生度,终也没有上得岛来。

唐代另一位名相李德裕,惹恼了宣宗皇帝后贬谪崖州,即今天的三亚一带,旋即死在岛上,也曾写下过"独上高楼望帝京,鸟飞犹是半年程"的诗句。李阁老的诗写得很别致,以鸟飞时间的长短计空间的远近,在当时的诗歌语言中可以算是一个小小的独创,只是若把这一计算方法运用到当代日常生活中,那海南岛则可以说是近在眉睫了,因为从西安或者洛阳去海口,飞机只须两个多小时,吃过早饭去,午饭前就到了,对于有钱坐飞机的人来说,海南岛不是很近很近吗?

随着距离被现代化交通工具拉近,神秘感也就荡然无存。如今成了经济大特区的海口市,除了那些生长茂盛的椰子树外,其高楼大厦、商店酒楼、汽车人流,与内地或外国任何一个现代化都市别无二致。这对一个曾经读过些古诗又向往海南岛的内地人来说,不免有些泄气。

现代的科学技术、现代的商品经济、现代的社会体制将把一切地域的、历史的、民族的、文化的,乃至心理上的差异一一抹平,近乎强制性地推行一套规格一致的生存模式,自以为是的现代人尚在兴致勃勃地庆贺这种社会发展的进步!

一个偶然的机缘,我在坂墩里住了一段时间,那里的社会正在"转型",我于无意中看到了一些与古书中记载不同又相似,与现下传媒宣传相似又不同的情景,虽说都是细微末节,倒也新鲜别致,姑且玩一把"新写实",记在这里。

土楼

坂墩里该算是海口市的郊区,南边邻近不断拓展过来的市区,北边则紧挨着临海的荒滩。站在村子里既可听到城市的喧嚣,又可闻到荒甸上海风里挟带的草莽气息。无论从社会或是地域讲,它都该属于"边缘"。

这一带的建筑很奇特,既有刚刚建成的现代化摩天大楼,脚手架还没有完全撤去,像一只蹲踞在蓝天下的巨大刺猬;又有古老陈旧的矮屋,屋顶的筒瓦上布满青苔,屋脚的黑色岩石上还残留着海潮的渍痕,一位鹄面白发的老婆婆坐在门槛上嚼着槟榔,绛红色的汁液从口角渗出。

除了大厦与矮屋外,还有一种建筑,我叫它"土楼",是近年来发了财的村民们修建的住宅,多半是两层或三层的楼房,建筑的材料倒也是钢筋水泥机制砖瓦,而建筑的样式却是模仿德胜沙老街上的旧式茶楼,镶有匾额的门楣,雕花的础基,抱厦的长廊。据说,《红色娘子军》中那个财大气粗的南霸天就时常光顾这种茶楼。以现在的眼光看,这种样式的楼房很有些不伦不类,但坂墩里的村民们待见。

我在坂墩里租住的就是这样的土楼。

大约是为了充分利用有限的宅基地,这座土楼被设计成一个不规则的多面体,我的房间正处在一个 60 度的锐角上,使我总有一种钻牛角尖的感觉。当年的孔夫子教导读书人"席不正不坐",更不要说住这样的"斜屋"了。然而,"狐兔墟""鱼龙窟"的后世子孙并不计较这些臭规矩。

从土楼的窗口往下望,天井里一簇橘子树,墨绿色的枝叶间挂满了密密匝匝的果实,像一堆炯炯燃烧的火炭。矮屋屋顶上,一只尺把长的四脚蛇昂着它那细小的脑袋在晒太阳,半个小时过去,仍旧一动也不动。

楼上的房子大约一直是出租的。我住进"斜屋"后,还时常有操着四川口音或湖南口音的人,风风火火地跑到楼上敲门,说找什么"钱经理""孙老板"。在我卧室的粉壁上,残留着一些用蓝色圆珠笔写下的电话号码,这些阿拉伯数字旁边还记着一行小字:"8 号来月经",字迹清秀,不知出自何人之手。

房东一家住在楼下,除了夫妇俩和一个正在上小学的女孩外,屋里屋外还供奉着各路神仙:桌子上面是观音菩萨,墙上是列祖列宗,墙脚的地下是宅仙或土神,大门外边楼墙的高处则是天帝的神龛。房东太太笑口常开、和蔼可亲,是一位笃信佛教的好人,晨昏之际,总能看到她在房前点燃香火、合十而立,虔诚地礼敬神佛。

往往在这个时候,对面土楼上的一个瘦崽就开始了他每天必修的功课。

他练的似乎是一种健身操与摇摆舞的杂拌,录音机放到了最大音量,唱词反而显得含混不清:"其实你……还有我……你去我不在乎你……是你是你还是你……"瘦崽手握一双哑铃,浑身汗涔涔的,只穿一条三角裤衩,站在阳台上仰首、耸肩、扭腰、摆臀,直着嗓子跟唱。

房东太太礼佛的香烟与瘦崽沙哑的歌声便融混成一片。

夜深了,天空仍旧乌蓝乌蓝,大块大块灰白的云低低地飘浮着。海风越吹越凉,身下的竹席已经有些寒意。宁静的坂墩里之夜,只有村边池塘里的青蛙憋足了劲,叫出牛哞狗吠一般的声响。

流民

海南岛古来就是一块"流民"栖居的土地。"流民"中除了李德裕、李纲这样的贤相名将,苏东坡这样的诗人学者,甚至还有过一位叫惠洪的和尚。和尚不知顶了什么罪名也被流放到岛上来,他写诗自嘲:"天公见我流涎甚,遣向崖州吃荔枝。"流放的原因似乎是老天爷为了照顾他的嘴馋,玩笑开得不错。

流民中还有一位蒙古族人,即后来做了元朝皇帝、庙号文宗的图贴睦尔。这位落魄的候补皇帝上岛后也写过诗:"溟南地僻无佳果,问着青梅价亦高。"诗中的"果"不是指"水果",而是指"女人";"青梅"是指一位名叫"青梅"的美丽少女,候补皇帝因为一时贬值未能将其搞到手,吃不到"青梅"就犯酸。

此外,明代大戏曲家汤显祖、清代大学者翁方纲都曾经逗留岛上。海南岛的土地生长诗歌,上岛的人容易唤起诗情,汤显祖的《黎女歌》一诗绘出了"文臂郎君绣面女,并上秋千两摇曳"的风俗画面。翁方纲"谁言天与水一色,天转如墨水转蓝"的诗句,则如实记录了琼州海峡诡异的自然景观。

近年来,海南岛被划作大特区,内地之民"流"岛者更多,与先前不同,"流民"们都是自愿投奔岛上的,没有人强迫他们。其中,像写小说的韩少功已落户扎根,他甚至可以随着苏东坡说话:"他年谁作舆地志,海南万里真吾乡"了。同是写小说的马原、何立伟只是在岛上踟躅了一些时日,打了个水漂,便又卷起铺盖北上。北京教授黄葆真、中原学者刘济献、哈尔滨的美学家杨春时,还有那位钻研海德格尔的哲学家墨哲兰、大诗人曾卓的千金萌萌,不知为了什么,全都千里迢迢流落到海岛来。

坂墩里并不熟悉"流民"中的这些大名人,在坂墩里栖居着的是另一些"流民"。开复印店的是一个江西人,开"麻辣烫"的是一个四川人,开出租车的是一个辽宁人,在"美美发廊"做事的是一个湖南女孩儿,还有一位身披道袍、手托黄鸟,常到坂墩里游方的算卦先生,据他自己说是湖北九宫山人,听口音倒像是安徽一带的游客。

坂墩里还有不少河南人即我的乡里乡亲,他们的职业是"流民"中最低微的,捡破烂收废品。具体说,蓬头垢面的女乡亲"捡破烂",身背一只庞大的编织袋,手拿一根带铁钩的竹棍,主要目标是垃圾箱,有时也捎带着在建筑工地捡些便宜;衣服褴褛的男乡亲"收废品",骑一辆快散架的自行车,手中不停地摇着一只易拉罐做的"拨浪鼓",自行车上挂一杆秤,两只大筐。男女乡亲往往是一家人,分工合作,夫唱妇随,其乐融融。

我对面的一幢土楼里住着的阿庆一家,是民国时就已经迁徙到坂墩里的广东茂名人,属老一代的"流民"。那时候,阿庆的老爹挑着一副货郎担子走街串巷,岛上民风淳朴,生意并不难做,一个人足以养活一家人。现在,货郎担早已被淘汰,阿庆老爹的年纪也大了,就把家里的那台电话搬到院子里当公用电话出租收费,每天赚几个小钱,也为村人解决了打电话的困难。阿庆的妹妹在村头摆地摊兜售"私人彩票",利润很高,只是要时常冒着被抄没的危险。阿庆自己骑了一辆摩托车,按时到市内"上班",实际上是在街头私下载客,属"地下活动",也是不能被警察撞见的。阿庆一家人从事的所有工作似乎全属"非法",然而他们人缘很好,村里人都说他们忠厚老实,他们属于已经归化本岛的一代流民。

一天黄昏,坂墩里村东大路边上的"排档"里,又出现三位相貌奇特的流民,是三位年轻汉子,其中一位留披肩发、着黑色T恤衫、颈上挎一把吉它;一位梳长辫、留小胡子、穿花衬衫、手持一支小号;一位光头、穿海魂衫、手握两柄沙锤。演唱正在热烈进行,沙哑的歌声与扭动的身躯相纠绕,三个人把自己的全部身心都投入到歌唱中。点歌的是一位梳着大背头、手上戴满金戒指的胖子,身边坐了三四位妆扮入时的美女,守着一桌杯盘狼藉的海鲜火锅。面对三位歌手身躯与声浪的轰击,点歌的男人与仕女反而显得局促不安,甚至在神情上被挫下半截。是音乐挫败了金钱,我心中忍不住向这些忠于音乐的流浪歌手们致敬。

以往的时代,在家乡古城的小巷里,有时会看到一个瘦骨伶仃的小女孩牵着一位手拉胡琴的盲老人沿街卖唱,"弯弯照九洲,几家欢乐几家愁",哀婉的歌声在昏黄的月色里回荡,那是音乐向金钱的乞讨,令人辛酸。

后来,又曾见过不少包装精美的现代歌星卖艺,一首歌便可以把一个穷丫头翻炒成女大款,那是金钱对音乐乃人性的收买,又让人感到窒息。

坂墩里的流浪歌手果然好汉。他们以他们的真诚给音乐灌注了生气,音乐也以音乐的魅力维护了他们的尊严。

我再没有见过这三位流浪歌手,不知他们又流浪何方。

韩少功曾向我讲过:在海南,会有意想不到的人突然冒出来,又会有打得火热的人一下子销声匿迹。

在坂墩里,人们大约也是这样看我的,我也是一个流民。

芳邻

在坂墩里,我想试一试,现在还能不能过一种简朴的生活。

没有空调,没有电视,没有冰箱,没有洗衣机,也没有电。一张支在砖头上的板床,一张尺把宽、四条腿晃动的木桌,全部炊具是一把电热壶,烧开水,泡面条,氽青菜,煮鸡蛋都靠它。一只咸鱼罐头的铁皮盒子曾让我一筹莫展,最后我还是用石头敲开了它,看上去好像又回到山顶洞穴的猿人时代。

那一天,当我写完最后一页书稿准备吃午饭时,才发现头一天剩下的两个馒头让老鼠啃过了。房间里与我争食儿的生灵可谓多矣,除了老鼠,还有蚂蚁、蟑螂、四脚蛇。海口这一带的蚊子,在咬不着人的时候,也吃饭、喝粥,大白天就敢飞到餐桌上。

眼看就要挨饿。

天无绝人之路。正在这时,女房东派他的老公上楼为我端来一钵覆盖着竹笋、香菇、苦瓜、芝麻盐的米粉,两只文昌鸡翅,一盆蛤蜊冬瓜汤。许多天没有吃过如此丰盛的饭菜了,我感动得一时手足无措。问之,方知今日乃观音菩萨过生日,我成了女房东布施的对象。阿弥陀佛,救苦救难观世音!

记得苏东坡贬居海南时,结茅为庐,所食唯芋,也经常忍饥挨饿,他曾在一首诗中写道:"北船不到米如珠,醉饱萧条半月无。明日东家当祭灶,只鸡斗酒定膰吾。"大学士也曾当过吃白食的角色。都说琼地无文,自古以来内地来琼的文人就受过琼州百姓的许多恩惠。

这院子里的房客中,除我之外,楼下的矮屋里还住着一对从屯昌乡下进城打工的夫妇。男的叫阿权,在码头蹬三轮揽零活,女的叫阿香,在街口卖水果。由于语言不通,碰面只是一笑。后来,我曾让阿权帮我到邮局送一趟书,阿权显得十分热情,却坚决不收我付的车资,他说我们是"邻居",怎么能收你的钱!后来,我有时也到阿权的矮屋里坐一坐,阿香给我吃她煮的木薯,我说好吃,她便让阿权往楼上给我送一小筐过来。于是我们很快由邻人升格为朋友,我有时夜间外出,阿权常常自告奋勇拉车护送,阿权拉货的三轮俨然成了我的专车,我坐在车上不但不感到丝毫的寒伧,反而敢于傲视街上驰过的任何一辆"丰田"或"别克",因为我们的车上拥有一份无私的友情。

一天夜晚,在送我回坂墩里的路上,阿权神秘兮兮地对我说:我知道你是

"教授"。他从怀里掏出一张皱巴巴的报纸,是前些日子垫在车底的一张《海南日报》,他说:这上边有你的名字,你的文章。那神情就像自己发表了文章一样自豪。走过一个街口,阿权停下车来,讷讷地说,我想,我应当叫你一声"大哥",我有一个请求,想请大哥吃一顿饭。于是我们就在路边的排档叫了一客冰镇啤酒,一碟炒牛腩,一碟酱鸭,对酌起来。这次我坚持由我付钱,我知道阿权夫妇的日子过得很清苦,两口子劳累一天,一锅萝卜煮白肉,总是吃得锅底朝天。

喝着啤酒,阿权一边叹息,一边告诉我,他也是"知识分子",是"毛泽东时代的高中毕业生",只是学的字差不多全忘了,现在和文盲差不多。阿权还说,他老爹是有50年党龄的"老革命",跟着冯白驹将军打过游击,立过战功。现在他却在码头蹬三轮,揽活时常常让警察撵得东躲西藏,一旦抓住,还要罚款。阿权觉得自己很不争气,给革命先辈丢了脸面,说到这里几乎要落下泪来,说得我也心酸起来。

我从我这位一身汗渍的邻人身上闻到一股可爱的气息,那是一种感人肺腑的道德芬芳。

我离开坂墩里的时候,挑了几件吃的、用的东西送给阿权夫妇,我知道那值不了几个钱,阿权也不在乎这个,我只是想让这些物件代替我多留些日子在阿权身边。阿权也知道。

那时海口机场还在市中心,分手的时候,阿权送我到飞机场,仍然是蹬着他那辆破旧的三轮车。

当我又回到都市的公寓中开始过现代正常人的生活时,我突然发现我已经没有了"邻人",现代都市的高楼大厦中将永远失去"邻人"这一概念。只有在简朴的生活中才可能有人与人之间的亲近,才可能有女房东与阿权这样的"芳邻"。

椋布

在海南四五年了,我只学会说一句海南话:"nong dao ding mao!"这是一句骂人的话,如果要勉强音译出来,大约可以写作"侬倒颠吗",意思相当于北京话中的"神经病"。首尾倒置谓之"颠倒",颠倒而又倒颠,还不是"神经病"吗?

海南话难学,这只是一个方面;另一方面,海南人并不像上海人、广州人那样,喜欢搞一点"方言沙文主义",以说当地话为尊贵,时常用他们的方言泼对方一头雾水寻开心。海南人至今还存有几分谦卑,即使小街陋巷里的阿婆,只要有千分之一的可能,也总是尽力运用普通话与你交谈。讨一位初识的海南人的欢心并不难,只要你夸他(她)普通话说得好。由于这两方面的原因,在海南生活的内地人多半像我一样,许多年学不会一句海南话。

失去了"语言"这一交流工具,要深深介入海南本土生活,几乎是不可能的。

维特根斯坦说过,"一个人对于不能谈的事情就应当沉默",如果真能做到这样,倒也省心。只是我常常不能做到,恰恰是那些难以命名和谈论的"陌生"的东西,更强烈地撞击着我的言语表述之门,维氏的话在我则成了"越是不能谈论的事情,就越是喧闹着急于说出来"。在坂墩里,我时时面临这种言语学意义的尴尬。

比如,对于窗外那棵树。

这是一棵枝叶茂密的高大乔木,油汪汪的叶片中间,繁花似锦,硕果累累。花为散羽状,葱绿色,果像无花果,较无花果大,始为青绿,成熟后转为玫瑰红。我从未见过这种树,自然叫不出它的名字。这树对我来说,成了一个失缺"能指"的所在。

对于它的存在我却很难沉默下来。在那段日子里我几乎天天想着这棵树,渴求知道、渴求表达的欲望,比对于已经知道了确切命名的树木要强烈许多倍。至此,我才发现,人,竟然拥有如此顽强的给万物"命名"的天性。

我知道,尽管我不能对它命名,说不出一个与它相应的词语,但我对它的感觉和认识仍然离不开像"高大的乔木""羽状花序""玫瑰色果实"这样一些语言的片断。然而,即使把这些语词全部"复合"起来,仍然不足以构成这棵树在我心目中的图像和意绪。尽管我不能对它命名,它在我的感觉体验中仍然是一个独特的存在。我只是无法与别人沟通,这成了我封闭在内心的一棵树。

我曾经问楼下蹬三轮的阿权,他说他们家乡就有这种树,结的果子很好吃,只是他也说不出这树的名称。阿权看看我失望的眼神,随机又热情地补充一句,说回头可以问一问他老婆,老婆一定知道。看来,那么语言的交流并不就是人际交流的惟一渠道,比如阿权与他的老婆对于这棵树的共识,并不完全依靠语言。

一位海南本地女作家到坂墩里看我,我指着窗外的这棵树向她求教,她说她不知道这树的学名叫什么,在海南话中被叫作"liang-bu",liang 是甜的意思,因为这树结下的果实很甜,至于 bu 是什么意思,她也说不清。

在植物学家那里,窗外的这棵树该会有它的一套标记和符号,但在与它关系最贴近的人们的日常生活中,它竟然只拥有这么一个含混不清的名字"liang-bu"。

为了加深我与它的交往,我特地经房东主人的许可摘吃树上的一颗果实,味道果然甜甜的,带点酸味,有点像杨桃或李子,余味还有点新鲜橄榄的苦涩,然而又全然不同于杨桃、李子、橄榄,"liang-bu"就是"liang-bu"。为了写作的方便,我自己将它命名为"椋布"。

至于为什么叫它"椋布"而不叫"两不"或"亮部",这自然与我对"椋布"二字的语感有关。椋,也是一种罕见的乔木,古《政和证类本草》中称其为椋子树,"叶似柿","果细圆","其木坚实,煮汁赤色",而与吃食相关的"bu",我仅想到了布丁,虽有些西化,毕竟与"甜"相关。

至今,我对于这棵树的思维骚动才平息下来。我由此体会,最能疏导人的思绪和情绪的,还是语言。

尽管我在坂墩里的许多感受难以用语言表述,但我仍然不得不谈论它。正如为"liang bu"命名一样,需要命名叙说的也许并不是院子里生长着的那棵树,而是我内心那些枝桠纵横、难以平息的欲念。

狗苟

海南人喜欢养狗,这大约拥有悠久的历史传统。

苏东坡流放海南时,也曾喂养过一条叫作"乌嘴"的狗,这是一条黄毛黑吻的大狗。在流人的凄苦日子里,"乌嘴"成了东坡先生的知心朋友,他曾为它写诗作序,称赞它为"海獒"、"昼驯识宾客,夜悍为门户",尽职尽守。当东坡遇赦准备北还时,"乌嘴"似已感悟到主人欣慰的心情,显得欢快无比,"知我当北还,掉尾喜欲舞"。北还途中过澄迈县时,此狗放着长桥不走,竟跳下河水泅而渡之,来了个出人意外的自我表现:"拍浮似鹅鸭",憨态可掬,路人皆惊;如此之活泼顽皮,令主人更加怜爱。东坡怀疑此狗深通人性,惟"天不遣言语",不能与主人对话交谈而已。那时的海南岛上还没有"宠物"的说法,狗作为人的伙伴,还享有充分的自尊和自由。

房东家的小天井中也养了一只狗,看得出这是一只未成年的"海獒",恰巧也是黄毛乌嘴,或许竟是苏东坡家那只狗的后裔。不过,这狗却整日整夜被关在一只悬空的铁笼子里,从不曾看到主人放它出来过。那狗也深感笼中的无聊与无奈,常常变换着各种姿势睡觉,再不就是莫名其妙地狂叫几声。我曾经拿些食物逗耍它,它马上显出很愿意亲近的样子。我问房东主人为何将它严加囚禁,主人说没办法,外面到处撒有毒杀老鼠的药物,许多人家的狗都因误吃老鼠药断送了性命。鼠患未能治住,狗们却因此遭殃,我很为狗感到不平。

午后,阳光灿烂,院子里静寂无声。我忽然听见铁笼里的"乌嘴"呜呜叱咤起来,那叫声是窝火的恼怒。我伏窗望去,原来那狗正与一只老鼠较劲儿。

那鼠很是硕大,首尾约一尺二寸长,肚子圆鼓鼓的,身上长满癣疥,灰暗的皮毛间露出一块块粉红色的皮肉。它步履艰难,行动迟缓,显然是一只年迈的老鼠了。

老鼠在捡吃狗笼中掉在地下的食物,狗在笼子里跳踉发威、呐喊诅咒,那鼠却全然不予理会,仍旧不慌不忙,自行其事。老鼠是自由的,狗却被框定起来,狗显得很无奈。

不一会儿,老鼠竟爬进狗笼子里,伏在狗食盆上大模大样地吃起来。"乌嘴"伸嘴做咬状,竟被这老鼠挥起前爪一拳打在嘴上,打得"乌嘴"张口结舌。于是狗与鼠一来一往地递招儿,那狗并不动真格地驱赶这老鼠,争斗渐渐变成了游戏。

这大老鼠的厚颜无耻和小海獒的宽宏大量同时令我感到惊讶。也许,这场遭遇在狗鼠之间别有深意,只是它们之间以及它们与我之间都没有交流的言语。

它们的动作和叫声,情绪与体态,又分明向我传递了许多信息。我觉得,"乌嘴"之所以不下狠劲儿扑杀这只老鼠,也许是嫌它太肮脏了,怕它弄臭了自己的脚爪和牙齿;也许,还不仅是这样,而是因为"乌嘴"被关在笼子里太久了,太寂寞了,这只不速之客虽然丑陋埋汰,它的到来毕竟为孤独寂寞的铁窗生涯带来一点乐趣。它讨厌它,也需要它。

我觉得我猜对了。因为当这只硕鼠在狗笼中饱餐一顿、捋捋几根稀疏的鼠须,扬长而去时,"乌嘴"反倒显得有些留恋,对着老鼠的背影又巴结似地招呼几声,那老鼠竟头也不回,理也不理。

东坡家族的后代竟显得如此掉份儿,我有些悲哀。

老鼠逍遥而去,狗却不得不在笼中苟且活着。

这被扭曲的生态!

鱼殇

一场强台风,坂墩里的街道变成了湍急的溪涧,坂墩里外边的马路变成了汹涌的江河。暴雨倾泻加上海浪倒灌,整个海口市成了一片汪洋。

坂墩里的两口鱼塘被大水漫平,鱼塘主人无计可施,在风雨中呼天抢地,鱼群像集中营里的囚犯,乘机开始了胜利大逃亡。于是大街小巷的水流中便闪现出鱼儿们惊恐而兴奋能身影。

我对这鱼塘早就已经心怀愤恨。

鱼类作为人类的食物,在地球的生态循环系统中,差不多可以说是"既定"的宿命。如果说这是鱼们的悲剧,那也无可奈何。不过,在以往的时代里,人类要吃到鱼,或到海中捕捞:或到湖里垂钓,或到溪涧抓摸,鱼们尚且有一个空阔自由的天地,人要把鱼猎到手中,人鱼之间还要有一番斗智斗勇:风簸浪颠、水深流急、险象迭出、网破鱼死,像海明威笔下描绘的老人与大鱼之间在加勒比海中的那场苦斗,倒也不失自然法则中的公平和美学法则中的诗意。

现在的鱼塘里的情景就完全不同了。人把成批的单一品种的鱼苗投放塘中,每天定时定量向塘中播撒由饲料公司配制好的鱼食,等到鱼们统统长到一斤多重的时候(这样重量的鱼在餐桌上最好"上盘",可以卖最好的价钱),鱼塘主人便嘴里叼着一支香烟,漫不经心地用一根手指朝着一个电钮轻轻一碰,装置在塘中的电动水泵便隆隆转动,很快将其中一口鱼塘中的水抽去,成千上万、整齐划一的鱼们便毫无反抗地被晾在几近干涸的塘底,鱼塘主人只消雇几个工人把它们盛进塑料制成的筐子里,就像从工厂的生产流水线上搬下一件件产品一样。鱼塘全然成了生产鱼肉的工厂,作为生命的存在,鱼塘中的鱼几乎失去全部意义。人与鱼之间既失去生态意义上的公平竞争。也失去了生命与生命之间在同一生存空间中的诗意。

看看鱼儿们从鱼塘中纷纷逃逸,看看鱼塘主人一脸的焦急与沮丧,我心中泛起一片欣慰。

不料,逃出鱼塘的鱼们却意外地受到马路上行人的狙击。这些无主鱼成了一种不捡白不捡的便宜,一场自发的群众性的追捕开始了,步行的、骑车的、甚至开着汽车的人们都行动起来,在水面上构成一口无形的大网。一条又一条的逃鱼身陷行人的提篮、网袋、车篓,马路上泥花四溅,阵阵欢呼此起彼伏。

第二天清早,当一轮红日从海上升起的时候,马路上水已退尽,在朝晖里闪烁着乌晶晶的光彩。

临近人民路北端,两拨人分别从南北两端控制着路边一段水沟,小心翼翼地包抄过来。包围圈越来越小,沟里沟外的人们同仇敌忾,脸上都呈现出无比紧张的表情。一条鱼被扔上来,又一条鱼被扔上来,目标却是潜伏在水中的一条大鱼。为了加固防线,一位老者把路边的一只果皮箱丢给沟里的勇士,一位推着自行车的女士解下车上的儿童座椅大力支援前线。

合围了,沟中溅起剧烈的水花,满脸油汗与污水的围剿者发起了最后攻击,一位穿花格衬衫的汉子奋不顾身地扑倒在水中,"抓住了!",汉子脸上激动得五官走位。"抓紧它!""抓紧它!"沟边吼声大作。那汉子双手把大鱼拱出水面,手指狠狠插入大鱼的腮中,殷红的血顺着手臂往下淌,大鱼被甩到了马路上。

果然一条大鱼。这是一条二尺多长五六斤重的鲇鱼,铁灰色的背脊,银白色的肚皮,两鳃还在汩汩地冒着鲜血,在初升的阳光下痛苦地抽搐着。

我被惊呆了。这条大鱼能够活至今天,起码三次逃过了鱼塘中的"竭泽之灾"!这是一条卓尔不凡的大鱼!或许,它就是鱼塘中的众鱼之王,或者,它就是这次逃亡行动的领袖。

从鱼塘游到这里,要经过坂墩里东街,经过"港台俱乐部"的围墙,穿过振东区政府门前的马路,潜越海狮房地产开发公司的建筑工地,全程不下 3 公里,可谓一步一惊,一步一险。只要再往前游上几百米,它就可以游进烟波浩渺、水草丰蕴的南渡江中,就可以游进它的自由王国,游进它幸福的家园。

人网难逃。它终于死在了清晨的阳光下,死在人群欢呼的柏油马路上,这是比死于鱼塘的更大残忍。

我被莫大的悲哀笼罩。为了这逃亡的大鱼之殇,我查了一下古书,宋代元符二年三月二十四日,诗人苏东坡曾在海南儋州举行过一个"放鱼"仪式。鱼是从渔人手中买下的21尾鲫鱼,放生的地点是儋州城北"伦江之阴"的浣沙石下,当天,由东坡居士主持,说经念佛,广结善缘,"其鱼随波赴谷",众人皆大欢喜,那是一种多么和谐、美妙的境界。

整整900年过去了,一条从死里逃生的大鱼死于众人的围剿,鱼若有灵,它们该是多么地怀念那位善良旷达的诗人!

海囚

村里人讲,坂墩里先前是紧靠着海的,涨潮的时候,海水可以漫到我现在住的土楼下边,若是到对面阿庆家借个火,就必须划着小船过去。

1958年"大跃进"的时候,上级号召"战天斗地,移山填海",坂墩里一带聚集了千军万马,展开了围海造田的大兵团作战,几道拦海大坝建造起来,坂墩里从此成了旱地平川。村头一堵石墙上至今残留着那个年代的豪言壮语:"举红旗,拦海千山立;挥□□,截流万家乐。"近年来,城市里的高楼大厦争着到这里安营下寨,切割占据着原本属于大海的领地。

大海已被人们驱赶到海甸北边。站在坂墩里,如今已经看不见大海,只是在树影婆娑的月夜,村子里的老年人还能听到大海的叹息,而年轻一代连大海的声音也听不见了。

坂墩里早已没有了大海,但在靠近人民大道的村外还剩下一座水光潋滟的陂塘,这陂塘与村西养鱼塘很有些异样,塘水深幽,水色常常随着天气的不同而变幻,有时湛蓝,有时苍翠,有时竟显出一种优雅大度的冷灰,像大洋深处的海水一样。清风吹过,水面上飘过一股淡淡的咸腥,也很像是大海的气息。我曾经禁不住掬起一捧塘水尝了尝,咸的,果然是海水的味道。

我终于明白了,这陂塘原来是一片残留的海,一片被拦海大坝与大海部落割裂开来的海,一片被现代人囚禁在城市边缘的海。

被囚的海依然拥有海的基因,海的天性,海的记忆,海的憧憬。只是,它已经被四周的马路、电杆、楼房、围墙牢牢围困起来,再也无力发动晨昏涨落的潮汐,甚至也掀不起一些稍微像样子的雪浪。

这片被囚禁的海边已经没有了高大的马尾松和茂密的紫荆丛,蜘蛛们只有在水边的浅草地上搭起白色的三角帐篷。水中的礁石已不知去处,蛤蜊们只有附着在沉没水底的碎砖烂瓦、水泥板块上苟且偷生。岸上的几家餐馆,鬼鬼祟祟地向水中倾倒着厨房的污水废料,囚禁已久的鱼龙子孙们耐不住饥饿的折磨,不得不降尊纡贵抢食人们丢弃的残羹剩饭。水面上当然也没有了阳光下的白帆与暗夜里的渔火,白日里会有几个孩子拎着塑料小桶站在水里钓鱼。黄昏过后,四川来的民工有时会带着老婆孩子打着手电筒在水边网虾,没有人想到它是海,曾经是汪洋恣肆的大海的一员。

然而,海毕竟是海。

港台俱乐部守大门的老人说:在一个满月的夜里,水面传来劈啪的响声,他看到从陂塘中央的水里跃出一个清瘦修长的怪物,青幽幽的鳞光在月色中闪闪烁烁,水花溅起一丈多高。老人年轻时是一艘远洋货轮上的船员,曾在马六甲海峡见过类似的怪物,当地渔民叫它蓝鲛,是海中的精灵。后来,一些贪心的人听说后,曾在塘中拉网捕捞,尼龙网被划破了几处大口子,却连一条小鱼也没有捞着。

那场特大台风刮起的时候,大海潮水倒灌,涌进了海甸,而塘中的水也掀起罕见的波涛,乘着风雨冲出四岸扑向大海。这被囚禁已久的海付出了最后的努力,试图挣脱囹圄回归自己的故乡。不幸的是,风雨过后,它依然被城市的楼房道路囚闭起来。

独居无聊,我常常徘徊在这"海囚"的身边,然后,带着这"海囚"的问候,一个人步行数里去看望荒甸北边的大海,在海边坐上两个时辰。

"天下之水,莫大于海。"大海依然烟波浩渺,在天光云影中摇曳着迷幻的色彩,像一个亘古长存的谜。

日落时分,涨潮了,海水一如既往地涌上沙滩,一浪高过一浪,把白日里被那些俊男靓女糟践得狼藉不堪的沙滩一一熨帖平整,使其洁净如初。饱受人们攻掠的大海,宽厚地包容着人们对它的戏谑与不恭。

然而,从大海深处传来的沉沉涛声中,我依然听出了大海的幽怨。海浪从远处的海平面上迅疾袭来,奋力涌过沙滩,冲向拦海的大坝,似乎要翻过大坝越过荒甸去探视它那被遗落、遭囚禁的女儿。

海浪再次被大坝撞得粉碎,夕阳里,一道彩虹在海浪的粉雾里升起,那是大海母亲的心血。

一只巴掌大的黑蝴蝶从坂墩里方向飞过来,竟朝着茫茫大海深处翩跹而去,渐渐隐没在暮色笼罩的海天之中。我想,那一定是"海囚"的精灵,"海囚"的梦魂。

归去来兮,海囚……

草魅

小时候读白居易咏草的诗句,"远芳侵古道,晴翠接荒城""野火烧不尽,春风吹又生",便对草永远留下了美好的印象。甚至下农村劳动到庄稼地里除草时,看到一棵棵充满活力的小草在自己手下丧命,生命的汁液染绿了锄头的刃口,心中也总是充满了对于草们的哀矜与同情。

坂墩里

庄稼或某些蔬菜，原本大约也不过是草，只不过经过人类的长期驯化早已失却了草的野性。庄稼只能生长在庄稼人为它悉心经营的农田里，而草却可以凭着它那放荡不羁的天性纵横塞北江南，直至天涯海角。在海南岛看不到中原田野上生长的高粱、谷子，却依然可以见到白茅、黄蒿、狗尾巴草、蟋蟀草、牛筋草、猪牙草这些北方草类的身姿。

海南岛的植被覆盖率在全国各省份中高居首位。数年前我初上海岛，由海口乘车去三亚，放眼四野，除了一条窄窄的公路，几乎看不到一点裸露的土地，土地全被绿色笼罩着，元代诗人王仕熙谪居崖州时曾留下了"水际带沙青苒苒，山中和露碧氤氲"的诗句，描写的就是这种情景。这满目青葱中，草，与树一样，充任着主要角色。

海南是一个草的世界。北方有的草这里也常常会有，此外这里又多出了许多叫不出具体名字的蕨薇、蒹葭、薜荔、藤萝，有些野草若是移栽到北方去，定会被视作奇花异卉。比如含羞草，在北京或郑州是要种在花盆里精心呵护的，在海南则遍地皆是，而且花枝茁壮，长年不凋。

近年来，随着海南大特区的开发，城市在迅速扩展。每一片新拓宽的城区中，最先承受建筑机械戕害的生灵，便是那沃土上的青草。野火烧不尽的草，在钢筋混凝土铺盖过的地面上，任它春风几度吹过，却再也生长不出来。对于大自然中的草来说，这是一次灭绝性的杀戮。

"崎岖万里天涯路，野草荒烟正断魂。"北宋爱国名将胡诠流配琼岛时，曾发出如此感伤的长叹。850年过去了，时过景迁情也移，如今天涯路不但不再崎岖而是成了自动化控制的高速公路，路上惆怅断魂的不会再是坐在"奔驰""林肯"上的人类，而是日渐濒危的野草们了。

荒原城市化之后，草，也开始被人工种植，现代人希图像对待农田里的作物那样对待大自然中的这类野性生灵。

坂墩里东边的荒甸已树起幢幢大厦，人们在被钢筋水泥框定的一块块规则的土地上，种植起据说是由澳大利亚引进的人工培植的青草，这草柔细如绒,平整如毡,纯净划一,青翠如染,为灰褐色的建筑点缀着升平与富丽,很讨现代人的欢心。

然而,就在这里,我看到了野草对现代城市文明的反击,看到了一场"野草"对"家草"的恶战。一场雨后,人工的草坪里突然长出一簇簇三叶瓣的蕨类,它看似纤弱,却繁衍迅速,拼命与那些引进的洋草争夺着地里的养分。几天烈日曝晒后,三叶蕨枯死了,像第一批冲锋的战士,纷纷陈尸在阵地前沿;人工草也显出营养不良的样子,开始发蔫。草坪内却又一下子长满了一种叶片锯齿形、类似水芹的野草,它们尽量地扩充自己的枝叶,与人工草争夺生存的空间,当"野水芹"英勇捐躯之后,人工草也已经开始枯萎凋丧。最后出来占领草坪的是一种柔韧坚挺的草,我认出那是一种在北方也很常见的芦草,野生的芦草将人工培育出来的"贵宾草"踩在自己脚下,草坪上迎风招展着野草们胜利的战旗。

这场草与草的战役总共花费了一个多月的时间,野草们井然有序的战斗部署似乎经过了精心的策划。三个梯队配合作战即使对于人类的战争史来说,也不愧为成功的战例。我疑心,野草这种大自然中的精灵,可能拥有超出人类认识的魔力或魅力。人类还是不要过高地估计自己为好。

就在坂墩里东边的荒甸上,我看到了一台被建筑工地遗弃的挖掘机,那是由钢铁构架起的一具庞然大物。不久前,就是它在长满青草的原野上挖掘滚压,使无数绿色生灵在它的铁爪钢牙下粉身碎骨。正是它,使充满生机的绿色沃野变作无声无息的灰色板块。在向着生态环境的扫荡中,它曾经是一个所向披靡、藐视一切的攻掠者。

如今,也许是耗尽了体能,也许是已经老化,它终于瘫倒在荒甸的一角,在它那庞大的钢铁骨架上,爬满了野生的藤萝、薜荔,这些野生的绿色精灵将它们柔弱的枝条伸进钢铁履带的洞孔,缠绕着那钢铁耙齿的刃口,驾驶室的窗口已全被幼嫩的草叶遮掩。

看看这台几乎被青草淹没的挖掘机,我一下子说不准野草们是在对这只钢铁怪物实施着仇恨的报复,还是表达着博爱的宽容,说不清它是在对这只昔日的钢铁霸王进行着尖刻的嘲讽还是哀怜的痛惜,我只是感到一种神秘的力量在向现代人类社会昭示某种玄机。

被青草簇拥着的挖掘机已经锈蚀斑斑,它那锋利无情的钢铁刃口已经开始剥落风化,即将重新化作泥土,复归于大地,与野草的生命重新凝聚在一起。

人和自然,到底谁更强大?大自然中这些饱受伤害的野草会赢得最后胜利吗?

1997年6月于海甸邦墩里

姑苏暮雨酒一樽

那天黄昏,楼下椰子树的树影疏疏落落映上阳台时,一个电话决定了我后半生的去向:听说您正准备调动工作,愿不愿意到苏州来呢?

电话是苏州大学文学院打来的。

我对苏州大学所知甚少,但"苏州"打动了我。一周后,我便决计调往苏州大学。那时恰恰赶上全国作家代表大会在北京召开,苏州大学文学院委托范培松教授在会上与我面谈。范教授说,年纪大了些。当时我已经五十六岁,年过半百,作为引进的"人才"确是嫌老了。

至于苏州大学从哪里知道我在调动工作?后来我才明白是华东师范大学的夏中义兄告诉苏州大学文艺理论教研室刘锋杰教授的。那时,华东师大的徐中玉、钱谷融几位老先生一直动员我到上海来,并委派文学院的院长齐森华先生与一位副院长专程飞到海口做我的工作。尽管我与华师三代学人都有匪浅的情谊,由于我生性恐惧大城市,缺少激流勇进的自信,终于还是谢绝了上海,而从中具体联络的就是中义兄。

1979年,"文化大革命"结束不久,我曾经来过一次苏州,似乎就住在拙政园附近一家临街的小客栈里。记忆中拙政园门前冷冷清清,临河人家栉比鳞次，一律粉壁黛瓦，河水从房后流过，有妇人在河边淘米洗菜，小船从河心划过，河水拍在石条砌成的岸上镗鞳有声。在我的印象里观前街就和现在的葑门横街差不多，虽然热闹，也很逼仄。我从小是在古城开封市井中长大的，江南苏州在我心中留下了舒适而又亲切的印象。

说起与江苏的缘分，再就是80年代初，我初始混迹文坛，在上海参加笔会时与一位江苏作家张弦同住一室，电影《被爱情遗忘的角落》深得人心，作为编剧的张弦正春风得意。我很喜欢张弦小说温婉凄美的风格，常常与他谈到深夜。分别后又通过一些信，多半是我向他请教创作心理方面的疑难，他总能认真悉心地回复。还有一位江苏作家高晓声，当年都是我在课堂上乐于宣讲的江苏作家，不料他们在90年代竟相继过世。

鉴于对江苏、对苏州的诸多美好印象，2002年春天，我便在位于姑苏东北一隅的这所大学开始了新的生活。

虽说年既老矣，似乎依旧壮心不已。临辞别海南岛之际还写下一首貌似的七律，记得最后两句是"此去东吴烟波晚，火烧夕云满江红"。其实我哪里有什么放火烧江的勇气，不过是走夜路唱高腔，自己给自己壮胆罢了。

说是引进人才，在苏大人事处报到时，工资一下子就被降了两级，人事处的劳资科长说是按照规定套用这里历年来教师工资升迁的级数。既然愿意到这个学校，只有入乡随俗。好在那时苏州的房价比现在要低得多，园区新加花园的房子才两千多块一平米，补贴的那点安家费差不多就可以买下一套房子。

来苏州不久，海南的朋友仍在惦记我。韩少功趁来苏州讲学的机会，亲临我在现代大道的新家看望，还带来湖北大作家方方女士。方方对我房子里的阁楼很感兴趣，也许是想到了契诃夫的小说。

少功去后不几天，我正在会议室开会，接到北京打来的电话，是王蒙先生。他说，听少功说你的房子很大，人就你一个。他还说也给陆文夫说过枢元来苏州了。恰巧《光明日报》的韩小蕙来苏州，我就顺便陪她一同到陆家看望。文夫先生身体已经很虚弱，呼吸都有些困难，但和小蕙还是谈了许多话。我对先生说,我已经年纪不轻,学问根器又浅,以前也曾经热闹过,来苏州后只想静下心来多读点书,不想参与社会活动了。文夫先生说,他也很少参加中国作协的活动。那次见面过后不久,陆文夫先生便撒手人寰,追悼会上站我身边的王安忆说,她的父亲也于前年去世了,她如今已经成了失去爹妈的"孤儿"。我感到她是在以这样的话语方式表达对于陆文夫去世的哀伤。

我曾翻阅过陆文夫去世后出版的文集,发现他在告别这个世界的几天前仍在写作。在文学的人生旅程中,他就是一位"纤夫",一位纯粹的、辛劳的"纤夫"。

钱谷融先生听说我已经在苏州安置了新家,说要过来玩两天,就住在我的新家里。是殷国明兄陪同老人过来的,拖了一个拉杆箱,箱子里装有茅台酒,还有一副竹骨制作的老式麻将牌。可惜我不会打麻将,新来乍到没有朋友,竟凑不够一桌。老人有些失望,我就陪他到金鸡湖边闲逛,看到湖边一些大人、小孩在放风筝,老人来了兴致,追着看天上的风筝,湖边风大,回到家里就有些不适,像是感冒了。那时节文学院正在申报一级学科,人来客往十分热闹。晚间,学院通知吉林大学刘中树教授来了,他是国务院学位委员会委员,要我陪客。钱先生知道后也想去凑热闹,我请示当时的院领导,领导说人已满了,安排不下座位。钱先生说那你就给我带个好吧。没想到中树先生听说钱先生在苏州,立马就要离席到我家里看望先生!结果,酒席上从头到尾钱谷融先生成了核心话题!

钱先生的那次苏州之行,在我心中留下许多遗憾。事过多年,钱先生快一百岁时,我到华东师大二村看望他,他还说起:枢元,我还有一幅麻将牌在你那里!

苏州大学文学院的一级学科顺利批下来了,学校举办庆功会,我也成了"功臣",被授予一个巴掌大的小红本。只有荣誉,没有奖金。

开头几年,虽谈不上"火烧夕云",日子倒也过得畅快。我曾给本科生上过课,讲文艺心理学、生态批评专题,学生们听课很专注,积极认真做作业。作业中我发现一位学生的文字颇具识见与才情,恰巧当时的院领导罗时进教授到我房间来,他听后也兴奋起来,说让我们同时将这个学生的名字写下来,看看究竟是哪一位。结果,两人写下的是同一个名字"黄晓丹"。晓丹同学本科毕业后就在苏大读硕士,后来考到南开大学,在叶嘉莹先生门下读了博士,毕业后在大学任教。我有时想,如果赶上80年代,她也许早已经成为学术大家了!

还有一位本科生徐燕,被选定为"保送"读研,她一心想跟我学,就向班主任提出要求。班主任朱老师爱生如子却又严厉过人,批评她:你想跟谁学就跟谁吗?于是她就两次三番到我上课的教室门口等候,痴诚感人。三年读研下来,事实说明她的确是一位品学兼优的好学生,文字功夫曾经得到太老师钱谷融先生的夸奖。由于种种原因,她毕业后回到家乡做了中学教师。在我的价值选向中,一位优秀的中学教师,绝对要比一位在大学混日子的平庸教授更珍贵,对社会的贡献也更多。

初到苏大的几年,正赶上研究生扩招,一时间在我的身边聚集了一群硕士、博士研究生,甚至还有两位毕业于复旦与清华的博士后以及前来访学的青年学者。我自知学问浅陋不足以课徒,仅能以真诚待人,授课之余、暮春早秋,常陪着学生们登花山、天平山,游灵岩寺、重元寺,在山光水色、春花秋草间留下了岁月的痕迹。这或许还是至圣先师孔夫子的做法:浴乎沂,咏而归。这样的活动产生了意外的结果,不同届别的学生们得以相互亲近。尽管一些老学生有的已经成为知名教授,成为大学的院长、校长,与刚刚入学的学生在年龄上相差不止一代人,却可以成为知心相交的朋友。我发现,学生们之间的相互熏陶、相互感染要比我的教学指导更有成效。

我在海南大学时期创建的"精神生态研究所"、创办的《精神生态研究通讯》,调入苏大后改组为"生态批评研究中心",并继续编印《通讯》。2006年深秋,我们教研室与海南大学社会科学研究中心、上海学林出版社联手,结合《人与自然》《生态批评的空间》两本新书的发布,在海南举办了一次生态文艺学研讨会。学界、出版界、文学艺术界诸多有影响力的人士如余谋昌、曾繁仁、朱立元、韩少功、多多、徐敬亚、王小妮、尤西林、曾永成、王诺、张皓等应邀出席。参会的还有当时已经在中国生态批评界崭露头角、如今已成大器的青年学者王晓华、刘蓓、胡志红、宋丽丽、王茜等。我这一生也曾组织过不少的学术会议，而这次会议别开生面，十多年过后仍为人所津津乐道。

我为会议定下的宗旨：既然是生态研讨会，就应该开出生态的意味。建议会议省吃节用，全程吃素，尽量少乘车多步行；会场采取流动性，多半设在大自然的怀抱里，从风光旖旎的海大校园一直开到那大镇的云月湖、儋州苏东坡流放的桄榔庵、礁石嶙峋的棋子湾、热带原始雨林尖峰岭。会场座次只论年齿不讲级别；会议论文不拘一格，散文、随笔皆可入编。有当地多位"志愿者"自带车辆到会上服务。数十位代表上岛后的吃住费用全包，不收会务费，五天下来，总共花费五万来块钱。尽管那时海南的消费尚且低下，会议仍坚持用严格的清贫精神约束自己。棋子湾一片荒凉没有饭店，便事先给每位代表发10块钱，自己在昌化镇购买食物，然后到夕照下的海滩聚餐。开始时中国朦胧诗的首倡者多多先生有些担心吃不饱，大家开玩笑说他常年流浪荷兰国饿怕了！结果，10元的自购自助餐反而比在高级饭店吃出更多的乐趣。

在苏州做下的另一件事是写了一本书：《陶渊明的幽灵》。核心内容是写陶渊明的，但写作的心态却不是陶渊明式的散淡，反而具有强烈的"实用主义"色彩，从大处说是为了给日益惨烈的全球性生态危机寻找一剂中国传统文化的疗救验方；从小处说是要为自己倡导多年的生态批评展示一个切实的案例。书，写得很艰难。我在《后记》中曾经说道：这本书稿，竟做了6年。最初完全没有估计到这一选题的难度，后来才发现与选题密切相关的文学史研究、哲学史研究以及古代文学研究，都非我所长，我只好一边补课一边写作。该书出版后反响不错，一年后竟意外获得"鲁迅文学奖"，当时的苏州市文联主席成从武先生带了鲜花光临寒舍道贺，省里、市里都增发了奖金，各种媒体上也很热闹了一阵。这使我越发惭愧。日前在陶渊明的故乡开会，我还一再检讨：拿一生散淡、清贫的靖节先生换来我的名利双收，实在有些不堪！

在苏州大学,称心的日子过了大约十年,后来不知是我自己的心态出了问题,还是中国的教育改革出了偏差,教书的时光越来越让我感到别扭,感到无聊而且无奈。要填写的各种表格越来越多,越来越繁杂,早年鲁迅、胡适这些大牌教授一辈子填写的表格恐怕也没有我们一年的多。发表论文必须是"核心刊物",而且是校方指定的几份"核心"。我接连在乐黛云先生主编的颇具学术分量的《跨文化对话》中发表的长篇论文竟什么也不算。以往,我的一些文章常常被一些文摘类刊物转载,近年来自认学问较前有所长进,文章却不再有人问津,据说此类刊物也已经被变相"承包"了。由于学校定死的退休制度,当我62岁时便被告知要准备退休不再招收研究生;等到65岁要退休了,学校党政联席会商定要我推迟到70岁退休,又可以招收研究生了。等我刚刚招收了一位研究生,按照学校规定,67岁进入"准备退休"时段,不许再招收研究生。这样折腾下来,从62岁到70岁的八年时间里我只能带一位博士生,而且还是蒙校方特加的恩宠。自己想想也好笑。(听说现在规矩又变了,教授只要有经费,80岁也可以带研究生)在规章制度越来越严密的同时,学生的厌学情绪却越来越严重,教师学科创新的动力越来越不足,起码我的感受如此。初来苏大,其他学科的学生也会选修我的课,甚至外学院的学生也有不要学分来旁听的。教室后边常常还要临时添加凳子,甚至小教室要换成大教室。后来,自以为学问看涨了,愿意就教的学生反而大大减少,连文艺学学科的研究生也不愿多选课,剩下的只有我自己带的几个学生,活脱的门可罗雀。

我真真切切地感受到王元化先生临终前发出的一声叹息:这个世界不再让人着迷!

同时我也想到我早年的一位学生、如今已是多产的翻译家的张月教授翻译的法国著名社会学家米歇尔·克罗齐耶在《法令不能改变社会》(*On ne change pas la société par décret*)一书中表达的思想:我们应对复杂局面的制度手段效能低下,仅仅凭借逻辑演绎出来的条例规则,不可能用来解释诸种实际的境遇,所以归根到底,行政管理机构通过法令来对自身进行改革,是不可能的事情。

我一介书生更无从改变社会,我只能约束我自己退出这场游戏。于是我向校方提出提前退休的申请,并被很快批准。

2015年国庆节过后,苏州大学文学院一位资深教授的一篇关涉教育界多种弊端的申诉文章,在互联网上引起轩然大波。这篇网文中还提到我:"有一位全国知名的文学评论家鲁枢元教授,也是六十刚出头,就被迫黯然离开了苏州大学,回到了河南老家的一所大学重新就职。"这段话字数不多,但与事实多有出入,我想借本文发表的机会加以澄清:校方曾按照程序决定我延迟退休至70岁,是我自觉没趣,感到再这样混下去无疑自取其辱,于是主动申请提前退休,不能说是被迫的。

今年苏州的梅雨时节虽然阴雨绵绵倒也不乏清风习习,置身阳台窗下,反倒特别凉爽。天色渐晚,独墅湖的湖面上云暗水白,樟树林葱茏茂密,一片稠绿。脑海里反而回忆起童年上学时的情景。我5岁半上小学,学校设在一座古庙里,离我家不到一里地,沿着惠济河的河岸走,要经过两座木板桥。从不记得有家里人送我,一个瘦弱的孩子背着一只家做的蓝布书包,一边走,一边看河里浮游的白鲦鱼,草丛里跳出的蚱蜢,树梢上飞过的蜻蜓。

从惠济河到独墅湖,从汴梁到姑苏,70年过去,对我来说也差不多就是从"北宋"到了"南宋"。在北方长年喝的是白酒,到了南方才学会喝黄酒。白酒浓烈,黄酒绵长。白居易诗曰:"秋风江上浪无限,暮雨舟中酒一樽。"他喝的也该是黄酒,即古人所说的"醴""醪"之类。杜甫叹息:"酒债寻常行处有,人生七十古来稀。"所谓"老杜",也只活了59岁。说到底,还是喜欢潇洒的苏东坡:"人生如梦,一樽还酹江月。"

己亥年梅雨时节·姑苏·暮雨楼

当代医学史的镜鉴

著名作家、报人韩小蕙在一家著名的出版社出版了一部纪实文学作品《协和大院》,这是一部写医院、医生、医学、医学教育、医患关系的书。且不说当下蔓延全球的新冠疫情中唱主角的除了诡异的病毒就是悲壮的医生,就以平常年头论,没有哪一个人一辈子没进过医院、没看过医生、没有吃过药打过针的。所以我说,要想了解当代医院、医生、医学的往世今生,最便捷的就是读读韩小蕙的这本书,走进这个"协和大院"看一看。

书中写到的协和医院,从清代末年创建已历经百三十年的岁月,试想,即使是一位百岁老人,历经皇朝、民国、共和国,一生之中该有多少故事?就是一棵百年老树,历经春夏秋冬、风雨雷电,活到如今又当是何种气象!何况是这样一座横立于阴阳两界、游走于生死之间、闻名中外、活人万千的著名现代医疗机构?

更引人入胜的,作者呈现的还不是"医院",而是"大院",是医院的后院,相当于舞台的后台,即作为医院主体的医学界的名医或"大神"们的日常家居、平生情愫、喜怒哀乐、命运遭际。

更生动鲜活的是,作者韩小蕙本人就是"协和大院人",生于斯,长于斯,长年与这些大神们左右为邻、悲欢与共。书中写的既是这个大院里的历史沧桑,也是她记忆中的天光云影。

书中写到协和医院的"两位华人第一长""三位大医女神""四位世家子弟""五位寒门大医""大院里的三十朵金花",甚至还写到大院里的芳草佳木、鸟兽虫鱼,这些都是要读者自己走进去——察访、细细观看的。我这里只想谈谈自己读后的感受与思考,其实是一些我自己面对现实纠结不解的问题,心情并不轻松。

首先是医生与病人的关系,现在统称医患关系了。始建协和大院的人无论如何没有想到医生与病人之间竟演变出如此凶险的关系。

《健康时报》刚刚发布的一则新闻:6月23日上午郑州大学第一附属医院发生"暴力伤医"事件,两名医护人员受伤,行凶的病人下手凶狠,在医生的面部、颈部、手臂连砍12刀!稍前,从5月25日到5月28日,在"两会"召开期间,首都北京竟然接连发生两起"暴力伤医"事件。殴打医生者,一位是男性青年,一位是竟是年轻女性。据国内医疗法律界专业团队统计,2017年全国医疗损害责任纠纷案件竟达7683件。其中现代化水准较高的省份江苏、山东、湖北、河南发案率位列前茅,均在千件以上。

在韩小蕙的笔下,五十年前当小蕙还是小小蕙的时候,人们对医生有着普遍的尊敬与崇拜,大院里那些优秀的医护人员是真正的"高大尚",在她的心目中皆非"凡人",而是万人景仰的"大神"。书中记载,五十年代初,贵为总理夫人、元帅配偶前来协和看门诊,对待医护人员也无不礼仪有加。在中国民间,医生并不像西方那样被唤作doctor,仅仅视为博学之士或人体修理师,而是统称"先生"与"大夫"。相对于"庶民","大夫"是高阶;相对于"后生","先生"是长辈。在我的老家,市井中有一位田姓年轻医生,一条腿还有些残疾,我家年迈的老祖母见面也总是恭恭敬敬地称他"小田先生"。

曾几何时,医生与病人之间的关系竟变得如此恶劣,医生竟成了一种"高危"职业!至于如何改善,有人好心提出医院要设立警务室,加强"安检",必要时医生身边要有警员"陪诊"。有人提出加强立法维稳，加重惩罚力度，"袭医"与"袭警"同罪，敢打闹的抓起来，敢杀医生的就杀了他！

当前似乎也正在这样做。据媒体报道，今年上半年的三个月内，在北京市以及江苏靖江、山东莱芜、甘肃兰州共有3名杀医者被处决，1名被判死刑！据说，伤医、杀医事件已经开始有所收敛。如此医院维稳，不知能够维持到几时？医学界发声：在告慰亡灵的同时，我们却有难言的哀伤！

但也还可以听到这样轻描淡写的发声：伤医杀医者毕竟是少数人，不代表主流。天哪，真不知道还要杀多少人才能让他们动心，真不知道这些人居心何在！

其次，是医术与医德的关系。"悬壶济世""妙手回春"这些美好的成语，不但蕴含着对于医生高超医术的赞美，同时也饱含着对于医生们职业道德的颂扬。在《协和大院》这本书中，我们看到那些作为某一领域开拓者、某一学科奠基人、某一处室创建者的医护界"大神"，不但医术卓绝，同时又都宅心仁厚、情怀高远。他(她)们敬畏生命、珍惜万物，不计私利，慷慨奉献。

妇科肿瘤专家潘凌亚大夫，一生秉承"老协和"的施爱传统，"像父母爱孩子、老师爱学生般的从心里'爱病人'"，"特别是对来自农村边远地区的弱势病人，更是格外和善，细致周到"。她领导的科室曾收到患者26封表扬信、89面锦旗。名门出身、中国儿科医学界先驱周华康大夫一生廉洁自守，不但时常接济一时困难的同事，还"常常悄悄地地往贫困病儿家长兜里塞些钱"。90岁的劳远琇大夫、90多岁的郭玉璞大夫耄耋之年仍不忘救济天下苍生，坚持外出门诊。吴阶平大夫贵为院士、国家领导人，仍然坚持每周一天到医院参加查房。

协和医院的前身是教会医院，早先的医生护士是一手拿着手术刀或听诊器，一手高举着《圣经》的；《圣经》可以扔掉，换做《论语》《道德经》也一样有效。甚或，《圣经》《道德经》都可以丢下，但精神与道德的旗帜终归不能不要。我当然知道医疗卫生队伍中多数人员是好的，像今春瘟疫盛行时武汉的李文亮医生、艾芬医生,像成都第三人民医院的梁益建医生,更是其中佼佼者。但像莆田系那些黑心烂肺的"恶医"也不在少数,而且总能够轻易得逞。从整体状况看,近年来医疗技术在飞快提升,医疗道德同时在急剧滑坡。正如某位哲人所说,"我们的灾难在于物质与精神、技术与道德之间的平衡被破坏了","在不可缺少强有力的精神文化的地方,我们则荒废了它。"

《协和大院》第80页记述了这样一则历史往事:1928年6月,冯玉祥送给北京协和医院一块匾额,上面有冯将军亲笔题写的大字"在国家种族之上是人道"。言外之意,"医道"本就应该属于"人道",应该是至高无上的。一位常常自谓粗人的"丘八",尚且有此襟怀!这里多说几句:当年冯玉祥主政河南,在我的家乡、当时的省府开封曾留下不错的口碑。据开封地方志书记载,冯玉祥曾经向我们同院的以擅写魏碑著称的前清举人周贯一太爷请教过书法,我猜想他的这块匾额也该是方方正正魏碑体的。

在市场化大潮的裹挟下,医药界的诸多实力人士,一只手里拿的是手术刀,另一只手里拿的是算盘,最不应该市场化的医界滑落为商界,这或许才是问题的根源!医生原本是救人性命的人,这样的人在底层民众眼里就是云彩眼里的"活神仙";如今医院成了商铺,病人变身为买家。在商言商,在商界顾客是"上帝"。一旦"商家"拿"上帝"当猪宰,遇上一些不好伺候且道德低劣的"上帝",医护人员就注定要"倒血霉"了!

如何改变这种恶性循环,道理其实再浅显不过,难的是下决心从根本上实施变革。

第三,是关于归来与出走的关系。《协和大院》写到的医院里一批早期领导与骨干,清一色的都是"海归",他们是"精英",同时又是真诚的"爱国主义者"。

协和第一位华人院长李宗恩,青年时代就读于格拉斯哥大学医学院,于伦敦大学卫生与热带病学院获得学位,归国后任协和医院院长。胡正详病理学家,毕业于美国哈佛医学院,协和副院长。李克鸿,毕业于芝加哥大学医学院,协和医院副院长。聂毓禅,毕业于美国哥伦比亚大学,被誉为中国"护理之母",协和副院长。以上四位被称作协和医院的四根台柱子。其他由海外学成归来的"大腕"不胜枚举,如中国"核医学之父"王世贞在新中国刚刚成立之际拒绝了美国方面的极力挽留,回归祖国效力,临行变卖了全部家产采购了300多件医疗用品与海外新药捐献给祖国。流行病学家王善源教授曾留学法国、英国、荷兰,精通英、法、德、意、日等八国文字,1956年当新中国最需要人才的时候,他毅然从待遇优渥的欧洲返回祖国,不但带回一位荷兰籍的夫人,还带回40箱珍贵的医学资料与精密医疗器械。

遗憾的是在后来连续不断的政治运动中,他们的海外经历都成了历史污点,许多人一再受到严酷整治。李宗恩、聂毓禅、李克鸿在1957年均被打成"右派"解除职务下放到边远地区劳动改造;胡正祥在1966年那个炎热的夏天被抄家、毒打,他不堪受此侮辱与虐待,最后自己用刀片割断腹股沟大动脉血尽而亡,不久夫人也随之而去。协和的"四根台柱子"终归无一幸存。

与老一代毅然回归成为鲜明对比的是,老海归们的子女纷纷出走成了西方的新移民。不但医院专家教授的子女,包括许多党政干部的子女,凡是读书读得好的,也都移民海外"成了别的国家的精英",如李伯伯家的6个小姐妹,有5个去了美国或日本。

关于回归与出走,从大的方面说,地球本是一个生命共同体,人口流动乃自然规律,如果都不流动,说不定我们至今还在非洲丛林里采浆果呢!从小处说,那也是个体生命的自由选择。但问题并不如此简单。最近看到社会治理研究院一位专家指出:人才的凝聚自古就是一国兴衰的重要指标,看一国兴衰最靠谱的不是看其经济指标,而是人口流向。一个国家如果出走的人才总比回归的多,而且出走的还总是优秀人才,那么肯定是在哪个环节出了问题。

社会治理的一个重要环节是如何对待社会中的"知识精英"。我是1963年考进大学读书的,出身于社会底层的我父亲并不为此高兴,反而忧心忡忡。当时他说下的一句话至今还在我耳边回荡:你看看我们街道上被"劳改"

的那些"右派",哪一个不是大学毕业！是啊,协和医院那四根高大威武的"台柱子"以及大院里众多海外归来的"大神"级别的医生、医护不都是在那一年遭的劫吗？父亲已经去世三十多年,如今,知识精英们的名声似乎又在下滑,在铺天盖地的互联网上,专家成了"砖家"、教授成了"叫兽","公知"这个本来神圣庄严的称谓在我们这里变成一个人人避之唯恐不远的"屎盆子"。精英与民众原本并非对立的两个阵营,而是一个整体的两个相辅相成的层面。在"精英"无端再受排斥的当下,不难看出韩小蕙的这本书是站在"精英"一边的,不知读者意向如何,我倒愿意真诚地为此点赞,这就是作为一个知识人的"初心",也是"良心"。

在中华民族的传统理念中,"医人"与"医国"有着共通之处。"上医医国,中医医人,下医医病",据说这是老子的弟子、与孔子同时代的文子说的。国家的稳定、和谐与个人的身体健康、精神祥和也拥有相似的道理。《协和大院》精心记述的一个医院百多年的沧桑变幻、几代人的风云际会,不仅可以视为医学界的一部史学档案,还可以作为一面民族历史的镜鉴,来映照当下诸多社会问题的成败得失。我相信,这本书的读者绝不局限于医疗卫生界。

2020 年 6 月 30 日,紫荆山南暮雨楼

文学艺术与尤赛琴

"健康"的误区

健康,正在成为当今社会上个人关心的头号问题。人们谈论健康,比谈论"总统选举""世界大战"更热心,然而,在健康问题上人们更容易踏入一个又一个的误区。

只要稍稍留心观察一下,你就不难发现,"健康"已经成了市场上家庭开支的重要项目。据统计,上市的"营养口服液"已达1万多种,从鸡精、蛇精、鳖精、鹿精,到燕窝、鱼翅、牛鞭、狗肾,到人参、灵芝、虫草、枸杞,包装精美,价格昂贵。林林总总的保健器械,从按摩器到跑步机,从保健口杯到保健坐垫,保健肚兜、保健裤头、保健手镯、保健项链,几乎任何商品都争着贴上"保健"的标签。日新月异的新药、特药、激素、维生素、皇宫秘方、民间祖传、科学新发现,就连治伤风感冒的药片每三五个月就要来一次"更新换代"。

在健康问题上人们忘记了,对于人的身体而言,害病亦正常现象,不少病痛属于人的机体的自然调节,不治自愈;还有一些疾病属于机体的自然衰竭,治亦无效。世界保健组织不久前的一份报告中指出,只需 201 种药剂就可以满足人类医药的基本需要。但是,在日本、美国以及其他发达国家市场上出售的药品,已达 20000 种之多,其中荷尔蒙、维生素就达 3000 种。这在很大程度上是商业性促销的结果。

一个显然的事实是,世界各地的"百岁老人",其所以健康长寿,没有一个是因为多吃药的。在中国古代,皇帝拥有的医药条件最好,然而,中国历代皇帝 209 人的平均寿命不到 40 岁,其中因吃药太多而丧生的不止三个五个。在当今国外,滥用药物给人们带来的"继发失调症",已成为十大致病因素之一,服药造成的危害已被列为仅次于烟、酒的"第三公害"。

我们不能轻易听从某些药物制造商的建议:"把健康事交给药物或营养液。"健康,并不仅只局限在身体的生理方面,人们往往忘记了守护自己心理的健康、精神健康,要比仅仅维护身体的健康困难得多。正如马斯洛指出的:现代人只注意到生理需要"维生素",而忘记了人们更需要"爱"。

身体的涵义

健康,当然与"身体"密切相关。比如"文革"中我们常说"祝林副主席身体健康、永远健康!"指的就是身体健康,并不包含健康的心理。在常人眼里,就是健康的身体。

其实,人类的身体早已不那么单纯。人类的身体中已浸透了文化的、历史的、哲理的、精神的涵义,人类的身体不再只是一具生理机器。

对于人来说,全部奥秘也许就在于人能够感觉并意识到自己的身体,能够对自己身体的存在进行反思,即心对身的反思,人类的身体因为有了这种"形而上之思"而拥有了特殊的意义。

身体,对于那个占据这一身体的个人来说,首先是一个最具体、最切实的存在。毛发肌肤、五官四肢、五脏六腑、血脉筋骨,处处连心,连着人的情绪和精神。只因为有了"身体",吃喝拉撒,衣食男女便给了我们多少美妙的感官享受;只因为有了"身体",饥寒病逝,迁徙别离又给了我们多少难言的心灵悲苦。一位虚无主义的哲学家什么都可以否认,包括人的肉体,但是,只要在他右手的小拇指尖上扎一根小小的芒刺,就足以搅得他心烦意乱。没有灵魂和精神的身体常被人们称作"行尸走肉",而一个没有身体的灵魂一定也是一个索然无味的虚空。

身体,对于那个拥有身体的人来说又是一个非常有限的存在。人的寿命,从出生到死亡,科学的推算方法有两个:哺乳动物的寿命是它性成熟年龄的10倍,或为其生长期的7倍,无论怎么计算,都不会超过160年,实际上能活到这个年龄的,便可以上吉尼斯世界大全了。"百岁老人"万不挑一,活到八九十岁已值得庆幸,死了被称作"喜丧"。对一般人来说较为现实的期待值是75岁,70岁上死去已不算短命,活不到70岁的大有人在。

"人生几何?"70块钱。全是本金,没有利息,花一块少一块,大限一到,一笔勾销,没得商量。君不见高堂明镜悲白发,朝如青丝暮成雪。一生中身体的最佳状态更是不多,对于男人来说可能有几年,对于女人来说可能只有几个月,还有人说,只有几天,真的就像一枝含苞欲放的花。

这个切实、有限属于你自己的身体,又是一个很偶然的存在。你从哪里来?30年前、50年前你在哪里?30年后、50年后你又将回到哪里?生于无、死于无,来无影,去无踪。所谓"青史垂名"也不牢靠,翻开《二十五史》,唐代宰相的名录密密麻麻排满了几页书纸,真正"垂"在人们心目中的又有几人!

稍稍往深处想一想,一条生命的问世更是让人感到惶恐。所谓在母腹中结胎,那只不过是一个特有的"卵子"与一个特有的"精子"的偶然结合。说白了,你的生命就是来自某一个晚上心血来潮、春心大动的父母们床上的一场震颤与悸动。错过了这个时辰,你就不再是你。父母的结合、祖父祖母的结合也很偶然,一旦错过,也便没有了你。男人一次射精的精子数目约为3亿,能进入卵子的通常只有一个,如果不是这个而是那个,便也没有了你。这一个确切无疑的你,却原来是一个偶然而又偶然的偶然!无论是你、是我、还是他,我们各自的存在都是一个侥幸。

生命,对我们每一个人来说,是一个如此具体、有限、偶然的存在,人们没有理由不珍惜它。如何活得更好一些,便成了人生的第一要义,也成了人生的第一难题。

东风、西风

从大的方面讲,由于地域、历史、民族、文化上的差异,东方人与西方人的生存观念就很不一致。

东方人珍惜生命,看重内敛人性的摄养,法于阴阳、和于术数,抱朴怀素,藏愚守拙,修性以保神,安心以全身,饮食有节,起居有常,恬淡虚无,清静无为,随遇而安,循时而行。龟者寿,中国人的生命哲学大致可以"乌龟"作为象征。

西方人珍惜人生,则热衷于外向性的扩张,惯于冒险,勇于拼搏,以征服为荣,以竞技为乐,将生命燃成一团光灿热烈的大火。

以性生活为例,中国道家的"房中术"讲究精气内敛,还精补脑,体内循环,"御九女而不泄",最怕肥水外流,把性交当作体育操练。西方的精神分析心理学则反对性压抑,主张性升华,认为积聚的体液不及时宣泄出来就会得精神病,把性交当作精神游戏。如果一时找不到对手,自己对自己动手也是可以的。

东方人最高的生存境界是轻天下、细万物、齐生死、同变化,取消主体、化归自然,天人合一、超然物外、游于太虚,修炼成一个"至人""真人""神人"。

西方人最高的生存境界是启知识、役自然、倡科学、聚财产、优用劣汰、弱肉强食、创造价值、实现自我,做一个"能人""富人""强人"。

东方世界真人、神人的代表人物有《庄子》一书中讲到的许由、接舆、渔父、庖丁、抱瓮老人;西方世界能人、强人的典型则有庞贝、恺撒、培根、林肯、富兰克林、拿破仑。

从人类社会以来的发展情况看,西方人的人生观使西方越来越富裕强盛,东方人的人生观使东方越来越贫困衰弱,不是东风压倒西风,而是西风压倒东风,于是,西方的人生观渐渐成了整个人类的人生观。

心灵残疾

西风烈,看似强大、优越的西方模式,在节节胜利时却面临严重挑战,靠大规模掠取自然资源以无限制扩充人的物欲的西方生存模式,不但给地球造成难以支撑的重负。同时还使人在单向度的发展中陷入严重的心灵危机。

以往,只说贫穷会给人的健康带来问题,现在看来,富裕也会给人们带来健康问题。一位医生告诉我,以往的疾病多是由于食品匮乏、营养不足、卫生条件不好引起的,如霍乱、伤寒、痢疾、疟疾、肺结核、黑热病等,现代人的疾病多半和物质营养过剩、精神因素失调有关,如高血压、脑血栓、心肌梗塞、癌症、艾滋病、糖尿病、肥胖症、神经官能症等。从新近的情况看,由于现代工业造成的环境污染,诸如"埃博拉""疯牛症"之类的怪病已经接踵而来,天知道,照此速度发展下去,在下个世纪里还会冒出哪些大量索取人类性命的疾病。到了那时,人类至今设置下的保健措施与医疗措施可能会像"多米诺骨牌"的倒塌一样,一下子失去效用。

上述这些大多还只是生理性疾病,种种迹象表明,现代社会中的人们在心灵与精神方面病得可能更厉害些。

"暖风吹得游人醉",所谓"商品经济",在使许多中国人从物质上"脱贫"的同时,急剧沦入精神、伦理上的贫困。

一件事是发生在河南省会郑州的丑闻,陕西"老孙家饭庄"在郑州市文化路正式开业,为招揽顾客,三日内免费品尝羊肉泡馍,不料第一天上午就拥来上千名白吃的食客,秩序大乱,交通堵塞,几位衣着体面的女士还挤掉了高跟鞋。

另一件事发生在历史文化名城南京,一家大剧院的经理不知出于何种原因,推出了"先看演出,后酌情付款"的营销新招,结果,一场精彩的法国芭蕾舞团首场演出下来,回收的是大量的掌声和少量的票款,每位观众平均付款3块钱,等于十之八九的人不花钱白看。通常只说是"奸商宰客"下手太狠,由此观之顾客的心肠也并非不奸,一旦有了机会,宰起对方来手也不软。

第三件事是广东汕头特区爆出新闻,第一批每张售价100万元的24K黄金铸造或镶嵌的豪华睡床被认购一空;同时,就在距汕头特区不远的潮阳山区,许多贫困的小学里由于没有钱购买课桌课椅,不得不让孩子们坐在冰冷的地面上。睡在这张价值百万的黄金床上真的会幸福百倍吗?如果说睡这样价值昂贵的床并不只是为了身体的舒适,同时还是为了炫耀自己的豪富、抬高自己的身价,那么从心理意义上看,床主人更加贫乏与病弱,记得身体残疾的著名小说家史铁生说过:"残疾人"并不一定等于"人的残疾"。那么,睡在这张"百万黄金床"上的人即使四体健康,依然可能是一个残疾的人,而且是可怕的心灵上的残疾。

尤赛琴

Eupsychian,音译,"尤赛琴",这是一个英语词汇,但在一般英语辞典却查不到,这个词,是美国人本主义心理学家亚伯拉罕·马斯洛(Abraham Maslow)

自己制造的。词头"eu"取自希腊语,是"好"的意思,后边的词根"psyche"是英语中"心灵""灵魂""精神",连起来就是"好的灵魂",即"健康的,优美的,卓越的心灵和精神"。

在马斯洛的心理学中,这是一个很重要的概念。他关于"尤赛琴"的大量论述,从提高人的精神素质,协调人际关系的层面上,对美国社会产生了巨大影响。以前的许多心理学家,尤其是弗洛伊德,关注的总是人的病态、变态心理;马斯洛关注的则是如何使健康的人更健康,更优秀,更完美。

Eupsychian,更多地关注着现代人类的心灵健康,马斯洛在读到自己的人本主义心理学时常常显得激情澎湃,他说:这是一场革命,是在伽利略、达尔文、爱因斯坦、弗洛伊德、马克思革命路线上的继续革命,这是一种对于人类现状的超越,一个关于崇高和美好的理想,"它是理解和思考的新路线,人和社会的新形象,伦理道德的新概念,以及运动的新方向",它是"普遍世界观的一个方面,一种新的人生哲学,一种新的人的概念,一个新的工作世纪的开端"。马斯洛与他的人本主义心理学家的同伴们要做的,是在西方高度发达的科技社会、商业社会、物质社会中,寻回失落已久的心灵美德,寻回人的天真、质朴、正直、善良,寻回人的自尊,寻回人和人之间的和谐、人和自然之间的平衡。Eupsychian,可以看作是一件"优美心灵"的再造工程。在依靠"科学技术"拯救人类社会的理想破灭之后,马斯洛把希望寄托在对于"人文精神"的张扬上,这已经使他的一切努力饱含了"重建乌托邦"的意味。

在许多情况下,马斯洛的 Eupsychian 表现出对西方人生价值理论的挑战,对东方生存智慧的借鉴。"东风"与"西风"成了一种"树立"而又"互补"的关系,人本主义心理学在"东""西"的碰撞中形成一股"旋风"。

针对西方社会的"科学进步"观,马斯洛提出了"健康的倒退";针对西方社会的"科学理性"观,马斯洛提出了"健康的无意识"。而这两点重大发现,则是马斯洛关于"高峰体验"研究的两件"副产品"。

马斯洛把"高峰体验"定义为人生中这样一种奇妙的时刻:最快乐的时

刻,最着迷的时刻,最销魂的时刻,同时也是一个人最成熟的时刻,最个体化的时刻,最完美的时刻,最富有人性的时刻,"一句话,最健康的时刻"。这个时刻当然也是最"尤赛琴"的时刻。"高峰体验"并非只有天才可以感受到,它也常在普通人的生活中不期然地出现,它可以来自男女之间情笃意浓的片刻,可以来自母亲分娩后的微笑,可以来自旅游中豁然呈现在眼前的一片森林、海滩,可以来自科学家、哲学家一瞬间对于真理的洞察顿悟。可以来自手工艺人专心致志、得心应手的操作,可以更经常地来自诗人、艺术家全部身心投入进去的创造的境界。马斯洛说"高峰体验可以比作去拜访个人意义上的天堂",高峰体验就是一个人生命中最富有意义、最富有价值的时刻。

我相信,每一位读到这篇文章的朋友在自己过去的人生岁月中,都会保留一些"高峰体验"的记忆。

马斯洛在对"高峰体验"的进一步的心理分析中发现,这一人生最健康、最有价值的时刻,并不总是一种"激昂""亢奋""勇敢""坚强""进取""扩张"的状态;相反,它在很多时候,体现为"平和""宁静""顺从""谦让""退隐""淡泊""守护""依附",体现为一种"返朴归真"的愿望,一种渴望"羽化"、"圆寂"的倾向。与那种"进取向上"的心理姿态不同,这是一种"回归倒退"的心理意向,一种向着赤子之心的回溯,马斯洛把它叫作"健康的倒退",这很可能反映了马斯洛对现代工业社会那种"攻掠式的进取"的不满。马斯洛同时还发现,"高峰体验"状态并不全是一种"理智清明""心启聪慧"的状态,更和那种"算计的""世故的"功利心态无缘,反而更经常地呈现出"神秘""混沌""陶醉""不自觉"的状态,有时甚至表现为时间空间上定向能力的丧失,进入一种类于"禅定""涅槃"的境界。与现代社会中占据主流地位的"理性主义""功利主义"的心理流向不同,这是一种在窈冥中潜意识支配下的自由自在的心理活动,是"原始思维"方式在现代人经验生活中的复归,马斯洛把这命名为"健康的无意识"。

中国古代的哲学家老子认为"清静为天下正","窈兮冥兮,其中有精",主张人生的最高境界是"复归婴儿""复归于无极""复归于朴"。马斯洛的"健康的倒退""健康的无意识",使得这位西方 20 世纪的心理学家差不多回到了东方古老的思路上去。

艺术: 生存的神话

于回归中求爱,于混沌中求真,其实又是艺术与审美的必由之路。

马斯洛通过对"高峰体验"的研究,非常自然地得出这样的结论:美的理解、美的创造、美的高峰体验,是人类生活以及心理学、教育学的中心部分,而不是边缘部分,那么,艺术与审美就可以看作 Eupsychian 的核心,艺术创造与审美体验就是向着健康的身体、健康的心灵前进,说法就是健康本身。

美好的人生,应该是自己动手创造出的一件艺术作品。

不幸的是,关于艺术的真谛已经长久地被误解被遮蔽了。长期以来,文学艺术被要求用来为政治服务,为战争服务,做教育的工具,做斗争的武器,现在又被要求服务于搞活经济,作为商品营销的手段,作为消遣娱乐的媒体。在当代医学界,艺术甚至又被当作医疗保健处方和器械,贝多芬的《欢乐颂》可以治疗忧郁症,阿炳的《二泉映月》可以催眠安眠。日本的一位医生发明,莫扎特的欢快跳跃的乐曲可以给秃顶的病人施加音乐按摩,使荒山秃岭上重新长出新秀,俄罗斯的一位精神病学家则通过指导病人自我塑像以恢复主体意识。艺术,很快又要变成类似于"鳖精""保健坐垫"一样的商品。艺术,在履行自己的种种"服务"职责时已经忘记了什么是自己,而我们在拥有过多的"艺术作品"时却失落了"艺术的精神"。

艺术,当然也可以用来服务于政治、服务于经济;但是,艺术难道只有通过"服务"于别的什么才能展现它的意义吗?艺术,作为人类的生命活动、精神活动为什么不能直接"服务"于人类自身呢?要知道,就人类的生命与精神而言,在许多情况下是不能由别人代你"服务"的,别人不可能代替你兴奋或者悲哀,不可能代替你交友或恋爱,不可能代替你去思考、想象、憧憬、梦幻,不可能代替你在临终弥留之际去面对死亡的召唤,这些全靠你自己身体力行,无法指望别人为你服务。艺术,并不仅仅是工具,甚至也并不总是"作品",艺术在本质上是一种生存方式,生活态度,是生命赖以支撑的精神。

在现实生活中,远不是所有人都能够创作出成功的艺术作品,没有几个人能画出达·芬奇的《最后的晚餐》,没有几个人能谱写出贝多芬的《命运》,没有几个能雕塑出罗丹的《思想者》,没有几个人能写出托尔斯泰的《战争与和平》。甚至,在以往的年代,还很少能有人欣赏到这些作品。但是每一个人都可以拥有艺术的精神,以超越功利的、发自内心的、充满喜悦与感激的心态对待生活,这样的人即使一字不识,他也仍然是一位艺术家,一位诗人。

三十多年前,我在豫东一个偏僻的乡村插队,房东是一位70多岁的老人,贫困加上疾病已使他身体十分虚弱,从床上坐起来都需要儿媳搀扶。但他每天还要坚持到菜园里干活,他说,他只要把腰带用劲紧上一紧,只要双手一经握住锄把,身上就暗暗生劲,一畦畦青枝绿叶的蔬菜,看一看就长出许多精神,似乎不是这些蔬菜需要他的照料,而是他的生命需要这些绿色生灵的支撑。在一个雨后的黄昏,他倒在一丛黄瓜架下,再没有起来,手里握着那柄锄头,脸上没有任何痛苦,夕阳的余晖宁静地铺洒在他的躯体上,他就像一位忠于舞台的表演艺术家,以这样的方式告别了自己的舞台。

我想,这位老人在菜园里的劳作,其意义可能有这样三个层面:一、劳动的果实填补了一家人的饥寒;二、娴熟的技艺博得村人们的称赞;三、对这些绿色生命的创造,与这些绿色生灵的共处,成了老人内在的需要、精神的满足。第三个层面是属于艺术的。我看到了,老人以艺术的姿态攀上了生命的高峰。"作为艺术品的人的实现,是生存的最为辉煌灿烂的景观。"那些在现代化蔬菜生产流水线上为完成定额忙碌工作的人们,恐怕已不太容易看到这种生命的景观;而那些在灯红酒绿下吞着西餐大菜或满汉全席的都市骄子们,与这种生命景观更加无缘了。

　　艺术,并不只是一种职业一门技能。艺术还应当成为一种人生态度,这意味着独立自主、自得其乐、自我完善。艺术还应当成为一种生存境界,一种流连忘返,沉迷陶醉的高峰体验。是人们的自我救治,自我保健。无论你从事的是什么职业,国家总理、公司经理、大学教授、工程师、泥瓦匠、理发师、厨师、饭店服务员、种庄稼种菜的农民,只要你能够走进这样一种人生境界,你的生命是富足的健康的美好的充满诗意的,你也就在心灵深处实现了 **Eupsychian**。

阴阳界与精神场

> 生命的丰富性、多样性的有力表达,是情感,是生命冲动,是其基本范畴无法再分解成单个东西的整合。
>
> ——W.狄尔泰

生死之间有道"界",生为阳界,死为阴界,生死之界是为"阴阳界"。

这道界,有时可能像刀剑上的那条闪闪烁烁的刃口,像太阳光下"亮地"与"暗处"临界叠压而成的那条似有实无的"几何线";有时,它又是一段不匀称过渡的时间,像从"白天"到"黑夜"的那段"黄昏"之幕,模糊朦胧、拖泥带水地蔓延上半个多时辰;有时,它又可能是一种近乎实在的可以触碰的空间,就像泰山山半腰的那处"阴阳界":一边是光亮陡峭的白色巨石,一边是幽晦深邃的黑色渊潭,仿若天造的一方立体"太极图"。

在中国民间,生死之间的这道"阴阳界"也还有一些不同的称谓,比如将其比作一道阻隔在两界之间的关隘,即"鬼门关";或将其比作一拱横架在两界之间的桥梁,即"奈何桥";或将其比作一条连接阴阳两界的道路,即"黄泉路"。这些生动形象的措词,总能够给人以无限丰富的遐想。

然而,遐想归遐想,真正的体验谁也说不清,健康活着的人往往没有亲自体验的机会,一旦真正走过了阴阳界的人,又很少有人能够拐回头来讲述他那切实的体验。据说国外已经有人对那些极少数乍死复活、曾经出入过阴阳界的人进行认真的研究,希望在生与死的临界处窥视到灵与肉的奥秘,破解精神与物质相互关联的难题。其中有人报道,一个因车祸死去而又被抢救回来的人说,他的灵魂出窍后,曾在车祸现场的周围漂浮游动,看到了忙着抢救他的一些白色人影和他自己被碾在车轮下的血淋淋的尸体。这种依靠当事人自己口述的"内省法"测试总不牢靠,因为无法查验他是客观陈述,还是即兴的编造,况且他的"死"是真死或是假死也是个问题。还有人报道,已经测出了"灵魂"的重量,方法是将一个濒死的人放在一架天平上,当这个人倒出最后一口气时,天平放尸体的一端发生了向上的倾斜,"灵魂"的重量是0.01毫克。这种求助于科学仪器的实验法也有人提出疑义,因为那0.01毫克的重量,兴许就是人死前呼出的那口"浊气",或从身体中其他孔窍挥发的气体或液体。

我自己迄今尚无关于"死亡"的亲历,我目睹切近的死亡,是我父亲的死。父亲是在患了肺癌一年多后受尽了疼痛折磨,在极端痛苦而又非常清醒的情况下死去的。我与父亲血脉相袭,他的死亡至今在我的身心之中留下强烈的震颤,以至在梦境中我不时与他相遇。

父亲在艰难地翻越"阴阳界"时,给我留下了关于"灵魂"的问题。

一个问题与"宗教"相关。

与信仰佛教的母亲相反,父亲是一个无神论者。我揣测,他的无神论观念来自他对世事人生的直观。佛教总是在劝诫世人:好人好报,恶人恶报。而父亲从现世中看到的总是好人不得好报。也许是基于这种愤慨,他年轻的时候曾经带头推倒过城隍庙里的泥胎神像,以至母亲总说他之所以得了这个绝症,就是早年"渎神"种下的恶果。我很厌烦母亲的这一推论,因为父亲虽然看到了好人不得好报的现实,虽然不相信有在冥冥中护佑好人的神灵,但他依然处处做一个好人,他是一个做好事不图酬报的好人。那些"神祇"们如果仅仅因为父亲损坏了他们的泥胎就对父亲施以如此惨烈的报复,这样的神决不是值得人们信奉和尊崇的好神。城隍庙也和阳间的政府、衙门一样,有清官,有昏官,也有贪官污吏。父亲由于不相信神灵,也就拒绝了来世。我清楚地记得,小时候的一个夕夜,当母亲带领我们向在天的列祖列宗跪拜祈福时,父亲竟恼怒地抓起地上的"跪垫"扔到房顶上。然而,父亲又是一个远近闻名的"孝子",祖母瘫痪 13 年,父亲侍奉床前,尽心尽力,自始至终。他常说,死后烧香上供,不如活着的时候对老人多尽点孝心!父亲由于拒绝承认来世,把死亡也就看得无足轻重,直到晚年,他常说的一句口头禅是:我不怕死,上午死,下午拉火葬场。

可是当死到临头时,我发现父亲还是害怕了。父亲在 67 岁那年得了癌症后,家人一直瞒着他,他自己也没有深究,病情虽然一再恶化,他仍然盼望着康复的那一天。弥留之际,父亲手抓着身上的输氧管、输液管,挣扎着问:我害的到底是什么病?我不忍心再欺骗他,同时也是为了让他"死个明白",就告诉他:是目前医治不了的肺癌。父亲的头无力地偏在一边,身子蜷缩成一团,眼角里流下两滴清清的泪水。不一会儿,父亲又低声地呼唤母亲,请母亲在神灵面前为他点燃一炷香,那声音很是软弱。这时我才发现,父亲其实并没有把死亡的事情想透彻,他活着的时候把这个复杂的问题简单化了。这时我才感到,"灵魂"以及那个阴间的彼岸世界,对于这个不信神祇、不信命运的人来说,依然是一个意义重大的悬案。于是,我坐到床上,搂起父亲,让他把头枕在我的臂弯里,然后轻轻对他说:"爸爸,你别怕,你可能就要到一个很远很远的地方去,不过你别害怕,我来送你,有我在你身边,你什么都不要怕。"父亲听了以后点了点头,安静下来,似乎陷入对"那边"的冥思。

由此我感到,所谓"灵魂",所谓"彼岸",即使事实上并不存在,但是它对于人的生存决不是没有意义的,这是一种价值,一种精神生态保护系统中的价值不菲的举措。也许还是柏格森说得好:"宗教是当人类面对死亡的必然性时所产生的一种自然的保护措施。"

父亲之死留给我的关于"灵魂"的第二个问题,可以划入"科学"范畴。

像《聊斋志异》或《阅微草堂笔记》中记述的那些栩栩如生的鬼魂和幽灵,或许是不存在的。但若是把灵魂看作人的某种"生气"、"活力",某种蕴积于结构之中超然于物质之上的能量与功效,它是不是也不存在呢?

父亲弥留之际,在他那脆弱的生命游走于阴阳之刃上的最后时刻,发生了这样一件事:那天凌晨,父亲的呼吸渐渐微弱,按照老家的风俗,老人是不能死在卧室的床上的,父亲遂被移到堂屋中间的草荐之上,等候着寿终正寝。我坐父亲身边,手握住父亲的手,希望把自己体内的生命能量导进父亲体内,让他在阳世再多留上片刻。我从来没有练什么气功,更不懂什么祈禳之术,也许仅仅不过是巧合,但奇迹出现了,直到清晨8点过去了,太阳已经升起很高,父亲生命居然仍旧维持着。按照通常的说法和最新的统计,都认为凌晨时分是垂危病人死亡几率的峰巅,父亲竟然拖过去了。更奇怪的是,在8点半钟的时候,我松开父亲的手上一趟厕所,没等我回到院子里来,便听到家中哭声顿起,父亲断气了!

从此,我强化了自己的怀疑:在生物体之间,尤其是人和人之间,是否真有一种精神的能量通过肉体进行交流传递?父亲再没有活转过来,不然的话,以他那清醒的头脑,他会向我们详细具体地描述,他在翻越阴阳界时的种种情景。

从远古以来,人类围绕着死亡问题,创造发明过许多仪式,以此探究死亡的奥秘和死亡的意义。民族不同、地域不同、时代不同、死者的地位不同,死亡仪式的规模和内涵也很不相同。

比如郑州北郊大河村仰韶文化遗址的墓葬中,夭折儿童的尸骸总是被置放在一只外貌酷似男性生殖器的陶瓮中,也许这意味着"物归原主",哪里来还回到哪里去?大河村遗址中的墓葬一般是简陋的,但尸骨周围也不乏一些死者生前使用过的饰物和工具,以供死者在另一个世界里的生存之需。身为中国第一个封建专制帝王的秦始皇,其葬仪气象与先世的草民当然大不相同,他的墓顶上用珍宝镶嵌成日月星辰,地面用水银灌起江河百川,在阴间制造出另一个世界。在这个"地下王国"里,他不但让全副武装的"兵马俑"为自己担当禁卫,还把成千上万的宫女、嫔妃、民工、匠人一起活埋在地下,供他在冥间驱使。

基督教的死亡仪式中没有"轮回转世"的观念,活着的人付出的努力只是让灵魂安息,或让死去的亲人在教堂那悠扬的钟声和闪烁的烛光里升入人人祈盼的天国;而藏传佛教密宗却要设立十分复杂的坛场,念诵大量繁复的经文和神咒,采取种种力所能及的手段和措施,花费七七四十九天的漫长时日,超度亡灵早日投胎再生。新墨西哥的普韦布洛人在丧葬仪式中则倾向于尽快划清生存界和死亡界的界线,他们燃烧从死者头上剪下来的头发,让死者的亲人保持清醒的头脑;他们把墨玉米粉撒在死者灵魂走过去的路上,把"黄泉路"弄得"漆黑一片";他们一边为死者祈祷,一边又把死者生前用过的梳子、弓箭、衣服、饭碗埋在野外,不再让人看见,然后掉头跑回家中,反闩住门,还要在门上用刀刻一个"十"字,惟恐死者会跟回家来。旧时的中国人却不是这样,他们对死去的家人常常表现出一往情深的亲近,不但要在家庭中最显突的地方设置死人的遗像和牌位,每年的正月初三、十月初一以及清明节都要上坟与死去的亲人相会,祈祷死去的先人造福于后代子孙。

关于死亡的仪式,尽管因地域、民族、阶级、时代可以有很大差异,从现代人的伦理学、健康学角度亦可以有许多褒贬,但这仍然否定不了"死亡仪式"现象本身所具有的独特属性与重大意义。

死亡仪式是一种历史久远的人类文化现象,它与其他的原始仪式,比如:生育仪式、成人仪式、性交仪式、战争仪式等,都是与人的血肉之躯直接联系的,具有强烈的生命相关性。人的肉体,往往要为仪式承受巨大创痛。

人类学家盖扎·罗海姆曾在《斯芬克斯之谜》一书中描述过澳洲土著部落中成人仪式中的割礼:不但割去阴茎上多余的包皮,甚至还要"割破尿道,从阴茎龟头一直扩大到阴囊,有时连一只睾丸也一并切除。"

死亡仪式中也不乏类似的情形。中部美洲的祖尼(Zuni)部落的女人们在死去亲人后,往往在自己的头上和腿上用利器割开一条条口子,甚至砍掉一根手指,以表达她们的绝望和不安。死亡仪式竟充满了血腥气。这也可以看作一种"生殉",以活着的生命殉给死人。由此推测,中国远古时代曾经盛行的

"殉葬",也许并不全部像秦始皇那样,是强迫性的阶级压迫行为,传说中的娥皇、女英之殉舜于苍梧之野,大约就是出于自愿的原则,传说这两位女人泪洒潇湘,把那里的竹林全部浸染得斑驳淋漓。奇怪的是,这种与生命躯体直接相关的"死亡仪式",又全是建立在"虚拟"之上的。比如假定人死后灵魂依然会长久地存在;比如与"阳世""人间"相对,也许有那么一个叫做"阴间"、"冥司"、"极乐世界"或"十八层地狱"的去处。

许多年以前,我的老祖母去世的时候,丧葬仪式皆由我婶婶主张,她是从我们老家兰封县偏远农村走出来的,对丧事中的种种繁缛的规矩了如指掌。其中一道叫做"躲钉"的仪式至今给我留下清晰的印象:将要出殡的时候,祖母的棺木被抬到院子里。那具漆黑的棺材我并不陌生,是在早几年就已经做好了的,棺材头上金黄的云纹和福字,还是在老祖母的亲自监督下,由我用油画颜料画上的。

烧过"倒头纸",棺盖被再次打开,让亲人最后看一眼死者的遗容。只见老祖母神色安详地躺在窄窄的棺材中,沉睡一样。这时婶婶告诫大家都不许哭,更不能把眼泪滴到棺材里面,那样会引起死者的不安,于是我们全都小心地抑制住悲哀。当大家仍在恋恋不舍的时候,几位雇来帮忙的民工便把厚重的棺盖严严地合上,然后一手持着七寸长的铁钉,一手举起板斧,使劲钉将起来。这时,婶婶让大家一起提醒棺材里的祖母注意"躲钉",于是祖母的闺女、女婿、儿子、媳妇、孙子、孙女便一起失声哭喊起来,"妈,您躲钉!""奶奶,您躲钉!""躲钉啊……"在斧头乒乒咚咚的钝响与众人扯心撕肺的哭叫声中,我仿若看到棺材里的老祖母突然又活了起来,艰难地在那个狭窄的空间里扭动着身子,躲闪那透过棺木钉过来的七寸长的明晃晃的铁钉!"躲钉"仪式显然是虚拟的、象征性的,但它仍然给了我心灵上如此巨大的震动。

此类颇具象征性、虚拟性的仪式,与同样具有象征性、虚拟性的戏剧绝不相同。局外人表面看去,这些仪式显然带有浓重的表演色彩,实际上,仪式参与者的真诚性、严肃性远远超出人们的想象。尤其在死亡仪式中,参与者往往把自己的全部身心投入到仪式活动中,仪式中的每一个细节,对于他们的意识甚至感觉来说,都是"真实"的。

早先在我们老家,死了人的家庭往往要请和尚、道士"出殃",这是整个死亡仪式中事关重大的一幕。后来我才知道其理论根据其实还在藏传佛教的《中阴得度》一书中:人之死,大多是由于那些死魔冤妖在家宅中逞蛊作祸所致,人死了之后,这些妖魔尚不肯离去,必须请有道高僧一类的人来到家中强力驱逐。中原民间的具体方法是:披挂整齐的"端公",手持桃木斩妖剑,口颂七字真言,瞪大眼睛四处寻视,不但要找到藏身屋角或梁上的妖孽,还要辨认出它的身份和来头,但并不伤它性命,只是连哄带吓地逼它出走,而且一定要网开一面,指给它一条逃逸的方向,这个过程就叫做"出殃"。

小时候每逢听到这样的事情,总被吓得毛骨悚然。听老人们说,"出殃"的时候,"殃"将要走过的那条街空空荡荡,若是有人不慎撞在"殃"出走的路上,这人就要遭殃了。我们家东头有一个常年烂鼻头以致烂去半张脸的男人,据说,他就是因为在数年前撞了"殃"。我曾经见到过那个烂了半边脸的男人,但我说不清他是因为得了别的什么恶疮把脸弄坏的,还是真的因为"撞了殃"而内心惧怕,经心理暗示而终于烂了脸的。

这种真诚性与严肃性,还表现在仪式所使用的"道具"上,从质地到属性,都必须拥有珍稀的来源与神秘的属性,与戏剧舞台上只图外观近似的轻率态度截然不同。记得上中学的时候,曾经看到报纸上登出西藏庙宇中使用人皮做的鼓、用人的头盖骨做的碗,以及用少女的胫骨制作的笛子,令人义愤填膺。现在看来,那恐怕并不完全出于僧侣们的嗜血成性,或奴隶主对于奴隶的残酷迫害,其中或还包含有这些"法器"本身必须具有的宗教的庄严与神圣,人皮与人骨的来源,也许出自信徒们生前向寺院捐赠遗体的决定,就像现代的开明人士决定死后把身体的某些器官如眼球、肾脏之类捐献给医院一样。必须承认在不同民族的宗教领域,有着各自不同的思维方式与心理习性。

仪式的另一个特征,是它的心理性。

在一切稳固存在的仪式中,必定饱含着人的情绪与精神的内涵。正如人类学家 B. K. 马林诺夫斯基指出的:"仪式所具备的形态与它后面的心理因素有关。"死亡仪式中的心理内涵,常见的有生者对失去亲人的悲痛,有生者对亲人之死的负疚,有生者对逝者的眷恋乃至不惜随之而去的激情,这些较为显见的心理往往表现为丧葬过程中死者亲属的自我贬损、自我惩罚,除了前边我们提到的那些"自戕"与"生殉"的极端例证外,文明社会里的人们在服丧期间,不理发、不化妆、吃粗茶淡饭、穿麻衣素裳,也是出自这种心理。在我们老家,有"孝子头,满街流"的俗谚,即父亲或母亲死后,儿子出门向亲朋好友报丧,在街上碰见什么人都要跪下磕头,不管是 3 岁的孩子还是讨饭的乞丐,做得更好的孝子哪怕碰上一只狗,也要趴下来磕上一个头。孝子的这种自我贬损据说是为了代死去的亲人弥补生前犯下的错失,含有灵魂救赎的意味。孝子多磕几个头,等于给死去的父母谱写一支"安魂曲",自己也获得许多慰藉。那时的街巷里行人稀落,远不如现在的万头攒动,不然的话,实施起来真有些麻烦。

为一些原始部落所独具的死亡仪式,其中隐藏的心理内涵可能更深远,不仅仅是个人的潜意识,同时还隐含了部族的集体潜意识。人类学家 E. W. 巴奇曾解释说:古代埃及人制作木乃伊的习惯在某种程度上是古代埃及人强烈自恋心理的一部分,他们厌恶死亡,把它看成是由自然操纵的,是对他们伟大的自我中心感的最大伤害。古埃及人企图以完好保存死者肉身的方式,顽强地否认死亡和衰败的事实,以此筑起一道"防御死亡的壁垒"。其实何止埃及的木乃伊,中国古代帝王陵寝中使用木炭、白垩、云母、朱砂、水银等材料努力保存死者遗体的意图,无不表达了活着的人对死亡的抗争。

更为奇特的悼亡仪式发生在澳洲坦加拉人的部落中,据 A. W. 豪伊特在《澳大利亚东南部的土著部落》一书中的描述:"坦加拉人把死者遗体带在口袋里,每当为死者难过时,就取食他的肉,直到只剩下骨头。"坦加拉人零吃死者的肉,简直就像现在的上海小姑娘闲吃话梅果一样,不过,土著们并不是为了消遣时光,而是希望通过把死者吃进肚子的方式,使自己的血肉与所爱者的血肉融合在一起,这是一种极端化的与死者认同的方式。现代社会的文明人可以指责它的野蛮,不卫生,但却无法否定这一仪式里饱含的深厚丰蕴的心理内容。

这种"把亲爱者吃下去"的潜在心理因素,即使在现代文明人中也还遗留下不少痕迹,比如,在性爱的表达过程中,迷狂中的男人和女人之间许多亲昵愉悦的动作都在嘴上,都和"吃"的行为有关,情人们常常恨不得将对方一口"吞"到肚子里!由此可见,任何一种仪式,总是有着其深层强烈的心理内涵,仪式的后边总是有着心理的需求,当这种心理上升到信仰的高度时,仪式便成了一种精神的盛典!

这时,我们将会看到,最为感性的血肉之躯与最为虚幻的精神之光如何整合出一片奇妙的生存景观。

仪式的最后一个属性,也是其显而易见的一个属性,即它的"群体性"。

在社会心理学中,"群体"并不简单地被命名为"一群人",而是有着特定的含义,即"两个或两个以上发生着相互作用的人,他们当中每个人都影响其他所有的人,同时每个人又同时受其他人影响",这样的人群构成才叫"群体"。一群互不相关的人,比如,马路上因亮起红灯而临时聚起的一堆人,只能叫"聚集体"而不被称作"群体"。由此可见,群体的根本属性在于人与人之间的相关性,往往是一种共同遭遇的境况,共同关心的命运,共同为之奋斗的目的,把聚集在一起的人变为一个"群体"。死亡,恰恰具有将人群内聚起来的全部条件,一条鲜活的生命一下子从这个世界上永远地消失,无疑是一种悲惨的境遇;而死亡又是每一个人绝对无法避免的归宿,一个人的死亡便会拨动周围所有人的心弦;生存的欲望又总是促使每一个人对死亡做出有力而无望的抗争,渴求长生则成了人们共同的向往。

由于这些原因,"死亡仪式"总是表现出强大的凝聚力。死者的亲朋好友会千里迢迢赶来与死者见上最后一面,而且见到的往往是死者遗留下来的没有了生命的面容;平时关系疏远很少来往的故旧也会特地前来祭奠,洒上一掬清泪;即使与死者多有不和的邻人,这时也会由于死亡在人心之中引发的震撼,赶到灵棚送上一卷纸钱,表示一份哀悼,同时将会受到死者的子孙们深深的拜谢,或许从此捐弃前嫌,达成和解。由于仪式差不多总是群体的行为,这就使仪式在具备了个体性、象征性、精神性的同时,也具备了社会性。一个人的死亡,就像投向池塘里的一块石子,不能不在水面上激起一片波动,而死亡仪式,就是这波动之上泛起的一些富有审美意味的涟漪。

著名生物学家刘易斯·托马斯通过对蚂蚁的观察曾得出过一个惊人的结论:群体拥有自己的智慧、自己的能量,一个结构有序的群体就是一个相互作用的磁场,由于相互作用,群体变成了一个能够独立思考、统一谋划的"有机活物"。一只孤零零的蚂蚁,总是显得犹豫不决、无所适从,而由千万只蚂蚁组成的蚁群却能够将一只巨大的蚱蜢长途搬运到它们的巢穴之中,"逢山开路,遇水架桥",显得那样有条不紊、协调一致、准确无误。这时,每一只蚂蚁都变得精明能干起来,群体使每一个处于群体结构之中的个体一下子拥有了不可思议的智慧和能量。

小时候,我很喜欢玩这样一个游戏:将一只磁铁放在一张薄纸下边,纸上撒一些铁屑,这些死气沉沉的铁屑便一下子被赋予了生动的力量,随着磁铁的移动,在纸面上竖起尖尖的脑袋,编成花样的队形,跳起欢快的舞蹈来。上过初中后,知道这是一种物理学意义上的"磁场"。

托马斯的功绩在于他在生物学领域发现了这种"场"。如果说物理学意义中的"场"中活动着的是一种"机械的力",那么托马斯在生物学意义上的"场"论中所强调的则是一种"智慧的力"。人类无疑拥有这种生物学意义的"场能",中国民间很早就知道"三个臭皮匠,顶上一个诸葛亮"的道理;现代西方的社会心理学则把智慧群体的最优组合数额标定为5人,把"三个臭皮匠"的优势组合修定为"五个臭皮匠"。

人类的这些"臭皮匠",在群体结构的功能上,有没有比"蚂蚁们"更高出一层的力量呢? 回答是肯定的,在与"蚂蚁的"共有的"智慧力量"之外,人类群体还拥有一种独特的"精神力量",包括"信仰的力量"。正是这类力量,构成了人类群体中的"精神场"。"死亡仪式"就是一个非常具有说服力的例证。

我的挚友胡家才,在他父亲亡故后曾写下了《守灵与拜庙》一文,如实地记述下他的故乡至今流行的"死亡仪式",以及他自己亲自经历的感受和体验。家才的家乡在鄂、豫、陕三省交界的紫荆关,地域的封闭使这里的死亡仪式仍然保留了许多传统的原貌;而家才兄自己又是一位文艺学教授,这使他的记述融汇进许多精辟的分析判断。文章尚未公开发表,征得他的同意,先在这里摘录一段:

我的家乡既偏远又闭塞,至今还保留着一些古老的风俗,其中的丧礼更为古朴而隆重。

1990年除夕,父亲病故,我们兄弟姐妹日夜坐在灵柩两旁铺垫的麦秸上,陪伴着父亲的亡灵。灵堂为守灵者缅怀逝者,创造了一种最适宜的环境气氛。入夜,灵前青灯飘忽,香炉中香烟缭绕,灵柩和它巨大的黑影笼罩在心头。它像一个强度很大的磁场,始终将守灵者的思绪紧紧吸引到逝者的身上,无论你睁着眼也好,闭着眼也好,心灵深处都会感受到一种无法抗拒的张力。三天的守灵,三天的深创巨痛,使我的灵魂激发出裂变。正所谓"老子不死儿不大",从父亲去世,从守灵的痛苦反思中,我才突然感到长大了。成熟了。有山靠山,无山独担,失去了父亲,我才感到肩上担子的沉重而奋发了。要想无愧于先人,无愧于后人,独立地承担起人生的重担,就须充分地实现人生的价值。

"拜庙"就是送亡灵到城隍庙向另一个世界的主宰报到,因此也叫"报庙"。时间一般是出殡前一天的夜晚。夜幕降临以后,逝者的长子捧着灵位,众孝子紧随其后,再后面是唢呐鼓乐队。来到城隍庙后,祭奠、叩头,司仪向城隍祷祝,唢呐如泣如诉地奏着哀乐。拜完庙返回的途中极为隆重,每经过一个地方,都有逝者生前的邻里故旧在路上等待祭奠。一张桌子,四小菜,把灵位请到香案,然后在鼓乐声中焚香、烧纸、奠酒、放炮、叩首,孝子陪跪在地上。设祭的乡里友好视逝者生前的为人而多少不等。乡下人厚道,记恩不记仇,设祭的人总是很多的.一个接着一个,一处接着一处,往往要到夜半更深,拜庙才能结束。

　　父亲拜庙的仪式进行了六个多小时,这六个多小时也是父亲漫长一生的一种展示。这种展示由于是在一种庄严的仪式中进行的,这种仪式又是在由天地构成的广阔的大自然的舞台上举行的,天上的月亮星辰,地上的山川河流似乎也都加入了祭祀的行列,再加上悲壮的唢呐鼓乐的伴奏,因而平凡的人生,这时也变得充满了庄严、崇高、壮丽的色彩,平凡的人生便也升华为一种审美的艺术。在这样的氛围中,人的忧伤似乎也带着一种甜蜜,成为一种审美的情感。六个多小时的拜庙,时间虽然长了一些,但由于那种氛围能激发出丰富的回忆、联想、想象、对比等一系列心理活动,心理内容的密度增大了,因而时间给人的感觉便变得短了。三个昼夜的守灵和拜庙,对我来说是一生中生活内容最为密集,思维特别活跃,精力特别旺盛的几天。人生中这种巨大的、切肤的触动,使我的思想和感情发生了很大的变化。在某种意义上说,这是我一生的一个重大的转折,一个新起点。从此,我像又变了个人似的,一种人生的使命感、紧迫感,使我的生活节奏加快了。

　　乡村教育落后,乡村中比较松散的群体的凝聚力,并非权力的控制,对现实烦恼人生的精神超越和对人生意义的领悟等,在一定程度上,要靠着由各种民俗形成的节日和礼仪来实现。这些节日和礼仪,已成为人们的一种生活方式,同水土一样,深深地影响着一方人的风情。

　　一种由一个恰当的长度、适宜的规模和能够与特定的感情产生共鸣的音乐构成的民俗礼仪,乃是一种"有意味的形式"。那"意味"虽然有些抽象,但恰因为抽象,使它与形式一起构成了一种类似原型象征一样的情感范式。这种范式类似一种"空筐结构",只与某种情感型相对应,而不管其情感的具体内容如何。因而只要人还有喜怒哀乐之情要抒发,那么各种民俗礼仪就一定有它存在的价值和意义。

家才兄把仪式比作一种"有意味的形式",比作一种心理意义上的"空筐结构",他在文章中明确地把父亲的死亡仪式比作一个强有力的"磁场",而他自己恰恰充当了这个"磁场"中的一粒"铁屑",一粒"有灵性的铁屑"。从这粒"铁屑"近乎痴迷的倾诉中,我们不难辨认出他所置身的这个"场"实际上是一种''精神场",而他从这个"场"中获致更多的是一种"精神的能量",一位拥有现代科学文化的高级知识分子,依然能够从这种民间的准宗教仪式中获取一次灵魂的净化和人格的提升,由此可见仪式营造出的这一"精神场"拥有多么强大的征服人心的力量。

在现代人的生活中,随着生活的科学化、实用化、效率化,仪式活动越来越稀少了。"追悼会"虽然保留了某些死亡仪式的痕迹,但由于失去了宗教的神秘与虚拟的象征,其内容已变得贫乏、空洞。电喇叭里播放出的千篇一律的哀乐,远不如唢呐鼓乐班的即兴演奏扣人心弦;租借来的花圈、黑纱远不如专意糊扎的纸人纸马引人注目;那篇在整个追悼会上唱主角的"悼词",更多情况下像宣读一篇官样文章的"组织鉴定";追悼会散场,人们刚刚走下追悼大厅的台阶,便一下子抹去脸上的哀容,立即投入日常生活的忙碌中,前后过程也不过个把小时,这比起紫荆关山道上那长达六个小时的"拜庙"的跋涉来固然要轻松、便捷许多,但人们在情感上、精神上的体验也减少许多。

除了"死亡仪式"外,日常生活中的其他仪式,比如节日仪式,也越来越趋于简化乃至消解。小时候,记得刚刚进入腊月,过春节的气氛就一天浓似一天,"腊八""祭灶""除夕"各有各的讲究和排场。大年过后,初二新媳妇回家,初三是"鬼节","破五"是小年,初七以前不许动剪刀,各有各的规矩与禁忌。正月十五元宵节,相国寺前闹花灯,开封城里一向缺少地位的粪业工人,这一天显得最为神气,百十条大汉,一律赤膊上阵,近百盘黄牛皮大鼓,擂起来地动山摇,暮色在灯火阑珊处降临,雪花在鞭炮硝烟中飞舞,人的精神也不由得随着这鼓声、炮声、灯火、雪花飞舞起来。

现在的春节还剩下了什么呢?除了大年三十晚上十几亿人共同观看的一场荧屏上的文艺晚会,就是大年初一的一顿较往日更丰盛的聚餐。随着"年"的丰富内涵的消失,生活的节奏已经变得更加平铺直叙。

现代人精神的失落与现代生活中仪式的消解相互关联。但我还不能够说清楚,究竟是由于仪式的消解引起了精神的失落,还是精神的失落造成了仪式的消解。

仪式,归根结底是一定民族文化土壤里的产物,随着时代的推移,一些仪式改变了,一些仪式消泯了,这是必然的。我这里无意恢复以往时代里的那些"守灵""拜庙""躲钉""出殃"之类的死亡仪式,我只是觉得仪式作为精神会聚与精神升腾的场所,对于人类社会来说总是必不可少的。一个完全失去了一切民间仪式的社会,可能是一个涣散无力萎靡不振的社会。

人类的精神不能容忍长时间的空缺,如果没有健康、健全、蓬勃向上的精神充实人们的心灵,那么卑污、邪恶、狂躁暴戾的社会风气就会抢夺去这块空间。现代人类还有信心在自己的生活中创造出新鲜的、丰盈的、健康的"仪式"吗?现代人类还有能力在新的生存仪式中整合出丰富的、充实的、强有力的精神吗?

这起码可以成为一个问题。

1996 年 12 月于郑州

梵净山弥勒道场与傩信仰

作为联合国教科文组织"人与生物圈"计划早期圈定的自然保护区，武陵山脉的主峰梵净山具有两个十分显著的特色。一是山林与自然资源保护较好，核心保护区仍然保留着原始生态状况，仍然存活着世界罕有的濒危物种，如植物中的珙桐、水杉。即使在农家的庄院里，仍可以寻觅到稀有物种、千年古树"金丝楠"。动物中则有云豹、白颈长尾雉，尤其是黔金丝猴，在梵净山的林地深处尚保存有近800只。其二，是宗教文化源远流长，至今长盛不衰。这里既是堪称佛教"第五圣地"的弥勒净土坛场，又是世界上最原始的宗教"傩"信仰的策源地之一。庙堂教义与自然崇拜在梵净山并行不悖，形成宗教文化领域的一道奇观。

2015年3月，我随中科院《人与生物圈》杂志社组织的专家组考察梵净山地区的生态保护状况，发现梵净山的自然环境保护与其宗教文化的兴盛之间存在着相互支撑的关系。深山密林成为宗教人士修行的首选之地，保护良好的自然环境促生了种种宗教门派的兴盛与和谐相处；不同宗教文化交织而成的精神网络强化了当地民众万物有灵的宇宙观，造就了当地民众敬畏自然、养护自然的生态观念，使人与自然得以共生共存。正是由于浓烈的宗教文化氛围,才使大片森林免于像"大跃进"那类狂热政治经济运动制造的生态浩劫!

梵净山佛教自唐宋开始传入,由周边向中心地区推进发展,到明朝万历年间达到鼎盛。是时高僧云集,如妙玄、明然、深持、隆参等曾驻锡于此,特别是破山弟子敏树和再传弟子圣符、天隐等大建法幢,传为佛门佳话。梵净山宋元时代即为梵天净土,明代初年形成弥勒道场。到了明末王朝南逃期间,一大批南明官员"逃禅"隐居到梵净山区域,如南明兵部尚书吕大器、礼部尚书郑逢元等都曾隐居梵净山周围,或缁衣尽孝,或披剃出家,给梵净山弥勒道场的振兴注入了新的活力。近来,江口梵净山佛教协会会长释祖德法师等人,曾在梵净山麓的太平乡白鹤山上发现两座保存完好的弥勒佛道场遗址,再度证明梵净山弥勒古佛道场曾经辉煌鼎盛于明、清之际。

"弥勒"为梵文,全译梅达丽(Maitreya),又译为"慈",为释迦世尊同时代人。弥勒菩萨是文殊、普贤、观音、大势至诸菩萨的同事,在佛教中是一个极其特殊的人物,不仅大乘信仰他,小乘也信仰他。弥勒以慈悲为怀,是仁爱的化身,他亲近自然中的各个物种、所有生灵,是一位"深绿的自然环保主义者"。佛经中曾流传这样一个故事:往古洪水暴发,一切修行之人无法乞食,眼看就要饿死。此时山林中还剩下一群白兔,兔王担心僧人饿死、法幢崩溃,便率其子孙不惜生命自投火中,将烧熟的兔肉供养僧人。弥勒亲睹此景,悲不能言,心痛欲碎,于是自己也投入烈焰中与兔子们生死与共。弥勒成佛后便立下"断肉戒",开创了古印度修行者食素的先河。

在《弥勒菩萨本愿经》中,弥勒还曾立下弘大誓愿:令国中人民绝无污垢瑕秽,国土异常清净,人民丰衣足食,生活安宁幸福,使婆娑世界早日变成净土,即后人所说的"弥勒净土",又叫做"兜率天"。这块净土,当然也是一个没有污水、没有雾霾、没有贪腐、没有强权、人与自然高度和谐的生态世界!

2014年7月,铜仁市成功举办了以"铜仁生态美·梵净天下灵"为主题的中国梵净山生态文明与佛教文化论坛。与会的中外佛教文化研究专家达成一系列"梵净山共识",其中首要的一点就是:"心灵环保,世界和谐",心态决定生态,心境牵动环境;大自然雾霾的源头是人类心灵的雾霾,人类必须先解决好内在的心态问题,才能更好地处理外在的生态问题。与会代表一致认为"以佛教文化为代表的东方智慧,是一剂疗救生态危机良药"。这里所说的"心灵""心态""心境",也正是地球"精神圈"的核心内涵。弘扬弥勒净土的宗教文化,改善世人的心灵境界,无疑也是在修补日渐破损、糜烂的地球"精神圈"。

如果说"弥勒道场"是一种富于学理性的庙堂宗教文化,那么,至今流布于梵净山周边地区的"傩文化"则是一种操作性极强的山野宗教文化。二者的差别虽然显著,但用意又大致相同,无外乎驱邪纳吉、禳灾解难、祈祷家族兴旺、呵护心身康健、保佑地方平安。不同之处在于:弥勒道场重在个人内心世界的修行,傩坛重在道器与巫术的施展运用。

以往,包括学界的人们多尊佛贬巫,这是有欠深究的。从人类学的角度看,巫教还应是佛教以及其他许多宗教的源头。甚至还不止于宗教,巫教作为原始宗教还是哲学、医学与文学艺术的源头之一。也正因为如此,傩文化作为原始的山野宗教文化也就与天地自然保存了更为密切的关系,展示出人的精神世界与地球生物圈之间种种奇妙的景观。

有学者认为,傩文化起源于远古时代部族的"祭祖"与"祭土"活动。最初的傩神就是本民族的始祖神,苗语称"Ned nuox"(汉语音译为"奶傩"),木雕偶像为老年女性形象。另有学者认为傩文化源于"社神"崇拜,"社"即"神土","皇天后土"中的"后土","土地"作为神灵在最初的傩文化中占据重要地位,而"社坛"也总是要设置在祖田、村头、山石、溪流旁,多由石块垒成。社坛旁更要有老树,枫树、榆树、梓树、银杏树等,体现了先民对于大地的崇拜。"女性始祖"加上"神圣大地",不能不叫人联想起古希腊神话中的大地女神"盖娅",以及更深一层联想到林恩·马古利斯(L. Margulis)与詹姆斯·洛夫洛克(J. E. Lovelock)共同提出的在当代生态学研究中具有里程碑意义的"盖娅假设"!

傩文化中的设坛降神、镇魔驱鬼、禳灾祈福有着繁复的仪式与高难度的法术,本文自难一一述及。但其原始性,即与自然界近乎天然的关系至今仍保留着。这从施法者操持的某些法器中不难看出。

比如"面具"的制作。傩坛使用的面具与京剧的脸谱不同,它几乎就是面具所代表的那位神祇的灵位与替身,是拥有神性的。因此,它的制作也就非同寻常。面具的材料取自树木,杨树或银杏,雕刻成形后要举行"收猖"与"点光"仪式。天黑以后,执事人和端公(即法师)等人一齐上山,按八卦方位站定,所有人一律禁声,端公则手持瓦罐满山搜索,听有什么生物鸣叫,最好是老虎、豹子之类猛兽的吼叫,端公立即吹"猖哨子",将那叫声收于罐中。同时锣鼓铳炮齐响,灯笼火把通明,表示已经"收猖"成功。回到村里,听金鸡报晓,便为面具"点光"。用公鸡血,兑朱砂、金粉等矿物质,依面具神的品位高低为序,分别点涂七窍,陈列于"本社嚎啕神位"木主之前。最后,将猖罐埋在社坛的泥土之中,此时的傩面具才具备了神灵的威严与法力。

又如"符箓"的制作。在傩文化中,"符箓"是沟通人、鬼、神的重要信息渠道,不但有寓意复杂的内涵、型制不一的格式,即使在书写的工具和材料方面也有严格的要求。画符所用的颜料朱砂,具有镇邪作用,在鬼怪那里是神火轮,以辰州深山中所产为佳;纸,宜用草本植物为原料手工制成的黄表纸、朱砂笺,机制纸禁用;毛笔,以狼毫制作的为宜,羊毛次之,钢笔、铅笔、圆珠笔绝不可用;墨,要用松烟烧制的,且必须是新磨的墨汁,不能用玻璃、塑料瓶装墨汁;砚台,须石砚,越古老越好。磨墨的水以露水最佳,雨雪之水皆为天水,又称阳水,亦佳。井水和山泉水为地水,又称阴水,也是可以使用的。概而言之,符箓的材质必须贴近自然、取自自然,进而与自然融为一体。这样做的用意应是让符箓从大自然中获取无尽力量,从而拥有出奇制胜的神效。这个过程中显然还残留着人类原始思维、自然崇拜的遗风,一张傩文化的符箓,如此便成为一个融"天地神人"为一体的能量场。

其实,无论是佛教文化或是类乎傩文化的民间宗教,都在某种程度上表达了普通百姓惩恶扬善的愿望,这对于营造一个社会的精神生态会产生良好的作用。正如前人大副委员长许嘉璐先生在视察梵净山后指出的,就世界范围看,当下人心面临的冲击与毁坏、道德的沦丧是一样的,解脱之道也是一样的,最重要的是要把梵净山的精神文化弘扬下去。新时期以来,佛教文化已经得到政府的嘉许与支持,傩坛、傩戏、傩技之类的民间宗教活动也不再受到限制。我们在江口县梵净山区的寨沙侗寨曾遇到一位名叫舒六妹(男)的老人,他是一位端公、傩坛法师,17岁从业,掌握有"画符""念咒""上刀山""下火海""演傩戏"等绝技。如今已经87岁,还不时接受乡民的邀请设坛施法,据他自己说还很灵验。政府对这样的活动似乎也不再强行干预。

但目前值得引起警惕的倒是另一种倾向,即政府支持下的所谓"文化搭台,经济唱戏","宗教搭台,经济唱戏",把发展文化的目的限定在经济利益的获取上,古刹名寺成了招揽游客的卖点,傩戏、傩技成了吸引眼球的杂耍,各个旅游点上都在摆摊上刀山、趟火海、下油锅,这就大大消减了宗教文化的精神意义与生态价值。宗教文化作为精神文化,其根本价值就在于精神自身。这是一种内在的自足的价值,重在净化、提升自我的精神,进而改善一个时代、一个地区的文化风貌与精神生态,这比起增加地区GDP的一个半个百分点,其实要重要得多。

然而,不止中国,目前地球上的所有国家仍然陷于"经济高速发展"的迷思,认为只有快速开拓市场、大量集聚财富,才是人类社会幸福美满的保证。所谓"全球化"正是为此设计并强力推行的一个发展模式、一种时代走向。

按照日裔美籍学者弗朗西斯·福山(Francis Fukuyama)的说法,"全球化"就是由高新科技支撑下的跨国资本对全球市场的占领,主要是经济的一体化与文化的普适化。与此相对,一个新的提法在国际学术界浮现出来,那就是"人类纪"。做出这一判断的是两位科学家:一位是诺贝尔奖得主保罗·克鲁岑(Paul Crutzen),一位是地壳与生物圈研究国际计划领导人、兼国际全球环境变化人文因素计划(IHDP)执行主任威尔·斯蒂芬(Will Steffen)。他们认为,自工业革命以来,人类对于自然环境的影响力已经超过了大自然本身的活动力量,人类正在快速地改变着这个星球的物理、化学和生物特征。

"人类纪"与人类社会发展初期平静的日子有着根本性的区别,如今人类面临着的将是人类自己引发的全球性环境动荡。最为显著的表征就是全球性生态危机的日益严峻,包括已经开始了的地表温度上升、淡水资源枯竭、极地冰川融化、海平面抬高、土壤沙化、海水酸化以及由此引发的动植物种群的全线溃败乃至灭绝。

"人类纪",与以往人们所熟知的"寒武纪""泥盆纪""侏罗纪""白垩纪"相比,本该是一个地质学的术语;然而在今天,"人类纪"已经涵盖了地球上人类社会与自然环境交互关联的各个方面,包括地球上不同国家、不同种族共同面对经济、政治、安全、教育、文化、信仰的全部问题。这就是说,"人类纪"已经远不仅是一个地质科学概念,同时也成了一个人文学科概念,一个跨越了人与自然的多学科概念,一个全体地球人类都必须密切关注的整体性概念。从这个意义上说,"人类纪"才是真正意义上的"全球化",一种充盈着浓郁生态学意味的"全球化"。

"人类纪"与以往的"寒武纪""泥盆纪""侏罗纪""白垩纪"之所以截然不同,就是人类做了这个地质时代的主体。而"人"与以往的"三叶虫""恐龙""剑齿象"的不同,就在于人类拥有自觉的意识亦即独立的精神。人类发展至今,"人类的精神状况"对地球生态系统的影响越来越强大。尤其是近300年来,人类的精神已经渐渐成为地球生态体系中一个几乎占据主导地位的决定性因素,在构成地球生态系统的"岩石圈""水圈""大气圈""生物圈"之上,实际上已经构成了一个"精神圈"。

生态学家擅于用"多层同心圆"的系统模式描摹地球上的生态景观,将这个独特的天体划分出许多层"圈":岩石圈、水圈、大气圈、生物圈等。从"人类纪"的视野看,在地球上已经生成了另一个"圈",一个以人的欲望、意志、思维、判断、理念、信仰为内涵的"圈"。

这个虚悬着的"圈",就是地球生态系统中的"精神圈"。

20世纪30年代,长期在中国从事地质生物考古学研究的法国思想家德日进

(P. T. de Chardin)曾经使用过"精神圈"这一概念。他说,地球上"除了生物圈外,还有一个通过综合产生意识的精神圈"。"系统论之父"贝塔朗菲虽然没有直接提出"精神圈"概念,实际上他已经把人类独自拥有的"语言-符号系统"看作地球生态系统中一个至关重要的层面,一个高踞于生物圈之上的精神层面。

人类在地球上谋得统治地位,人类社会在地球生物圈内取得超越一切生物种群的发展,凭借的就是它所拥有的这个一家独大的"精神圈"。"人类纪"的生成也正是得力于这个威力强大的"精神圈"。

较之其他生物,人类的优越和幸运在于它拥有了地球的"精神圈";然而,人类社会如今面临的种种足以致自己于死地的生态困境,也正是由于人类自己营造的这个"精神圈"出了问题。当代人沉湎于构造一种世俗的、物质的安全感,来代替已经失去的精神上的安全感。我们为什么活着,我们的精神上的实际状况如何,这类问题渐渐被搁置起来,最终完全被消解掉了。

宗教,在人类精神生活中占据有重要地位,是人类自身创造的一种古老的精神文化。宗教文化是人类精神层面的一种奇妙的符号系统,属于地球"精神圈"的重要构成因素。人类纪时代精神圈的"荒废"与"破损",也与宗教文化在现代社会的衰落相关。生态运动兴起以来,学界流行这样一种观点:文化与自然总是对立、对抗、势不两立的。其实并非绝对如此,纵观人类文化发展的历史,既有与自然分离对抗的文化,也有与自然亲近和谐的文化。具体说,大多数宗教文化都是与自然界以及人的自然天性相互融渗的,东方宗教与原始宗教更是如此。营造人类纪的生态社会,修补地球生态系统的精神圈,有必要对宗教文化做出新的阐释。

梵净山佛教文化中的"弥勒道场"与流行于梵净山周边的原始宗教"傩文化",恰好可以作为具体的案例。

2016年秋日,郑州紫金山南

乌托邦之思

> 昔人已乘黄鹤去,此地空余黄鹤楼。
> 黄鹤一去不复返,白云千载空悠悠。
> 晴川历历汉阳树,芳草萋萋鹦鹉洲。
> 日暮乡关何处是,烟波江上使人愁。
>
> ——崔颢:《黄鹤楼》

一

我总觉得这首《黄鹤楼》可能是一篇"谶语",一篇关于"乌托邦"的谶语。

奇怪,在由"青龙""白虎""朱雀""玄武"组成的东、西、南、北四方天地中,为何偏偏又多出了一只来无影去无踪、翩翩云天的"黄鹤"?

"黄鹤",也是一个象征。

在中国古代许多传说中,"黄鹤"既是往来于人间仙界的信使,又是运载人们飞抵天国的舟车。

从崔颢写下《黄鹤楼》那时起,"黄鹤楼"上就已经鹤去楼空,然而愈是楼空,就愈是牵引着诗人们梦魂之中的"黄鹤情结"。

与崔颢同时代的理想主义大诗人李白多次在诗中吟咏过它,崔颢之后1200年,被一位美国学者誉为"最著名的乌托邦先知"的毛泽东,又曾在诗词中不止一次缱绻悱恻地写到它。

白云悠悠,黄鹤杳杳,碧空尽处,大江涌流,给人留下的,总是无边的神往、无端的惆怅。

对于乌托邦的期待,是希望的顶峰,因为它追慕的总是崇高;
对于乌托邦的期待,又是愚顽的顶峰,因为它追求的总是徒劳。
或许还是尼采说得对:"宁可让人追求虚无,也不能让人无所追求!"
追求虚无的人,已经站在了实在的边缘。那应该也是时代的边缘、世界的边缘。
乌托邦,是站在边缘向着虚无放飞的一只风筝。

布洛赫把它演化成了哲学原理:乌托邦即人所渴求的对象在现实世界中空缺。
"空缺"决不是什么都没有,空缺处总是弥漫着最强的希望张力。空缺,是一个以"渴求"与"失落"为两极的"场"。因此,空缺处就凝聚了更多人性的东西。
"空缺"由此成了人的本质性存在,即"乌托邦"存在。
"应在而不在",乌托邦由此获得了对于现实的永远饱满的批判力量。批判中却又含隐了几多"应在而不在"的无奈。
乌托邦,即"憧憬"。
汉字语义学:"憧",飘忽不绝状,摇曳不定状;"憬",迢迢远行貌,炯炯通达貌。
"憧憬",凌空蹈虚的行进,目标向上的行动。而这行动,因了两字中的"竖心"偏旁,全都成了一种"心动":心神向往、心旌摇曳、心潮澎湃、心醉魂迷。

有人说,"乌托邦"观念源于古希腊柏拉图的《理想国》,乃至源于 16 世纪英国莫尔写的《乌托邦》一书,那恐怕是一种学理化的望文生义。

"乌托邦"源于"心动",源于生命体对超越自身、超越现状的渴望,源于人类童年的梦幻,源于人类神话的想象,源于艺术创造的冲动。

如果有一条鱼曾经做过一个飞上树梢的梦,那蓝天白云的"树梢",就是鱼的"乌托邦"。

小时候,我痴迷于登上"云台"看"大海"。那时,最近的大海距我所住的古城也还在千里之外。

然而,我在家乡的那座高高的土台上,看到过我一生中最美的"海":紫灰色岗峦起伏的海岸,蓝湛如玉的宁静海湾,金灿灿柔曼温存的沙滩,墨黑的礁石、银白的帆,海上面是一抹娇艳的火烧云。

那是雨后黄昏城市上空天幕上的云影夕照,也是我童稚的灵魂中的憧憬心仪。

后来,我长住在了海边,有的是云,有的是海。

云就是云,海就是海。

莫非,乌托邦就如同那天幕上悬挂的大海一样,只能是童年时代的梦幻?

霍克海默悲怆地揭示了乌托邦在现代社会的陷落:"现代社会的结构,保证使孩提时代的乌托邦幻想在青年的早期就暗淡失色。"

莫非乌托邦总是与"成熟"的人类无缘?

成熟,如果意味着真率与想象的干枯,如果意味着渴慕与探求的消竭,那么,成熟就是一种遗憾。

最可怕的成熟是过早地成熟,那是生命的"缩水",会使鲜活的生命体变成"人干"。

"现代社会结构"是否已经足以"保证"使人们不再拥有"童年",那"金色的童年""美丽的童年""如诗如画的童年"?

生命还没有充分展开就已经结束。我想起了菜市场里被催肥的鸡,鸡的生长期被人工缩短。那是人类自己"直奔目的"的结果。

西方人讲：美与恐怖在大自然中交媾孕育伟大。

中国古代传说：20岁的美女庆都在阴风凄惨、雷雨交加的荒野中与一条狰狞的赤龙交媾，14个月后，生下了理想的仁德圣君：尧。

精神的受孕也是如此。

新的乌托邦总还会出现，不但是因为有着人们对于美与善的追求，更因为人们面临着新的困境与苦难。

"UTOPIA"！虚悬着的福地乐土。

"乌托邦（Wu tuo bang）"！应有而无有的乡土，渴求而无可安置的邦国。

声音宏亮而语义含混；

语义含混而富有神韵。

语词丛林中的一枝奇葩；

精神天空中的一颗彗星。

一位当代哲人说："如果乌托邦这块绿洲干枯，人间剩下的只是平庸不堪、绝望无计的荒漠。"

一位已经辞世的诗人说："世界地图上如果少了'乌托邦'这个国度，整个地图就不堪一顾。"

二

在人类精神的夜空里，曾经升起过多少星光一般的乌托邦呢？

让我们拣取最明亮的数一数：犹太教的"伊甸园"、以赛亚的"尘世天堂"、柏拉图的"理想国"、奥古斯丁的"上帝城"、莫尔的"乌托邦"、培根的"新大西岛"、康帕内拉的"太阳城"、安德里亚的"基督城邦"、哈林顿的"大洋国"、傅立叶的"法朗吉"、欧文的"新和谐村"、巴卢的"希望谷"、赫茨卡的"自由之乡"，以上是西方的。在东方，则有：老子的"弱国寡民"、孔子的"内圣外王"、墨子的"兼爱非攻"、庄子的"遁世逍遥"、佛教的"极乐世界"、道教的"蓬莱仙境"、陶渊明的"桃花源"、张鲁的"五斗米教"、洪秀全的"太平天国"、康有为的"大同世界"、甘地的"崭新印度"、泰戈尔的"精神性亚洲"、梁漱溟的"乡村自治"，也许还应当包括进毛泽东的"人民公社"。

政治乌托邦、经济乌托邦、宗教乌托邦、教育乌托邦、法制乌托邦、金融乌托邦、科技乌托邦、伦理乌托邦、情感乌托邦……

一部"乌托邦史"，一幅精神图画的长卷。几多苦心、几多焦虑、几多赤诚、几多痴迷、几多幼稚、几多偏执、几多荒谬、几多虚妄、几多汗水、几多血泪！

兴亡谁识天公意，

留着青城阅古今。

乌托邦，人类精神绵延中的长青之城。

柏拉图奉行的其实是严苛的道德理想主义，"理想国"里有着铁一般的纪律。

结婚，不能谁想结就结，要靠国家统一配给。优秀的男人与优秀的女人要"多结"，劣等男女则少结或不结。

婚礼可以搞得隆重一些，那只是为了生育的神圣化，避免像农家院里猎狗、公鸡一样随便地乱了种。

男人和女人在一起性交时，谁也不能想入非非，不应该带过多的情欲，出发点只能是"改良民族的品种"，"增强国家的实力"。

性行为毕竟是一件赏心快事,可以把它作为对战功卓著的英雄的赏赐,除了发给他们奖状、奖金之外,还可以奖给他们多多拥抱亲吻异性的权利。在"理想国"里,国家对"性"实行"统购统销"。

拉丁神父奥古斯丁的"上帝城"是建立在"凡人城"之上的。之所以要建立"上帝城",是由于对"凡人城"的失望。

凡人城里充满了肉欲的邪恶,

上帝城则朗照着精神的光辉。

在上帝城里,人人道德高尚,大家相亲相爱,正义主宰一切,社会安定祥和。

至于如何实现这些,"上帝城"要比"理想国"简单省事得多,那就是大家都要无限地热爱上帝,读上帝的书、听上帝的话、按上帝的旨意办事,做上帝的好孩子。

上帝高居天国之中。

教堂是天国的大门,神甫是天国的使者,通过教会人们便可以一步步走近上帝。

天路迢迢。

从奥古斯丁时代,教徒们磕磕碰碰地又走了一千五百多年,教堂的金色塔尖直插蓝天,天堂的目标却越来越远。

新的神学于是应运而生。

"道可道,非常道",上帝也成了一个绝对意义上的彼岸,上帝与人永远不可通约,上帝与人类的距离一下子被推到180亿光年之外,那里大约是新物理学家最新发现的"宇宙的边缘"。

上帝就是上帝,人就是人。在尽善尽美博大永恒的上帝面前,人永远是一堆支离斑驳的碎片。

"上帝与我们共在。"

但人们走向上帝的大门被永远地关闭了。

据说,大门虽然关闭,细小的孔洞依稀可寻。

天堂之路变得像一根秋天里的游丝,在青霄与黄壤间飘浮盘旋。

"十字架上的耶稣基督"成了人与上帝间惟一支点。

"耶稣遇难十字架",变得多少有点像一个"禅宗公案",那些名声显赫的神学巨擘在对"十字架"的参悟中领略到的上帝,终不能完全摆脱尘世因缘。

对现实中的鲜血已经麻木的人们,又怎么能够指望他们对"公案"中的鲜血产生心灵震颤呢!

如果说,震撼的力量来自十字架上钉死的不是别人而是上帝的化身,那么,"十字架上的希望"也就仍然与上帝一样遥远,像一个"乌托邦"。

从"乌托邦之思"的本性而言,远一点当然更好。

乌托邦史中名气最大的要数托马斯·莫尔1516年出版的那部《乌托邦》了。UTOPIA,这个根据古希腊语虚拟出来的字眼,就是莫尔的首创。

莫尔笔下这个"乌有之乡"其实又很实在,是文艺复兴时代一位思想敏锐、品德高尚的知识分子"关于最完美的国家制度"的设想,被后世的考茨基誉为"社会主义的奠基之作"。"财产公有,按需分配""民主政治,公众选举""普及文化,义务教育""知识青年,上山下乡""公共食堂,统一管理",这些当年的乌托邦云朵,后来都曾飘落过地上。

由柏拉图开创的"社会乌托邦",在莫尔之后变得越来越具体化、实体化了。

康帕内拉在《太阳城》中筹划的是由圣君明主执掌的"中央集权"。

哈林顿在《大洋国》中精心设计了一部完善、公正、稳定、永恒的"大宪章"。

圣西门是一个靠"知识"与"工业"改良现状的实力救国主义者。

欧文是一个优秀的厂长。

巴贝夫、卡贝、魏特林，这三位生活于近现代欧洲的空想社会主义者，是人类乌托邦史中的"圣斗士"，他们希望凭借手中的宝剑推翻旧制度，把天堂搬到人间。

魏特林是个成衣匠，他说耶稣也不过是个木工匠。成衣匠也可以做一次救世主。他嫌恩格斯不是工人出身而马克思又太书生气，恩格斯则嘲笑他"口袋里装了个在地上建造天堂的现成药方"。

巴贝夫是个流浪汉，他主张绝对平均主义，取消贫富差别。

卡贝是个箍桶匠，更热衷于社会地位的平等，他坚持箍桶匠、补鞋匠和国务部长不但应该吃一样的饭菜，而且一定要穿一样的衣裳。

西方人编撰的乌托邦史往往忽略了中国，而在编织柏拉图式"理想国"梦幻的诸多天才中，起码有两位中国人：

张鲁，东汉末年的汉中太守兼"天师道"教主，是一个地区内政府、军队、宗教的最高领导人，他主张诚信立国、轻刑重教、政教合一、乡民自治，鼓励民众互助互爱，于官道旁设"义舍"，为路人无偿提供食宿。在他统治下的30年，汉中成了兵荒马乱中的一方乐土。

康有为，这位饱学鸿儒、皇室孤忠，在中国最后一个封建王朝即将崩溃之际，突然从西方搬来许多大道理，兴致勃勃地构想出一个"无国土、无帝王、无阶级、无私产、无家庭、无种族"的"大同世界"来，颇有些"环球同此凉热"的大气派。

中国的这两位乌托邦先驱，都曾经受到无产阶级革命家毛泽东的特别关注，中华人民共和国成立不久，毛泽东就说：《大同书》里的想法，现在已经具备了实现的条件。

公元1958年的夏天,在人类精神的天空中飘浮了两千多年的那片乌托邦的白云,随着一股股强劲的"东风",终于降落到中国960万平方公里的土地上,那就是举世瞩目的"人民公社",吃饭不要钱、生活靠供给,组织军事化、行动战斗化,各尽所能、各取所需,我为人人、人人为我,夜不闭户、道不拾遗,工农商学兵、一个大集体。

"共产主义是天堂,人民公社是桥梁。"

由这道桥梁走向共产主义的天堂还需要多少时间呢?

开始说15年、10年,后来又说7年、3年,还有一些更为乐观的人说,要在两年半之内,跑步进入共产主义。

云横九派浮黄鹤,浪下三吴起白烟。

那只神奇的"黄鹤"似乎已在云端出现。但谁也没有料到,当那片美妙的乌托邦的白云落到地面之后,竟化作一片祸水和泥泞。

从1958年夏到1961年冬,恰恰是两年半的时间。

主要是"饥饿"。据中共河南省信阳地委向中央的报告,小小的正阳县饿死8万多人,新蔡县饿死10万。在人民公社运动中走在最前边的"嵖岈山人民公社",饿死近4000人,个别村庄平均三个人中死去一个。全国净减人口一千多万。

莫非人类的乌托邦情结给人类带来的总是牺牲和苦难?

当初,在乌托邦的空想阶段,黑暗现实社会的当权者常常把乌托邦的思想家送上乌托邦的祭坛:

宽厚仁爱的托马斯·莫尔竟被英国王室的法庭判处了如此奇特的酷刑:吊起来累他个半死,在断气之前还有知觉的时候先割下他的生殖器,挖出他的肠子,撕下他的心肺在火上烧烤,然后肢解他,把他的四肢分别钉在四座城门上,把他的头切下来挂在伦敦桥上。

如此惨烈的情景,大约已经不逊于当年耶稣在十字架上蒙受的苦难了。

试图建立"神权政治"的圣马可修道院院长萨沃纳罗拉,被执政者处以火刑,活活烧死。

康帕内拉虔诚地礼赞着"太阳城",自己却在统治者阴冷黑暗的牢里受尽严刑拷打,被囚 27 年。

哈林顿也是饱受牢狱之苦,不但神经失常,还染上了坏血病。

至于主张暴力斗争的"圣斗士"们更不用说了,魏特林多次被捕,披枷游街,客死他乡。巴贝夫在 35 岁时被送上断头台。

此后,当乌托邦付诸实施阶段,乌托邦的设计者、操作者又时常会把他的追随者带入荆棘丛中。多年前,几位青年学者在总结"人民公社"这段历史时,曾把共和国的那位元帅看作乌托邦祭坛上的牺牲,其实,真正"牺牲",还是那些在这次乌托邦实验中化为饿殍的热心百姓。

莫非真如一些论者指出的:乌托邦主义是人类的愚妄、是历史的谬误、是社会的盲动、是时代的灾星,人类的乌托邦之思已经到了大梦初醒、已经到了最后终结的时候了。

乌托邦似乎已经成了罪恶的渊薮。

三

到了 20 世纪后半期,"乌托邦"已形成"墙倒众人推"之势。批判、嘲讽、诅咒乌托邦,已成了中外学术界的一种时尚。

其中不乏在当代乌托邦运动中负伤下火线的战士、酷爱心灵自由的学者和思维严谨周密的学者,更有坚定不移、脚踏实地的现行秩序卫护者。

一贯与乌托邦结盟的基督教神学也表态要与乌托邦思想划清界限,竭力论证天国并不是乌托邦,人们虽然永远不能进入天国,天国却的确是一个真实的存在。

就连那位撰写了《乌托邦思想史》的乔·奥·赫茨勒也在抱怨乌托邦不够"科学",未能纳入黑格尔的"历史规律"当中去。

亨廷顿认为,天下大乱的祸水就是知识分子的"乌托邦情结",知识分子的想入非非是破坏政治稳定的地震之源。对于知识分子的"理想化运动",最好的办法是"镇压",包括必要的时候动用武力。

"向着白云开炮",如此反乌托邦英雄,专制得可谓彻底了吧?

亨廷顿是一位务实的理论家,其目的仍然是促进一个国家的"现代化"。

亨廷顿的"现代化"主要是指工业化、城市化、科学技术尖端化,是一种物质的、技术的、制度的现代化。

或许,那也可以看作亨廷顿的"乌托邦"。

此种类型的乌托邦,在人类的乌托邦发展史上,确曾有过一个光辉的样板,那就是弗朗西斯·培根的《新大西岛》。

有人奚落他说,他是在"控制人"失败后才把自己的余生献给了"控制自然"的研究专业,"预报天气""预告地震""新医疗法""活体解剖""人工培育新物种""人工制造新金属",以及一套套的科学实验、科学研究的方法制度,充分展现了与他在政坛玩弄权术时同样出众的才分。

是他,点燃了"知识就是力量"的火炬。

是他,吹响了"向自然进军"的号角。

培根在宫廷担任掌玺大臣时被公认为是一个舞弊受贿、贪赃枉法、处处耍弄两面派手法的卑鄙小人;而在科学技术领域他又成了整个欧洲启蒙运动中的一位巨人。

正如亨廷顿坚持主张的"政治现代化"与"经济现代化"不必齐步前进一样,人格的端方与大脑的智慧也完全可以成为两股道上跑的车。在一只手硬不起来的时候,另一只手却可以变得更硬。

通常,培根并不怎么以"乌托邦思想家"的身份引起人们的注意,相反,人们都把他看作一位富有远大眼光的科学家。

在科学技术领域,任何远大的目光似乎都少了点飘逸。培根的那些当时看上去不可思议的"幻想",没有用多少时间,全都变成了实在,最后的结果反而百倍千倍于乌托邦邦主们的期待。

科学技术有点像原子裂变,连锁反应使它自动释放出人们想象不到的奇迹。

在社会政治领域,在关于人自身的领域,乌托邦的境遇可就惨了。

由柏拉图开始构思设计的"理想国",历经坎坷波折,仍然举步维艰。

本世纪初,列宁曾把一张实现共产主义的蓝图画在苏联广袤的大地上:

社会主义+电气化

在几代人惨淡经营70多年后,"电气化"早已遍地开花万紫千红流光溢彩,而"社会主义"却"忽啦啦大厦倾",化作故宫黍离。

"昔人已乘黄鹤去,此地空余黄鹤楼。"

列宁在天有灵,真要"泪飞顿作倾盆雨"了。

坐实了的"科技乌托邦"就一定给人类带来享受不尽的幸福美满吗?

在科学技术高度发达的国家里,当人们忘情地陶醉于科学技术带来的方便舒适时,人们却突然发现,科学技术在将人类引向人间天堂的同时又把人类推向危险的深渊。

危险来自两个方面:

其一,自然生态的破坏:草场退化、森林锐减、空气污染、水体污染、资源枯竭、人口爆炸、酸雨成灾、物种灭绝、温室效应、臭氧空洞,使人类正在失去生命赖以存在的外部空间。

其二,精神生态的破坏:人的物化、人的类化、人的单一化、人的表浅化、意义的丧失、深度的丧失、道德感的丧失、历史感的丧失、交往能力的丧失、爱的能力的丧失、责任心的丧失、同情心的丧失,使人类正在失去生命赖以支撑的内在意义。

斯宾格勒在回顾了西方的精神文化史之后感慨地说:自从古罗马以后,任何远大的生活理想就大部分变成了一个金钱问题。

他断定:那是西方的没落。

口袋里有钞票,
精神总归自由些。
我们的评论家今天才发现"钞票是精神创造的动力"。
我又想起了贫病而死的凡·高。可怜的凡·高,两幅作品卖了上亿元的美钞,却全部装进了别人的口袋里。
文坛上不知从什么时候起,反正没有用很多时间,所谓飙发凌厉的"先锋派"已由被正人君子詈骂的洪水猛兽变成了撒娇耍赖的宠儿。
电视屏幕上不少黄金时间的节目,被做成大人脖子上挂的"奶瓶嘴"和手中拿的"棒棒糖"。

绝大多数孩子的"最高理想"是拥有一台电脑,包办生活工作中的一切事情,无论是煲饭、洗衣、写字、扫地,包括开汽车、开飞机,只要按动一个电脑开关就可以了。

欲望的达成,只是食指的一个小动作。
在欲望和目的之间再没有任何精神活动的余地。

"在天愿作比翼鸟,在地愿为连理枝",爱情理想历来都是乌托邦的天地。
现在可好:有人讲爱情,大家就发笑。
在两性关系如此方便的今天,"上天""入地"已毫无必要。
罗洛·梅曾说:以个人为中心的现代人最大的能耐就是学会了在性交中

如何不动感情。

岂不知还有更糟的,那就是在性交中动心思算计着性交之外比性交更切实有用的东西。

20世纪90年代市井文化景观:居室装修蔚然成风。

不管钱多钱少,都要把自己的居室经营得像华丽的宫殿或豪华的宾馆:星光点点的吊灯、珠光闪闪的帷幔、塑料印花的壁纸、或真或假的大理石地板、石膏翻模的维纳斯、涂了金色油漆的小天使,于是,天堂就在电锯、电钻摩擦铝合金的刺耳尖叫声中降临身边。

这华美舒适的安乐窝,看一眼都心满意足。

精神变成了厨房垃圾桶里的一只皱巴巴的塑料袋。

几年之前还在大声呼唤尼采、鲁迅、里尔克、萨特的学者们,如今也都匍匐下自己的姿态,心安理得地向现代社会认同。

对此,伽达默尔已经近乎绝望:"当今的时代是一个乌托邦精神已经死亡的时代。过去的乌托邦一个个失去了它们神秘的光环,而新的、能鼓舞、激励人们为之奋斗的乌托邦再也不会产生。"

他还说:"这是我们这个世界的悲剧。因为人是需要乌托邦的。"

时至今天,"乌托邦"的精神城堡还需要人们花费气力拆毁吗?

目前对于乌托邦的批判,其实已经很有些像是堂·吉诃德与风车的作战了。

四

乌托邦已经从人类的精神空间中消退。

这个判断大抵不错。

这个判断又不够周严。

从当代社会消退的可能只是一种"过去式"的乌托邦，即柏拉图、莫尔、培根们那种模式的乌托邦。

那是一些在人类身后开始变得模糊的地平线。

20世纪最后一个乌托邦运动的活跃期在60年代。

那是一个充满了理想虔诚、充满了斗志豪情的年代。

1962年、1963年，我们学习雷锋好榜样，大公无私、团结友爱，帮助同学补鞋袜，帮助老师扫庭院，走上街头做好事，扶老携幼，救急解难，全心全意为人民服务，不拿群众一针一线。

1966年、1967年，我们争当革命小闯将，抢办公楼、砸图书馆，牵着老教授剃光头戴高帽挂牌游街，同班同学分成两派三派抡起皮带木棍打断胳膊打折腿。

同一个人，为了同一个理想，怀着同样的真诚，却做出截然不同的表演。"学雷锋"变成"打砸抢"，其间不过两三年。

不知怎样就出现了如此惊人的转换。

60年代的美国，也曾出现过另一种情形的灾变，不过，在那乌托邦的天空中飘扬的不是"红卫兵"的旗帜，而是金斯堡和"披头士"们的"摇滚乐"。不仅是"摇滚乐"，同时兴起的还有"迷幻药""性解放""同性恋""街头暴力"，一代疯魔了的青年想要靠感官上纵欲狂欢激发出精神上的潜能，突破并超越现存资本主义制度铁打钢铸的围栏。

用哥伦比亚大学教授莫里斯·迪克斯坦的话说：60年代在美国发生的这场"文化革命"，"使伊甸园的激情再一次转变成政治语言"。

只是没有过多长时间，美国的这一代造反青年连同他们的"爵士乐""摇滚乐"和"披头士"一起被美国社会强大的商业化机构招安，"文化先锋"变成

"赚钱大腕",在正统的美国绅士心中,60年代留下的只是一场灾难。

丹尼尔·贝尔认为,过去式的乌托邦在最好的情况下,最大的成功是创造了现代社会生活中的"一代新人",即发达国家中的"公司人"。而这些作为时代新人象征的"公司人"却又是一些白天与黑夜完全不同的"阴阳分裂人"。

白天:遵守纪律、忠于职责、理智清明、言谈儒雅、谦虚谨慎、勤奋刻苦。

夜间:寻欢作乐、放浪形骸、醉生梦死、猥琐淫邪、巧言令色、寡廉鲜耻。

白天,是恪守纪律法制的谦谦君子;夜晚,是宣泄本能欲望的浑世魔头。这就是理想社会的"自我实现"、"自我完善"吗?这就是让不少中国人羡慕的西方人的"能挣会玩""能干会玩"吗?

强化的物质刺激与强制的法规管理同时给非物质、非理性的冲动留下黑暗的空间,从而导致不可收拾的精神疲软、精神退化。如此"新人",是传统乌托邦持久经年孕育出的一只怪蛋。

贝尔是位温和的文化保守主义者,他既失望于旧式乌托邦的沉沦,又不愿冒新的乌托邦实验的风险。他希望凭借一种新的理性的宗教,寻回一位宽厚仁慈的父亲,重整失范的秩序,挽回精神的颓纪。

贝尔的"公众家庭"其实不过是一个温和一些的"亨廷顿",他对乌托邦的重建,仍然没有跳出旧的窠臼。

人类社会是否已经出现了根本性的转折?

或曰:社会中的人们是否已经开始了新的选择?

西方文化1000年来创造了哥特式大教堂、文艺复兴的艺术、莎士比亚与歌德、牛顿物理学的严密结构以及欧洲文明的光荣,这个巨大的历史周期完成了,人力不能挽回。

柏拉图、莫尔模式的传统乌托邦的衰微,是否也和这个历史大周期的完成有关呢?

传统的社会乌托邦模式,无论是它的成功或失败,都已证实物质主义的理想国已进退维谷、左右碰壁。

批判主要来自两个方面:

一是心理意义上的:物质上的生存压力转移到了心灵与精神方面,社会冲突在心灵中的内化,将使人类在精神上蒙受更深层的灾难。

二是生态意义上的:大规模的现代化生产已把人类及其他生灵赖以存活的地球搞得脏烂不堪,而且恶化的程度正以自由落体的速度加剧着。

当西方传统的社会乌托邦模式已陷入泥沼时,一些发展中国家还沉湎在对它的幻想中。

对于还在期待着温饱的人们来说,发展经济、扩大生产、多多挣钱、快快富裕起来,不但具有强大的诱惑力,同时也存在着充分的合理性。

然而,事情的发展变化如此之快,那边的封建小农经济还没有改革掉,这边的"后现代"已迫不及待地挤进来。乡镇企业刚刚上马,污染已经不幸成灾。手里头刚刚攥上几个钱,社会风气就开始败坏。

不过十几年的工夫,电视机取代了有线小喇叭,汽车取代了黄牛毛驴,歌厅的卡拉OK取代了黄土高坡上的荒腔野调,沙发取代了木板凳,电风扇取代了芭蕉扇,易拉罐取代了大碗茶,西装取代了中山服,锃光发亮的牛皮鞋取代了麻线纳的千层底的老布鞋。这一切都让人感到乐观,这一切都又让人不敢过于高兴。

300年前就已经穿上了西服革履的西洋人走来走去仍然走进了现代生活的泥潭中,如今我们穿上西服革履,就保准会走进天堂的大门吗?

"资本"的原始积累,注定是历史发展过程中一个不能避免的阶段吗?历史的车轮注定要从"包身工"们骨瘦如柴的肉体上嘎嘎碾过吗?人们的意志,在历史的进程中究竟有多大意义?

"一穷二白"肯定不是最新最美的图画,但最新最美的图画就一定会展现在色彩斑斓的画布上吗?"贫寒"和"柔弱"对于乌托邦憧憬来说是否真的可以成为理想,起码还可以商榷;而"显贵"和"富足"在发达国家引出的负面问题已成事实存在。

"精神"和"生态",已经成了时代转折紧急关头两个红灯闪烁的焦点。

那么,"精神"和"生态"有没有可能成为人类重建乌托邦的充满希望张力的起点呢?

"春风杨柳万千条,六亿神州尽舜尧。"第一句讲的是自然的生态平衡与环境保护,第二句讲的是人的道德品位与精神面貌,在重新构建的乌托邦中,这两点是否仍然具有意义?

废墟草青青。

远芳侵古道,晴翠接荒城。在通向"乌托邦"的这条古道上,"荒城"的后面还会有"新城"吗?

五

还是应当把重建乌托邦的"基地",渐渐转移到人类的精神领域。

精神,不但是人类生物进化的结果,也是人类生物进化的能源。

同是原始丛林中的猿类,人在生物进化的阶梯上为何走得这么快,就是因为人类拥有更多的精神能源。

包括后来出现的精神的精致的表现形式：语言。

人类精神活动的一个杰出领域，是"想象"。

萨特在对"想象"进行了大量深入的研究之后指出：想象的对象总是一个"非存在"，想象使人在一个虚无的世界中获得精神上的自由创造。

乌托邦结构不过是人们的想象世界在现实社会中的投影。

"想象"，又历来被看作文学艺术的本质。

通过"想象"的中介，乌托邦与艺术取得同质同值。

令人惊诧的是，文学艺术在传统的乌托邦结构中竟时常遭到贬抑和排斥。

柏拉图在《理想国》中下令：对于那些绘画、唱歌、写诗、讲故事的人"应该严厉监督"，"越是好诗越不能掉以轻心"，"哪个艺人不肯服从，就不让他在我们中间存在下去！"

那个决心要在法国建成人间天堂的卡贝，其中一个必行的措施就是严格书刊检查制度，再就是放火烧书，尤其是那些文学艺术方面的书。他解释说，反动派烧的是人，而我们烧的不过是书。

魏特林要宽容一些，他认为艺术可以"定做"，像糕点烟茶一样"批量生产"，配给公民消费。

在中国，当"文化大革命"取得"决定性胜利"，"全国山河一片红"的时候，7亿人民只剩下了八个样板戏和两部小说。

在当代现实生活中，人们又轻易地把"乌托邦"等同于"未来学"。这是把"燕子"等同于"蝙蝠"一类的错误。

乌托邦的本质是想象，属于艺术的领域；

未来学的本质是预测，属于科学的范畴。

近几十年来，当乌托邦精神渐渐被人遗弃的同时，未来学的行情日益看涨,一年比一年红火起来。

由此我恍然大悟,除去可以讲出来的种种因素之外,当代乌托邦精神的消亡原来是和现代社会中艺术精神的消亡相追逐的。一对难兄难弟。

乌托邦在历史的演进中逐渐走向反面。对"反乌托邦"做出生动描绘的,是四位文学家的四部经典小说:

扎米亚京(Y. Zamyatin,1884—1937)的《我们》

奥威尔(G. Orwell,1903—1950)的《1984》

赫胥黎(A. Huxley,1894—1963)的《美丽新世界》

莱文(I. Levin,1929—2007)的《这完美的一天》

这些作品已经被翻译成70多种文字,发行数千万册,在世界范围内产生了巨大影响。在他们的笔下,那些精心设计、幸福美满的乌托邦,一旦变为现实,则全成了邪恶、凶险、令人无法忍受的牢狱。

名震遐迩的卡尔·波普尔,是一位批判"乌托邦主义"的世界级健将。

波普尔批评传统的乌托邦思想总是和"历史决定论"结成同盟,把原本没有根据的空想当作"新秩序的蓝图"或"中央指令性的计划"。他说,这是违背科学原则的,并经常给社会带来灾难。他或许是有道理的。

波普尔断言,"任何试图运用科学的方法预测科学的未来"也都是不可能的。这差不多等于把量子物理学中的"测不准原理"搬到了社会科学中来。他或许仍然是有道理的。

然而,就在这里,波普尔也把"乌托邦"当作了"未来学"。

的确,"乌托邦"比起"未来学",距科学的尺度更远。

新的"乌托邦哲学"将更多地关注人类寻觅精神家园的密码。

如果我们不把"乌托邦"当作科学,当作科学的预测学、科学的社会学,如果我们只是把"乌托邦"当作个人的精神的自由活动,当作人在社会运动中的"审美之维",当作艺术想象在社会现实生活中的投影,那么,波普尔的批判的锋芒还会指向乌托邦吗?尽管,从个人的兴趣来讲,他仍然可以不喜欢它。

把乌托邦纳入审美领域。

阿多诺:艺术是一种特殊的乌托邦,在艺术中,"新的东西作为秘文是描绘衰亡的图画;只是通过衰亡的绝对否定性,艺术表现没有表现的东西,即乌托邦"。

把审美引入社会进程。

马尔库塞:"艺术遵从的法则,不是去听从现存现实原则的法则,而是否定现存的法则。然而,纯粹的否定只是抽象的、蹩脚的乌托邦。而在杰出艺术中出现的乌托邦,决非仅仅对现实原则的否定,倒是对它在超越中的保存(扬弃)。"

阿多诺和马尔库塞都过于"功利"了些,他们更乐意把文学艺术当作批判现实或构思未来的武器或工具。

诗意和艺术的栖居之境,本身就可以成为美妙的乌托邦理想。

在以前展示过的许多乌托邦中,有政治的、经济的、宗教的、法制的、金融的、科技的,为什么不能有诗意的、艺术的呢?

以往的许多乌托邦思想家,总是编织着平等、平均、富裕、强盛、安定、永恒、科学、秩序一类的政治理想、经济理想,所谓"乌托邦"的诗意只是文句上的技巧。岂不知"心灵创造的自由""感情表达的酣畅""形式建构的欢悦""心灵沟通的震颤"同样可以成为乌托邦里憧憬追慕的内容。

罗丹说:"世界上没有比冥想和幻想更使我们幸福,这正是现代人最易忘却的东西。衣食不足,不减其乐,而以智者的态度享受眼与心灵时刻遇到的无数神奇,这样的人好似神仙下凡。"

通常,人们只看到陶渊明生活的贫困和他对暴政的愤慨,看到他对现实的批判和对理想的祈盼,看到他"不为五斗米折腰的人格力量",认为他的乌托邦就在他的《桃花源记》中:俎豆犹古法,秋熟靡王税。

人们往往忘记了,陶渊明作为一位"诗国真人",又时刻幸福地沐浴在诗的创造氛围中,沉浸在冥思与幻想的自由天地中,神游于大自然的怀抱中,惊喜于灵感来临时的神奇中。"久在樊笼里,复得返自然","衣沾不足惜,但使愿无违","此中有真意,欲辨已忘言",正是由于有了这些,便足以使这位饥肠辘辘的陶渊明即使不到"桃花源"中去,也已经享受到人间的至福,成了南山东篱下的神仙。

"愿言蹑清风,高举寻吾契",理想中的乌托邦还要到哪里寻找呢?乌托邦就在他回归田园之后那半是诗情画意、半是心感身受,半是文字游戏、半是想象虚构的创作过程中,就在他自己审美创造的精神生活里。

陆龟蒙诗:"垆中有酒文园会,琴上无弦靖节家。"典出萧统《陶靖节传》:"渊明不解音律,而畜无弦琴一张,每酒适,辄抚弄以寄其意。"

这是一种"境界",是艺术的境界,也是人生的境界。"境界"不像彩电、冰箱那样实在,"境界"如镜中花、水中月,也可以说它是一种"虚无"。但在艺术作品与艺术人生中,它又是一种濒临到场的"在"。

诗人、艺术家不只向人们提供了他们的艺术作品,同时还提供了一种独特的生活方式、生存模式,一种精神生态的景观。

屈原的乌托邦不只在他仰面苍天连珠炮般的发问里,但丁的乌托邦也不只在"神曲"的乐章里,曹植的乌托邦也不只在他的《升天行》,郭璞的乌托邦也不只在他的《游仙诗》,弥尔顿的乌托邦也不只在失去的乐园,李白的乌托邦也不只在琼楼玉宇、杜甫的乌托邦更不只在"安得广厦千万间"……

仅仅是由于他们的存在,就已经为另一种人生乌托邦树立了楷模。

当杜甫没有建成"广厦千万间"的时候,他自己已经得到另一种幸福,这幸福中包括了他的愁苦,愁苦是他诗中不可或缺的美的因素。美的创造,从古到今,都还是一种"奢侈"呢!

从这个意义上讲,饥寒交迫的凡·高也是幸福的,由于他对绘画、对艺术的惊人的执着。"灾区的饥民"大约不去种兰花更不去画兰花的,因为他们不是凡·高,凡·高饿得皮包骨头、两眼昏花的时候还在锲而不舍地画他的"菊花""杏花""鸢尾花""玫瑰花""向日葵花"。

画家柯罗画了一辈子画,临死前的唯一遗憾就是,他弄不清楚"天国里面还让不让绘画"？他说,如果不让的话,他就有点不愿意去。

当然,我们不能要求"饥民"或"饱民"一个个都是凡·高、柯罗,我们现在要说的不就是"乌托邦"吗？

个性与感情,是审美艺术创造中的灵魂与动力,然而,在传统的乌托邦结构中,个性往往受到压抑,个人的情感往往遭到剥夺。

惟一的例外,可能是沙利·傅立叶。

傅立叶自己就非常热爱艺术,尤其是音乐。他生活中还喜欢养草种花,但不知种不种兰草、向日葵花。

傅立叶在乌托邦的天空中独树一帜,认为只有"情欲"才是社会发展、人类进步的推动力,以往社会的苦难与纷争无不是因为约束、阻滞了人类固有的情欲的冲动。他相信,"听任人类情欲的自由发展、培育出更高形式的情欲、创造出更新更美的情欲,使社会走向和谐的完美,就可以成功地为全人类解决最大的幸福问题"。为此,工作,包括生产劳动本身应当成为快乐的源泉,工作中的"蝴蝶效应''应受到尊重,即不断地花样翻新;婚姻也不应再成为对于情欲的束缚,在他设想的那个理想社会"法朗吉"中,男女关系有着更为自由广阔的天地。

傅立叶的这一乌托邦构思,到了中国的"五四"时代,曾通过在法国留学归来的"性博士"张竞生的写意式的发挥,在当时的中国社会绘制了一幅"性美学乌托邦"的蓝图,"性启蒙""性话语""性升华""性艺术""性理想"吸引了整个文化界的注意力,丁玲、郁达夫、张资平、沈从文都以自己的文学作品,为这张傅立叶模式的乌托邦蓝图描画进许多生动的笔触和鲜明的色彩。

人类的情欲,竟成了一块同时孕育出"文学艺术"和"乌托邦"的热土。

艺术,是"交往"。

"交往"正在成为新的"乌托邦"憧憬。

人是孤独的个体。自然界中最大最深的鸿沟,是个人与个人在心灵间存在的那道裂隙。

于是,"交往"成为渴望。

雅斯贝尔斯说:"人的生存的基本特征就是想在人与人的交往中达到使一切人乃至最辽远的人也都联结起来的那个'大一'。"

这个"大一",显然是一个"乌托邦",一个关于"交往"的乌托邦。

历来的乌托邦结构倒是全都向往着那个思想一致、步调一致的"大一统",然而几乎所有的乌托邦都在这里犯了一个"大错误",那就是独断与专制。

在艺术中,"交往"与独断、专制无缘,总是以个人性情的独立存在为前提。

艺术的交往如果能够成其为交往的话,就总是心灵之间的交感和互动,是一种自愿的投入、自觉的承诺、自主的救助、自然的共鸣。

"心有灵犀一点通",即天堂的瞬间降临。

你不可小瞧了这个"瞬间",如果没有了这一个灵光闪烁的瞬间,你又将从哪里去触碰永恒呢?

艺术型的乌托邦更趋向于与大自然的和谐共处,倾向于自发地维护自然生态的平衡、精神生态的平衡。

在培根那里的人类救星和人类前景,在诗人泰戈尔那里反倒成了人类的灾星和人类的末日。

这位印度诗人说:"不管文明多么善于借方法与机械之名残害人类,它都不会长久……现代进步的笨重结构,以效率的铰钉结合在一块,架在野心的轮上,也是维持不长的。""人造的丑恶遮蔽了大自然,人们的贪婪以可憎之姿嘲弄了天国!"

在泰戈尔看来,大地的坍塌、生态的破坏与信仰的沦落、精神的衰败是同步发生的。

泰戈尔很像《庄子》中记述的那位"抱瓮丈人"。

这个"丈人"与泰戈尔一样,在骨子里头是个诗人。

在柏拉图之前,在希伯来的先知们那里,乌托邦之思倾向于高扬人的精神与情感、呼唤人与自然的和谐共处,反倒对日益增长的物质财富、日益强化的国家政权忧虑不安。

以赛亚可以作为代表。

他强调,在一个国家里物质财富并不是决定国家命运的主要因素,如果精神的力量不占上风,这个国家将注定受到损耗并走向毁灭。

他还非常关注自然生态的平衡。他设想,在合理的社会中,沙漠将变成绿洲,干裂的土地将水如泉涌,"豺狼将与羊羔同居,豹与山羊同卧,狮子与牛犊同群,整个生物界将由一个人类的孩童统领"。这和中国古籍《列子》一书中描绘的"太古之时"的情景相似:禽兽之心,奚为异人,入则与人同处,出则与人并行,会而聚之,同于人民。

精神的乌托邦又是生态的乌托邦。

柏拉图的《理想国》虽然不是人类乌托邦之思的开端,却可能是人类乌托邦之思的一次转折。

有迹象表明,人类的乌托邦之思在柏拉图之后两千多年的今天,又回流到最初的那个"元点",是在一个更高的层面上。

人类的乌托邦之思,已处于一个新的大周期的起点之上。在这个起点的坐标上书写着:

精神·自然——走向生态学时代。

早已飞逝的"黄鹤"还会再度飞回来吗？这与长江边上的那座空空的"黄鹤楼"一样,仍然是一个谜。

或曰:是一个问题。

在艺术消亡的时候,在乌托邦精神消亡的时候,使其成为一个问题,也许就是走出困境的一线生机。

"黄鹤知何处?"

1978年,马尔库塞在他辞世的前一年,以80岁的高龄推出了他的《审美之维》一书。

书中仍念念不忘:"在现实对立的高处云端,飘浮着文化上团结一致的王国。"

那飘浮在白云间的理想王国依然不过是一只让人无限期待的黄鹤,一座烟霞笼罩的乌托邦。

1997年春,琼山五公祠

附录
关于"精神"的问卷

1993 年 8 月海南岛

参与者：（依出现顺序，职务为当时所任）

黄孟文　美国华盛顿大学博士，新加坡作家协会会长

公　刘　中国当代著名诗人

罗　门　台湾当代著名诗人

徐友渔　中国社会科学院哲学研究所研究员，公共知识分子

唐翼明　美国哥伦比亚大学博士，台湾政治大学教授

王一桃　著名诗人，香港报刊专栏作家

张三夕　海南大学社科中心史学教授

陈家琪　海南大学社科中心哲学教授

　　关于人类的"精神生活"，康定斯基说可以用一个巨大的锐角三角形来表示，在这个三角形里面，可以用水平线分划出不等的若干阶梯。精神的品位随着阶梯的升高越来越趋于纯粹，精神的拥有者随着阶梯的升高越来越稀少。整个三角形缓慢地，几乎不为人们觉察地向前、向上运动着，更新着，生长着。

三角形的顶部那个锐角,高耸入云,直指上苍,而"在三角形的最顶端经常站着一个人",这个孤独的人就是真正的艺术家,比如:贝多芬。"唯独艺术,才能清楚地表达出人们的精神需要","唯独把整个身心投入艺术的人,才是通向天堂的金字塔的建设者"。

康定斯基是如此地看重精神,如此地看重艺术。在他看来,人间天堂位于人类精神的峰巅,通往天堂之路则是由诗与艺术铺成的。

中国当代作家张承志却在河南省登封县一个叫作王城岗的丘陵上,在距今4000多年的考古地层中发现了人类最"清洁"的精神,那是一则发生在箕山脚下"许由闻召洗耳,巢父牵犊上流"的故事。作家张承志由此悟出:以"洁"为主题的箕山故事衍化为中国悠久的文化传统,形成了中国文化的"精神森林"。康定斯基的立论颇有视艺术为"精神贵族"之嫌,而张承志倾慕的清洁纯净的精神则被认定在质朴褴褛的社会底层。张承志固然是不错的,因为精神的品位决不是随着股长、科长、处长、局长的官衔提升的,也不是随着襄理、经理、总经理的职位提升的。但我怀疑,即使在古代,高洁的"精神"也只能被少数人拥有,不管这少数人是读书人,还是放牛人,否则,"许由"与"巢父"为何被称为不同俗流不同凡响的"高士"而载入史册呢?在"不义""庸俗""无耻"泛滥的今天,那"不义""庸俗""无耻"怕也已经浸淫到了"大众"阶层。小说家之所以对于古代颂扬备至,只不过是用以表现他对"今天"的愤激而已。这"愤激"是真实的、洁净的、可贵的,它标志着文学的品性。张承志对于"今天"的愤激,恰恰把他这位努力与黄泥小屋、与黑泥巴草原、与罪人、与贼民认同的小说家推向康定斯基那"精神三角形"锐角的尖顶上。

大约是在1990年的时候,王安忆曾一度表示对小说"形式"的倾心与对作家"职业"的认可,她说她写小说的一个最根本的变化是由"自我倾诉"到"制作存在物"。我听了之后愕然多时,怀疑我喜爱的作家竟也染了时髦理论的流弊。但同时我也觉得王安忆真要改变她自己也并不容易。果然,两年后,她在她的一本作品集的《题记》中写下了这样的话:

我知道的只是,当我们在地上行走的时候,能够援引我们,在黑夜来临时照耀我们的,只有精神的光芒。……现在,我好像又回到了我最初的时期,那是人生的古典主义时期。那是可以超脱真实可感的存在,去热情追求精神的无感无形的光芒的时期。再次接近这时期,我心潮澎湃。我有种回了家的亲切的心情,我想我其实是又找寻回来了我的初衷,这初衷是一个精神的果实。

"精神"是什么呢?王安忆说:"精神这东西有时候大约就像是宇宙中一个发亮的星体,光芒是穿越了凉冷的内核,火热的岩浆,坚硬的峭壳,最后才喷薄而出。"那无外乎说,精神是主体内部能量的辐射,"精神的家园"是"人生的古典主义时期",是"我自己的最初的时期"。起码在写这篇《题记》的时候,我觉得王安忆又退缩了,从"形式"与"操作"的先锋理论的前沿又退回"内心"与"精神"的古老土地上。在朝着精神金字塔的攀援中,王安忆说她不知道她如今走到了第几层,"我只感悟到光的存在"。这"光"是什么呢?是"精神的乌托邦",是"诗"。

王安忆为之题记的这部小说集就叫《乌托邦诗篇》。"乌托邦"是对于未来的憧憬,"诗篇"则是对于美好的想象,"乌托邦诗篇"就是人类向前进、向上进的精神旗帜,就是照亮人们不停地丰富自己,提高自己的精神太阳。

在今日的现代社会里,无论是"乌托邦"或是"诗篇"都已经交上了厄运。

关于"诗篇",黑格尔在上一个世纪就作出论断:艺术从罗马时代就开始失去它那"诗意的神髓",艺术形式已不再是精神的最高需要,商业化的市民社会必将导致艺术的最终消亡。

至于"乌托邦",伽达默尔在这个世纪的中叶就曾指出:"当今的时代是一个乌托邦精神已经死亡的时代。过去的乌托邦一个个失去了它们神秘的光环,而新的、能鼓舞、激励人们为之奋斗的乌托邦再也不会产生。这正是我们这个世界的悲剧。"

从这种现实状况看,至今仍然痴心不改地在营造着"乌托邦诗篇"的王安忆,挣扎着要超越时代的悲剧,这种艰难的超越,终会将她孤独地幽禁在那"精神金字塔"的塔顶。

在"精神"日趋委顿坍塌的现下社会,"精神"日益成为当代作家悉心关注仰望的一片天空。在南国的盛夏,在椰风海韵的琼岛,在一个海内外华人聚而论诗的会上,在由白沙滩到红树林,由龙湾到鹿回头,由温泉浴场到黎家山寨,由五指山脉到天涯海角的旅途上,我曾向与会的同仁征询了"精神"的涵义,答卷多半是凭直觉的感悟写下的,这也许更可贵,因为那文字间弥漫着主体更为本色的精神。

黄孟文,笔名孟毅,祖籍广东梅县,出生于马东西亚,就读于美利坚,定居于新加坡,华盛顿大学文学博士,现为新加坡作家协会会长,《新加坡作家》主编,以短篇小说见著,作品风格稳实凝重,颇具唐宋遗风;兼作文学批评,持论中肯周到,一展大家襟胸。黄先生是新加坡文坛上一位十分活跃的组织者,同时也是新加坡商界一位成功的企业家。

精神一词,有各种不同的说法。我个人认为:精神是物质的对称。人追求衣、食、住、行、性等,这是物质上的需求。除此之外,精神上或心灵上也有所需求。兹举一实际事件为例:一个黎巴嫩妇女,16年前丈夫在敌人的炮火下丧生了,她痛不欲生;但是男婴给她以精神上的寄托,使她赖以继续活下去。16年后,男孩又在内战中给流弹击中身亡,妇人顿时失去了精神上的依恃,进入半痴半疯状态,接着自杀而死。这说明人是不能离开"精神"而独存的。

物质随处皆是,精神则非肉眼能看见。"精神"只是心灵才能感受得到。

比如我们说浩然之气,与物质就扯不上关系,而纯然是心灵的至高体现。显然,黄博士是把"精神"看作独立于"物质"之外的"浩然之气",看作人的生命存在必不可缺的支柱的。中国诗人公刘对此却发表了更为激烈的看法。

公刘,中国当代著名诗人,《阿诗玛》的主要作者。他一生坎坷,多灾多难,历尽风险。我与他初次会面,握手时他说,山东的宋遂良君曾向他友好地介绍过我。在波涛汹涌的大海边我为他拍了许多照片,因为我觉得他的形象就是一首诗:那蓝白相间的蜡染衬衫就是裹在他身上的一片海水,那迎风飘拂的银色须发就是挂在海边的一缕白云,镜片后的双眸,依然童心不泯,依然诗情似火。他对于"精神"的阐发,似乎立足于道家哲学中的"元气"说:

> 北方民间管精神叫作精气神,并视其为人命之宝,与天上日月之宝相提并论,可见其重要性之一斑。
>
> 根据我毕生的经历,包括数次大病不死,我体验到的精神,就是老子所说的"元气":它表面上似乎有点形而上,其实还是物质的东西,而且是物质发展的尖端和最高阶段,因之大无形。通俗一点说不妨理解为一种心灵的充沛、强壮、亢奋、开放状态,一种生命力,一种自信(然而绝非盲目乐观),一种人格力量的结晶,一种坚毅纯粹的殉难意志。
>
> 按照常理,是人便有精神,不过各有侧重。然而,奇怪的是,有那么一部分人(包括某些教育别人应当有什么什么精神者)却偏偏缺乏这个"基本精神",成了浑浑噩噩的"吃饭机器""做爱机器",说白了,就是行尸走肉。

罗门,中国台湾诗坛的一方重镇,在海内外诗歌评论界久负盛名,蔡源煌先生说:"经由诗的追求,罗门为自己建立了一座诗的天堂,藉以和上帝的天堂媲美争胜;透过诗的冥想,他为自己找到了通往涅槃之路……诗的美,艺术的美是他身体力行精神超越所实现的一种境界。"能够获得如此评价的中国诗人,在台湾、在大陆为数不多。在那次旅途中,我和罗门谈得很多。罗门非常健谈,谈起来滔滔如江河,在三亚灼热的沙滩上,我们谈得汗流浃背。后来,我在一篇文章中写道:"我没有料到,海峡那边的这位诗人,在对待社会、人生、艺术的态度上与我如此的贴近。"罗门在回到台湾以后写给我的信中也说:"在生存观念上的种种共识,使我们在海南的初遇获得了永远的沟通"。何谓"精神"?罗门的答卷是:

> 精神是人类脑与心灵对存在的沉思默想,导使内在生命进入形而上的活动。

面对"精神"在"物欲"中的沉沦,罗门希冀诗歌能够力挽狂澜,守护住人类精神家园的清纯与崇高,他在继而写给我的信中进一步阐发道:

> 现代人好像无法完全抗拒物质文明,于是采取抉择性的反弹,也就是防范人在物质文明中失落。应该继续保持精神世界美好的形而上性——美的心境;不能被物质放逐变成形而下的"野兽"。
>
> 四十年来透过文学的符号,我们要听见的是"精神家园"中,人类无限的美好的生命回声,不是冷漠的物化空间。即使我们的存在须有美好的物境,但更需要美的心境。人应当有高度的智慧,使人站在物质文明之上去拓展辉煌的精神领域。

用心良苦的罗门在竭尽全力所做的,也许仍然不过是用他的"文学符号",用他的"诗歌语言"去勾画摹憧憬中的精神乌托邦。

徐友渔,中国社会科学院哲学研究所研究员,中国当代语言分析哲学的重要代表人物。当年,雅克·拉康一度成为中国学界的热门话题,人人都在说拉康,我听得云里雾里,曾经向友渔请教,他说在中国弄懂拉康的不会超过四个半人,他是那半个人。于是,我也就安心了。友渔与我是同龄人,拥有一颗关注民族前途命运的心。友渔的哲学使他更多以理性的目光注视社会、人生,对于"精神"的阐释,不像我的这些诗人朋友那样只是凭着自己的性情与爱好随意说出。下边是他书面写给我的一段"释义":

"精神"一词在中文中有多重含义,有的比较次要,如在下列语境中:"他精神不好"吗,"这个小伙子长得真有精神",它的两种主要意义在汉语中难于区别,但在英语中却易于显示差异,一为 mind,一为 spirit。

"精神"的一义相对于"生理""肉体"而言,又称为"心",故哲学中有"心身问题",它侧重于指人的意识、认知、意图、愿望之类的活动或活动内容。另一义相对于"物质"而言,超越现世而指向彼岸,和艺术、道德、宗教相关联。中国人言精神,偏重于后者(spirit);英国哲学界的主要刊物之一叫"mind",说明他们强调经验和认知的传统。

这段话已经把"精神"的语义分析得够清楚了。但到实际应用,英汉之间的通译依然很难操作,仍免不了主体意志的介入。如我所说的"精神生态"中的"精神",就在 mind 与 spirit 之间犹豫很久,最后方才选取了 spirit,但其中有时也会包含 mind 的某些内容。

唐翼明,美籍文艺学家,哥伦比亚大学东亚语言文化学博士,对中国古代魏晋时期的文学及文化心态有着独到的研究。《魏晋清谈》是他新近出版的一部翔实严谨的学术专著,对了解魏晋这一特殊年代的"精神生态"提供了丰富的资料和精辟的见地。余英时先生说,本书的出版"填补了中国学术思想史上的这一空白点"。同时,唐先生又非常关注中国当代文学的发展,在纽约,他与友人组织了以研究当代文学为旨趣的"晨边社",以"王灿"为笔名发表了许多有声有色的批评文章。他见到我时说,来中国大陆之前,刚刚收到他的朋友、北京图书馆的金宏达馆长寄给他的我的《超越语言》一书。关于什么是"精神",唐博士更为强调精神的"非物质性""内在性""复杂神秘性",把它看作一个人的"内宇宙":

> 广义地,哲学地说,一切形而上的、非物质的都是精神。但是对于一个人而言,我宁愿换一个较为文学性的说法:所谓精神,即是一个人的灵魂生活于其中的内宇宙,这是一个无比广袤、无比深邃、交织着光明与黑暗、充满诱惑与陷阱的世界,其神秘复杂深奥与对人的不可或缺,无论哪一方面,丝毫都不逊色于人的肉体所生活于其中的外宇宙。

王一桃,香港诗人,报刊专栏作家,今年 60 岁,却有着 40 多年的写诗生涯,出版有诗集《赤道线上的歌唱》《我心中的诗》《王一桃香港诗集》。在我与一桃先生相处的短短几天里,他给人的印象是爱笑、爱唱。但我却下意识地从他盛开的笑靥里看出丝丝岁月的苦涩,从他那清亮的歌喉里听出隐隐的生存之苍凉。后来我才知道,他活得其实很艰辛,很沉重。50 年代,他被异国视为异己赶回祖国;60 年代他又被祖国的"极左"路线折腾得心力交瘁,80 年代到了香港,"俯拾即是的诗,却难化为铅字,诗人绞尽了脑汁,换不到一口饭吃",诗人兼任专栏作家,每天要"码"起 5000 字,才能换一碗饭吃。"泰山压顶不弯腰",生存的重压之下,王一桃并未放弃他对于"精神"的追求:

> 人是万物之灵,以其心力创造了世界。
> 人既劳心又劳力,故世界上有精神财富和物质财富。
> 人和一般动物不同,除了物质需要外还有精神需要,缺乏精神食粮,人就与其他动物无异。
> 所谓精神,乃是人的思想意识,人的感情意志,人的智慧才华。概括来说就是人性、人品、人格。一句话,就是人心。

人总是要有一点精神的,精神越多越好,越广越好,越高越好。具有丰富、充实、高尚精神的人才算是真正的人。

人不仅要有精神享受,而且可以创造精神财富。

你可以信教也可以不信教,但生活中不能没有诗和艺术。

你不能只满足于温饱,应该有能欣赏音乐的耳朵,欣赏美术的眼睛,欣赏诗的心灵,领悟哲学的头脑。

你不一定要成为精神王国的全才,但应当有一技之长,或以心去点燃别人的心。或以才华去丰富人类的艺术宝库,或以智慧去探索人生和宇宙的奥秘。

然而,当今的世界正掀起物欲大潮,人的精神正受到巨大的冲击,香港如此,台湾如此,大陆亦复如此。

有人利欲熏心,竟失去了人性、人品、人格。

有人晕头转向,成了没有影子的人。

但也有人清心寡欲,仍在守住个人的精神殿堂。

没有了哲学,人不知人生的真谛,活的意义,生命的宝贵,人生的使命。

没有了诗和艺术,人的心灵得不到净化,思想得不到升华。

而对一些虔诚的教徒来说,没有了宗教。精神就失去了寄托,灵魂得不到慰安。

故此,精神是伟大的。

故此,精神是不朽的。

以上,是诗人、作家们凭着自己的生命体验与心灵感悟对我的关于精神的问卷作出的回答,这些回答无疑是精彩的。但是,读了这些书面的答卷,"精神"仍然像一片云、一片雾,一片美妙的云雾。现有的文艺学辞典里尚且没有"精神"这一条目,查一查各类哲学辞典,有的说"精神"就是意识,就是心理,就是观念,就是学说;还有的说,就是方针、政策、计划、办法,让人感觉"精神"是如此的实在、实用。而一旦追溯到"精神"的最古老用法,在西方,"精神"的拉丁文 spiritus,意思是轻薄的、缓缓流动的空气或气息;在中国古代诸多经典中,"精神"也是一种"气",或气的衍化物,"神生于气,气化于精,精化气,气化神"。看来,诗人、作家、艺术家们对于"精神"的理解多是倾向于古典主义的。对于"精神"的把握,还有没有别的方法与途径,为此,我又特意请教了年轻的历史学博士和哲学教授。

张三夕,历史学博士、海南大学教授,一位永远面带微笑的青年学者,他说:

"精神"这个概念,属于那种很难用一两句话简明而确切定义的概念。较为可取的定义方法是从若干语用关系的描述中概括出或逼近"精神"的主要含义。

首先,"精神"是属人的思想和思想活动。

所谓属人的,有两层意思,一层即排斥了"非人的"。"自然物的",非人的自然物,在没有人的思想和思想活动介入的前提下,是没有精神的,如野草、泥土、乱石等等。精神是人的独特属性,只有人才有精神。第二层意思是,"精神"在人的思想和思想活动"之中",而不在"之外"。思想和思想活动的外延或范围大于"精神"。思想和思想活动包括"精神"性的东西,也包括"非精神"性的东西。"精神"不能简单地等同于"思想"。

在某些语用关系中,"精神"和"思想"二者难以置换,如:"人是要有点精神的"不能说成"人是要有点思想的"。"精神现象学"似乎也难译作"思想现象学"。

其次,"精神"是人依照一定观念创造的文本的意义显现或言说。这里的文本概念是广义的,一部小说是一种文本,一件雕塑也是一种文本,一幅远古存留下来的岩画也是一种文本。文本的形式是人有意无意地依照一定的观念劳作的结果。文本中凝结着制作者某种观念,从而为文本的意义提供部分来源。同时,文本形成后,也自然而然地脱离制作者而独立存在着,从而使文本具有自身的独立的意义。

文本的意义显现为精神,一般是以两种方式进行的。一种方式是文本自身向人们显现意义或者言说精神,比如一首诗、一部小说、一幅画,无论你看没看它,它自身都在默默地永久性地向人们显现某种意义,或者言说着某种精神。精神就在文本之中。罗丹的雕塑"思想者",无论放在那个国家的博物馆,无论有没有人参观,他都在显现意义,言说精神。古罗马斗兽场的残垣断壁,也永远无声地向人们显现意义、言说精神。

文本意义显现为精神的第二种方式是,人们对文本意义的阐释。精神是阐释的结果。阐释既是精神的存在方式之一,也是精神活动的本质。

第三,"精神"是与人的生理、心理、心灵等相关的状态。

生理方面的状态。大都是就神经系统的状态而言。比如,"他精神不正常","他精神恍惚"。

心理方面的状态。主要是指人的心理、情绪、感觉等方面的状态。比如:"我今天精神很好",这里的"精神"可替换为"情绪"。

心灵方面的状态。通常是指支撑人们行为的信仰。这里的信仰,可能是宗教的,也可能是非宗教的,如理想、道义、安身立命的伦理规范等等。信仰,是人心中的灵魂。"人总是要有点精神的",这里的"精神"即可置换为"信仰"。

历史学博士张三夕在他的逻辑运演中,最终从"精神"的概念中推导出了"信仰"。精神的最高境界是"信仰",这本是文学家张承志坚定不移的信念。在《清洁的精神》一书中,张承志写道:

一切的真实都比不了心情的真实;一切的心情都比不了信仰的存在。

哪怕他们炮制一亿种文学,我也只相信这种文学的意味。这种文学并不叫什么纯文学或严肃文学或精英现代派,也不叫阳春白雪。它具有的不是消遣性、玩性、审美性或艺术性——它具有的,是信仰。

在张承志看来,"信仰"就是"天命""终极",就是文学的精神。"当你真地和它遭遇的时候,你会觉得孤苦无依。"因为这时你可能正处在精神金字塔的塔尖上。在"信仰"这个层面上,张三夕与张承志不期而遇,这是我操持这一问卷活动时不曾料到的。

陈家琪,哲学家,时为海南大学社科中心研究员,现为同济大学教授。家琪先生是我的老朋友,对于"终极"问题的苦苦思索总使我觉得他满面忧伤,而他那养之有素的严密的思辨能力,与我那粗疏随意的写作习惯相形见异。家琪的这篇答卷,是他在1993年的除夕之夜写给我的,数页稿纸重千斤,这是友情的分量。

今天是93年的最后一天,人忽然有了一种岁末的感觉,这种感觉来自哪里?是不是仅仅由"岁末"二字引起?如果日历上不标明今天是12月31日,这一天又与别的任何一天有什么区别?而且,"12月31日"或"岁末",是否对所有的人都能产生这种说也说不明白的感觉,我想,这恐怕就是我进入你的"精神生态"问题的一个入口处。

关于"精神",我想说的第一点是,德语"精神科学"(geisteswissenschaften)一词几乎译不成相应的英语,一则因为德语"科学"(wissen schaft)一词的含义比英语"科学"(science)要宽泛得多,而且据许多语言学家所说,只有德语的"科学"才近似于古希腊哲学家们所说的"哲学";二则德语"精神"(Geist)无论译成 mind(精神)、spirit(精神)、ghost(灵魂)、soul(心灵),还是 wit(智慧),都表达不全 geist 的意思,这固然说明了对概念的理解和解释有多么重要,也同时说明了无论怎么解释,对同一个词语在不同文化背景和不同语境中自然形成的"偏见"和"误读"都是必不可免的。我们只能从自己的"偏见"出发,在"误读"中形成自己的理解。

第二,从哲学的角度看,一提到"精神",首先想到的是精神实体与精神现象的区分。

实体(substance)构成西方哲学的核心范畴。为什么非得有"实体"？我们所能感知到的只能是现象。如果这些现象是自然现象,那么自然现象后面就会有一个自然(物质)实体,这是唯物论的观点,如果所有的现象都是精神现象,那么实体也就是精神性的,这是唯心论的观点；如果把现象区分为自然的和精神的,那么也就有了两种不同性质的实体,这是二元论的观点。哲学家相信现象不能独自存在,现象后面一定有支撑着现象或使现象成其为现象的实体,再加上宗教给予人们的有关上帝的观念,于是有了想把上帝说成实体(上帝使世界有了如此这般的现象)的想法,但上帝到底是自然的还是精神的？如何理解"道成肉身"(The word became flesh)中的"肉身"(flesh)二字？这个问题更复杂,这里可以暂且按下不表。但有一点必须强调,就是西方的宗教与哲学都在心理上抵制着各种形式的多神论或二元论,而且相信精神与物质不同质；就是说,精神实体不能产生物质现象,物质实体也不能产生精神现象,在实体与现象之间应该具有某种性质上的同一性。

第三,自然科学家视现象为自然现象,于是把是否有一个自然实体的问题排除在外,认为实体问题属形而上学问题,可以不予讨论；心理学家也如此处理心理意义上的精神现象,并把精神实体的问题排除在视野之外。罗素据此认为科学(science)即拯救现象,神学即拯救灵魂,哲学乃是某种介乎神学与科学之间的东西,"但是唯有这两者在某种程度上同时存在,才能构成哲学的特征"。

至此,我想如果让我参加你的关于"精神生态"的讨论,我只能从哲学的角度出发把精神理解为符号化了的现象世界。在此前提下,再把符号化了的现象世界作为一个类似于人的"生态环境"的东西接受下来。如果说高山、森林、海洋构成我们的"自然生态"的话,"高山""众林""海洋"这些**词语**则构成我们的"精神生态"。岁末、除夕、国庆、春节这些词是**纯粹**只作为人的"精神生态"存在着的,而且我们一来到这个世界上就已经处于这种"精神生态"的环境之中,我们也只能在此环境(语境)之中讨论人与人的理解、交往、沟通、冲突与共识。人类对自己的"自然生态"不满意,这个比较好理解,比如水土流失、环境污染等;然而我们对自己"精神生态"中的"水土流失"和"环境污染"却不大在意。很少有人把世风日下、道德沦丧的问题,与在词语对人的支配中权力与惯力是如何结合在一起"污染环境"的联系起来。我不知道这是否切合你提出"精神生态"问题的来意。作为我,更关注的当然是如何在可怕的扭曲(想想革命、理想、爱这些人类美妙的词语已被糟蹋成什么样子)与强制(想想家庭出身、阶级根源、自我批判、坦白交代这些词语所具有的力量)中获取一种个体存在意义上的真实。这种获取不再与实体有关,但它一定是精神现象在符号中所透露给我们的某种东西,或者说,是我们从精神现象的符号中所期待、所召唤、所应答的某种东西。在此意义上,汉语的"韵味""感悟"才可能对我们的生活具有某种新的意义。我记得两年前在平顶山开会时,你的发言也表达了这种关切。

家琪拥有哲学家犀利、清纯、透彻的目光,使我想起隆冬雪山悬崖上的冰柱。他对于"精神"的解析,是立足于"现象学"与"符号学"的台基之上的。黑格尔的精神现象学是承认"实体"的现象学,当然,那是精神的实体;胡塞尔的精神现象学实为"现象的现象学",他不考虑实体的存在,是更彻底的现象学。而符号的非实体性使得符号学与现象学结成了天然的同盟。家琪再三告诫我,"精神生态"的研究不可陷入"实在论"的泥沼。我知道,他是在维护"精神的清纯",就这一点上说,他可能与张承志的"清洁的精神"殊途同归;况且,王安忆对于精神的理解，也认为它是"超脱实在""无感无形"的。文学，该算是最为"符号化"的艺术，精神现象完全有可能在人类的文学活动中展现它的全部奥秘。但是，在"精神观象"的下边或后边，究竟有没有所谓的"实在"的东西呢？

胡塞尔是将此搁置了，王安忆在她的《乌托邦诗篇》中却说，精神有一个"内核"。

奥秘可能将不断被揭示，奥秘也将永远存在下去，对于奥秘的叩问也将永无止期。

初版后记

我对"精神生态"的思考,迄今已经有六七年的时间,这里奉献给读者的是一本散文集,它大致展示了我的思考由感性到理性的运行。其实对我来说,感性与理性始终是一团难以剥离干净的谜团,有人说这是中国人搞理论的致命弱点,但我也时常给自己打气,夸耀说这也是中国人搞文艺理论乃至从事其他许多方面的人文学科研究的一个优点。中国古代的许多深含哲理与玄思的学术著作,都可以当作"美文"阅读欣赏,而唐宋八大家的那些"美文"中也并不乏文化与义理的厚重,这或许就是中国汉语言文本的特点。

在写作本书的过程中,我已经从河南省的郑州市调到海南省的海口市,有人笑我,从"河南"到"海南",调了那么远也只"调"了半个字。然而,从生态学意义上讲,从"河"到"海",从中原腹地到南海边陲,却发生了不小的变换。这种变换形成的差异,在我的感觉里不亚于香蕉与核桃、大枣与槟榔、椰子树与石榴树,从而给我带来了不适应与陌生感。但从另一方面说,也许只有在这种"不适应"与"陌生感"的心境中,心灵才有可能捕获到更多的意象和思绪。"河""海"生态环境的交错体悟,为这本书的写作提供了一些色彩异样的背景画面。

此书属"1994年至1995年海南省社会科学研究资助课题",曾得到海南省社科联的支持;东方出版中心的王国伟先生十分关心此书的写作,如果没有他的督促与鼓励,这本书的写作也许还会拖延下去。责任编辑雷启立比我年轻得多,他对我的理解与支持,使我怀疑"代沟"是否总是存在。最后,我还期待着与有缘垂顾此书的朋友一道在精神生态的丛林中继续探索、寻觅。

1998年3月于海南大学精神生态研究所

新版后记

这里呈现给读者的这本书已经是第三版了,也是改动最大的一版。较之第一版,收录的文章已经更换了大多半,文章写作的时间跨度已长达二十余年。

从上个世纪末到如今,世事的变迁恍如春秋;我自己已经由壮年步入老年,心态的变化一如夏冬,书中蒐集的篇什不能不映照出这些变化。

当初,按照出版社的设计是依照所谓"文化大散文"的模式写作的,如今看来已经"不成规矩",就文体而言,散文、随笔、札记、评论、琐谈,很不一致。

也还有坚持不变的,主体性、内向性、精神性是我一生治学的取向,对"精神生态"的守望与探寻是我的生命存在的意义。

我始终认为我是一个欠缺逻辑思维的人,并不适合在大学教书、做学问。虽然爱好文学,而我的天分又不足以让我成为诗人、小说家,只能写些散文、随笔之类的文字,表达自己的感受与体验,以期求得友声。这本《精神守望》实则是我在学术领域探究"精神生态"课题的一个铺垫,一个充满感性与意趣的铺垫。打个比方来说,我想栽活一棵树苗,这本书就是我先期侍弄的一块土壤。

二十多年前钱谷融先生夸赞:"这既是一本抒发性灵的优美散文,又是一本具有深邃思想的学术著作。"我至今也没有达到这样的境界,这是钱先生对我的鼓励,也是我为之持续努力的方向。

  记得二十多年前我在北京逛书店,"风入松"书店,我发现我的这本《精神守望》就陈列在临街的橱窗里,米黄色的封面一霎时变得金光闪闪!进到店内,又看到《精神守望》被放在迎面的台子上,我的心跳加快。正在这时,一位金发碧眼的年轻人拿起这本书翻阅,我猜想他或许是哪所大学的外国留学生,他看书的同时我在偷偷看他,想着他会不会买下。结果,他却将书轻轻放回原处。当时我有些失望,过后想想,有人愿意翻看一下你的书,不就已经是对你的眷顾吗?

  还是要谢谢这位年轻读者。

       2022 年 12 月 31 日,于河南大学生态文化研究所

一本书打开一个世界

欢迎订购、合作

订购电话：0571-85153371

服务热线：0571-85152727

KEY-可以文化　　浙江文艺出版社　　京东自营店

关注 KEY-可以文化、浙江文艺出版社公众号，及浙江文艺出版社京东自营店，随时获取最新图书资讯，享受最优购书福利以及意想不到的作家惊喜